外星人与赞美诗

Aliens and hymns

王元 著

北京联合出版公司
Beijing United Publishing Co., Ltd.

一未文化　　非同凡响

北京一未文化传媒有限公司
www.bjyiwei.com
出品

献给我的妻子安娜

诗是人类的共同财产!

——歌德

我有三种幸福：诗歌、王位、太阳　序

日落了，还有没有人写诗？

这是所有热爱诗歌艺术的人心中萦绕的问题。理性主义者追问：日落是指什么？人是什么人？诗又如何定义？（诗歌爱好者：你好烦。）

此前有几篇让我印象深刻的关于诗歌的中国科幻小说，陈位昊的《日落了，却没人写诗》、刘慈欣的《诗云》和刘水清的《第九站的诗人》，都是曾获得银河奖的佳作。在我看来，它们其实都是在询问这样的问题：在（不远或遥远的）未来，还会不会有人写诗？如果有，是谁在写？他们还能不能写出符合我们认知的美妙诗句？

《外星人与赞美诗》同样在问这些问题。而这一次，"日落"更像是语言之落日。

主人公孙旭是一名大学语言学讲师，还有一个现在不太受待见的身份——诗人。也正是因为这个身份，他被造访地球的外星人希梅内斯选中，成了希梅内斯交谈和探讨问题的对象。希梅内斯告诉孙旭，它们发现的所有宇宙文明，除了地球外，语言都消亡了，消亡之前最后的文字形式都是诗歌，而且是非线性排列的短诗。它与孙旭多次会面，想要探讨的无非就是：当文明的语言走向末日，为什么无一例外都以诗歌终结？

因此，作为科幻小说，《外星人与赞美诗》的核心科幻构思之一，正是推想语言消亡之际诗歌的终结形式。在小说的前半部分,主角和外星人多次会面交谈,就好比一次次有关诗歌本质和未来可能的头脑风暴。希梅内斯认为,"诗歌的本质是传递信息";孙旭则坚称"情感才是诗歌的脊梁"。他们对诗歌的发展方向是短诗还是长诗也持截然不同的观点。

实话实说,光看这些坐而论道似乎有些枯燥且零碎,诗歌的本质似乎也不是三言两语就说得清的。但好在这是科幻小说,而主角之一是拥有超越我们想象的科技水平的外星人。所以在小说后半部分,外星人没有光说不练、耍嘴皮子,而是秀起了操作。

其实,为了便于观察和研究,希梅内斯曾考虑过,通过某种技术对人类文明加速,让其短时间内走到语言消失的临界点。在孙旭的反对下,它打消了这个念头。但随后事情有了阴错阳差的变故,外星人舰队还是对地球文明做了一番必要的"改造",也就此揭开了语言和诗歌的奥秘。作为一篇序言的作者,我就不在此过度剧透了。我所能说的是,这是一个很有启发性的结论,某种程度上让我重新燃起了对诗歌的兴趣。

主人公孙旭在大学任教,有妻有儿,即将出版自己的第一本诗集,看上去拥有体面的人生。但此时的他正陷入严重的人生危机中,大学升职受阻,与妻子的关系陷入冰点,自己也患有严重的抑郁症。出版社取消诗集的出版成了压垮他的最后一根稻草,在"前所未有的无助与绝望"的情绪的笼罩下,他选择学自己的偶像海子那样告别"幸福与苦难共存的人间"。他与外星人希梅内斯的第一次相见,就是在他投水"撞破水面"的那一刻——他被希梅内斯给救了。这个戏剧性的瞬间预示着后续剧情的荒诞走向。

希梅内斯的到来,对诗人而言,远远超过多了一个谈诗论词的朋友的意义。毕竟,这是一个从天而降的活生生的外星人哪!于是乎,随着全世界目光的聚焦，围绕着诗人孙旭，一幕幕荒诞不经的社会喜剧就此上演。这也是本书的另一个社会派思维实验——当一位人生失败到投河的"落魄诗人"遵循沃霍尔"15分钟定律"而走红全球，那么会发生什么奇葩的事情呢？全世界的人又将如何看待他，看待诗歌？

我不得不说，这部分是我看得非常过瘾的地方。在小说中，孙旭被所有人称作"外星哥"。各色人等为了利益蜂拥而至，将"外星哥"看作"唐僧肉"，好友李漓就做了他的经纪人，誓要全方位包装他。大学职称、诗集出版、商业代言、名望和金钱滚滚而来，孙旭钟爱的诗歌因为外星人的垂青也成了显学，一档《人类好诗词》综艺节目吸引了世人的目光。没错，在这个娱乐至上的消费主义社会，你还能指望什么呢？

就在这沸沸扬扬的闹剧之中，小说本可以往更加"放飞"的方向一路狂奔，但是，敏感而自省——乃至有些自卑——的诗人本性屡屡将不可信的荒诞戏份拉回了现实。诗人似乎名利双收，走上了人生巅峰，但我们仍然会对他有着深切的同情和悲悯之情。这一切浮华如梦如幻，恐怕根本不是他想要的，也不是诗歌艺术想要的吧？更何况他的家庭关系积弊已深，并没有得到什么实质性的恢复。如此，针对上面所说的社会派思想实验，我们恐怕可以得出结论——在当今这个社会情境下，"15分钟走红"对诗歌和诗人来说，只可能是一出闹剧和悲剧。日落了，没有人读诗，也没有人关心诗。

但日落了，依然会有人写诗。

这是我通读这本书得到的另一个感受，与我对作者王元的了解也不无关系。王元的科幻创作既有宏大新奇的科幻构思，也有盎然勃发的诗意，他是这个时代不多见的科幻诗人。这部《外星人与赞美诗》更是直接倾注了他对诗歌的热爱，也展现了他奔放不羁的诗情。

在小说接近结尾的地方，太阳真的熄灭，人类文明前途未卜，而希梅内斯又以某种方式背叛了诗歌的信仰，孙旭——或者说作者王元——依然想要写诗，写他的那首长诗《太阳·七部书》（引自海子）。

> 我走到了人类的尽头
> 也有人类的气味——
> 在幽暗的日子中闪现
> 也染上了这只猿的气味
> 和嘴脸。我走到了人类的尽头
> 不像但丁。这时候没有闪耀的
> 星星。更谈不上光明
> 前面没有人身后也没有人
> 我孤独一人
> 没有先行者没有后来人
> 在这空无一人的太阳上
> 我忍受着烈火
> 也忍受着灰烬

在这篇序言的最后，我想将海子的这首《夜色》（虽然小说引用了大量海子的诗句，但似乎独缺这一首）送给王元，送给孙旭，送给诗歌，送给所有喜爱或不怎么喜爱诗歌的读者朋友。

> 在夜色中
> 我有三次受难：流浪、爱情、生存
> 我有三种幸福：诗歌、王位、太阳

三丰

2022 年 4 月 10 日于广州南沙

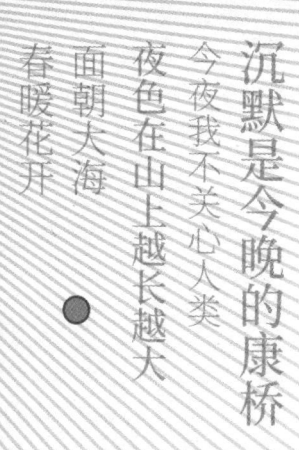

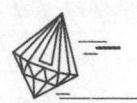

沉默是今晚的康桥
今夜我不关心人类
夜色在山上越长越大
面朝大海
春暖花开

目　录

序　章：——
　　城市与群星　　…001

第一章：——
　　与希梅内斯相会　　…027

第二章：——
　　与希梅内斯再晤　　…123

第三章：——
　　与希梅内斯三晤　　…207

第四章：——
　　与希梅内斯告别　　…265

第五章：——
　　最后一个地球人　　…315

外一章：——
　　题外话　　…365

序章
城市与群星
++++++++++++++++++++++++

我不怕你们犯错,

我担心你们连犯错的机会和勇气都没有。

A

时间：2021 年 3 月 6 日

地点：肯尼迪航天中心（Kennedy Space Center，下文简称 KSC）

地理位置：美国佛罗里达州（坐标：北纬 28°35′28.31″，西经 80°39′03.48″）

由四部分组成的肯尼迪航天中心对凯瑟琳来说是世外桃源。这四部分包括工业区、飞行器组装建筑物、参观者中心、39 号发射中心。发射中心含两个附属发射场——LC-39A 和 LC-39B，计 567 平方公里，各种生活、娱乐设施一应俱全，17000 多名工作人员长期定居于此。一个项目往往需要数月、数年连轴转，把人像铆钉一样揳在工作岗位上。工程师们（有心）无力兼顾单位和家庭，最好的办法就是在单位组建家庭，比如凯瑟琳和鲍勃。

航天中心定期向游客开放，但大部分场所不对外营业，联邦政府将此设置为"国家野生动物保护区"。凯瑟琳总是忍不住把 KSC 想象成瓦坎达：朴素的自然场景，孕育着人类最前沿的科技。凯瑟琳之前喜欢跟鲍勃玩黑豹的哏——她酷爱超级英雄,漫威和DC来者不拒,前脚从《哥谭镇》出来,转身踏入《蜘蛛侠》的平行宇宙,幻想正义联盟和复仇者联盟来场惊天大冲撞——查德维克[1]去世后,凯瑟琳很少这么做。她总是多愁善感。她到现在还不敢相信那是真的,毕竟查德[2]还年轻,而类似某某明星"被去世"的消息总是被当成吸引眼球的噱头一再曝光,凯瑟琳觉得很快就有反转和澄清新闻。这真假难辨、眼花缭乱的次世代啊。

截至昨天,航天中心共进行20次发射,入轨航天器数突破600,最让人瞩目的是发射成功率达百分之百。今天是第21次任务,由LC-39A发射场执行,使用Falcon-9运载火箭将V1.0-L17批次星链组网卫星送入低地球轨道。

凯瑟琳在管理总部做最后的材料汇总,等待发射中心传来成功的信号,填补最后一组数据,便可将信息抄送国防部,之后按照惯例召开新闻发布会,将通稿投喂给早已翘首以盼、嗷嗷待哺的媒体,包括但不限于美联社、路透社和CNN等主流媒体。

规定时间已过,前方没有任何反馈消息。以往发生过延滞故障,凯瑟琳并没有过多担心,直到鲍勃的电话打进来。

"亲爱的,"鲍勃说,"点火失败了!"

这也是一个玩笑吧,但就像凯瑟琳没等来"黑豹重生",点火失败的消息尘埃落定。不过没什么,万物万事皆有概率,只有时间和死亡是绝对的,1/21算不上功败垂成,大家整理整理情绪,迎接下次发

---

1 查德维克·博斯曼,漫威电影中黑豹的扮演者,2020年8月29日因结肠癌去世。
2 查德维克的昵称。

射任务。

她不知道明天会如何，但是接受明天会到来这一事实，并且昂首挺胸地迎接它。[1]

时间： 2021 年 5 月 8 日
地点： 圣马科发射场
地理位置： 肯尼亚东海岸（坐标：南纬 2°9′，东经 40°3′）

马蒂奥·达米安在圣马科发射场辗转大半生，亲眼见证发射场的诞生与成长，甚至可以说，他是"诞生与成长"的部分母体——马蒂奥参与了圣马科的建设以及命名。

1962 年，马蒂奥 25 岁，在意大利一家国有石油企业任职。该公司与意大利国家空间项目研究小组合作，意欲在非领海海域建造发射平台。统筹小组顺利敲定在肯尼亚东海岸的恩格瓦纳海湾，关于航天中心的命名却一波三折，始终无法拟出平衡多方审美的称谓，心急如焚（或曰狗急跳墙）的领导层集思广益，向所有员工征集方案。这是全球第一座海上发射场，"她"应该与海相关，马蒂奥顺着思路想到 Saint Mark——威尼斯的守护神，同时也是航海人的守护神。研究小组采纳了马蒂奥的建议，额外奖励了他一个月薪水。马蒂奥还担心遭到嘲笑，以为这些要把卫星送上天的科技工作者会抵触传说与神祇。事实上，科技和宗教并无隔阂，反而格外贴合，这点从他后来看到的

---

[1] 神奇女孩的名言。她是 DC 漫画旗下的超级英雄，一般活跃在《少年泰坦》和《神奇女侠》漫画中。

许多科幻电影中都能找到佐证，未来世界的人们总喜欢以古希腊神话中的人物为飞船命名，比如普罗米修斯[1]。

发射场竣工了，项目经营者招募了一些意大利人，负责日常管理，马蒂奥报名参与，未承想，一留便待到了80岁。退休后，马蒂奥也不准备回到故土，这里就是他的故土，是他想要安魂的地方，圣马科是他的守护神。

马蒂奥定居于发射场附近一座城镇里，自发担任向当地居民科普航天知识的志愿者。在非洲，这并不是一件容易的事，至少没看起来那么简单和没想象中那么受欢迎。

一次，马蒂奥到一所小学演讲，满怀深情地讲述圣马科从无到有，顺便提到命名逸事，如数家珍一般述说这些年被送上天的运载火箭、中低轨道试验卫星、应用卫星、载人飞船、探测器，好像它们都是他的子女，一方面怀着为人父的不舍之情，一方面又希望它们闯出一番事业。他绘声绘色地提出目前发现的距离太阳系最远的星系MAMBO-9[2]，假如距离产生美，MAMBO-9就是人类世界中最美的所在。马蒂奥自认为会感染那些懵懂的青少年，保不齐会从他们当中走出一两个航天工作者。出乎意料的是，校长打断了他的演讲，跟他说我们国家的人民被贫穷牢牢束缚在大地上，不具备仰望天空的能力和经济余裕。他不支持马蒂奥激发学生的好奇心，再让现实的引力把他们拽下来。这是一种成长的残酷：施舍一番梦境，再将人叫醒。他邀请马蒂奥来学校，只是为了让马蒂奥讲发射场的建造史，以便让他

1　指2012年上映的电影《普罗米修斯》，在该电影中，将飞船命名为"普罗米修斯号"。
2　MAMBO-9距离地球大约130亿光年。

们对建筑工人有一个具象的理解:这是多么伟大的行业,我们可以像变魔术一样,在海上变出一座大房子。没错,校长把发射场笼统地比作大房子,仅此一条就让马蒂奥愠怒。马蒂奥告诉他,贫穷只是暂时的,星辰是人类的终极目的,任何人都有权利知道那里有什么,即使永远无法抵达。校长仍然摇头,尽可能礼貌地把他拒之门外,那些孩子可能连村庄都不会离开,星辰对他们来说太过遥远。校长的观点鲜明又务实,如果一条路孩子们终其一生也无法到达终点,那么最好不要启程。那些孩子的路,大多从校门口铺向某座工厂,区别仅在于是生产橡胶还是陶瓷,他们能想象的最遥远的"星系"就是蒙巴萨[1],而不是MAMBO-9。

只有发射场能给马蒂奥安慰,或者说,只有发射场能理解马蒂奥。他常常去那里——怎么说呢,散步显得过于随意,考察又太正式,朝圣更是夸大其词,他不想把日常行为上升到宗教信仰——转转,他那张被岁月揉皱的脸就是通行证。

发射场的人都知道马蒂奥,常常塞给他一手消息,充实宣传素材,但最近一个月,发射场那边什么新闻也没有。马蒂奥坐不住了,跑过去一探究竟。对那两个年轻门卫他都熟,以往打声招呼就能被放行,这次不行,门卫礼貌而坚决地把他拦下了。

"发生什么事了?"马蒂奥对这种待遇感到不满,就像一个爷爷被拒绝看望孙子。他在校长那里吃到的瘪开始发酵。

"不好意思,接上级命令,无关人等谢绝入内。"那个叫基普乔格还是基普桑——虽然在肯尼亚生活了大半辈子,马蒂奥仍然搞不清他

---

[1] 蒙巴萨是肯尼亚第二大城市,滨海省首府,位于东南沿海。

们的命名体系，十个里面有八个叫基普桑，Kip（基普）是男性的前缀，sang（桑）则代表户外——的年轻人竟然把他划为无关人等。

"我是达米安，马蒂奥·达米安。"

"我知道，我是 Kipruto。"

"哈，ruto 代表你生在仓库旁边吗？"马蒂奥承认，他被惹怒了，像立下赫赫战功的将军凯旋，却被守城的士兵冒犯。

"Choge（乔格）代表出生在谷仓或者商店旁边，我想仓库一样适用。ruto 代表孩子在母亲串门时出生。"Kipruto 一本正经地解释道。

"反正瞒不住，告诉达米安先生吧。"另一个门卫对 Kipruto 说道。

"嗯，连我们都知道了，这不算什么机密。"

"你们在嘀咕什么，欺负我耳背吗？大点儿声！"

"过去几个月一共进行了三次发射任务——"Kipruto 说。

"三次，点火系统都遭到破坏。"另一个门卫附和道。

"我听说是故障。"

"怎么可能三次都是故障？一定是有人蓄意破坏。"

"咱俩镇守大门，谁能潜入呢？"

"这么说，倒是有一定道理。"

"整个发射中心的工程师都疯了，为这事忙得焦头烂额。"

马蒂奥看着他们争论，回想起在发射场度过的大半生。他用圣马科统一了众人的分歧，但几十年来，他至多是一名后勤保障人员，关键的核心事件，他从来都没能真正参与其中。马蒂奥坐在发射场门口莫名其妙地痛哭流涕，如同错付终身一般。

两个年轻门卫异口同声地说："嘎巴嘎巴，又疯了一个。"

时间：2021年5月15日

地点：酒泉卫星发射中心

地理位置：中国甘肃（坐标：北纬40°57′，东经100°17′）

肖冰和严丽常常被误会是情侣，不仅因为出双入对，更因臭味相投。没错，是这个词，更狠的也有，一丘之貉、狼狈为奸什么的，总之他俩是被绑在一根绳上的蚂蚱。墨城警界都知道这对不要命的主儿，称他们为"拼命二人组"。队员们私底下管肖冰叫老枭，枭是一种猛烈、恶毒、不近人情的大鸟。他非但不生气，反而将其当成一种荣誉，大大方方地认领。事情在老枭手里没有任何转圜余地，队里上下都是他说了算，法西斯、一言堂、只手遮天这种不怀好意的诋毁更是层出不穷。

老枭以前沉默得像块石头，不管出外勤，还是坐班，都很少听见他发言。会上被领导点名，实在绕不过去，他"嗯嗯哈哈"两句打发，嘴里含混不清，像含着两颗酒枣。领导"领教"过他的毛病，不再找不自在，纵容，或者说，放弃了他。刘震云曾说，"世上有用的话，一天不超过十句"，可以引为老枭的座右铭。自那事发生后，人们以为会沉默得更加彻底的老枭突然"开窍"，摇身一变成为话痨。队员们起初以为老枭受了刺激，但他的性格并没有大变，只是有这一处微调，但铁树开花，铁树还是那棵铁树。那句话怎么说来着：不在沉默中爆发，就在沉默中灭亡。队友搞不清，老枭算爆发还是灭亡。

自老枭当上队长，不堪重负的队员更换了一批又一批，唯严丽死心塌地，脏活累活都干，冲锋陷阵、枪林弹雨的场面也经历过几次，老枭都为严丽的拼劲感到惊讶。他不是性别歧视，只是心理作用：这可不像一般女孩该有的样子。话说回来,她也不是一般的女孩。

老枭曾问严丽:"为什么当刑警?"

严丽说:"我爸是刑警,从小跟他混,除了做刑警,其他职业都不过瘾。"

老枭第一次听见有人用"过瘾"形容这个危险、神秘又略显沉闷的职业。平心而论,严丽比他更纯粹,更无畏。他有过退缩和害怕的时刻,而严丽呢,永远斗志昂扬、无所畏惧,纵使面对万丈深渊,她也视死如归。

综上所述,副局让老枭选择一名队员去甘肃执行任务时,后者毫不犹豫地举荐了严丽。

副局有些顾虑,一边端着闷透了砖茶的保温杯,一边举重若轻地点着老枭:"考虑考虑换个男同志吧,这不是度假。"

"信不过我拉倒,连我一起换了。谁愿意往大西北跑?我还嫌折腾呢。"

"你这人,还不让人说句话?"

"我也没堵你的嘴啊。你信我,我信她,就这么简单。"

副局语重心长,信任可不是一个刑警应该秉持的态度,参考严丽的父亲。

老枭冷了脸:"别他娘的拿死人说事,没劲。行不行,给句痛快话,我这里还揣着大大小小的一堆任务呢。"

副局用人心切:"听你的行了吧?"

"别价,我服从组织安排。"

"车就在局里,是辆军牌吉普,带上严丽赶紧报到,我就不送了。"

"我怎么也得回家收拾收拾,捯饬捯饬,不能给局里丢脸。"

"你以为相亲吗？服从命令！还有，"副局叫住老枭，老枭以为他要叮嘱几句长辈对晚辈的提醒、上级对下级的关怀，结果却是，"注意言行，多大人了，还说脏话！"

"Yes, sir（是的，先生）。"

"赶紧滚。"

"注意你的言行。"

上了车，老枭申请坐副驾驶位，被责令跟严丽一起落座后排。军车没打警铃，扎猛子似的往前蹿，一路风驰电掣，钻入墨城火车站——老枭不知道汽车竟然能直接开上月台——专用通道，等待他们的是一列蓄势待发的高铁，就像出租，随叫随到，招手即停。车上除了有限的几名乘务员，仅他们两名正儿八经的乘客，这是一趟名副其实的专列。这种级别的待遇老枭生平第一次享受，恐怕普天之下也没几个人能有如此殊荣，许多跻身财富排行榜的商界巨擘虽能买下和谐号，但不可能有协调铁路部门的资源。两个人到站后，还是专用通道，车接车送到机场，（对方）包了一架国航客机，直飞金塔县鼎新机场。

至此老枭反而有些适应，不管接下来遇见什么事情都有了充分的心理建设，哪怕再承租一艘航母也不过如此，不管体量怎么升级，尚在可以理解和想象的范围内。就像他刚当刑警，到案发现场胆汁都吐出来了，后来慢慢习惯，可以一边咬着煎饼馃子，一边观看解剖视频。

下飞机后，他们再次被塞进军车，窗外是一望无垠的阿拉善沙漠，阳光照耀下，石英和云母泛着星星点点的光泽，像是一片白昼的、下凡的星空。

他们驱车到达人民解放军第二十试验训练基地后,行程终于画上句点。基地另一个广为人知的名字是酒泉卫星发射中心。是的,名为酒泉的发射中心其实在内蒙古自治区,距离酒泉市二百多公里。这是基于当时复杂的国际环境的政治考量,是历史的选择,就像通假字,用多了便成了标准,既往不咎。

老枭和严丽被安排到酒泉卫星发射中心内部招待所,手机被没收,活动范围被限制在入住楼层。楼梯和电梯口站着不苟言笑的士兵,雕塑一般,双手把着一杆81杠。老枭之前专门跟被分到武警的同学聊过站岗卫兵步枪的子弹分配,第一颗是空包弹,第二颗是橡胶弹,第三颗是装有少许火药的子弹,第四颗才是实弹。但他有一种敏锐而强烈的直觉,眼前这两个年轻卫兵手上的81杠里装满实弹,察觉老枭不轨,他们就会毫不犹豫地在他身上射出一排血窟窿。

老枭拿烟跟他们套近乎,想打听点儿内部消息。他们伸出右手,五指竭力上扬,与小臂形成直角,像交警责令禁行的手势,也有拒绝一切的含义,连一句"部队有规定"都不愿奉上,仿佛罹患一种群体性失语症。老枭当刑警二十年,见识过形形色色的人,培养出一种超级英雄般的技能,打眼一看,就能判断此人有无犯罪记录,看小偷尤其准,一般人被他上上下下打量一通,就能了解得差不多,这些奉命行事的士兵他却一个都看不透。

老枭溜达了一圈又一圈,热络的笑容始终无法融化他们一丝一毫。

酒店内部电视只能收看体育频道,老枭足足消磨了一星期,被田径和球类运动折磨得天昏地暗。他很久没看过电视,上次还是被妻子摁在沙发里看一部时下流行的喜剧电影——他怎么也回忆不起剧情,只记得妻子笑得前仰后合。他乐不出来,不想扫兴,就干巴巴地附赠两声"呵呵",更像嘲笑。当你过惯刀尖舔血的日子,就会对一切虚假的艺术形式感到厌倦和鄙视,生活才是最伟大的创作,其他像小说或者影视都是拙劣的模仿,东施效颦而已,往往还把握不住精髓,不疼不痒,长篇大论。

老枭骂了一句,不知是针对体育频道,还是指向那部模糊的喜剧电影。他想妻子了。去年年初居家办公,老枭因为是特殊工种,也没闲着,该出差还要出差,只不过捂上了口罩,反而因此逮到了几个长期潜逃的嫌疑人。有个杀人犯藏在深山里十几年,让疫情给轰出来了,老枭逮住他的时候,嫌犯还不忘索要口罩,要N95的。老枭踹了他一脚。怕什么来什么,嫌犯还是感染了,老枭归队后去酒店"稍息"了半个月。这是他人生中第一次体验被"囚禁"的生活。滋味可真不好受。他想起那些被他送进监狱的犯罪分子,一年有期徒刑,三年有期徒刑,十七年有期徒刑,无期徒刑,他们得多煎熬?犯人每天还有个放风时间,他已经在酒店里被关了七个日夜,只能通过一扇小幅度打开的窗户"偷渡"一些新鲜空气与风。走廊倒是很长,但封闭、昏暗。他来回踱步,像一颗永远滑不出膛的子弹。

他快憋疯了。你让他趴绿化带,夏天被蚊虫叮咬,冬天折胶堕指,都没关系,只要盯梢,他就能自动切换成忘我境界,但被"软禁"的滋味着实难受。万幸,他还可以去严丽的房间串门,但限制次数与时长,每天一次,原则上不超过半个小时。原则他熟悉,公职人员嘛,这点儿思想觉悟是有的。

他每次串门,严丽都在运动——这让老枭怀疑他根本没离开房间,只是换了一个电视频道——双脚搭在床沿,胳膊撑地,做增加难度的俯卧撑。汗水顺着她尖翘的下巴坠落,洇湿一片毛毯。假如遴选警队楷模,那些大老爷们儿包括他在内都不是严丽的对手。什么叫没条件创造条件也要上,这就是没条件创造条件也要上,这点跟她父亲如出一辙。她父亲,好吧,每个人心里都有一道过不去的坎儿。有时候老枭活得明白,人生在世就是为了一个又一个坎儿活着,或者说为了一个又一个麻烦,遇见麻烦,处理麻烦,再遇见,再处理,循环往复;有时候又活不明白,一个又一个的麻烦纠结成线团,作茧自缚——人生在世就是不断给自己挖坑的过程,直到别人给你挖一坑,埋点儿土,再立一块到此一游的墓碑。

"这一路你没提问,一点儿不好奇?"老枭蹲在地上,跟严丽脑袋持平,嘴里叼着一根烟,但没点燃,嘬着过滤嘴里略带涩味的海绵过干瘾。

严丽摇摇头。

"我也不知道哇。"老枭苦笑道,"他娘的,问就是机密,一个字都不透露。凭我多年的刑侦直觉,定有大事发生,应该是大案。要么,死者身份特殊,至少是部级;要么,死了很多人;要么西方列强图谋不轨;要么,灵异事件,越是在这种鸟不拉屎的地方,越容易发生'超现实'事件。听说过双鱼玉佩吗?彭加木?"

严丽仍不给反应,没有互动的兴趣与倾向,但还是抬起头:"那个——"

"你说。"老枭分外珍惜每天来之不易的会面机会,立刻说道,"这个扑朔迷离的传说我特熟,比那些乱七八糟的科幻小说有趣多了。"

"你没事别来了。"严丽说,"影响不好。"

老枭瞪严丽一眼，提起一口气又吐出，攥紧两个拳头又放松，把烟塞回烟盒（几乎每个烟头都有或深或浅的牙印）。老枭回了房间，继续在球类世界里打发无聊时间——不是，二十多人抢一只皮球，满场飞奔，又不是小孩子，有什么劲呢？那么大的球门，怎么就踢不进去？进了又有什么值得庆祝和欢呼的？还滑跪，一群人过去拥抱，小题大做嘛。中国队，哦，中国队怎么了？总听人揶揄中国足球，以14亿人口选不出一套首发球员的观点抨击国脚，他不太懂，但也能洞悉这个理论的荒谬，运动本身与人口总量没有必然联系，14亿人口也没有出一个博尔特，没有出一个迈克尔·乔丹，出了一个刘翔、一个姚明，他们还天天挨骂。网络的出现和普及让普罗大众获得发声渠道，但许多人喜欢站在制高点发表没有经过任何调查的一家之言。老枭挺烦这事，但他只是一名刑警，唯一对抗的方式就是摒弃各种社交媒体和短视频软件。这不是清高，充其量是清静。

第八天，老枭和严丽终于得到召唤，按照指示来到酒店顶层会议室，一路由楼层站岗的士兵护送（说押解一样成立）。可以容纳上百人的会议室人声鼎沸，长桌一侧是身穿戎装的军人，最低级别也是上校，另一侧是身穿便服的中年男女，有位长者戴镜框笨重而传统的眼镜，穿样式过时的西装。老枭一望便知，这是一群严谨的知识分子。双方正在激烈辩论，没人注意老枭和严丽的并入。这种场面老枭没经历过，但并不陌生，一边是军方，一边是科研人员，这配方太熟悉了，基本所有灾难、末日题材的电影镜头都这么处理。他的预感没错，有大事发生。

"这不是个人问题，也不是国家问题，而是全球问题，请把那套陈旧的道德标准抛诸脑后，我们需要的是方案，技术上可行的方案，其他都不重要。"说话人声音洪亮,"最后一次声明,我们正在进行战争,事关人类文明生死存亡的战争。我们必须获胜,我们只能获胜。"

老枭循声望去,发言者是一位上将,庄严而笔挺的绿军装为他奉献出几分成熟。印象中,这是老枭在现实生活中见到的最高军衔。至于战争?战争当然是一种灾难。

"能有什么方案?"回应上将的是那位戴着厚厚眼镜的长者,他声音颤抖,灰白的、蓬松的头发和密密麻麻的胡子把他那张饱经风霜的老脸围攻得只剩一双睿智的眼睛和作为高地耸立的鼻尖。老枭注意到,他姿势奇怪,后背佝偻,仔细瞧,原来他蹲在凳子上,穿一双纳鞋底的手工布鞋,复古得有些刻意,像之前新闻里提到的那个布衣学者,叫什么来着?老枭一时想不起来。老者调整蹲姿,继续发言:"你也说了,这是战争,战争就要投入战斗。现代战场,不外乎当量大小的问题,对方不远万里侵略,说明我们难以望其项背。我看,还是等发射结果出来再说。兴许——"

"不要自欺欺人。"上将打断老者,"换个话题吧,上面有动静吗?"

"没有。它们似乎并不想跟我们建交。"

"你们研究过其他几个发射基地传来的资料,有什么发现吗?"

"不可思议。"老者一手抖开资料,一手托着下巴,全球几个重要的卫星发射基地近几个月事故频发,相关部门检查了点火装置,线路并没有被电磁破坏的痕迹,当他们试图拆下设备进一步检修时,工人手臂不翼而飞,整条肩膀凭空消失。老者像是说书人一样吊起听众的胃口,"这还不是最离奇的,最离奇的是肩膀切面没有血淋淋的创口,而是一块平坦的疤痕,就好像这根胳膊从小就被切下来了。"

全场立时安静，人们被老者的描述震惊到，手上进行了一半的动作僵在半空，像被按下了暂停键。老枭见惯各种江湖把戏，从未听说过如此疯狂的事情，但他坚信其中一定有不为人知的猫腻。他是坚定的无神论者，凡事必有动机，找到动机，一切问题就会迎刃而解。

"胳膊去哪儿了？"有人小声问。

"书店。早稻田一家书店。"老者说，"一名美国检修工人的胳膊出现在东亚一家书店的书架上。这还不是最离奇的，最离奇的是他的手指活动自如，被切开的神经弧还在发生反射。什么意思呢？身在美国的工人想要用右手打电话，早稻田的指头就开始拨号。"

"买书人吓蒙了吧，书中自有黄金屋，书中自有颜如玉，书中自有一只断臂。离奇不离奇，就看查得彻底不彻底。"老枭以一种奇怪的姿态插入对话，提醒众人，这里还有两位生力军呢。老枭经办过更离奇的案子，墨城下辖县城，头天刚铺了一公里沥青，转天大早，路没了。这么庞大的赃物，犯罪嫌疑人能藏哪儿？嫌犯是铺路工人，他们连夜用挖掘机和拖拉机，把路面撬走了，低价卖到石料厂，再跟上面申请资金，重新从石料厂进货。整条路造价一百多万，他们拢共卖了一万块钱。人能做出什么样的事？人什么样的事都能做出来！

"那你听听看——这条胳膊和书架融为一体。"老者徐徐道来，"类似现象有很多，前几天美国发生一起交通事故，驾驶员大脑不翼而飞，颅骨却没有开裂。由于没有接触实际案例，我们只能做理论上的推演：这是一种爱因斯坦-罗森桥，简单来说，就是连接两个不同时空的狭窄隧道。这只是猜测，按照爱因斯坦的理论，维持虫洞出口稳定的是暗物质，我们对此一无所知；爱因斯坦认为任何生物都无法活着通过虫洞，巨大的潮汐力能将物体撕裂成一个个单独存在的原子。"

"然后再将这些打乱的原子一个个拼装起来？"

"哈哈。"老者笑道，"你以为是乐高积木？这是真正意义上的灰飞烟灭，当然，只是一种可能。遇到和其他发射基地类似的现象，我们才能更全面和近距离地研究。"

老枭来了精神，这件事够大，虽然不知道调查什么，但他已经感到兴奋和恐惧——未知的恐惧，来自异世界的暗箭。

"我想知道，"老枭举手示意，"敌人是谁？美国还是欧盟，或者中东那帮恐怖分子？"

火箭发射历来是各个超级大国之间的竞技，曾有某国用电磁脉冲干扰他国电子设备的先例，老枭当下的猜测与这方面有关——国家安全问题。

"打开你的想象。"老者慈祥又无奈地望着老枭，很少有人向他投来这种目光。老者的视线从老枭身上游移到上将身上，得到后者颔首肯定，再次与老枭四目相接，"他们在天上，不，准确地说，是天外。"

"天外？"老枭的脑子炸了，当然，这是一种夸张的形容，他的脑袋安安稳稳地戳在脖子上，僵硬地扭转，想要寻找互动。他看见严丽跟其他人一样无动于衷，像是串通一气的共犯，给他挖坑。他知道，这不可能是玩笑，不可能有人开得起这么大规模的玩笑，他持续一个多星期的心理建设轻轻松松被击溃。老枭木然地坐在椅子上，感谢靠背托住他六神无主的身体。这件事太大了，远远超出他作为人类理解的阈值。

恰在此时，老者的电话响起，他静静聆听。片刻后，老者对在场所有人宣布："发射失败！"

B

　　天空晴朗，一丝云也舍不得渲染，风干烈，把人吹得清爽。举目四望，是寸草不生的荒漠，比阿拉善还要偏僻，还要辽阔。老枭久居都市，常年被钢筋水泥围猎，对自然的概念仅剩概念。他几乎没有做过任何长途或近郊的旅游，没有造访景点，没有徒步公园，他的全部人生被一个又一个任务牢牢拴住、钉死、揳进土里。在这样清爽的环境下，心情稍有放松情有可原，但他知道，这是一种假象，不管从靳东伟嘴里分配到什么任务，都将超越他以往所有工作内容总和和前半生的认知。毕竟，他们面对的敌人是未知的，无须靳东伟明示，这点想象他还是有的；想象力不够，洞察力也能补齐。毕竟，上面和天外的它们只有一种可能。

　　它们来了。

　　未知的敌人现身，超越想象的天花板之后，它们反而显得有些普通与落俗。无数文学与影视作品在过去一百多年不断提及它们，相比"天外"，科学家更倾向"地外"——地球之外，当然，老百姓更喜闻乐见的叫法是外星人。老枭觉得荒诞又讽刺，像误入一本国产科幻小说，但书里提供不了这么翔实的细节，在一望无际的荒漠，参与动员大会。

老枭跟其他成员一起望向上将,后者却把目光投向远方,若有所思。

靳东伟是此次行动的第一负责人,大事小情都向他汇聚和由他疏散。会议结束,靳东伟召集一批人马转移到发射场附近进行部署,其中包括老枭和严丽。戴厚底眼镜的老者叫常征,凝聚态物理学家,研究领域涉及量子力学和天体物理,作为技术和科学顾问参与进来。常征形容文明之间的差异根本在于当量不同。老枭当时不明白,以为是资深学者在故弄玄虚,后来才逐渐理解,所谓当量其实是无法跨越的壁垒,譬如生死。

常征的观点是,不管它们意欲何为,人类很长一段时期都无法摆脱它们的影响,假如还有人类。常征是这个悲哀观点的忠实拥趸,不是说他老了,失去了锐意进取的决心和与之一战的勇气,而是他的知识储备夯实了两个文明之间的差距,但凡有一些天文物理的常识和对当今科技壁垒的了解的人,就会明白他的悲观主义多么保守。当量,当量啊。后来跟常征混熟,老枭发现这个老头还挺有趣,他总是像煞有介事地纠正老枭混乱的措辞和语序,把生活当成一场巨大的实验,对每个参数都严格对待,外星人无疑是实验中最大的不可抗力,谁也不知道会催化出什么反应。

相比常征,老枭对靳东伟的感觉更瓷实,是他可以想象的性格与脾气,认真部署、坚决执行,看到他,仿佛就能看见我军波澜壮阔的进程,看见历史的横截面。

靳东伟迟迟没有开口。他接触过许多普通人难以想象的重大安全事件,人们根本不会知道,就在他们挤公交车、抱怨同事、偷情和看电影的时候，世界正在经历怎样的危机，躲在暗处和远处的敌人正时时刻刻环伺着我们感到疲惫或者无聊的生活，但跟眼前的敌人相比，他之前经历的种种（地区乃至国家之间的暴动）只是无伤大雅的内讧。

靳东伟最近总想起儿时的事，在军属大院，周围都是跟他差不多大的生瓜蛋子，放了学不着家，骑自行车招呼一帮同龄人到处打游击。他也不知道兴奋什么，只要清醒，就必须处于移动状态，一旦闲下来或者上课，就感觉浑身刺挠，哪怕是跑两个五公里呢？那时他最痛苦烦恼的事情莫过于父母不准他出门跟同伴跑闹。他琢磨，世界末日大概就是取消所有室外活动，没什么比这更严重、更可怕的事。长大后才发现，让人心灰意懒的挫折数不胜数，永远有花样翻新的苦难虎视眈眈，随时准备将我们拖入无底深渊。他可以断言，眼下遇见的问题将是他今生最大的考验，不管从前，还是以后。

靳东伟知道大家心里没底，不知干什么，不知有什么。他也一样，他们遇到的攻击前所未有，所有行动只能依靠有限的判断以及直觉展开。他快速扫了一眼，不经意间与老枭短暂对视。他力排众议，把老枭搞进行动小组，是因为他站得更远。这是一场战争，整个地球都是战场，他需要作战部队，也需要机动角色，如果它们并非单纯地发动战争，而是像某些专家预言的，意欲友好访问，那就得老枭发挥作用，死死盯住它们。而且，他并不迷信"友好"。

靳东伟想了好几段开篇语，都觉得不妥，最后抖出当年他跟同学偷偷把语文老师的墨水换成酱油的往事，老师没像他们想象中那样暴怒，只是云淡风轻地说："我不怕你们犯错，我担心你们连犯错的机会和勇气都没有。"老师经历过一场不可言说的磨难，培养出坚韧又隐忍的性格，但同时落下小心翼翼的后遗症，往他的公文包里丢两个煤球，他也能一边往外捡一边开玩笑说煤球是班集体共同财产，老师不敢私吞。靳东伟当时不懂，但是大受震撼，使劲把两只黑手往屁股底下垫。

现在，他把这句谆谆教导送给他的团队："我不怕你们犯错，我担心你们连犯错的机会和勇气都没有。不能以任何常规去度量将要面对的敌人。不，是已经面对的敌人。它们来了。"

靳东伟望向发射塔，那是我们国家的资产，我们引以为豪的发射中心，承载着不同使命的卫星和航天器从这里启程，长途跋涉，在遥远的太空中服役。我们现代生活的许多事物都离不开它们的监管和扶持。虽然它们距离遥远，但与我们息息相关，比朋友和家人更了解我们。这些卫星已经成为人类文明的眼睛。试想一下，文明失去光明，远比个人失去光明的危害更大，这不是退化，而是毁灭。

靳东伟不愿过多渲染和抒情："动员的话我也不知道说什么，我不期待点燃你们的热血，让你们不顾一切地往前冲——前面有什么，谁也不知道，你们可能因此丧命，但我想告诉你们，如果我们的鲜血能够成为文明之毂的润滑油，请大家不要吝惜。"靳东伟说完环视一周，"问题？"

"是它们吗？"一个空军中校问道。所有人都对它们讳莫如深。

"只能是它们，所有一切自它们到来之后开始崩坏。"

"它们不是很友好吗？"

"不要以行为揣测动机，用证据说话。"靳东伟说。

如果一定要做出主观判断，靳东伟更倾向那句俗语：非我族类，其心必异。我们无法假设它们的好坏，只能做坏的打算。它们对人类的情感也一样。他看过一篇叫《第一次接触》的科幻小说，"它们无法肯定人类是否爱好和平，人类也对它们没有把握。若想保证任何一个文明的安全，唯一的办法就是在此时此刻摧毁对方，或者与对方同归于尽"。小说设定的场景在外太空，一艘地球飞船遭遇外星飞船，现在情况更糟糕，它们已经抵达地球。我们暴露了。不要提友好和善良，战争不是道德的游戏。

"联合国派出飞艇与它们接触，我们要不要等反馈？"空军中校问了一句。

"干就完了！"说话的是陆军上校，河南口音，他不像其他人着装严谨，军帽夹在腋下，风纪扣也不讲纪律地扣上，"那帮孙子把咱们的探测器摁在地上，不光咱们，美国的 KSC 也嗝屁了。这明显是挑衅，别扯那些没用的，干就完了！"

"KFC？"老枭插嘴，有点儿成心。

"肯尼迪航天中心，Kennedy Space Center，简称 KSC。"空军中校解释道。

"肯德基都出来了，谁找的糙汉子？"河南籍上校揪住老枭有意为之的口误，不依不饶。

"我。"靳东伟将军说，"他们的飞船悬停在墨城上空，没人比他更熟悉那座城市。"

这倒是事实，没人比老枭更熟悉墨城，那是他的家乡，那是他的战场，每一条小巷都可能成为战壕，每一次火并都可能阵亡，如果他死了，那是他的归宿。但他并不知道什么飞船，飞船所在定是超出肉眼可见的距离。

"这可是战争，"河南籍上校说，"他们估计连 95 式都没摸过。"

"那是什么?"老枭似乎想激怒对方。

"突击步枪。"严丽小声提醒他,并翻了个白眼。

"你看,俺说嘛来着?"河南籍上校说,"恁让他们打打下手还中,这种级别的行动不宜让他们直接参与,谁有工夫带这些生瓜蛋子?"

"请问,"老枭模仿他的口音,"恁当几年兵了?"

"17年。"上校挺了挺胸脯。

"出过几次任务?不是演习,分成A队、B队跟小孩过家家那种,我是指真刀真枪的实战。"

上校一时无语。

老枭乘胜追击:"你徒手追过歹徒吗?你四十八小时一动不动地盯过梢吗?你近身搏斗过吗?没有上任何保护,随时可能被捅一刀那种?你面对过死亡吗?你杀过人吗?你见过临死的眼神,听过临死的喘息吗?"

"好了。"靳东伟说,"老枭,你跟这位——"

"严丽。"

"严丽同志走趟雾城,那里发生了一些怪事,跟书和胳膊类似的景观。"

"是。"老枭敬礼道。

"有什么需求尽管开口,我已跟当地有关部门打好招呼了。"

"是。"

"注意安全。"

"不是。"老枭说,"任务第一,安全第二。"

靳东伟叹了一口气,欲言又止,过了一会儿才说:"全国像我们这样的小组有数十个，具体数字保密。任务代号'排雷'，我们都是排险的工兵。老枭，你是工兵 0202 号；严丽，你是工兵 0203 号。虽然号码靠后，但你们需要冲锋在最前线，做好准备了吗？"

"时刻准备着。"

"我还没说什么准备呢。"

"牺牲准备呗。"

"在部队上，我们习惯叫'光荣'。所有人，都要做好'光荣'的准备，这不仅仅是为国家'光荣'，更是为人类文明'光荣'。明白吗？"

"明白！"众人异口同声地应道。

众人散去之后，老枭看见远处有个小黑点缩在地上，像孩子一样"呜呜"哭了，走近，发现是常征，那位朴素的物理学家。他想安慰常征，似乎又觉得突兀，索性开常征的玩笑："您老这名字起得不错，二万五千里啊。"

"你觉得远吗？"常征哽咽地问道。

"什么？"老枭有些蒙。

"二万五千里，在宇宙不过咫尺，我们一般用光年作为最基础的计量单位，光用一秒就能跨越近 30 万公里，一光年就是 9.46 乘以 10^{12} 公里。"常征抬起头，眼窝里汪着泪，"而它们，行经 250 万光年，你算算，多少个长征？"

第一章
与希梅内斯相会

++++++++++++++++++++++++

如果我死了，真正悲伤的人不会超过二十个，

一年后悲伤的人不会超过三个，

三年后，便没有人记得我的音容笑貌。

一

今天将是我人生中最后一个周三。

首先需要解释我为什么站在桥头，以及我意欲何为。

刚刚过去的周末，我们一家三口去墨城动物园打卡。这是一场不在计划内的家庭集会。我原本报名"已阅"书店的诗歌分享会，讨论海子的诗《阿尔的太阳》。书店老板是海子的铁粉，每个月都会举办一两场线下活动，追忆斯人，追忆往昔。我凭着大学讲师和民间诗人的双重身份，往往被推崇为座上宾。

孙迦骆，我的儿子，在活动前一天晚上提出去动物园，被我义正词严地拒绝了。我给出的理由是"你妈妈工作忙"。孙迦骆以不吃晚饭表示抗议。自去年读四年级开始，孙迦骆"画风"突变，学会使用沉默而非吵闹的方式对抗长者权威。骆秋阳，我的妻子，一反常态地表示可以去动物园。这是她百忙之中抽出的闲暇。我没想到这个锐利的转折，这时再说有事或者再做其他安排就显得心里有鬼，只好委曲求全，翌日清晨驱车开往位于市郊的动物园。

因是临时决定，没有准备瓶装水和桶面。动物园里三块钱一瓶的矿泉水勉强可以接受，八块钱一桶的泡面简直就是抢劫。我反复做心理建设，本想咬牙买三桶泡面，骆秋阳却提议去美食中心。嚯，牛肉拉面三十六块钱一碗，最便宜的蛋炒饭二十七块钱，赤裸裸地宰客。我的观点是，明知宰客，还把脖子往铡刀下面伸，就不是吃亏的问题，而是愚蠢，是贱格。我试图跟骆秋阳厘清利害关系，却被她一句"出来玩就别算计那么多，累不累啊"打发。我再主张，就成了我纠缠不清和冥顽不灵。我跟骆秋阳高声对质几句，她狠狠瞪我一眼，拉着孙迦骆去美食中心了，我叹了口气，跟过去。我鼓了一肚子气，食不下咽。

我本不想去动物园，路上难免有些嘟囔与聒噪，表情管理不到位，好像是被他们母子挟持的人质。过去十几年的经验告诉我，即使心里风起云涌，脸上也要风轻云淡，否则只会招致无端争吵；觉得自己付出了，还要被非议，特别容易爆。

晚上回家，骆秋阳跟我甩脸色，说："为什么每次别人叫你，你屁颠屁颠地就去了，我们娘儿俩让你陪着出去一趟，跟要你的命似的？"

我立时爆了，说："哪有那么多别人？我就偶尔跟李漓吃个饭，顶多出席几个（我刻意用'出席'提高了规格，其实'参加'完全够用，还富余）诗歌活动，平时哪天不在家？你们说去动物园就去动物园，说去美食中心就去美食中心，我一句怨言没有，回头还是我不对？你还要我怎么做？"

骆秋阳说："你看看你今天的表现！再说，哪次出门不是我求着你？都出门了，吃个饭怎么了？非得吃泡面，现在你就不说方便面是垃圾食品了？为省这俩钱，至于吗？孙旭，你好歹也是大学老师，两面三刀怎么为人师表？"

我说："我不是图便宜。"

我又说："我后来看科普，泡面不是垃圾食品，只是营养成分单一，所以，这不是两面三刀，是辉光日新。"

骆秋阳盯着我说:"有意思吗?"

继续争吵就变成无理取闹,我在婚姻中沉浮已久,看惯了争执。我尽力克制,跑到书房自我纾解,观看蚂蚁筑巢解压。

孙迦骆玩了一天,趴在学习桌上疯狂补作业,眼睛跟书本只有一拳距离,我喊了一声让他坐直。他没听。我又喊了一声。他置若罔闻。这是他最近的另一个变化,一件事,我三令五申,他无动于衷。我喊他吃饭,面条都坨了,他还在屋里摆弄乐高;我把袜子拿到床上,他还是光着脚去厕所;早起上学是最大的挑战,从被窝里钻出来跟脱层皮似的,他每次都踩着上课铃声跑进校门。我心里窝火,一巴掌拍在他的后背上,孙迦骆登时哇哇大哭。我大声勒令他不许哭,吼声之大,自己都为之一振。我知道这样不对,也不止一次承诺不再动手(四年级学生的尊严包括不能随便被父母修理),可就是控制不住。说我有暴力倾向也好,说我出尔反尔也罢,体罚孩子那一刻,我是一个人格分裂的父亲,印在他的后背上的红肿是对我的沉重审判。

骆秋阳冲进来,将我驱逐出书房,卧室也禁止我踏足,当晚我搁浅在客厅沙发上。

我在黑暗中不断喘着粗气,像只年久失修的风箱,满脑子都是横冲直撞的委屈情绪。我做了一个灰色的梦,梦中安插了一双肉翅,直上云霄,却在最高点骤降,落地时惊醒。我睁开眼看见身前站着人,吓得坐起来,却是骆秋阳。她郑重其事地控诉我怎么能睡着?我以为这件事已经画上了句号,以我跟自己怄气收场,没想到骆秋阳开始大举进攻,把我批得体无完肤。她开始诉说肩上的重担,操持一所学科类培训中心,每天忙得晕头转向,一天三顿饭都不在饭点吃。我说我更累——不管事实如何,我都要表明态度——她只是上班,我除了上班还要负责孙迦骆的起居和学习，管理一个十岁小孩不比管理一家公司更轻松。她的气焰突然萎靡下去，我以为反制成功，她突然用"离婚"做出猛烈的反弹。我气急了，跳起来，离婚就离婚。我知道，我们不可能离婚，但这么互相威胁还是让彼此惊惧。骆秋阳哭了。哭得一塌糊涂，山崩地裂。我必须有所表示，瘫坐在地上比她哭得更投入，更用力，更撕心裂肺。一个男人卸下防备时，可以比女人更加肝肠寸断。她看着我，像看陌生人。

上次掉泪还是十年前，我奶奶去世，刚刚听到消息的时候，奶奶被火化的时候，出殡的时候，下葬的时候，我都难以自抑地哭了。那一瞬间，我感到婚姻已逝。

第二天上班，李漓问我眼睛怎么红肿。我说失眠。他知道我有抑郁症，厌食和失眠是家常便饭，没有刨根问底。

我的最高纪录是连续失眠两个月，盗汗，记忆力差，双腿乏力，嘴里没滋味，烦闷，易怒，躁郁，大把大把地掉头发。相比身心摧残，我更加抗拒他人的目光，好像抑郁症就是闲得没事，是自找的，是活该。只有李漓安慰我，抑郁症是病，得治。也是他陪我去墨城市人民医院心理科挂号。主治医师是一位五十出头的女性，姓庞，一头及肩的烫过的鬈发，一副金边眼镜。她的助手非常年轻，应该是还没毕业或毕业不久的实习生。实习生带我进一个治疗室做测试，取出三张单子，一张是匹兹堡睡眠质量指数，一张是九十项症状清单，一张是汉密尔顿抑郁量表。

抑郁症从模棱两可的概念变成一组具体数据，用评分刻画出一副乏力的精神面貌。我以前不重视，觉得只是心情不好而已，是李漓助我正视病魔，从此我开始服用舒肝解郁胶囊和草酸艾司西酞普兰片。

墨城市人民医院
汉密尔顿抑郁量表

编号：12345

姓　　名：孙旭	年　龄：40	性　别：男
文化程度：博士	婚姻状况：已婚	测验耗时：00:13:29

测试结果：

总粗分	25	焦虑／躯体化	5	体重	0
认识障碍	4	日夜变化	2	阻滞	4
睡眠障碍	3	绝望感	4	全身症状	3

诊断结果： 患有抑郁症状

指导意见：
情绪低落，时常心情郁闷，自我评价降低，自感能力不够，对未来没有明确规划和感到没有奔头，有时会出现烦躁情绪，不愿与他人多交往，伴有自卑感，但有时也想向他人倾诉心中的悲伤。

签名：庞敏　　日期：2020-12-11

（本报告仅供参考）

　　这件事我并没有告知骆秋阳，她已经超负荷运转，我不想给她添乱。看看，我处处为她着想，还想让我怎么样？

　　在婚姻中把自己放在低位，这是我的客场，我时时、处处以骆秋阳为中心进行情绪转移，每天下班前给她打电话探探晴雨。这也是我在动物园之旅怄气的原因，我一直默默付出，非但没得到认可，还换来一堆抱怨，搁谁也不能接受。我之前分析，患抑郁症可能跟写诗息息相关，两者有某种莫可名状的互联；这么说有些忌讳，仿佛暗示诗人的心理都不健康，我倒不担心他们对我群起而攻之，毕竟这个群体并不"群"，如今全国还有多少写诗的人？我一度认为，当代诗歌存在的价值就是帮助没有长篇行文能力的作者混入文协。当然，我这么说多少有些酸葡萄心理，因为我没能通过诗歌进入任何官方组织，或者说没有通过诗歌得到荣誉与金钱。我应该不在乎这些，可我做不到，这就是我无法成为一个纯粹的诗人的根本症结，是我的矛盾所在。我幻想今年可以付梓一本诗集，为我的四十岁增加一笔重要的人生财富与贺礼。财富、贺礼，瞧瞧我的措辞，哪里还有诗人的风骨？

周一。

开车上班，眼看快到学校，我被交警拦停，今天限号。我深陷昨日的情绪中，忘记本周轮换了新的尾号。交警开具罚单，我只能临时停靠就近的私人停车场（后来我才知道，四个小时内，上路行驶的限号车辆只能被处罚一次）。离学校尚有两个路口，约两公里，打车不值一个起步价，走路又太远，最适合刷一辆共享单车。我风驰电掣地骑车到北门，结果附近没有规划车位，将车放置在禁停区需要额外加收费用。我只好绕到西门，停好车，一路小跑到办公室，一通折腾，几近九点。

推开办公室的门，我看见了人事处李主任。他端着保温杯，轻轻吹拂杯口浮沫，小心啜饮，嘴唇上还是沾了一片茶叶。他抿抿嘴，将茶叶唾在地上，说："孙老师刚来啊。周一就是堵车。我六点多出门，早饭都没吃。"

我打了个哈哈，嘴里说是。我讨厌他，他也知道我讨厌他，心照不宣地做着表面文章，是成年人的相处方式。他过来通知我，申请没有通过。结果上周五已经流出，他特地捂了两天，只为让我度过一个愉快的周末，言语间充满为我设身处地地考虑的殷切关怀以及对这个结果的意外和愤慨。

李主任说："孙老师治学严谨、认真，深受学生爱戴，这次评职称，我们几个老同志都以为你十拿九稳。不过学校有学校的考虑，领导有领导的安排,你别多想,继续努力,好好表现,下次一定通过。"

我有点儿蒙。这算不上晴天霹雳,我对职称没那么趋之若鹜。我博士毕业进入墨城师范大学任教,干了两年,从助教到讲师,干了八年,还是讲师,三次参评副教授皆铩羽而归。这是第四次。用李漓的话说,风水轮流转,轮也应该轮到我。

我强颜欢笑,李主任只是传达结果,他也不是决策者,没必要给人家冷脸和黑脸。

我说:"这是组织上对我的考验啊。"

李主任说:"你能这么想最好,而且我相信,你很快就会通过这个考验。孙老师的教学能力毋庸置疑,只是评选名额实在有限。职称呢,只是一个头衔,不能以此区分教师的优劣。孙老师你说呢?"

我只能说"是是是,对对对"。职称的确只是一个头衔,但这个头衔直接跟社会地位和工资奖金挂钩,我不想、不争、不抢是不可能的。一个人淡泊名利的前提是拥有名利,否则就不是看得开,而是酸葡萄心理。李主任又安慰了我几句,中心思想仍是希望我再接再厉,心照不宣地敲打我不要闹事。他太高看我,我能闹什么事?我顶多闹闹情绪,跟李漓发一通牢骚,还能举报学校?我没有那个魄力;就算我有魄力,学校又有什么过错?没有任何一条明文规定,教师工作一定年限必须被评优。这年头,举报的人多是泄愤。

中午在食堂吃饭,李漓得知我没有评上副教授,说了一句:"欺负老实人啊这是。"

我苦笑一声:"我也不老实。"

李漓说:"我听说学校把文学院名额拿出来,当成特殊福利吸引高层次学者。多扯淡啊,搞理科的人是高层次,合着我们舞文弄墨的人都是低水平呗。什么年代了，社会都不重男轻女了，学校还在重理轻文。小心我去教育局举报。"

我说："没办法，我们这个行业不容易出成绩，拿不到项目，申请不了经费。该怎么过还怎么过呗，希望下次能行，乐观地讲，我又积攒了一年教龄。"

我又说："你动不动举报这个，举报那个，光听见你说，没见行动啊。"

李漓说："你还别激我，信不信我现在就打市长热线，12345，上山打老虎。（转过味来）不对啊，你这是拿我当枪使。心理太阴暗了，怪不得你当不上副教授。我校应该庆幸，揪出你这个害群之马。"

我说："请注意你的量词和言行，还大学老师呢，天天口吐芬芳。"

李漓说："大学老师也是人，这是言论自由。"

我说："什么时候说脏话成言论自由了？胡搅蛮缠。"

跟李漓扯淡几句，感觉好受一些。职称不过浮名，我认真教学才是实在的。话虽这么说，我还是不由自主地长吁。我看过一篇报道，教师超过一定年龄，越往后越不好评级，人们会产生一种思维定式，认为你本身不够优秀，按照优胜劣汰的自然规律，不评级是天经地义。[1]这挺有道理，就像新入职的员工，刚开始天天加班，人们会觉得你踏实、努力、拼搏，长此以往，人们难免有微言，以为你工作能力堪忧。

李漓安慰我："想想波波老师吧，再有一年就退休了，还没被评上副教授。"

---

[1]《我国高校教师职称晋升影响因素的事件史分析》，文章提出：年资虽被视为职称晋升的一个重要因素，但并不是年资越长，晋升的概率越大。当在讲师职称上累计一定时间，超过一定期限后而迟迟未能晋升，之后晋升的概率反而呈下降趋势，副教授晋升至教授亦是如此。因为主观上人们会认为长期未晋升是教师本身不够优秀，对他的研究贡献不抱有很大期待。

覃波波刚好端着一盘饺子从李漓身后经过,听见我们谈论他,停下来说:"你们想笑话人尽管去我的办公室,不用背后嚼舌根。"

我连忙跟覃波波解释,没有拿他开涮的意思,是在谈论我没有被评上副教授的悲惨遭遇。覃老师干了大半辈子还是讲师,我着急什么?这本来是句自嘲,不想却刺痛了覃波波。他双臂颤抖,托盘中的饺子像在跳踢踏舞。我赶紧拽着李漓走出食堂。

李漓一脸不情愿的表情,说:"我还没吃完呢,光盘行动。"

我说:"回头再行动,我请你去吃泸州。""泸州"是校门口一家川味饭店,店面不大,水煮肉片和毛血旺做得非常正宗,我和李漓经常去打牙祭。

盛夏午后的阳光分外凶猛,我被照得有些恍惚,一时不辨现实与梦境。

周二。

我上午没课,在办公室里整理资料。我最近两年一直在研究语言演化,希望能编出一篇有分量的论文,刊登在国家或者省级重要刊物上,助力评级。

相比论文发表,我更加梦寐以求的是出版诗集。我曾把去一趟拉萨、出一本诗集和拍一部电影列入四十岁之前实现的愿望清单,可我已经四十岁,这三件事均未照进现实。目前来看,去拉萨遥遥无期,拍电影天方夜谭,我唯一能够触摸到形状的梦想就是出书。一年前,我的责编珺说选题过了,其间经历不少磨合,或者说磨难,上个月终于敲定封面:一轮冉冉升起的红日,从并不整齐的边缘滴落墨汁,渗出书名《我的太阳》(注,该书名是编辑的结晶,说可以增加销量,我也不懂,但为了书顺利出版,我对编辑向来唯命是从,就算改成《从你的全太阳路过》我也举双手赞成)。这是一本诗集,从过去二十多年我创作的篇目中遴选九十六首，长逾百行，短仅两句。

说实话，我对封面设计并不满意，色彩过于艳丽和大块，我建议把红日改成黑日，遭到珺的严厉拒绝与抨击，做书不能只考虑审美，还要综合市场因素，黑色太阳给人感觉太压抑（难怪我有抑郁症）。我的诗作通常是暗色调，远远谈不上明媚。珺说完还问我怎么样，我拍手称赞，不敢再有异议，生怕耽误出版进度。不是说选题通过就板上钉钉，也不是封面定稿就万事大吉，最重要的书号和CIP迟迟没有到位，书下厂之前，一切都有变数。

出书的事我只跟李漓分享过，他隔三岔五问我进度，我都说快了。李漓揶揄我，出本书跟生孩子一样，孕期够长的。出书本来就是生孩子，李漓无法理解此事对我的意义。他主攻明史，当然不能说胸无点墨，但当得起胸无大志，他奉行为自己而活，得过且过。一天说过去就过去了，一年说过去就过去了，一辈子也会悄无声息地溜走，所以人生得意须尽欢，一个人没必要被事业、婚姻、家庭、社会责任所羁绊。如果非要给他匹配一个梦想，那就是争取跟不同女性谈恋爱。

相比短诗，我更倾向于创作长诗，但珺认为，当今的出版环境，长诗几乎没有问世（上市）的可能。我的长诗一直被封印在电脑D盘里。诗名《太阳·七部书》[1]，是把我自己掏干的作品，过去十几年，我每天都在跟这首诗"决斗"，为每一个字眼、每一个标点殚精竭虑，为每一个喻体、每一个组合呕心沥血。我认为，诗有两种，纯诗（小诗）和唯一的真诗（大诗），还有一些诗意状态。真正的诗人势必以写大诗为目标。

忽而想起出版的事，我琢磨打听进度，又担心编辑不耐烦。我

---

1 海子所作的长诗。下文关于大诗的论述亦是海子的观点。

正在纠结，李漓着急忙慌地闯入，关门上锁，背靠门板气喘吁吁。不用问，我就知道他在躲避女友追击。李漓比我小两岁，是不婚主义的推崇者与践行者，编纂了许多歪门邪说支撑他卑劣的价值观。我起初还想批评教育，扳正他扭曲的心理，但每次都被李漓绕进去，后来索性不再干预他的"内政"，一方面，人各有志，另一方面，自己的事也是一地鸡毛，我结婚生子踏踏实实地过日子的谆谆之谈只会沦为反面教材。李漓曾问过我一个问题，假如时光倒流，再给我一次选择机会，我还会不会结婚？他不让我考虑，捕捉第一感觉。我的第一感觉是不会。结婚带给我的烦恼与苦痛已经盖过幸福，那些吵架，那些置气，那些摔打，那些羁绊，全都是婚姻的副作用。我要广而告之，我是一名罹患结婚症且病入膏肓的患者。我当下没有回答，但他已经从我的犹豫中得到想要的论据，用以加固他不婚的观点，顺带对我造成一万点暴击：你都后悔了，有什么脸面教育我？换句话说，你已经处于水深火热之中，还要把我拉进来？居心叵测啊。我唯一能够举起的大旗就是利用他频繁分手的行为将之包装成负心汉；任何时代，任何背景下，玩弄女性这顶帽子都足以毁灭一个人。

我问他："你是不是跟小林姑娘提分手了？"

李漓愣了一下才说："什么小林？"待我说出小林的全名，李漓才如梦初醒："小林姑娘已经是遥远的历史了。"

我说："你真够可以的。这次的受害者是谁？我知道了，那个意大利留学生。我跟你说，小心她拿意大利炮逼婚，搞成国际事件。"

李漓说："你算说对了，外国友人热情似火，非要拉我入赘。你说我能干这种有辱国威的事情吗？我跟她说，我是一名中国人，中国人对婚姻不像他们那么随便，才处几天啊就谈婚论嫁。不过意大利姑娘也是历史。"

我忍不住骂了脏话:"你他妈真行!"

李漓不以为耻:"我他妈当然行,这是经过多方认证的,不像你,只有单一反馈。老实说,你是不是骗骆秋阳男人都是两分钟?反正她只经历过你一个男人,你怎么说都成立。"

我捡起桌子上学校发的双花草珊瑚含片扔过去:"你才两分钟!"

李漓跳着躲开,落地后说:"怎么,两分钟说多了?"他捡起铁盒拿在手里把玩。

我说:"不愿搭理你。"

老师用嗓子较多,我又不愿意使用"小蜜蜂"[1],常年嗓子干痒。相比草珊瑚含片,我更喜欢罗汉果的味道,不过学校免费发放,我就只好"委曲求全"。李漓突然喊了一声:"之前没注意,这生产日期是2003年啊。"

我心想不准,连忙从他手里拿过铁盒,果然【生产日期】200317,【生产批号】200302,【有效期】至202202。虽然药没有过期,但我感觉像吞了苍蝇一般难受。这是妥妥的临期药品啊,比我儿子的岁数都大。学校给老师们发放的福利由李主任经手,李漓便诅咒他:"这个老李,不定吃了多少回扣。像这种生产都快二十年的产品,他拿的时候估计连原价的十分之一都不到。这事我必须举报。"

我说:"算了。"我抠出两枚含片放进嘴里。

李漓说:"你怎么还吃啊?"我说:"这不还没过期?"

李漓鄙夷地说了我两句。我任凭他的嘲讽话语落在身上,不与其争辩。过了一会儿,他自觉无趣,又开始往自己的情史上引:"这个女

---

[1] 一种简易的、可佩戴扩音器,多用于教师讲课和广场唱戏、唱歌。

孩你认识。"

我猜了几个人都没中,从 Mary 到 Sunny 和 Ivory,就是没有她的名字。

李漓神秘兮兮地提醒:"你们最近经常见面。"

我说:"我最近就跟你经常见面。该不会……?"

李漓说:"想多了,我宁折不弯,宁死不屈。我虽多情,但不乱性。你知道,这是我的宗旨和底线。(我)再给(你)一个提示,医院。"

我惊掉下巴,瞠目结舌:"庞大夫你也不放过?禽兽,禽兽不如。你的原则呢?我记得你说过,你只跟单身女性暧昧,庞大夫少说也有五十多岁了,没听说她丧偶啊。"

李漓说:"你才禽兽,是她的助手。"

我说:"你就陪我看个病,什么时候勾搭上医生了?"

李漓说:"我觉得你做那些测试挺有趣,私下找她做了一次。这并不是心血来潮。自与她邂逅,我就茶饭不思,辗转反侧,眼看就要抑郁了。但现在我必须跟她分手,她天天喂我吃药,语气神态把我当成小朋友,换谁受得了?我只要一反抗,她就说我病重,要加大剂量。这次真的不赖我,我是担心自己的人身安全才跟她分手。对了,我家里还有十几盒舒肝解郁片,回头拿给你。"

我说:"你适可而止吧。"

李漓说:"你才是个儿子!好好的,怎么骂人?!"

我说:"我说的是适可而止。"

李漓说:"就是,她们怎么就不懂得好聚好散,非要死缠烂打?"

我说:"你这样我以后还怎么就诊?你可以胡搞乱搞,但别搞我好不好?"

李漓说:"我谈我的恋爱,你看你的抑郁症,咱俩单论。经过这次相处,我有了一个全新的发现,男人在恋爱时就想着全身而退,女人呢,从不设退路。你可以说她们伟大,也可以说她们固执。"

我好像从来没想过全身而退,我跟骆秋阳从一开始就是全力以赴。李漓之所以这么想,是他的爱情观有悖于普世标准,他自以为是情圣,其实就是"海王"。我忍不住对他一通批评教育,李漓不以为然,恬不知耻地唱道:"好男儿胸怀像大海,经历了人生百态世间的冷暖,这笑容温暖纯真……"

此时,我放在办公桌上的手机响了,珺给我发来一条语音。我还没点开信息,手机就被李漓一把抢了过去:"小鹿?这昵称一看就有故事啊。"

我说:"那是我的编辑。她的微信名叫小鹿,我没改备注。"

他说:"这是近水楼台啊。你一边讽刺我是'海王',一边偷偷经营'池塘',被我逮了个正着吧。"

我让他别闹,把手机给我,可能是出书的事。

李漓点开语音,传来珺很南方的声音:

对不住了九日,公司这边调整策略,不做诗歌了,开始做儿童文学。没办法,现在市场不景气,就小孩的书能卖。诗人都有颗纯真的心,你如果转行写少儿文学有天然优势,可以考虑一下啊。我们现在挺缺稿的,你写了,我可以往前安排。题材最好是校园和冒险,字数不用太多,三万到六万都可以。

九日是我的笔名。

李漓听完消息不再闹,把手机倒扣在桌上,安慰我不要难过。他知道诗歌于我的重要性；知道一个孩子于母亲意味着什么，就知道那本业已夭折的书对我意味着什么。我不可能不难过，一个四十岁的人还能有多少梦想，还能有多少时间追逐和实现梦想？那一刻，我想死的心都有。这个想法就这样钻进我的心里，落地生根，根深蒂固，固执己见，见死不救，一瞬间我就觉得生活毫无意义与价值，每一口呼吸都是对空气的浪费跟亵渎。世间的一切都变得苍白，只有死亡美味可口，诱惑着我的胃：吞下去吧，一口叫作梦想的毒药。四十岁的人还谈什么梦想呢？这不过是做梦与痴想。

晚上，我把自己关进书房，想找一本闲书解闷，选了半天，还是拿起《海子诗全集》，像往常一样随意翻开一页，摊开稿纸，拔掉笔帽，准备抄写（这是我每天的修行与功课）：

P359
但丁来到此时此地

自杀者各自逃离树枝
但丁来到此时此地
自杀者各自逃离树枝

"自杀者"让我头晕目眩。

P525
黎明和黄昏
——两次嫁妆，两位姐妹

> 黄昏自我断送
> 夜色美好
> 夜色在山上越长越大

我狠狠往后翻。

P737
抒情诗

一

> 八月的日子就要来到
> 我的镰刀斜插在腰上
> 我抱起了庄稼的尸体

再狠一点儿。

P1154
死亡后记

西川

　　海子去世以后，我写过一篇名为《怀念》的文章，那篇文章是这样开头的："诗人海子的死将成为我们这个时代的神话之一。"

现在 5 年过去了，海子的确成了一个神话：他的诗被模仿，他的自杀被谈论。

我索性合上书，试图像关紧门窗一样把"自杀""死亡"这样的辞藻隔离。

我放下书，去看蚂蚁——书房里有一只鱼缸，但我的宠物是成千上万只蚂蚁——同样无济于事。不管我看什么，如何转移注意力，两分钟后我就会被自杀的念头笼罩，就像有人不断向我嘴里吹气，我感到自己濒临爆炸。晚上我又失眠了，凌晨四点时迷迷糊糊地打了个盹，睡醒之后惶惑不安，不知身在何处，甚至不知生死。

我茫然地坐到天亮，望着窗外，有抑制不住跳下去的冲动。

周三。

周三没有课，我想请个假。

拨通李主任的电话，我以身体不舒服为由申请病假。李主任一反常态地嘘寒问暖，问我是不是着凉了，有没有发烧。我连忙解释最近没出门，没去过火车站和飞机场，就跑了一趟动物园，也没有咳嗽和咽痛的症状，只是有点儿头晕。李主任的回复变得语重心长和好为人师，摆了许多大道理，没有课并不代表没有工作，言语间透露"知道为什么你没有被评上副教授了吧"的暗示。我耐心聆听他的教诲，配合他表演。谁让他攥着我的七寸？我好说歹说，李主任终于松口，让我承他的情。

我什么都不想干，躺在沙发上，两眼麻木地盯着天花板。临近中午，李漓给我打电话让我去食堂，他刚跟心理医生分手，处于难得的空窗期。得知我今天没去学校，他适当关怀一番。刚撂下电话，铃声再次振响，我抓起手机来看了一眼立马正襟危坐，备注是崔老师（迦骆的班主任）。

崔老师说："喂，迦骆爸爸，请你来一下学校。"我忙问怎么回事。崔老师说孙迦骆跟同学打架。我只好抖擞精神，开车去孙迦骆的学校，跟门卫说清情况，他让我亮了亮健康码，测量了体温，才把我放进去。我轻车熟路地走到教务处，看见孙迦骆跟崔老师站在一边，他们对面是一个小孩和两个大人，小孩看起来不过七八岁。崔老师说明情况：中午吃饭时，孙迦骆和低年级学生发生冲突，小朋友被他踹了一脚。两个大人分别是小朋友的班主任和家长。

家长指着我的鼻子说："你怎么管的孩子？孩子都这么大了还不懂事，四年级欺负我们一年级！"

孙迦骆额头上贴着一张创可贴，胳膊上还有几道血印。小孩倒没有明显的外伤。我没忍住，当场踹了孙迦骆的屁股一脚。

那个家长风言风语，指责我暴力，有其父必有其子。

我也觉得失控，吼孙迦骆："怎么回事，为什么打小孩？从小到大，一点儿不让人省心。"

孙迦骆红着眼辩解，是小孩先往他的碗里吐口水！我转头向崔老师求证，崔老师还没开口，被打的小孩理直气壮地声明没有！

崔老师说："这个我们都没有看到。"

对方家长也说："我家小孩特别懂礼貌，是个小暖男。"

孙迦骆一口咬定就是小孩先找事。

我说："食堂有监控吧，要不要查看一下？"

崔老师连忙打圆场，说看监控事情的性质就变了，没那么严重，小孩子之间打打闹闹很正常，说和说和就好。孙迦骆的问题是下手太狠了，就算别人往他的碗里吐口水，他也不能踹人家的肚子，应该第一时间向老师汇报，由老师出面处理此事。

我委婉地提醒他们，孙迦骆也受伤了。

小孩的家长不依不饶，说他家小孩现在肚子还疼，受的是内伤。我建议让她带孩子去医院做检查，如有问题，检查费和医药费我们负责，如无问题，费用自付。家长指责我态度不端。我问她想怎么样？她说要孙迦骆道歉。孙迦骆抿着嘴，一副誓死不屈的模样，说他根本没错，这个小孩就是调皮，揪小女孩的辫子，他看见了，打抱不平，推了小孩一把，小孩就往孙迦骆的碗里吐口水报复。最后还是两位班主任从中调停，大事化小，小事化了，不了了之。孙迦骆回教室上课，崔老师又交代我几句，说："迦骆最近有些叛逆。我知道你和孩子的妈妈都忙，但忙来忙去不就是为了孩子吗？不要本末倒置，还是得多陪陪孩子。您说呢？"

我说"是是是，对对对"。结婚之后，我们为了另一半而活，有了孩子，两口子都为孩子而活。谁规定的？如果我跟李漓说这个观点，他一定会把对方批得体无完肤。我也认为，人只有为自己而活，才是对亲人负责。可是生活中，谁能做得这么条理分明呢？生活总是混沌的。

崔老师又说："说实话，我跟您讲道理有点儿班门弄斧，您是大学教授，可是您管的是大学生，小孩子还不一样。我当小学老师两年了，虽然没结婚，但对孩子的认识和教育也算有些建树。我就是觉得，跟孩子沟通，最好还是平和一些，姿态放低一些，不要动手呢。"

我说："您说得没错，只有一点不对。（崔老师吃惊地盯着我）讲师。我只是大学讲师，不是教授。不敢僭越呢。"

崔老师愣了一下，不知怎么接茬。她是一个年轻的姑娘，去年本科毕业考教师编，因为疫情，应届生考编比往届生容易，报名人数少，招收名额多，因此分数要求不高，六十多分就能进面（试）。崔老师接了孙迦骆的班级。他们的上一个班主任是派遣老师，同样考编走了。关于派遣和在编老师，我有很多话想说，但都是没有营养的抱怨，不提也罢。一个现象长久存在，即使不合理也合理了，就像他们学校，一到三年级，语文、数学都是同一个任课老师教。肯定不是教育资源短缺，许多人都削尖了脑袋考编呢，只能说教育局没钱，为节省开支让老师身兼多职，低年级的班主任一天工作十几个小时的现象非常常见，不但违反班主任相关规定，连劳动法也置若罔闻。这就是既定现实，决策者肯定看到了这种情况，肯定也在行动，但是改革非常困难，转身很慢。

回家路上经过墨城师范大学，望着那片灰褐色教学楼，我平生第一次这般无助与绝望，一幢幢建筑物就像渗血的腐肉。这个比喻成为一把劈开我的身体的斧子，死亡的念头再次溜进我的脑海。我一失神，听见"砰"的一声，车子追尾了。车上下来一个头发五颜六色的年轻人，骂骂咧咧；我神情漠然，承认全责，给保险公司打电话，把车留在路上，一步步走到桥头。

这是一座普通的石桥，距离墨城师范大学不远，我甚至可以看见我的办公室。我想象另一个自己站在窗前望向石桥上的自己，想象置身事外目睹自己的死亡。

那句话怎么说来着？世间所有相遇都是久别重逢！这话听上去很美，但经不起推敲，像是无病呻吟的金句。套用这个句式，我总结出，世间所有自杀都是故意伤害。我第一次萌生自杀的念头时，其实已经饱受折磨，就像我第一次登录患者服务移动平台预约挂号，第一次走进心理诊室，第一次见到庞医生和她即将被李漓抛弃的助理，抑郁症已侵蚀我许久。不知道你们有没有这种感觉，当你们看到医生的时候，病情突然好转。我见到庞大夫就是这种感觉，她像一道光劈入我昏暗的视界，我听她说话都有吹面不寒杨柳风的体恤感。我的抑郁症是被庞大夫的人格魅力和黛力新[1]控制住的。每两周一次的复诊就是我的精神化疗。此时此刻，除了对不起父母、对不起妻儿、对不起朋友，我还特别对不起庞大夫，我会作为失败案例写进她的诊疗生涯。

这将是我人生中最后一个周三，我的生命将定格在四十岁，人们会在我的葬礼上谈论我英年早逝和天妒英才，即使他们知道我并不能被称为英才。我只是一个年逾四十还没有被评上副教授的讲师，是一个写了二十多年现代诗也没有出版一本诗集的诗词爱好者（我甚至不能被称为诗人）。作为儿子，我让尚在人世的父母体验了一把白发人送黑发人的悲恸；作为丈夫，我没有给骆秋阳一个幸福美满、寿终正寝的婚姻；作为父亲，我将缺席孙迦骆的青葱岁月，这种缺席可能会伴随他一生，让我于心不忍，让我几乎悬崖勒马，原谅爸爸吧。

从各个维度评判，我都与世俗的成功完美绝缘。这是我作为一个诗词爱好者最不世俗的成就，诗人似乎就应该一事无成和郁郁不得志，否则无法抒情。

别了，麦地。

别了，太阳。

别了，幸福与苦难共存的人间。

---

1 黛力新指氟哌噻吨美利曲辛片，是神经系统用药，主要治疗神经衰弱、抑郁症、焦虑、情感淡漠等。

二

　　三十岁和四十岁最大的不同在于，三十岁时人们尚觉人生漫长，日子挨着日子，连绵不绝，四十岁一过，人生忽然失去厚度，仿佛长跑望见终点，步伐愈加艰难、沉重、黏腻，迈向请君入瓮的死线，你无法停下，不能回头，步履不停。我又想起是枝裕和的这部经典作品。毫不夸张地说，他的每部作品都经典，这当然是个人趣味使然和作祟。不可否认的是，有人天生就是大师，有人注定要做个小人。保守估计，我应该算小人，至少是部分的小人。我自诩清高的皮囊下面包裹着一副媚俗的骨头，动情地舔舐着笔端控诉的种种现状。为了一个职称，为了一本书，为了婚姻，为了种种不可得的东西。

　　生活一地鸡毛，于是我站上桥头。

　　一个声音说，跳下去吧，给你自由。

　　一个声音说，跳下去吧，给你幸福。

　　我是多么渴望自由和幸福，从工作、家庭中随时抽离的自由，可以用诗句记录世界的幸福。可我又多么惧怕死亡，从小到大，我既平凡又自命不凡。小人往往胆怯，这也是我迟迟没有解决自己的原因。

　　呼吸变得紊乱，我不敢面对那条肮脏的民心河，那条漂浮着塑料袋、一次性筷子、枯枝败叶、避孕套的城市河流上，很快就将漂浮我的尸体。我会在河底溺毙，再慢悠悠地等待尸体吸饱水分后密度小于水而被浮力托起，等待路人惊慌失措地发现死亡现场，继而变成他们茶余饭后的谈资，等待父母号啕大哭，等待儿子不知所措，等待眼泪从妻子的泪腺中分泌，等待多年之后一个金色的黄昏，她望着夕阳不经意间将我想起，也等待她忘记。

她会哭吗？

离婚和离开，没什么不同。

如果我死了，真正悲伤的人不会超过二十个，一年后悲伤的人不会超过三个，三年后，便没有人记得我的音容笑貌。他们记得我，只是作为一个符号和名称：哦，是有那么一个人，叫什么来着？做什么来着？突然就想起来，又怎么都想不起来。我会从他们的生活中销声匿迹（本来也没多少交集），只留下支离破碎的家庭，怎么也拼凑不完整。

我已经来来回回地在桥上踱步了一个小时，没有人注意我。我时而打消死亡的念头，感到一身轻松，但随之而来的又是漫无边际的绝望感，存在的沉重感，酥麻刺痛，像被烈日灼伤。我不停徘徊，徘徊，终于下定决心。我四十岁的身体里埋伏着一颗炸弹，每次心跳都是倒数计时的"嘀嗒"声，现在来到最后几秒，我随时可能爆炸。

砰！

有人说所有自杀都是蓄谋已久的他杀，也有人说是一时冲动，作为亲历者，我会说二者皆有。我第一次产生这个可怕的念头后，它就匍匐在神经中枢里，开始冗长的铺垫与说教，终于某个时刻，外界一个小小的推力施加进来，我就心血来潮。眼下，我心血来潮。自杀跟离婚一样，离婚的念头一旦冒出，就会不时骚扰人，在某个时刻以惊人的姿态爆发，即使作为肇事人和发起者，照样不知所措。怎么会这样？这通常是他们的第一反应。

你一定有过这种体验，数九寒冬，暖气罢工，半夜被尿憋醒，躺在温暖的被窝里不愿动弹，僵持片刻，忍不住假设，如果刚才积极面对，现在早已解决内急。假设之后，仍是假设，反反复复，直到膀胱生理极限告急。眼下，我正在等待那条死线。看，多么漂亮的双关，可惜我无法写进诗中。

生命的最后时刻，我满脑子都是家人。我逐一想象他们获悉我的死讯时的反应，除了儿子。他才十岁。我常常假模假样地告诉他未来充满光明色彩，现在却要生动地用黑白照片做反例。我不奢求他原谅和理解我，如果说我还有希望，希望他尽快遗忘我。

长诗结尾，吟唱步入高潮。

这是一个普通的周三下午，仲夏的阳光炙热刺眼。河水黏稠，波光粼粼，充满诱惑，像情人的眼波，顾盼生姿。自古以来，文人墨客都有一种投水情节。屈原投了汨罗江，王国维投了昆明湖，老舍投了太平湖，戈麦投了万泉河。我将通过这种蛮横的方式强行跟他们并列在一起，让后人类比的时候，可以罗列当代案例，我会作为一个真正的诗人被记录和悼念：孙旭投了民心河。看吧，就连我选择的水域都这么工业和狭隘。我不止一次听过有人在民心河自杀的新闻，多是些走投无路之人，借由死亡逃脱世俗的问责与债务。我呢，我要逃脱什么？我更像是在控诉，用死亡予以沉重的反击。

我掏出手机设置了自动发布的微博，大致内容是怀念、抱歉以及控诉。我控诉这个物欲横流的世界，电子的世界，虚伪的世界，人情的世界，制式的世界，游戏的世界，潜规则的世界，钞票的世界，作秀的世界，地球人的世界，你我的世界[1]；我控诉人们对诗歌的背叛和抛弃，控诉快节奏的生活和短视频，控诉唯利是图，控诉虚与委蛇。我这么做并非哗众取宠，人都没了，还争什么宠？我这么做是希望引起出版公司注意，用死亡博取一个出版诗集的机会，把死亡作为腰封的宣传语，这是我能提供的唯一也是最后的营销价值——假使自杀还有一点可以宣传的价值，也仅限于此了。九日遗作，让我们通过诗歌走进他的内心世界。

怎么会这样？

就是会这样！

我闭上眼睛，深呼吸几下，奋力一跃。按照坠落轨迹，我会撞破水面，然而不可思议的事情与我刹那耦合：我穿过水面，坐在河边的草坪上，头发蓬松，鞋袜都是干的，脸和手丝毫没有沾湿。基于多年的科学素养，我做出以下两个猜想：一、我已经死了，此乃灵魂出窍，没人可以证明灵魂的存在，同样，也没人能够证伪，这是另外一个虚幻的世界，可以是天堂，也许是地狱，总之我还有观感和能动性，可以与这个世界继续发生反应；二、我暂且苟活，此乃南柯一梦，日有所思夜有所梦，连日来的负面情绪催生了这场逼真的自杀梦境，搭建出我一直渴望又害怕的场景，我很快就会醒来，但我不知道自己还有没有再跳一次的勇气。我不可能做出第三种假设——除非世上真有神仙，或者说外星人，他们拥有超出人类认知的科技或魔法。

偏偏假设成了真相。

---

[1] "游戏的世界，潜规则的世界，钞票的世界，作秀的世界，地球人的世界，你我的世界" 摘自歌曲 *Bye Bye*（再见），演唱者旅行团乐队。

外星人飞船悬停在墨城最高建筑希尔顿酒店的顶层，舱底跟楼顶之间大概有五米距离。城市雷达没有捕捉到飞船的运行轨迹。它突如其来，不可捉摸，就像妙不可言的灵感，只能等待，无法追寻。飞船形状特殊，我一时找不到适合类比的物象。它是一个双棱锥，通体乌黑，质若坚铁，看上去有一种致密的美感——当人们注视它的表面之时，乌黑颜色逐渐褪去，变成亮眼的珍珠白，接着透明，光从它的表面滑过，没有发生任何反射和折射。好莱坞那帮编剧和导演都搞错了，我从未在任何一部科幻大片里看到过如此简洁的宇宙飞船，它漂亮而锋利，就像一首五言绝句，言简意赅，字字珠玑。

许多人看见这一幕场景，还有更多人向这里移动，仿佛要给外星文明制造一场盛大又隆重的欢迎典礼。所有手机都在仰视这个庞然大物，聚焦，聚焦，聚焦，直到飞船从楼顶消失也舍不得收回视线。

当时，我站在酒店后面的民心河的桥头，做着复杂而惨烈的心理斗争。

外星飞船并没有真正消失，只是不见，人类肉眼和电子设备都有各自的阈值，只要超出范围，它就能消失。它就在那儿，可是人们无法看见，多像我十几年的婚姻。

外星人凭空出现，缓缓行走在包裹着整栋大楼的玻璃幕墙上，如履平地。它看上去没那么让人词穷，起码拥有跟哺乳动物相似的身体特征，包括五官和四肢，但也不像《E.T.》里的家伙那么拟人。它的后肢强健有力，因此更衬托出上肢短小，加上高高昂起的头颅以及保持平衡的尾巴，使它看上去更像一只迅猛龙，只是它没有恐龙那样宽的嘴巴，也没有牙齿，它翕张的嘴里只有一团黑色空洞。它身上缠着一些不明材质的条状物，白色的，一拃宽，乍看就像调皮的小孩把卫生纸当作盔甲披了一身，或者一只尚未完全挣脱束缚的木乃伊（为什么要用"只"这个量词，你会说一只人吗？）。这多少有些滑稽，可是没人发出哪怕一丝一毫的笑声，人们表情凝固，目瞪口呆。它浑身散发出一层薄薄的绿色荧光，像是从某部科幻电影的绿幕中抠出来的半成品。它旁若无人（字面意思一样成立）地从玻璃幕墙上走下来，人群自然而然地顺着它行进的方向散开又迅速在它身后聚拢。

我并不知道，它会走向我。我那时正在下坠。我正在触摸死亡，冰凉的死亡，我正在幻想用溺毙的方式将并不完美的人生强行拖入尾声，然而它的出现让我的生活未完待续。

下一瞬间，我坐在河边的草坪上，还算冷静地做出以上两个猜想。

巨大的改变往往在一瞬间发生，比如诞生，比如死去。我常执此言论。李漓则跟我叫板，认为前期一定储蓄了足够的力量，所谓厚积薄发。出生有十月怀胎做铺垫，死亡有时间和疾病的双重拷问，就像没有无缘无故的爱，也没有无缘无故的恨，所有情节都有动机支撑。

我的感性往往被他理性地拦腰截断，他说得没错，我有时候只是在"玩语言和文字的游戏，刻意忽略或者毫不介怀内在逻辑"，但现在我终于有了反驳的资本：眼前这件事毫无预警地发生，没有任何铺垫，没有蛛丝马迹。

我在民心河对岸的绿化带上看见它，还以为看见一尊着了铜绿的雕塑。它迈动脚步，轻松走下倾斜的河道，行经水面，来到我面前。我不知道它如何对抗重力，总之它只是蜻蜓点水般掀起一丝微弱的涟漪，不比一只水黾造成的扰动更大。它俯下脑袋，我看见上面长着一圈肉色触手，像一朵含苞的花朵，一层包裹一层；不停摆动，像孢子。

它说:"见到你很带劲啊。"

我本以为它会说叽里咕噜的外星语,至少也是英语,没想到它用河南话跟我打招呼,虽然发音不太标准,但比起大部分外国语学院的留学生好得不是一星半点儿。一时间,我以为这是电视台的恶搞节目,如果我在大街上被它拦住(而不是跳河又上岸的话),我会剥开它的玩偶套装,从里面挖出一个岳云鹏。它坐下来,与我等高,侧着身子,伸过来一只——左肢,末端没有像手或者爪一样的部位,而是一块肉瘤,就像哆啦A梦的手。见我迟迟没有回应,它说:"恁们的礼仪,握手。"它的表皮光滑清凉,如冰。

我的大脑一片空白——上次拥有类似体验还是结婚那天,我被巨大的喜悦情绪冲击着,就像提线木偶任凭司仪牵引,向父母敬茶、上婚车、招手、献花、接吻,"今天是刘府大喜的日子""看新郎精神焕发看新娘美丽端庄""结婚证政府发谁先抢到谁当家"、敬酒、送客、泪眼婆娑。直到我们完成洞房花烛夜最重要的仪式、大汗淋漓地紧紧抱着的时候,我才意识到一切事情真实发生了——我看着它,感受它的质感和温度,才意识到外星人真的来了。

它从我的手中抽回左肢,自我介绍:"俺叫希梅内斯-V,希梅内斯是俺们的名字,V是序号,代表第五个俺是,可以叫俺希梅内斯你。"

我茫然地看着它,被它颠倒的语序和奇妙的口音搞得不知所措。我脑中闪回瀑布,千钧的水流冲击着我的视觉与认知。有那么一时半刻,我差点儿没忍住抽自己一耳光。我心中浮现出两句诗来形容我此刻的感受,大家来到/我肉体的外面。[1]

---

[1] 节选自《春天(断片)》,海子作于1986年。

见我迟迟没有反应，它继续搭腔："名字应该说？"（它如此发问并不是想知道我的名字，而是提醒我继续对话，就像提词器。）

"孙旭。"我愣了一下，随即补充道，"我们只有一个。"

希梅内斯说："中。来到地球之前，观察过恁们已经一段时间。俺在习惯模糊的表达方式，在俺们星球，俺们精确，没有'近''远''高''低''一段时间'这种词语和表达方式，俺们精确，具体数值与单位。"

它的对话人称缺失，语序不当，我必须集中注意力和不断猜测才能跟上，这些都可以接受，唯独河南口音硌硬着我。别误会，我并非讨厌河南口音，恰恰相反，很多我欣赏的作家都是河南人，比如刘震云、阎连科、王晋康和刘慈欣（祖籍河南信阳）。我最好的朋友李漓也是河南人，河南开封，跟写出名句"黄鹤一去不复返，白云千载空悠悠"的崔颢是老乡。

我脑子一抽，抛出那个可笑的问题："你们是来侵略地球的吗？"我读过刘慈欣的《三体2》，了解黑暗森林法则：一旦某个宇宙文明被发现，就必然遭到其他宇宙文明的打击。

希梅内斯说："当然（停顿）不是。还在学习幽默俺，许多影像资料都这么表达。抱歉，并不觉得搞笑。"

我被这段话绕糊涂了，回过神来说："我也是。"

希梅内斯说："跟恁一致很带劲，达成。"

（我）很高兴（带劲）跟（你）达成一致——我需要在脑海中重新拆解排序这话才能跟上它的节奏，就像在用一门并不熟悉的外语交流。

我说："你们为什么来地球？观光？考察？"

希梅内斯说:"非常抱歉,被允许不能告知。只能说,俺们无害,俺们不恶。"

我忍不住提醒它:"应该是不被允许告知。"上一句就算了,连着两次错乱我实在不能接受。我不觉得初次见面更正一个外星人的口语表达是一件很酷的事,但作为一名语文老师,我无法置之不理。

希梅内斯说:"恁为什么不问问为什么来找恁?难道这不才是应该,难道这不应该才是恁关心的吗?"

它说得对,我们都是这样,经常为世界遥远的难题头疼,却忽略了个体眼前的困境。在普遍的认知里,外星人莅临是一次国际事件,应该与地球政府发生联系,没想到它造访地球是因为某个具体的人类,比如我。于是我问它为什么找我。

希梅内斯回答:"想要探讨一个问题跟恁。"

我侧着脑袋,瞪大眼睛,嘴角挂着似有若无的笑意:"可我是语言学老师,你不应该找科学家吗?或者国家领导人,起码是城市管理者?"

希梅内斯说:"恁还是个诗人。"

我刚才的吃惊翻倍,我下意识地用河南话反问:"恁怎么知道?"

希梅内斯说:"读过恁所有作品,包括尚未发生的长诗。"

我纠正道:"应该是发表。"那是我无比引以为豪的作品,说是生命的结晶也不为过。问题在于,尚未发表,它怎么看到的?

希梅内斯说:"要跟恁讨论诗歌俺。"

我下意识地挺挺胸,胸有成竹,在自己擅长的领域,我仿佛长高了几分;同时对关于我自戕未果的真相,突然有了另一个设想,根本不存在外星人,这只是我跟诗歌的一次内部对话,希梅内斯是我臆造的意向,代表那些对我和我的诗歌不屑一顾的人,代表抛弃诗歌的市场。我抖擞精神,要跟它一较高低。它为什么找我,因为诗歌,好吧,就让你看看什么才是真正的诗歌,我几乎有种抓笔创作的冲动。

希梅内斯开场就下了一个武断而偏颇的结论,它说:"恁走在一条错误的路上,不应该写长诗,要写短诗,越来越短的诗。"

我义正词严地告诉它,长诗写作固然是寂寞的、凋零的,没几个人能够忍受,但这是诗人的天职。任何有理想有抱负、真正的诗人都会将创作长诗奉为毕生的追求。

希梅内斯说:"恁没有理解俺的意思。"

我说:"你,我。"我有点受不了它的口音。

希梅内斯说:"你,我?"

我说:"恁和俺的另外一种更为通用的表达方式。"

希梅内斯说:"俺,我以为只有一种。你们的语法不敢恭维,赘余太多。言归正传,对长短的区别,正是问题症结所在。据我所知,短诗所包含的信息量比长诗更大。就像一张蓝天白云的照片要比《清明上河图》所包含的信息量至少大一到两个数量级。[1]"

我一时无言以对,跟外星人讨论诗歌已经过于荒诞,还要具体到格式和篇幅?但既然它提到长诗,我必须坚定立场。长诗正在消亡,那是我毕生的追求,也是中国诗史缺失的重要一环。至于《清明上河图》的数量级,一个有着河南口音的外星人懂什么?!

从四面八方聚拢而来的人形成扇面,层层叠叠地将我们包围。河对岸同样挤满伸长脖子的看客,如果不是有脖子固定,他们的脑袋肯

---

[1] 该句参考《三体》中的对话。

定会飞离身体。对此，我毫不怀疑。

我不喜欢在众目睽睽之下与人交流，希梅内斯也一样。它提出能否换个地方继续。它说："请别介意，不想干扰你的生活，如果你拒绝，完全接受。以防万一，准备了五个类似你的样本，第三个你是；第一个见到我当场昏厥，意识错乱；第二个现在还躺在医院里。你可以拒绝，继续你执行的意愿。"

我愣了愣："什么意愿？"

希梅内斯不假思索地说："去死吧。"

我哭笑不得，无法判断它是幽默还是诚恳："我想继续跟你研辩诗歌，我想让你知道，到底是谁错了。"

希梅内斯笃定地说："你错了。"

它的坦诚让我猝不及防。

这时，我见到交警骑着摩托停在我身边，他戴着头盔和墨镜，劈头盖脸地指责我把车停在马路中间，造成交通拥堵，问我到底怎么回事。他一直低头认真写罚单，没有注意到眼前的庞然大物。

我指了指希梅内斯，说："我见到外星人了！"

交警伸手指了指我，示意我严肃对待。我只好提醒他，外星人就在旁边。交警抬头看见外星人，摘下墨镜，触电一般向后跳开一步，拿起对讲机求助："墨城师范大学东门出现未知生物，严重影响交通，请求支援！"说完他骑摩托车迅速离开现场。

我对希梅内斯说："我们换个地方讨论吧。"

它说："悉听尊便。"

不得不说，希梅内斯对成语的应用远超它的日常表达。

我把它请到教师公寓。一路上，我们遇见几个女老师，有的尖叫着跑开,有的被冰冻在当场,我跟她们打招呼,没人理我。如果我是她们,看见一个人身后跟着一条被驯服的"恐龙",我也会屏住呼吸。这是大多数人的心态,类似于看热闹不嫌事大,却不愿被卷入热闹的旋涡。

希梅内斯就是一块超大方糖,人群像蚂蚁一样迅速聚拢而来,他们的触角贪恋着甜味。他们暂时不会散去,暂时不能上来。

防盗门对希梅内斯来说是个挑战,但它只是不断扭动庞大的身躯,经过一番折腾,勉强侧身挤入,我把门关上,撞落一地目光。终于,只剩我们两个人(外星人也是人吧,即使没个人样;上升到文明层面,"人"就是智慧生物的指代)。

公寓由学校投资,我们只需支付比市场价低很多的房款就能"据为己有",这算一种变相补助。过去几年,我们一直在这里安家,后来骆秋阳开补习班赚了一些钱,张罗着更好的地段和户型的房子;如今权作我的书房和旅馆。算起来,我最近在学校公寓留宿的频率越来越高。有逃避嫌疑,但不可否认的是,我倾向独处,不管写诗,还是发呆,这个私密空间都让我有的放矢。

希梅内斯坐入布艺沙发,几乎摊开。

我率先提问:"你们来自哪里?"

希梅内斯说:"用你们对星系的标注,M31,仙女座星系,我们拥有两颗恒星,名字分别是阿尔苏飞和马里乌斯,我们的行星名字叫作Bayer,你可以称为巴耶,巴耶星人我。"希梅内斯的人称代词不再使用"俺",但口音仍然坚实,缺乏主语,语序也没有调整。

我感叹道:"原来真有外星人啊。"

希梅内斯说:"这不是显而易见的事实吗?银河系有一千亿颗恒

星，仙女座有四千亿颗，直径也是银河系的两倍。如果银河系能够诞生文明，仙女座诞生文明的概率不是应该更大吗？来到太阳系之前，并没有想到，地球发展出文明。地球文明诞生的确是极小概率事件，需要满足的条件非常苛刻。从行星在太阳系中的位置，到每次生物进化的节点都精巧到无以复加。"

这段长篇大论倒是说得很溜，像背书，可能希梅内斯是直接拷贝某部纪录片的台词。

我问它："很远吗，你们的家乡？"

希梅内斯说："距离地球约二百五十万光年。以为银河系的居民会对我们更感兴趣，毕竟大部分天体在远离，靠近的只有仙女座。"

这有点超出我的想象和认知，但我知道光年的概念，也知道人类目前的航速瓶颈，我再次发表感慨："你们一定走了很久，即使光速前行，也需要二百五十万年。"

希梅内斯说："是的，很久。考虑钟慢效应，其实也没那么久。我们聊了很多废话，可以进入主题。这是找你的目的，关于诗歌。"

我说："愿闻其详。"

希梅内斯说："跟你一样，也是一个语言学家。"

我说："我只是一名语言学教师，普通的讲师，连副教授都没有被评上，远远称不上学家。"

希梅内斯在地球上找了七个样本：一个欧洲语言学专家；一个非洲原始部落的酋长——他们使用手语交流，遇到难以表述的事件需要加上双脚，部落的语言是手舞足蹈；一个美国说唱歌手；还有三个不同流派的现代诗人；最后的名额留给语言学和诗歌二者兼顾的我。"即使你在两个领域都缺乏建树。"

我说:"谢谢你的直接。"

希梅内斯说:"我伤害到你了吗?原谅我只是笼统学习了你们的语言,察言观色有待提高。现在,一切都明白了吧,我找你,是希望你能为我的研究提供帮助。"

我仍介意希梅内斯对长诗的偏见,说:"明白是明白了,可是你说我的方向完全错了,恕我无法接受。"

希梅内斯语气坚定地说:"对,完全错。诗歌应该越写越短,而不是越长。"

长诗和短诗的争论,向来仁者见仁,智者见智,对我来说,则是一种执念。

希梅内斯继续介绍它(们)的来历,巴耶星人游历了大半个宇宙,一共遇见二百七十三个文明,我们是第二百七十四个。很不幸,其中除我们外,只有三十七个文明发展,其他只剩下遗迹,类似玛雅文明。它们访问了那些文明尚在延续的星球,就像现在来地球访问。它们有一个代表团,由学者、医生和舰长组成(它没有提到舰员),希梅内斯的主要工作是考察不同星球的语言学,汇总并寻找其中的规律。它们进化程度更高,可以使用聚变冲压喷气发动机[1]。

希梅内斯说:"最让我爱不释手的是反物质/物质推进器,可接近光速航行。我非常欣赏这种具有百分之百的能源效率的造物,美感十足,研究语言之余,喜欢搜集各种历史时期的飞船。这最能反映文明发展状况。你哩?有什么业余爱好?这可以帮助我们更好地了解

---

[1] 这是一种从星际空间收集氢,然后将之核聚变,在此过程中无止境地释放能量的方法,是比较初级和实用的星际航行发动装置。

彼此。"

我说:"蚂蚁。我喂养蚂蚁。"

"真是两个极端。"希梅内斯发出"呼呼"的声音,听起来像风,不久后我知道这是巴耶人的笑声,友好的笑声,还有一种"呼呼"声代表愤怒,听觉上并无明显不同。"呼呼"完,它像煞有介事地宣布,"有一件事,你一定非常诧异,三十七个现存高级文明都没有语言。"

我大为不解:"没有语言如何建立文明?"

希梅内斯说:"表达不到位,应该是失去,或者遗弃语言。但对你的观点持保留意见,文明的建立跟语言没有必然联系,还有可能,语言在文明之前已经诞生,文明生物学会语言,不是发明语言。重点在于,所有文明发展到一定阶段,语言(便)消亡。"

我说:"无稽之谈,文明建立需要个体和群体多向交流。"

希梅内斯说:"对你的自信感到遗憾。第一,你只经历过人类文明;第二,人类文明尚未发展到'一定阶段'。"

这时候我已经度过最初的慌乱阶段,可以跟外星人据理力争、讨价还价,我说:"但我遇见了你。按照飞行器理论,你们能够超光速飞行,一定比我们这三十八个文明更加高级,但你们仍然使用语言,除非你们跟二百七十四个文明一样毁灭,否则语言不会消失。"我为自己敏锐的思辨能力感到自豪。

希梅内斯说:"非常,非常错。"

我指出:"你可以说大错特错。"

希梅内斯说:"大错特错,我们的语言消失了。巴耶人通过'灵'交流,简单说就是思想对话,我们无须开口,想法彼此纠缠、共通,我们称之为'通感',这是我们习得一切技能的根本,需要什么,通感什么。"

我说:"可你的嘴巴一直不停开合。"

希梅内斯说:"这跟人类眨眼睛一样,只是生理反应。之所以发声,是因为这个。"希梅内斯伸出前肢在腋下鼓捣一番,掏出一只忽明忽暗的晶体球,就像我年轻时迪斯科舞厅的那种闪光球。希梅内斯告诉我,这是重力球,可以产生重力场,同时让它适应其他星球的力场和磁场,还有许多其他有趣的功能,包括将(它的)思维转化为语言。但此装置开发之初只是为了调节重力场,所以沿袭了重力球的传统名称。重力球内含粒子加速器装置。在地球上,我们的粒子加速器一般应用于高能物理实验,体积巨大,欧洲核子研究中心的大型强子对撞机隧道周长达到二十七公里,横跨法国与瑞士边境。巴耶人可以做出非常精致的粒子加速器,将超短激光脉冲射入气体,将气体变为等离子体,产生高速传播的电子压缩波。等离子体波将俘获的负电子加速,释放出电子束。加速器产生的电场比人类目前使用的加速器效能高千倍,因此尺寸可以缩减千倍。它们在加速器中加入质子,将其加速到光速的 0.99997。对一个有质量的物体,当它的速度不断接近——但不会达到——光速时,它的质量会越来越大,翻译成地球语言就是质能方程 $E=mc^2$。

我呆若木鸡,如听天书,希梅内斯一定误会了我的表情——不过我却想清楚了另外两件事:第一,它跟我对话磕巴,说起这种长篇大论却滔滔不绝,大概因为这些内容可以复制粘贴,无须应变;第二,任何一个刚刚学会某种新鲜技能的人都忍不住炫耀,看来外星文明也不能脱离窠臼。

我说:"我知道这个公式。"

希梅内斯说:"谢天谢地。"

我说:"但我并不明白其中的原理,这对我太过艰深。"

希梅内斯说:"在我们星球,已经被证明的理论为所有原住民所掌握;知识不是后天习得,而是先天获取,跟性别一样。但能理解你的感受,我们也有清楚何为,而不知为何的理论。"

我说:"我们偏离了主题。"我提醒它,迫不及待地结束这段科普,我想知道它到底准备了什么样的观点,关于语言和诗歌的。

希梅内斯说:"是的,偏离主题。对地球语言的驾驭能力还有待提高。按照观察,随着文明不断发展,语言应运而生或被发现,又逐渐消亡。语言消亡之后,人们会适应全新的交流方式,更加便捷,更加开放,更加智能。虽然我们的族类认为语言无足轻重,却是我的职责与兴趣所在,致力于寻找其中的规律。人类文明会是绝佳的研究样本。用地球语来说,你们就是活化石。"

我说:"我不太明白你的理论,但你肯定找错人了。还是那句话,我只是普通本科学校的语言学讲师,你应该去找——如果你对地球进行了调查应该能找到更合适的接洽对象——真正的语言学家。"

希梅内斯说:"希梅内斯 - Ⅲ定位了语言学家。"

我说:"希梅内斯是你们通用的姓氏或名字吗?"

希梅内斯说:"不,在我们星球,每个名字独一无二。我一共有七个身体。我以为刚才介绍清楚了,我是希梅内斯 -V。我们无时无刻不在共享视听。现在,我回答你的问题,我为什么找到你?因为你写诗。"随着对话进行,它逐渐学会添加主语,口音的问题仍然无解,我忍不住要把它想象成岳云鹏:怎这是弄啥嘞?

如果说,因为我家居住的经纬度或者我糟糕的穿衣品位恰好符合它另类的审美标准,我都能接受,哪怕它说因为随机——做实验不都随机抽取样本吗?——我也没有异议。可这关诗歌什么事?我耸耸肩膀,抬起双臂,这是一个典型的疑惑动作。它没做反应,我随即开口指出问题,希望它就此给出简明扼要的解释。希梅内斯告诉我,所有已经消失的文明,留存的文字记载都是诗歌——虽然每个文明对诗歌的定义不同,但只要稍加分析,就能找到文体的通性,包括频繁断句、指代、通感、发散。

第一次对话的内容支离破碎,任何人初次与外星文明会面都会紧张吧。我将对话内容进行简单梳理,得到以下信息:

> 所有已知、尚未毁灭的文明,除去地球,语言都消亡了,最后留存的文字形式都是诗歌。

这不可能是巧合,如果把文明看作一次实验,那么就是百分之百的命中率,其中一定暗含某种可以通过统计学分析的规律。这听上去有点儿扯,一般来说,放诸四海而皆准的理论都是数学或者物理的定律,怎么可能跟语言和诗歌挂钩?但它完全没有理由穿越星际跟我们开一个不痛不痒的玩笑。它一定是真诚的,做过研究的,想要从我这里探寻答案。不仅是它,我也对这件事产生兴趣。想想看吧,人类在宇宙中并不孤独,其他星系诞生过璀璨的文明,虽然语言最后消失,可是留下一首首美妙的诗歌。这对我来说是多么宏大的鼓励啊,全宇宙都在写诗,人类有什么理由和资格将之束之高阁?

这是一道光,劈开混沌与迷蒙的光!语言是文明的前提,诗歌是文明的后缀!

这时,门从外面被打开,我以为那些狂热的人迫不及待地要观瞻希梅内斯的真容,进来的却是李漓。他有房门钥匙,为他的"不雅之举"以备不时之需。对这件不甚光彩的事,我是共犯。李漓显然不知道外星人造访,盯着他观摩片刻,又看看我,爆出一句英文粗口:"What's the fuck?(见鬼了?)"

希梅内斯对答如流:"I am an alien from fairy galaxy.(我是来自仙女星系的安妮)。"

李漓又说:"Are you kidding me?(你在开玩笑吧?)"

希梅内斯恢复了刚刚见面时的称谓:"这是华裔吧,不过俺的英语比汉语更中,另外,俺还掌握日语、西班牙语、阿尔巴尼亚语和布鲁布鲁卡卡语,熟知地球上的任何语言,包括已经消亡的古语,很多古老诗歌无法使用当今的语言体系解读。"

李漓看着这个(已经能)满嘴流利汉语的庞然大物,说出了见面以来的第一句母语:"恁是河南老乡?"

三

这是一个问题。

我尽量言简意赅，陈说我跟希梅内斯相遇的经过，以及我们关于语言与诗歌的激烈探讨，或者说矛盾，抹去了自杀未遂的经过——这会让我显得莽撞和白痴。一个成年人，四十不惑的年纪，却选择自我了结。李漓手舞足蹈、大呼小叫，疑惑在他体内冲撞，牵动四肢，仿佛只有这样才能表达抑或缓解紧张与不安。他很快接受希梅内斯的存在，李漓适应新事物远比我有天赋。我俩前后脚到墨城师范大学任职，他熟悉整个学校的教职人员，包括食堂教师窗口的大厨、清扫卫生的后勤、门卫、历届学生会主席、篮球队队长和啦啦队队员，而我连隔壁办公室同事的名字都叫不全，见面时只能打着模棱两可的招呼。我讨厌社交。诗人理应孤独，孤独是诗歌的底色，偏偏我又跟李漓成为莫逆之交，仿佛是上天开的玩笑，就连骆秋阳也拿我们的友情打趣，怀疑我和李漓之间存在某种不正当交易。

李漓确认希梅内斯的身份之后，大呼小叫，夸张地重复："天哪！"

我跟希梅内斯聊了将近一个小时，除了它主动跟我行的握手礼，并无其他身体接触。李漓却把希梅内斯当成展品，转着圈打量，摸摸它的后肢的突起,捋捋它的尾巴的弧度,就像孙迦骆五岁生日时收到那只几乎与他等高的霸王龙玩偶时的反应(那时候讨好他多么容易,所谓成长就是变得越来越难以满足吗?)。李漓甚至站在凳子上,与希梅内斯平视,转身对我说:"我顶多金屋藏娇,你直接藏个外星人。"我没有接茬,这两种情况皆属实。李漓掏出手机对希梅内斯说:"能否跟你合个影?这是一种地球接待贵宾的礼仪。"

希梅内斯说:"你要发微博和朋友圈吗?"

李漓吓了一跳,差点儿从凳子上跌落。他跟我一样,为希梅内斯对地球的了解感到不可思议。仿佛除了形体有些出入,巴耶人与我们生活的背景毫无二致。

李漓说:"是不是不允许对外公布你的影像?我看许多电影对待地外文明都非常谨慎和别有用心,一般人很难近距离接触。"

希梅内斯说:"完全配合,只是俺无法摆出剪刀手的造型。"

李漓又愣了愣,对我说:"这个老乡还挺幽默。"

李漓跟希梅内斯自拍几张照片,还把手机给我,让我站在阳台上给他们拍全身照。这真蠢。这真酷。这是一件值得终生炫耀的事,比阿姆斯特朗登月照片更有历史价值。想想吧,十年后,百年后——如果希梅内斯们没有殖民地球——人们仍然会兴致勃勃地谈起这次会晤:这是我的一张小合影,却是人类与地外文明的一次大接触。没人关注拍摄照片的我。这就是我一贯的命运,有光的地方就有阴影,我总是站在阴影里,隐藏夙愿。是了,阴影,就像《心花路放》中徐峥和黄渤的组合,一个"采花大盗",一个"婚姻俘虏"。

李漓对我发出邀请,一起来啊。

我摇头拒绝。

我接受命运。

李漓在社交平台完成"惊世之举"后收起手机，回到对话。任何场合，只要李漓出现，他都会自动成为焦点。我特地为他杜撰了一个英文短语——talking hunter（语言猎手）。他喜欢并享受所有人的目光聚焦在他身上。这跟他的风流倜傥不无关系，风流倜傥之后就是风流成性，talking hunter 之后就是 women hunter（女性杀手）：注意复数，这是关键。

李漓说："这种情况，我是说你们来到地球上，不应该找联合国吗？"李漓跟我有同样的疑惑，可能跟我看了同一部科幻电影，毕竟选择余地不大，而人类想象力有限。

希梅内斯说："那对我的研究并无帮助。"

李漓说："可能你没有意识到，对整个地球、所有人类来说，你的出现是一件大事。"

这话没错，外星人降临地球绝对值得关注，是我能想到的唯一一件可以让全世界陷入疯狂的大事。每个人都会停下手头的工作，跟踪事态进展，假如与外星人会面的不是我，当我从移动端得知新闻时，也会为之疯狂。

希梅内斯说："我知道自己对你们的重要性，我去过很多星球，见识过它们的疯狂和崇拜举动，但非常抱歉，人类无足轻重。时间有限，我不想在无谓的邦交上浪费。"

李漓穷追不舍："但你们的领导人总要出席这类活动吧。你们一共来了多少成员？"

希梅内斯说："地球表面，只有我七个（这是一种奇怪但正确的表达），母舰有三十四个文明体，各司其职。"

我发现除数与被除数不协调，三十四不是七的倍数，我问它是不是少说一个？

希梅内斯不解："为什么是七的倍数？"

我说："你们不是七位一体吗？"

希梅内斯说："我们是多位一体，因人而异，七位一体和五位一体占绝大多数，但也有三位一体。唯一的规律，都是奇数。"

李漓说："你刚才说母舰，就是你降落在希尔顿大厦上的双棱锥飞船？"

希梅内斯火了："那是登陆艇，母舰位于地球同步轨道上，体积大得多。"

李漓说："哦，明白了。"随即他扭头问我："什么是母舰位于同步轨道上？是跟月亮一样，作为地球的卫星绕地公转吗？"

我说："你觉得我应该掌握这些天文知识吗？"

希梅内斯说："同步轨道位于赤道上空三万五千九百公里处。"

关于这方面的常识，我并不比李漓懂得多。我们俩在地外文明面前丢尽人类的脸面。希梅内斯似乎看不惯我们贫瘠的天文知识，想想看，一个外星人不远万里——抱歉，二百五十万光年几乎可以说是无数个万里，它让扎根于地球的成语失去了准确性和存在感——来到地球，却要跟人解释什么是同步轨道，换作是我，一定会崩溃吧。

希梅内斯说："这是我们之间的差异，你们所有认知都来源于后天，我们不同，我们在形成期就遗传了父母双方的知识储备。"所谓的形成期大概对应我们的胚胎。

李漓说："还有这种好事？"

希梅内斯说："我所接触的其他文明皆是如此。恕我直言，这是衡量文明等级的标准之一,虽然不是特别重要的条件。"

我说:"你不用照顾我们的感受,就像我们不会理会笼子里傻乎乎的鸡。"

这时,响起缓慢而坚定的敲门声。别问我如何听出这两个定语的,我就是知道。我的常识一直提醒自己,相关部门很快就会造访。这速度不算快,但也说得过去。我打开门,看见三个身穿黑色制服的男子,犹如乌云压境。跟西方传统不同,他们习惯两个人一组,《绝地战警》跟《黑衣人》都是这种组合,当然,《机械公敌》是个例外。三个人留着相同发型,戴同款墨镜,我估计身高、体重也相差无几,一看就是受过相当专业而洗脑的魔鬼训练。他们的到来让原本就因希梅内斯而显得狭窄的客厅更加逼仄。

三个人站成等边三角形,戳在前面那个点的人发话:"请跟我们走。"

希梅内斯说:"你好,希梅内斯-Ⅴ俺,你们可以叫俺希梅内斯。俺不能跟你们走。这不在计划之内。"

来者语气加重,冰冷地重复:"请跟我们走。"

他说是请,其实是发号施令。我已经听出来,就算听不出来,也能通过语境分析,当老师这些年,我见识过太多画外音。

希梅内斯说:"已经表达清楚,如果你们想要邀请,或者其他任何一个对你们而言的外星公民,不会拒绝,但不是现在,不是这种方式。"

我颇为敏感地指出:"你这么说很像翻译腔。"

希梅内斯说:"什么?哦。为了解你们对外星人的看法,俺看了太多科幻小说和电影,那些作品绝大多数是西方人的大脑结晶,你们

（中国人）似乎不出产上佳的科幻电影。你们盛产历史剧和言情剧以及历史言情剧。观摩影像是个讨巧的渠道，一方面可以了解你们的文化，学习发言，另一方面，还可以快进——我认为这是你们最实用的技能之一。我为学习汉语，看了许多，我想一下，豫剧。"

它说得对。我没事也喜欢看科幻电影，这并非行业机密，我们国家的确没有太多好的科幻电影。同时，我知道了它的河南话的源头。

来人坚持："你必须跟我们走。"他去掉了假仁假义的"请"字，仿佛因为没有受到足够重视而显得不快。试想一下，你正在教导学生认真听讲，他却跟旁边的同学讨论晚上吃烧烤还是火锅，任谁都会不快。

我想站出来为希梅内斯说几句话，即使螳臂当车，也要挡一挡。虽然与它相见不过两个小时，我却觉得聊得非常投机，甚至不惜为它站在族类对立面。但也只是想一想，我向来不是那种雷厉风行的人，参考上文我在死亡面前的踟蹰表现。

李漓比我勇敢，说："你们凭什么这么做？"

来人只是轻蔑地看了我们一眼，并没有准备解释。

我知道，我就知道，我无法保护自己喜欢的东西，我根本不敢与相关部门对抗，他们最终会带走希梅内斯，而我需要重新集结勇气，结果自己。这不是一件简单的事，尤其是当你已经"死"过一次，我听说绝大多数自杀者会在生命最后时刻自救，求生是一种本能吧。

希梅内斯完全忽视了那三个人的存在，跟我说："虽然有重力球，但长时间置身于完全陌生的星球表面仍然是一件疯狂的事。我的第一次只能这么久，以后时间会越来越长。"

李漓指出："你这么说容易引起歧义。"

这话本来没什么，经他提醒，我也被推向这个与性有关的寓意。这就是现代语言的现状，我们正处于一个前所未有的粗俗年代，各种各样的词都被污染，我们这些缺乏想象力和创造力的当代人唯独在遣词造句方面前无古人。信息涌入得越是富饶，人们的生活越是无聊。同时，我从中也能提炼出另外一个主题，那就是从古至今，性的象征与图腾（发展到今天则是无处不在的黄段子）经久不衰。

三个黑衣人一定觉得我们奚落了他们的威严，他们无往不利，别人在他们面前只有颤抖的份儿，他们还从没有遭受过这样的轻蔑和挑衅言行。他们动作迅捷而一致，将希梅内斯围在垓心，三个人的掌心中不知何时滑出一把短枪，准备诉诸武力。他们逼近希梅内斯，在某一时刻突然发力，同时伸展双臂，结成一张人网。覆盖在希梅内斯身上的绿色荧光像个气泡似的撑开，三个人进入气泡的瞬间，奇怪的事情发生——我从未见过这种景象，任何人都没有见过吧，我将试着尽量客观地复述——三个人融化了，变成一团黢黑油光的液体，呈黏稠状，似被墨染的蜂蜜。以示区分，我姑且将三人标注为甲、乙、丙：甲的位置最低，仿佛盛放在一只透明的盆内，缓缓倾倒，形成一条液绳。流体盘绕速度非常缓慢，以至相比于黏滞力，重力都可忽略不计，流体触底后开始盘旋，像一条响尾蛇；乙的位置稍高，重力开始介入，流体尾部像钟摆一样前后摆动，盘绕频率和尾部的自然摆动频率发生共振，尾部开始绕一个大圆旋转；丙的位置最高，形成的盘绕形态也最特殊，流体周期性自我折叠，整个折叠结构绕一垂直轴旋转，产生某种惊艳的扭曲效果。三个人因位置不同，形成三种盘绕形态，相同的是，他们化成一摊液体，汇聚、融合，（真正字面意思地）不分你我。

我惊呼道:"你杀了他们?"

希梅内斯说:"只是做个游戏。漫长的航行实在无聊,飞船上可以展开的活动非常有限,我迷恋上了流体卷绳效应。如果增加黏度,我还可以制作出一种气泡螺旋波纹,这种盘绕形态极具美感。观察水的结晶也是一种不错的消遣,水在不同状态下的结晶美感十足。如果没有研究语言,我会成为一名自然生态设计师。"

与美感相比,我更关心他们是否还能恢复。

希梅内斯给予肯定的答复,但是他们融合在一起,重塑的时候可能会出现偏差,比如某些器官易位,但不会影响正常生活。希梅内斯说完缩小荧光泡,将那摊黑色液体排泄出来,三个人的形状慢慢升起和形成。

希梅内斯与我告别,我问它下次见面是什么时间?

希梅内斯说:"需要预约吗?"

我说:"不,不需要,随时恭候。"外星人离开地球之前,我的自杀计划暂时搁浅。它离开之后呢?离开之后再说离开之后。

希梅内斯说完低头挤出门,尾巴消失的瞬间,三个人变回人形,只是大概的人形,他们融化并重塑,一个变成人形怪物,一个变成三头六臂的怪物,一个变成六条腿的怪物,其中一个嘴里探出黑黢黢的枪管,一开口就会发射子弹吧。他们的动作出奇地精准快速,与臃肿的身形形成反差,我想,他们会比希梅内斯引起更多关注吧,祝他们好运。

房间内剩下我和李漓,我瘫坐在沙发上,感觉像是经历了一场沉重而精致的长梦,疲乏到无以复加,什么也不想说,什么也不愿做。我感到骨头都被抽离,颓成一摊烂泥,仿佛希梅内斯也在我身上施加了魔法。在我们看来的魔法，只是摸不透其中的科学原理吧，回到一百年前，智能手机也是魔法。

李漓没头没脑地说了一句："我们会成为新一代网红。所有人都会竞相追捧我们，你的破诗也会有人买单且备受推崇。"李漓常常对文艺女青年兜售我的诗歌，骗取她们的好感。当然，他这么做的时候通常会把诗人的名号安在自己头上。

我回击道："你的破事也会被公之于众，人们会挖出你从小学时代至今的情史。"

李漓说："我情窦初开得没那么早，不像现在的孩子，我二十岁之前都是处男。啊，对了，"李漓突然正经起来，这让我觉得又会从他嘴里说出什么不正经的事，"你的手机关机，秋阳把电话打到我这儿，说单位今天有事，让你去接孩子。"

我说："你怎么不早说？"

李漓说："刚才哪儿有语境？再说，现在也不晚，从咱们学校过去也就七八公里吧？"

我说："你考虑到堵车了吗？"很明显，他没有考虑。他就住在学校附近，没有早晚高峰的概念，主要是，没有家庭的束缚。

束缚，这个略带贬义的词语就这样浮出水面。

四

我下午还在琢磨自杀，之后遇见外星人，现在却被堵在南二环的高架上。

银色福克斯经受了一下午的暴晒，堪比桑拿房，我刚关上车门，就已经汗流浃背。我打开空调，拧到最大挡，随即又关掉，打开左右车窗，热风像强盗灌满驾驶室。我总是在这些微不足道的小事上殚精竭虑。三个小时前，我正准备扼死自己的命运，现在我无能为力地被堵在环线上，被命运牵着鼻子走。

我最近时常告诫自己：你是一个四十岁的男人，要承担主要的家庭和社会责任，要健康，要有持续收入，要有一定的知识储备（辅导四年级学生常常让我抓耳挠腮，鳄鱼的英文怎么说来着？亏我还要带留学生），要偶尔贩卖些情调，要会做饭（至少有三四个业务，我倒是记住这个英文了，特色菜），要熟练使用滚筒洗衣机和皮撅子，要会开车（并且能熟练装卸儿童座椅，十三岁之前含十三岁，他都必须受到严格而定制的保护），要勤洗内衣裤（袜子和内裤不要混洗，主要因为脚气），要耐得住寂寞、经得起诱惑……不要自私！

我跟骆秋阳貌合神离久矣。也不是说我们俩有了外心，至少我没有，或者说我及时扑灭，没有让其燎原，我相信骆秋阳也一样。我们的问题来自家庭内部，说得再具体一点，来自我们两个不契合的价值观。两个齿轮咬合不到一起，怎么能正常运转？但我仍然爱她，在任何场合都可以大言不惭地宣布她是我最爱的女人，如果她跟我妈同时掉进河里，我会先救她，因为我爸向来跟我妈形影不离，而且他水性比我好。我有时放下姿态，向我爸讨教婚姻之道，他总是说，把她当成未婚妻，这是婚姻保鲜和保险的秘诀。我试过这么做，但坚持不下来，我不能欺骗自己的感受和忽略眼前的事实。事实就是，我们正在沦为同一屋檐下的租客，同一张床上的陌路人，我们被捆绑在一起，不是因为爱情，而是作为彼此的第一联络人，作为同一个孩子的监护人在一起。我不喜欢同床异梦这种说法，我们也没破损到那个程度，我为此发明了新名词：同床异客。曾经有一段时间，我们经常争吵，为一些经不起推敲的鸡毛蒜皮的事，以至到最后，我们只是坚持贯彻争吵的感受，自动忽略争吵的起因，仿佛那不重要。争吵成了我们双方的发泄渠道，成了夫妻生活中比性更不可或缺的润滑剂。

最近几年，我们学会保留意见，尊重彼此的"领土主权"，给予对方更多空间，以便盛放各自不愿公开和分享的私密。晚上回家，我们一起吃晚饭，各自洗漱，尽量不同时出现在客厅、书房或卫生间里，只在上床睡觉时短暂共处，她追她的《傲骨贤妻》，我看我的《小偷家族》。为了不打扰彼此，我会戴无线耳机，骆秋阳则直接静音。真的，她可以全程静音观看，反倒是我不好意思，说可以加一点儿音量。她说没关系，反正也是看字幕。她英语其实非常好，这么说有点儿自暴自弃。大学时，我为了追求骆秋阳，自告奋勇地帮她备考六级，结果她考了五百大几，我刚刚四百出头。

这样好吗？这样很好。

在我看来，这是真正相敬如宾。这个结婚时寓意美好的祝福被我们当成婚姻的保障。

我们也在以下事情上达成一致：

不在孩子面前宣战；她做饭，我刷碗（我馋洗碗机久矣，又舍不得投资几百块钱）；每个月把儿子送到我的父母或她的父母那里两天，我们出去吃饭、看电影、开房（这是从我父亲那里学来的未婚妻理论）；周一、周三由她接送儿子，周二、周四我来负责，周五我们同心同德，在儿子面前展示一对和谐的中年夫妻样子，扮演一个幸福的三口之家。今天周三，应该她做任务。任务、义务，都不好听，家务呢，半斤八两，可我忍不住这么想。我也像个小人一样，如此度量其他家长，把责任误会成爱。

我在路上被塞了半个小时，又花了二十分钟找到一个意外落单的街边停车位。骆秋阳总是说我太迂腐，虽说小心驶得万年船，但我小心得过了头，总待在浅水区，不敢冲击风浪。如果是她，就会大大咧咧地把车泊在路边，自然而然，理所当然，很多私家车车主这么干，才不计较路边是否设有停车区，马路牙子是否涂成黄色。我不行。并不是说我多么有公德心，性格使然，说成有强迫症也可以。如果我把车随便停在路边，心里就会系一颗扣子，担心被贴条。我们吵架时，会揪出对方的性格缺点进行放大和批斗，我数落她"胆大包天"，她批判我"胆小如鼠"。

孙迦骆孤零零地站在校门口，我叫了他一声，他抬抬手算作回答。我带他往停车点走，差不多五分钟后，孙迦骆说了第一句话："还没到啊？"

我说快了，又走了五分钟。

小伙子坐在后排的安全座椅上,一直望着窗外。他没有问责,或者说,用沉默示威。我在他这个年纪,对父亲崇拜到无以复加,我们之间却非常陌生,谨小慎微,他不敢挑战我的权威,我也担心刺痛他的自尊。他小时候特别喜欢坐副驾驶位,每次开车出门都要给他做一番安全出行的教育,他才撇着嘴服软。去年还是前年,我拿不准具体日子,他再也不嚷着跟我并排坐,默默在后面安营扎寨。以前他喜欢招呼我出门玩,踢足球或者玩捉迷藏,现在星期天都窝在家里打电脑游戏。我不知道一个十岁的孩子哪里来这么大的网瘾,最近这段时间他尤其疯狂。我为此跟他谈过一次,我语重心长,打游戏将来能当饭吃吗?他白了我一眼,好像我问了一个无知的问题,但没有反驳。我善于观察和捕捉这些细节,糅进诗里,这算是生活对我变相的补偿吧:给你巴掌,再赏你颗枣;给你心酸,再给你素材。后来实行网络管制了,孙迦骆仍然窝在屋里,意外的是,他竟然爱上了读书。开始我还挺欣慰,后来发现,他读书不求甚解,只是用文字残害无聊时间,他既看《三个强盗》(儿童绘本),也读《三个火枪手》(世界名著)。

车内氛围黏腻而尴尬,我实在不知道说什么,只好从饮食打开缺口。我庆幸人们需要一日三餐——我突然想起希梅内斯,它们吃什么?那些科幻电影要么赤裸裸地忽略这个生理需求,要么就是让外星人把人类当成零食:不同生态环境下的两种生物体能兼容吗?我很怀疑。

孙迦骆说:"随便。"

我说:"要不出去吃?"与其说我在为自己的迟到买单,不如说我在讨好儿子:讨好他,让他觉得父亲尽职尽责,至少在某些时候还是有存在一下的必要的。

孙迦骆仍然用"随便"打发我。我提供几个常备选项:麦当劳(西式快餐)？呷哺呷哺(中式火锅)？刁四(麻辣烫)？拉面、炒饼、盖浇饭、大盘鸡？

孙迦骆说:"我想吃烧烤。不行算了。"不等我表态，他自我否定，或者说否定了我。他完全有理由这么做，过去十年，我经常在第一时间驳回他的请求。不行，想都不想，就是不行，好像他一开口就是在无理取闹。

爸爸，我想出去玩。下雨呢，不行。

爸爸，我想吃烤冷面。不健康，不行。

爸爸，我想买奥特曼卡片。别乱花钱，不行。

爸爸，我想看《超级飞侠》。对眼睛不好，不行。

爸爸，我想……不行。

我不是没有自省过，但他的要求真的不合理啊，骆秋阳总是跟儿子站同一战壕抨击我：小孩能有什么坏心眼？如果他们不想玩，不想买玩具，就不是孩子。我这时才明白德善爸爸那句：我也是第一次当爸爸啊。[1] 养孩子也是修炼自己的过程。我暗暗发誓，以后要学着换位思考，做孩子的平等伙伴，而非高高在上的监护人。

我说："可以啊。"我语气夸张，一语双关，既是对他提出的餐种的肯定，也是对他的诉求表示赞赏。孙迦骆吃惊地看着我，我说："爸爸今天有事晚接你了，算是向你道歉。"

孙迦骆愣了一下，说："没事。"

---

[1] 引自韩国电视剧《请回答1988》。

我找到一家烧烤店，但路边没有停车位，换了另外一家，情况类似。我不想扫儿子的兴，而且也想扳一扳我过分认真的毛病——骆秋阳的原话是：过分认真就是较真。

我把车停在路边。在我之前，已有许多"同伙""作案"，这让我有安全感。乌合之众，一群人闯红灯就不叫闯红灯，一群人杀生就不叫杀生，同理，一伙人违停就不叫违停。

落座之后，孙迦骆问我："妈妈来吗？"

我说："她加班，所以我来接你。"

孙迦骆说："你今天没课啊？"

我说："对，但是有些别的事耽搁了。"孙迦骆"哦"了一声，扭头望向窗外。我通过观察，他的嘴角有一丝窃喜的笑容，也有些茫然，似乎仍不敢相信我们要吃烧烤。这曾是被我认为"不健康"的食品之一。他没有继续追问。我问："你不想知道是什么事吗？"

孙迦骆说："不想。"

他很直接。放在以往，这种直接反应会挫伤我的积极性，但今天我兴致很高，我刚刚在死亡的悬崖边上勒马，还遇见一个外星人。准确地说，外星人搭救了我。我相信他一定会对这个话题感兴趣。他跟许多同龄人一样，酷爱有关科幻的东西（《复仇者联盟》算科幻吗？）。有时候我真想敲开这些孩子的脑袋，看看里面窝藏着什么，可以在两代人之间产生这么深刻又广袤的隔阂。我可以在电子设备上赶超他们，但永远跟不上他们的前卫思想。我欲擒故纵。他有手机，但我们和校方都不允许他带进学校，现在自然不会在他身上。手机是他与外界沟通的窗口，我非常怀疑，用不了多久，我也会变成"外界"。我们的脑容量被手机占据，或者说，手机是我们的第二大脑，长在我们的手上。

外星人莅临地球的新闻还没闯入大众视野，但用不了多久就会铺天盖地传播，等着吧。

爷儿俩点了二十个肉串、两个烤翅中，还有一些其他乱七八糟的东西，鱼豆腐、马步鱼、金针菇。孙迦骆大快朵颐，吃了一半，问我："爸爸，我能喝瓶啤酒吗？"

这完全出乎我的意料，我刚刚还想着跟孩子交朋友，现在只想踹他一脚。

我说："你怎么会有这样的想法？"

他嘟囔了一句："我就知道不行。"

我说："你才十岁。"

他说："我才十岁。"

我们几乎异口同声，只是主语不同。我知道现在孩子早熟，小学五年级的学生人生阅历和感悟媲美我们大学时代。我曾跟李漓探讨过这个问题或者说现象，他说造成这现象的是信息。我们那个时代接收信息渠道单一，信息量有限，接收方式被动，他们不同，他们生来面对的就是一个唾手可得的世界，世界观自然与我们不同。

孙迦骆看我一眼，低头吃串，不再表达不满情绪。我想，这次也许可以破个戒，偶尔打破常规才有惊喜。我说："只能喝一杯。"

他惊讶地望着我，好像不相信自己的耳朵。饭店的酒水往往加价，我想出去买一瓶，饭店门口一般都有烟酒超市，想想又作罢，招呼服务员上了一瓶啤酒。孙迦骆变得殷勤，站起身倒酒。我说："我不喝，还得开车。"

孙迦骆动情地望着我："可以叫代驾。"

我想了想，已经选择了林中的另外一条路，为什么不走到底？我们碰了杯子。这种感觉很奇妙。我还记得第一次跟我父亲喝酒。

孙迦骆抿了一口酒就叫难喝，但还是捏着鼻子灌完。我想起他小时候，四五岁那么大，喂药的场景。孙迦骆把酒杯推到我面前，问我："爸爸，你觉得我们班主任漂亮吗？"我一口啤酒差点儿喷出来。孙迦骆接着说："今天语文课，她让我们用'漂亮'造句，举例'我是一位漂亮的老师'。我就对这个词语失去了好感。"

这不像一个孩子应该说的话。但他们应该说什么，我其实并没有数。我不知道怎么回答他的问题，只好转移话题："你怎么造的句？"

孙迦骆说："我说，'漂亮事物往往经不起推敲'。"

猝不及防，这是我写的一句诗，漂亮事物往往经不起推敲，丑陋真实反而更加美观。这不是什么精彩的句子，我记忆深刻是因为这是我发表的第一首诗。看着自己的文字变成铅字，那种感觉让我生平第一次体会到什么叫喜出望外。杂志早已停刊，但那期期刊我细心地保存至今，像纪念，更像凭吊。

我反客为主："你不是喜欢看科幻小说吗？"我之前从没告诉他，除了大学老师，我还有另外一个诗人的身份，那时候还用"孙旭"本名发表诗，后来才在编辑的建议下改成"九日"。骆秋阳是知道我写诗的，她必须知道，追求她的时候，我为她写了一本诗集，在校门口图文快印店打出来，装订成册，当作情人节的礼物，感动了她。这其实是廉价的奉承行为。我忘了从什么时候开始，她不再读我的诗，那本所谓的"诗集"早已不知被丢到哪里吃灰。

他说："无意间翻到，还挺好看。爸爸，你之前怎么没说过你还会写诗？"

我说:"有什么可说的?没什么可说的。"

我不认为一个十岁的孩子能读懂我的诗,但谢谢他喜欢。我看过一条新闻,有个外国人出版一本书,中译本卖得很火,编辑向他报喜,他却非常生气,认为他的书非常艰涩,不应该有这么多人购买,那是对他的亵渎。这人太矫情了。啊,我多想出版诗集。

晚上,我辅导完孙迦骆做功课,骆秋阳带着一身疲惫感回家,进门踢掉皮鞋,趿拉着拖鞋去卫生间洗澡。我问她吃过饭没有,冰箱里还有昨天剩的面条,我帮她做炒面。她哼了两声,我没听清,也不打算继续追问。我觉得有必要介绍一下,她的专业是商业英语,毕业后她做过外贸和导游。她喜欢旅行,我则完全相反,这也是我们的矛盾的源头之一,我们经常为如何打发法定节假日吵嘴。后来她在成人英语培训机构当过助教和课程顾问,前两年辞职,开了一家英语补习班,经过一段时间的运营,加设数学与语文班,现在还有幼小衔接、托管和"小餐桌"的业务。我有时候周末休息,还被她抓过壮丁,去补习班教授小学拼音。这还挺对口,我就是进行对外汉语教学,教那些五六岁的小孩,比教外国人更简单。人类对母语的习惯是个值得研究的课题,我曾经申报过这个项目,没有被审批通过。后天学习一门外语对大部分人来说都不是一件容易的事,尤其是汉语,所以希梅内斯已经属于佼佼者,我应该问问它如何掌握地球语言的,仅仅是观摩吗?还是说跟它们星球获取知识的技能一样,直接灌输进脑袋?开补习班后,节假日成了骆秋阳最忙的时候,她不再提旅游。我算"因祸得福"。

骆秋阳洗完澡,从冰箱里取出面膜敷好,躺在床上刷直播。她中意于一个叫"戎美"的店铺,老板娘更是她的精神偶像,怀孕还要坚持直播，生完孩子接着直播。这家店的衣服不算便宜（有几千甚至上万的皮草和手包），也不太奢侈（有四五百的羊毛开衫和二三百的牛仔裤）。

孙迦骆写完作业，我特许他玩半个小时游戏。我来到书房，例行公事一般进行每晚的阅读和冥想。我拿起案头那本书，书脊朝天，是韩少功的《马桥词典》。他是研究语言的专家，作品颇具可读性，但我今天看不进去，满脑子都是那只高大的"恐龙"。书架上有一盒饼干，我捏出一块捻碎了，投喂蚂蚁。它们没有语言，通过信息素在短时间内组织同伴觅食。我待的时间不长，回到卧室，心里总是想起希梅内斯。我不关心外星文明来地球的目的，我们只做学术讨论，外星人、外国人，对我来说都一样。它说诗歌发展方向是短诗而不是长诗，这无可厚非，短诗定然比长诗更具流行性，尤其是在当下这个浮躁的年代，碎片化阅读成为主流，人们喜欢浏览如过眼云烟的消息，不再去啃大部头。前不久还有一家主流媒体发起三行诗的活动，李漓怂恿我参加。不可否认，三行的确可以成诗，甚至可以完成一次不错的表达，人们的注意力也只能集中三秒钟，但我有自己的追求，诗歌就应该有诗歌的样子，就算死亡也要散发光辉。希梅内斯说，我走在完全相反的方向，诗歌应该短小精悍，而不是长篇大论。在普罗大众的印象中，它的观点的确站得住脚。那些读诗的人，不管主动还是被动，接触的都是短诗，更不用说古典诗词。"离离原上草，一岁一枯荣"，人们张口就来，"汉皇重色思倾国，御宇多年求不得"，除了应付考试的中学生，谁会背诵长诗？如果《长恨歌》没有被入选教材，又有多少人知道？事实上，我在电影院看《妖猫传》，还有观众窃窃私语：白乐天是谁？

差不多二十年，我每天都在写诗，构思，落笔，润色增删，推倒重来。我前后耕耘五年，写出《太阳·七部书》这部长诗，包含"太阳·断头篇""太阳·土地篇""太阳·大札撒""太阳·你是父亲的好女儿""太阳·弑""太阳·诗剧""太阳·弥赛亚"。

> 我走到了人类的尽头
> 也有人类的气味——
> 在幽暗的日子中闪现
> 也染上了这只猿的气味
> 和嘴脸。我走到了人类的尽头
> 不像但丁。这时候没有闪耀的
> 星星。更谈不上光明
> 前面没有人身后也没有人
> 我孤独一人
> 没有先行者没有后来人
> 在这空无一人的太阳上
> 我忍受着烈火
> 也忍受着灰烬

多么美丽的诗行啊。

请原谅一个诗人的自我陶醉。我以为这部长诗足以惊艳世人，最不济也惊艳国人，但我甚至没能打动一个编辑。他们达成惊人的一致：这年头谁还看这玩意儿？

珺跟我一样是海子的拥趸，她通过微博找到我，关注，发私信，提出想出版我的长诗，这让我激动不已，于是有了后来的联系，经过差不多两年的策划与沟通，最终诗集胎死腹中。我现在意识到，自杀也无济于事，海子引得后人追捧并不是因为自杀，而是他的创作本身足够优秀，引发了共鸣。我的自杀归根结底只是逃避，但情绪这种东西捉摸不透，我觉得累，活着太累，人们还会指责我一个大学老师多好啊，很多人风吹日晒地干着体力活，很多人吃了上顿没下顿、风餐露宿。是，这些我都知道，可我就是控制不住。我以前也觉得抑郁症就是矫情，直到我进行了半年治疗之后才正视那些不痛不痒的症状。我的骨头里像是有无数只蚂蚁在啃咬，我烦躁到不行的时候，想到一了百了的时候，怎么能是矫情？没人想要抑郁，说是自找也好，可怜之人必有可恨之处也罢，我已经从一名轻度抑郁症患者晋升为中度，这是不争的事实。上周，庞大夫刚刚调整了我的用药，加入安定，睡前服用，因为我已经出现惊悸的症状。骆秋阳推醒过我几次，我都以噩梦为由带过，我不想让她知道我有抑郁症。说不上来为什么，我就是不想，这件事对我们的婚姻有害无利。她已经忙得晕头转向，我又何苦再让她担惊受怕？说到底，我还是在乎她，害怕失去她，抑或说，害怕失去现有的生活。好吧，对诗歌的求而不得和抑郁症的折磨我都能接受，但是一个从仙女座来的外星人一本正经地跟我说："你应该写短诗，而不是长诗。"我突然想到，这或许是希梅内斯找我的原因。长诗的序幕"天"中，描写的就是鸟身人首、普通人类和鱼首人身三种生物的对话，第一段描写的就是宇宙初创的场景。

　　宇宙诞生的这一天
　　原始火球　炸开、炸开

　　　　猛烈爆炸，碎片向四面八方辉煌地散开

　　　　宇宙诞生在这一天

　　　　"大量的射电源和几百个类星体的谱线

　　　　在四散逃开、逃离，越来越快

　　　　一切方向上河外星系都在远离我们，远离"

　　　　原始火球炸开，宇宙在不断膨胀

　　　　"我要说，我就是那原始火球、炸开

　　　　宇宙诞生在我身上，我赞美我自己"

　　我后来才知道有一处常识错误，并非所有的河外星系都在远离太阳系，仙女座星系就是一个例外，其他星体的谱线都在红移，只有仙女座在蓝移。"不是针对你，我是说所有人类，天文知识匮乏。"第二次见面时，希梅内斯如是说。这也是后话。

　　希梅内斯到来的那天晚上，一切跟往常一样。

　　我拿起手机，学校群里发布了一段外星人出现在我们学校的短视频，我将视频转发到了家庭群里。群名叫"我们仨"，群备注是骆秋阳勒令我修改的，分别是聪明的爸爸、漂亮的妈妈、可爱的儿子。看来，女人在漂亮这件事上都容易盲目。儿子和我都反对专政，但儿子被威胁"如果不同意就压缩手机使用时间"，她在我的手机上录入解锁的指纹，我改过去，她改过来，不厌其烦，我只能就范。

　　可爱的儿子："假的吧。"

　　可爱的儿子："外星人的造型负分，一点儿都不符合我心目中的形象！"

　　漂亮的妈妈："这个世界上根本没有外星人！"

可爱的儿子:"肯定有!"

漂亮的妈妈:"这都是骗小孩的。"

聪明的爸爸:"你们仔细看,别老盯着外星人,注意一下现场的同类。"

视频不算清晰,但足以让人把我辨认出来。骆秋阳撕掉面膜,孙迦骆跑进主卧,母子二人看着我,等待我揭晓事情真相。此时,经过一下午的发酵,网络上早已炸翻天,上传外星人的视频的社交平台一度瘫痪。我终于得到应有的关注,微笑着享受他们的注视,我很久都没有成为家庭的中心了。骆秋阳工作忙,孙迦骆学习忙,我也跟着团团转。在人们的认识中,大学讲师总是无所事事,我还不能解释,一解释便显得矫情。

骆秋阳说:"外星人去你们学校做学术访问吗?"我不置可否。骆秋阳就是这样,习惯性泼我的冷水,没有恶意。

孙迦骆说:"这就是你晚接我的原因?"

我说:"是的。它从天而降,打乱了我的行程安排。"我顺势编了一个谎话。我怎么能告诉他,你爸爸我呀,本来打算自杀,好巧不巧,外星人救了我——我甚至写好了遗书,开头是落俗的"收到这封信的时候,我已经不在人世……"。

孙迦骆说:"太酷了,爸爸。外星人去找你了!"

我好久没在孙迦骆脸上看到如此明媚、兴奋的表情,也好久没跟他如此亲昵地互动。孙迦骆跳到床上,挤在我和骆秋阳之间,不厌其烦地刷着与我和外星人有关的视频,不时抬头打量我,仿佛在确认我是否冒充视频里的中年男性。孙迦骆问东问西,与外星人有关的一切事情都让他神魂颠倒。远远超过正常的就寝时间之后,我三令五申地遣他回屋睡觉，第二天还要上课。孙迦骆主张，外星人都来了，还上什么课？我不知道他怎么会冒出这样的想法，在我看来，外星人与上课实在毫不相干。最后还是骆秋阳把他轰走的。

我像胜利归来的战斗英雄，等着骆秋阳询问战况，她却说："你怎么跑民心河去了？"

我说："下午没课，过去散散心。"

我撒谎的技巧谈不上高级，尤其在骆秋阳面前，她总能洞穿我编造和润色的事实。但今天，她没有深究，毕竟外星人来了，而且与我亲切会晤。骆秋阳欲言又止，对外星人的兴趣远不如孙迦骆高昂。

希梅内斯与我会晤之后，对我来说，最直接的受益是化解了跟骆秋阳的感情危机，按照之前的经验，冷战至少要持续一周。我们都知道离婚是气话，但和好如初需要一段时间培养感情和遗忘。七天是一个特殊的数字，周一到周日形成时间单位中最小的循环，人类情绪容易受周期影响。

我被诗意击中，打开微博要写一首名为《七天》的诗，看见自己最后一条更新的微博，跟我想象的不一样，这条微博并没有形成任何话题。晒了一下午、与世界告别的微博并没有被转发和评论。我只有三百多个粉丝，他们估计以为我在开玩笑。或者，这条微博根本没有进入他们的视线。我苦笑一下，觉得自己真傻，自杀并不能掀起滔天巨浪，连一朵微不足道的水花都扑不出。我想删除微博，又觉得可惜，设置为仅自己可见，也许某天还用得着。庞大夫也跟我说，绝少有抑郁症患者彻底被治愈的案例，只能说控制病情。

我习惯性滑向热搜，除却有限的几条明星花边和时事新闻，全部被#外星人#霸榜。我点开其中一条微博，是李漓和希梅内斯的合影，转发和评论量双双破十万。一个外星人的到来和一个地球人的离去，二者引发的热度不是同一量级。说实话，我有一点儿不忿，我才是"真命天子"，才是被外星人选中的接触对象，李漓不过蹭了一张合影。我常常被世俗的甜蜜诱惑和自以为的清高夹击，比如一方面拒绝抛头露面，另一方面渴望被关注。我做了十几次心理拉扯，转发李漓的微博，配文："外星人比想象中可爱，他同我谈论诗歌。"我反复删除微博，退出，又不断登录，编写，最终下决心发布，不时捧着手机察看，并没有突如其来的访问量。

  我并没有意识到，这个庞然大物会对我今后的人生产生怎样的影响，最先感受到影响的应该是冲在科幻最前线的作者。外星人来了，从想象中，从文本中，从银幕中，扑腾到生活中。全球科幻作家都在狂欢，因他们从事的行业，仿佛与外星人有种天生的亲切感，就像是远亲。但很快就有人提出疑问，并陷入庞大、深沉的落寞情绪中，不得不正视一个严肃的文学课题：从此以后，外星人题材还能否冠以科幻的名义？不过，由于这个团体从业者和爱好者占比过于渺小，在全球面对外星人到来的大环境下并没有突围出任何一条热搜，倒是有几个科幻作家成为电视节目的常客，以地球上最熟悉外星人的人的头衔兜售各种滞销书。"外星人科幻"就跟当年的"青春文学"一样火爆[1]，只要封面印上"外星人"，白纸都能卖钱。这是后话。

  骆秋阳跟往常一样拿手机刷直播。我问她不兴奋吗？外星人来了啊。

  骆秋阳说："有什么值得兴奋的？外星人来了还不是一样要上班下

---

[1] 青春小说盛行的时候，我、郭敬明、韩寒——书上只要印上我们仨的名字就能卖，白纸都能卖，但是现在也不行了。——《饶雪漫：浑水野鱼》，采访、撰文：吕彦妮。

班、吃饭睡觉。无聊。"最后的"无聊"不知道是针对我,还是抨击网络热搜,她又说:"真不明白,它找你做什么?"

我说:"具体还不清楚,但跟语言学有关。我在这方面多少有些建树,别的不敢说,至少在墨城属于佼佼者。"

骆秋阳提高声调:"外星文明研究人类语言?那你下次见面问问,它对英语感兴趣吗?他可以找我报个班,给它内部价。"

熄灯后我仍有些亢奋,想跟骆秋阳行夫妻之事。她把我推开,敷衍了一句"累了"。我便失去兴致,跟她背靠背。我看过一篇关于夫妻睡姿的科普文章,通过各种姿势分析夫妻关系,具体内容已记不清,但背靠背可不是好征兆。我还记得同居伊始,天天晚上我们都要搂着睡觉。我爱她,依然爱她,可是身体不撒谎。

骆秋阳睡着了,房间睡着了,黑暗中响起轻微的鼾声。我看着她,内心激荡阵阵愧疚感,不管之前是不是我错了,我惹她生气就是不对。类似的悔恨与自责情绪是我们以往置气的收尾,我知道,我们还会吵架,还会冷战,甚至可能摔打东西,但那一刻,真的,那一刻我愿意为她而死或为她而活。

我是真的爱她!

我悄悄吻了她的脸颊,爱情比黛力新管用。

五

第二天，我跟往常一样送孙迦骆上学，担心堵车，特地提前十几分钟出发。孙迦骆扒着椅背问我："爸爸，它还会再来找你吗？"

我说："当然，我们约好了。"

孙迦骆说："爸爸，你太酷了。我要告诉全班同学，他们一定特羡慕我，我爸爸有一个外星人朋友。"

我说："你有一个外星人叔叔。（好吧，我承认自己飘飘然）而且，爸爸一直很酷。"

孙迦骆说："是，一直很酷。你们下次见面，我能去吗？"

我其实并不确定下次见面的时间，以及有没有下次见面机会，这件事并非由我主导。我打了个马虎眼，说："不好说，毕竟是外星人，我只能说争取。"

我跟孙迦骆的对话重新热络，仿佛回到他小时候。其实我们根本没有芥蒂，只不过我在学校忙着上课，回家就把自己关进书房阅读和写诗。我宁愿观察蚂蚁搬家，也不愿意陪孙迦骆踢足球。所以说，根本不是孩子疏远我们，而是我们疏远了孩子。就像孙迦骆在幼儿园中班时，我送他去踢球，他不想去，我总是吼他、吓他，甚至打他，指责他白花了钱，批判他让人失望，报了八十节课，练了二十节课后，他说什么也不去了。俱乐部不给退钱,但指出一条路,可以把课时卖给其他家长,我跟一位家长聊天,准备把课时卖给她,她开导我,课时她可以买,但还是建议我再坚持一段时间。大部分时候,不是孩子不坚持,而是大人不费心。我听从她的建议,连哄带骗好说歹说地让孙迦骆练完了八十节课,然后坚持到现在。我很感谢那个不知姓名的家长朋友,同为父母,我很汗颜。

到学校,停好车,走向办公室,与外星人见面的激动和兴奋感尚未完全退去,但我并没有过分沉醉。生活还是要继续,我没能死成,就好好活着。上午没课,我在办公室里写论文,怎么也进入不了状态。两个小时过去,我敲了三行字,边看边摇头,又用闪动的光标吃掉。骆秋阳说我情绪太容易受影响,但凡有点儿什么事就能把我祸害得够呛,让我进入一种迷离而狂躁的状态。比如我前两年坐公交车丢了一部手机,整整一个星期茶饭不思,看谁都像小偷,看见有人使用相同款式的机型,就忍不住凑上前一探究竟。我之前不以为然,现在回想起来,这可能是我患上抑郁症的前奏。

我给李漓打电话,问他中午要不要一起去食堂吃饭。他还在家里睡觉。

我说:"日上三竿了,还没起床?"

李漓含混不清地说:"为什么起床?"

我说:"上班啊。"

李漓反应迅速,说:"为什么上班?外星人都来了,我们很快就会被奴役或者消灭,世界末日就要降临。你比我更清楚啊,你们俩不是聊了半天吗?怎么着,他是不是要把你留着做标本?"

我说:"你哪儿来这么多胡思乱想,不想上班就拿世界末日顶缸?

赶紧过来，中午请你吃泸州。"李漓支吾两声，我没听清他是同意，还是立志重返梦乡。

中午我自己去食堂，一边吃饺子，一边刷手机，微博上的热搜被清理了干净，朋友圈也没有了关于希梅内斯的只言片语，一时间，我有些恍惚，以为昨天的会面只是南柯一梦。可我实实在在地活着啊。我知道了，一定是相关部门监管了网络上的动态。

一个女人向我走来，食堂水汽氤氲，她的形象逐渐清晰，就像一幅正在创作的素描，短发被勾勒出来，她白皙的脸就像一块马上融化的冰块。天气很热，但她包裹得很严实，墨绿色的制服带来一种略显沉重的观感。我看不清她的鞋，凭想象和直觉，为统一她的角色，应该是一双低调的黑色皮鞋，最多带一点儿浅跟，即使这样，她也有着颀长的身材。她走近了，我发现，她穿一双高帮帆布鞋，眼睛里没有任何色彩，冰块周遭环绕着潮湿的雾气，湿冷地笼罩着我。

她没有打饭，直勾勾地盯着我用餐。我马上明白，这很可能是李漓的新一任女友，还在想，李漓竟然连警察都不放过。

我问："你找李漓吗？"

她摇摇头，看得我心里发毛。

我问："那你找谁？"

她伸手指了指我："找你。"

我问："找我做什么？"

她终于开口："与你无关。"

我站起来，嘟囔一句神经病，迅速离开了食堂。我一路跑回办公室，她已经坐在我的办公桌对面。我们的办公室四人共用，我这才发现，其他三人的办公用品都被清理干净了。

我问:"你到底是谁?"

她说:"与你无关。"

我急了:"与我无关,就别影响我工作。"

她不再说话,但也轰不走,我只好离开。我去班里上课,她坐最后一排;去操场跑圈,她坐在观众席上。只有去男厕所,我才能短暂甩开她,但在洗手池上方的镜子里,她又出现。

我说:"我报警了。"

她说:"我是警察。"

我说:"警察也不能限制我的人身自由啊。"

她说:"你想做什么便做。"

我又问:"你到底是谁?"

她说:"我叫严丽。从今天起,我负责联络你跟希梅内斯,你们每次会面,我都会记录在案。你不必疑惑,聆听和执行。"

我说:"我——"

她打断我的话,说:"关于你跟希梅内斯初次见面聊的内容,我们需要你重新交代。"

我不高兴了:"什么叫交代?"

严丽说:"你有告知义务,我们希望你调动全部记忆,尽量一字不差地复述。"她说每句话都是同一个语调,我真怀疑她细腻的皮肤下面掩埋着一副钢铁躯体。

我说:"我不认为朋友之间的对话有公开的必要。"

她眉头皱了一下,随即展开,但并没有进一步说明,是讽刺还是疑惑:"我刚才的话已经非常清楚,同样,这也是我对你的告知义务。"

我偷偷白了她一眼。见面不到十分钟,我就大胆预测,她绝对不是感情用事之人，她根本没有情感。我耗不过她，只好把那天的事情讲了一遍，她跟骆秋阳一样问我："为什么会去民心河？"我编了同样的谎话，当然不能提自杀。严丽得到满意的答复，不再跟我说话，像影子一样隐在我背后。晚上回家，我以为终于可以甩掉她，就算她要继续盯梢，顶多会以办案的名义租用左邻右舍的房子，没想到严丽竟然在我家客厅搭了一顶帐篷，做好长久驻扎的准备。我跟骆秋阳解释半天，她才将信将疑地接受严丽。

就这样过去一周，除了严丽无所不在地监视我，我的生活没有什么变化，与外星人相见的事情似乎并没有让我受到关注。我照常上班、下班，接送孙迦骆，写诗，喂养蚂蚁。这件事对李漓的影响反而严重，他连续旷工一周。李主任让我帮忙联系李漓，督促他回来上课。我打过几个电话，没人听，或者关机。李漓像凭空消失一般。倒是有几个我从未听说的部门轮番到学校，让我事无巨细地交代与希梅内斯会面的所有细节，回忆我跟它对话的每一个字。我毫不怀疑，假如落到纸上，他们还会让我订正每个标点。我跟他们解释，已经跟警察做了汇报，严丽就在左右，却不为我做证。

在校园和小区里，每次我停好车，总能看见几个鬼鬼祟祟的身影，我一看他们，他们立马转身，不敢与我对视。

一周之后，李漓主动给我打电话，说："旭，你火了。"

我说："我差点儿就报警了，你怎么不接电话？"

李漓说："我倒是想跟你联系，根本抽不出空当，外界都以为外星人找的是我，我怎么也解释不清楚，现在大家终于知道，你才是幸运儿。"

我说："我从不觉得自己是幸运儿。"

李漓说:"官方捂了一个星期,没捂住,国外都炸锅了,舆论终于被冲破。我有预感,你马上就要火了。"

我说:"我向来淡泊名利,火不火不重要。"话虽如此,但我的虚荣心得到了极大的满足。挂了电话,我顺势点开微博,关于外星人的讨论重新霸榜,不少人声称他们也遇见了外星人,展开各种谈话,有的一看就离谱:说外星人是他父亲,来地球是让他继承一颗行星;还有的说,外星人已经占据他的身体,与他合而为一,他感知到外星人的感知,地球危在旦夕,人们必须把自己的全部财产捐献给他方能幸免于难。有的真假难辨:外星人来地球是为了收割文明,人类就像一颗颗种子,整个太阳系就是耕田,地球之所以出现在如今的位置,正是外星人干涉的结果,营造不冷不热的气候,便于生命诞生,然后一步步调整,用小行星消灭恐龙,用冰川世纪消灭大型哺乳动物,让猴子从树上跳下来并直立行走,让人类学会使用火,一切的一切都是为了把人类推到食物链顶端。如今,我们不负众望地成为地球的主人,创造出灿烂文明,果实成熟,到了收获的季节,于是它们来了,它们是播种者;还有人说,希梅内斯就是外星哥伦布,像哥伦布发现美洲大陆一样发现地球,接下来会对地球殖民,这是高等文明向低级文明流动的必然结果,符合热力学第二定律。最无厘头的是有人发了一条微博:"你好,我是外星人,我在宇宙游历时不小心降落到太阳系,我们星球的货币与地球货币的兑换率是1比1000,但因为没有正式建立贸易合作,所以暂时不能在地球上使用。我现在急需用钱!需要你转账一百元钱,等我回到星球,立马给你汇一百万元,并给你留一个酋长的位置!"

有平台发起投票,一共三个选项,分别是"接济说""覆灭说"

"旅游说"：接济说，指外星人来到地球是为了传播更加先进的科技与知识，帮助人类文明"脱贫"，它们想象出一个宇宙文明的大家庭，跨越某道科技门槛，方能加入宇宙文明的怀抱；覆灭说，外星文明秉着资源占领的诉求前来侵略地球，人类很可能成为它们的工蚁，一刻不停地为它们做工，我们的繁衍将会沦为它们取之不竭的能源；旅游说，外星文明只是到此一游，用不了多久，它们就会离开，以前怎样，以后怎样，我们无须顶礼膜拜，也不用心惊胆战。投票结果趋于平均，每种说法基本各占三分之一。我正要做出选择，敲门声响起，来人竟然是覃波波老师。我来到墨城师大十年了，他还是第一次登门拜访。

覃波波开门见山，说："外星使者有何启示，孙老师方便跟我透露一下吗？"

我说："什么？什么使者？"

覃波波说："外星使者，或者圣尊，具体称呼我们还没确定。我今天过来找您，是受组织委托，希望通过您间接聆听圣训。"

我有点儿头大，不想理他，又找不到适合的借口打发他的虔诚请求，于是实话实说："没有圣训，它找我谈论诗歌。"

覃波波一脸疑惑与不解的表情："怎么会是诗歌？诗歌能够拯救世界吗？一定还有其他更深的寓意，还请不吝赐教啊。不瞒你说，我是'接济说'的拥趸，外星人就是救世主，一定是看到人类生活在水深火热之中，才从天而降。"

我说："哪有水深火热，我们这不是活得好好的？"

覃波波说："人心难测。孙老师，您一定要注意安全，学校里面有覆灭派的渣滓。"说完，他看了看严丽，似乎怀疑她的动机。

我说:"谢谢提醒。"我下了逐客令,覃波波却没有意会,缠着我讲希梅内斯的种种情况,想套出我没有"交代"的内容。我一再强调,我并没有从外星人那里得到明确指引,讨论内容限于诗歌。覃波波带着一副怎么会这样的表情离开了办公室。

中午我去食堂吃饭,学生们以我为中心散落成圆,从碗上面探出头来打量我。我匆匆扒拉完饭菜,抹了一把嘴,仓皇逃离。路上,我总觉得有人跟踪我,到了宿舍楼,跑进房间,"砰"地关上门,但仍然觉得空中飘浮着无数双群众的眼睛。

食堂的情况还可以理解,课堂的情况比较复杂。我从来没有见过这么多学生——讲台周围有一圈蹲下来的,过道上也站满听众,门口更是挤进来十几个脑袋,外面的走廊上摩肩接踵。语音学不是一门特别有趣的课,我已经习惯了昏昏欲睡的学生,如今他们精神十足,仰起脖子,睁大眼睛,害怕我会突然消失似的。到了提问环节,他们原形毕露,没人关心语音学,都在强烈要求我供出与希梅内斯相聚的细节和谈话内容。这些经历,我在过去几天已经跟许多官方与非官方的媒体进行过不下十遍阐述。我望向严丽,希望她能做些什么,但她只是耸耸肩,一副置身事外的样子。

李漓仍然没来上课,他的微博几乎被攻陷,粉丝呈几何倍数增长,墨城当地几家媒体闻风而来,对他进行数轮采访,还约了一次电视直播。我们这些日子受到的关注,比以往几十年加起来都要多。我在李漓面前表现得非常不屑,但内心非常享受这种热情,有几次不由自主地拆李漓的台,向大众广而告之我才是"真命天子",李漓不过是碰巧串门,本质上只是无足轻重的过客。我就是这样的矛盾综合体,我深知自己的顽疾,且讳疾忌医。世界上最困难的不是创造,而是改变。老话讲，江山易改，本性难移。这些颠扑不破的老道理把做人这点儿事说得太透彻、太明白，摁住几句，受用一生。

希梅内斯降临之后，我第一次见到李漓是在泸州酒城大饭店。我跟李漓分析过店名，酒城跟饭店本来就是一个意思，如此搭配太冗余了；说是酒城、大饭店，其实这就是一家普通的街边馆子，一层有七八张散座，二楼有五六个包间，顶多可以同时接待一百位客人。

李漓说："一不小心成了知名人士。我昨天刚刚微博认证，内容是第一个跟希梅内斯合影的地球人。我现在可以说是大 V。"

我说："你这根本不是知名，而是没有自知之明。"

李漓说："抢了你的风头，对不住。"

我被他看穿，脸上不太好看，忙说："我压根儿没往这儿想。倒是你，李主任找我谈话，要我向你转达，尽快到校回岗。"

李漓说："甭搭理他。我现在的心思不在学校，外星人都来了，还要按部就班地生活？"他说得没错，外星人牵动着所有人的心，不管主动还是被动，大家多多少少被外星人的消息刷屏。全世界的人为之疯狂，各地举行各种游行，有的是声讨，有的是声援。"对了，"李漓接着说，"你那天都跟外星人聊了什么？"李漓跟覃波波一样好奇我们的谈话内容，我也像回复覃波波一样告诉他：诗歌。李漓端起酒杯抿了一口酒，似乎就着酒水才能顺下答案。

我说："真的，它找我是为探讨诗歌和语言学。你也看到了，一共有七个外星人，不，是一个外星人的七个分身（我想起希梅内斯说的七位一体），他们寻找的交谈对象都是与语言相关的人士。"

李漓挑着眉毛说："语言学到底有什么魅力，值得它们纡尊降贵？"从李漓的措辞中，我听出他是接济派。我无法回答李漓的问题。席间,李漓接了两个电话,还没吃完饭就起身要走,一副日理万机的姿态,临走前问我外星人下次什么时候下凡?

我摇摇头,说:"你不是第一个这么问我的,我们没有互留电话。它没有微信,也不玩微博。"

李漓说:"那它到底还来不来?"

我耸了耸肩膀,无可奉告。

下午我有一节《文献检索与利用》的大课,吃完饭走回学校,门口有几个人举着自拍杆在做直播。有人见我往学校里走,想要尾随进来,被保安阻止,他们仍不放弃,暴力翻越电动大门,一边跑一边望着镜头解说:"铁子们,我现在来到墨城师范大学里面啊,外星人就是在这里会见孙旭老师的。学校现在不让进,我是冒着生命危险在做直播,我答应家人们的福利兑现了,大家拿起手机双击屏幕,小礼物刷起来啊。"保安把他摁在地上,他还不忘对着镜头喊话,"谢谢'墨城小狐狸'送的法拉利。"他的手机掉在地上,我捡起来归还,不经意间瞥了一眼直播间,观看量竟然有几百万,这些人真是疯了。

下午的选修课在阶梯教室上,以往能有一半的上座率已属不易,今天座无虚席,还有不少其他专业的学生旁听,一直把门口壅塞得水泄不通。我打开多媒体设备,播放幻灯片,按部就班地把知识点掰碎了——说按部就班其实不准确,面对如此狂热的受众,我内心也有把火被点燃了,烘烤着情绪,我感觉自己的形象变得高大起来,随便抛出一个幽默点,就能换来欢笑的共鸣。这节课正常的时长是四十五分钟,然而我已经拖堂半个小时,学生们仍然兴致盎然。我从适才的兴奋变得疲惫,我知道他们对《文献检索与利用》不感冒,他们关注的重点是外星人,或者说,是与外星人有过联系的我。终于有学生按捺不住,站起来说:"老师,我看过不少科幻小说,深知非我族类,其心必异,外星人势必心怀不轨。老师你站在哪一边?"

我愣住了,看他张牙舞爪的样子,似乎从我嘴里说出一个"不"字,他立刻就会冲上讲台施暴(这是覆灭派吧,他们一定是《三体》看多了;接济、覆灭,怎么不直接用降临呢?)。我没想过这个问题,外星人为什么来地球,希梅内斯也没有向我透露。其他几个同学站起来,大喊:"消灭人类暴政,地球属于巴耶。"两伙人冲撞在一起,立马打得不可开交。作为他们的老师,我没有冲过去解决矛盾,反而缩在讲桌后面,有点儿担心被殃及池鱼的意思。我说过,我从来都不是一个勇敢的人。活到四十岁,我觉得基本上透支了所有的勇气和正义感,变成一个苟且偷生的中年人。

敲门声救了我。

那是我们学校有限的几个门卫之一,我认得他,但他应该无法从众多老师中把我认出来。他上下打量我一番,有些结巴,我不知道他原本就如此,还是激动所致——很快,我就明白是后者。他说:"你……你是孙旭老……老师吗?"

我说:"是我。"

他说:"有人找你。"

我问:"什么人?"

他非常有节奏地顿了一下,不知是有意为之,还是无心之举:"外星人。"

C

  墨城位于中国北方，是一座典型的工业城市，刚刚攀升为三线城市，但交通状况、生态环境和社会结构尚未脱离之前的状态，就像墨城的名字，给人一种不见天日的感觉，到了冬天，遮天蔽日的雾霾把感觉坐实成感受，心肺系统再优秀的人在室外待半个小时也会呼吸困难。雾城则居南方，江浙一带，因一片清澈的湖水盛名在外。从苍茫大漠，转秀气水乡，好像上级体恤从来没有休假的老枭，特地为他规划一条旅游路线。否则他这辈子可能都不会涉足两处景点，对他来说，这不仅是奢侈，更是浪费。旅游是退休的老年人才会从事的养生活动，年纪轻轻的人瞎跑什么？！这是他"朴素"的人生观，过去几十年，他连小区附近的市政公园都没逛过。

  "二人组"马不停蹄地来到雾城，连酒店都没来得及入住，老枭便提议先去看看湖水。

  "辛苦一点儿哈，现在是特殊时期。"他知会严丽。

  "嗯。"

  "你多给点儿反应。"

  "怎么算多点儿？"

  "起码别一个字儿一个字儿地往外蹦。"

"好的。"

"算了，你还是别说话了。"老枭索性让严丽闭嘴。严丽倒是配合，连一声"嗯"都不肯施舍，惜字如金。老枭想到这个成语，跟严丽相得益彰，严丝合缝。

湖水因为出现在九十年代一部国民级别的电视剧中而爆红，吸引了来自全国乃至世界各地的游客。算起来，旅游景点可以称为古早的网红打卡地，人们不远万里纷至沓来，更多不是为了游览，而是与名气合影留念。有了这张照片，他们才不算白来。随着时代变迁，这种认知并没有改变，唯一的不同是拍了照片，还要发微博和朋友圈，广而告之的方式从口头转述变成平台展示：如果不让别人知道你的行程，就跟没去一样；如果不让别人知道你的情绪，仿佛失去快乐悲伤。

湖水属于免费景区，"二人组"抵达岸边已是傍晚，如血的夕阳在湖面投下了殷红波纹，一层层涟漪轻盈散开。老枭想起小学课本上学过的一篇文章，作者也是在观湖，用了"心旌荡漾"。他从未体验过这种感觉，即使现在，也没有明显的心理变化。作家总喜欢夸大其词。湖面叠着许多浮萍，还有几枝挺拔的荷花。岸边栽着垂柳，间距不远，柳丝在空中相拥，营造出一片绵密的浓荫；树下堆砌着许多高低起伏的怪石，一半没入水中，一半探出湖面，形状各异，可任想象驰骋。湖面没有船，老枭以为应该有几只木船才协调。不过他想想也对，湖心太危险，跑来看热闹的人们躲在岸上，簇拥的人群和距离感才能提供安全感。几近黄昏，岸边仍然挤满看景的人。他们盯着湖心，好像那里住着一只孤独的湖妖，而且很快就会出水，满足人们的猎奇心。

老枭从小身在墨城，那里除了一条流经城市内部的民心河（主要用于排涝），最汹涌的水系就是十米宽、三米深的护城河。老枭去过环城水系两次，一次因为命案——夜钓者发现一具裸露的浮尸，还有一次也是因为命案，比浮尸更惨，水面漂着几个黑色塑料袋，里面是尸块——他想起常征那吊人胃口的腔调——这还不是最惨的，最惨的是塑料袋装里的是他妻子的尸块；这还不是最最惨的，最最惨的是还有从她腹中挑出的胎儿。老枭当时没有崩溃，异常冷静，冷静得有些变态。他把尸块拼凑成原样，站在一旁端详，像画家欣赏刚刚收笔的作品。从那天起，原本沉默寡言的老枭变得油嘴滑舌。他也不知道，或者说，把握不住，另一个人格就在妻子被分尸的案发现场觉醒了，好像不停说话可以分散注意力。其实他心里清楚，不管做什么，他眼前就浮现着一层尸块的重影，即使躲在梦中也一样，他说话只是想得到别人的反应，以证明他还活着，并非灵魂呓语。

老枭突然一阵恶心，双眼发黑，向后错了一步。

"没事吧？"

"没事，脚下没踩实。"

"要不先回酒店休息？"

"你想休息可以去。"

"我不想。"

"那就别说话。"

湖心"咕咚"一声，冒出一团白泡，老枭听见有人喊："来了，来了！"

靳东伟给老枭的情报，也不算情报，此事雾城尽人皆知，只能算情况：过去几天，从湖心吐出过许多不可思议的、明显不属于雾城或者中国的东西，包括但不限于一份《华尔街日报》、半份热狗、一颗高尔夫球、一支柯尔特 M-1911 式手枪。这些东西从湖心跃出，又在引力约束下坠落，除了手枪，其他密度较小的物体漂浮在湖面，乘微风上岸。这次抛出的竟然是一只全身没有一丝杂色的黑猫，两只碧绿的眼睛跟湖水一般深沉。黑猫甫一落水便发出尖叫声，好像是被人扔进了湖中。老枭的妻子喜欢猫，之前养过一只美国短毛猫，怀孕之后不知被谁科普，说婴幼儿对猫毛过敏，忍痛割爱给了闺密。不过老枭很庆幸，他一直讨厌家宠，更没精力打理，妻子又总是喜欢拉着他给猫洗澡，他还记得那只温驯的大家伙被水浇到之后的剧烈反应。妻子告诉他，猫会游泳，但是厌水。老枭摇摇脑袋，把这些无关的思绪甩出去，剥去上衣和配枪，塞到严丽怀里，上身可以蔽体的只剩脖子上的观音玉坠。他几步跳到湖边一块嶙峋的大石上，纵身一跃，跳入湖中，像个逗号插入文章。岸上发出一片惊讶之声，瞬间淹没严丽的提醒："肖队，危险！"

人生在世，人活着就是涉险。

老枭奋力向湖心游去。

黑猫度过最初的惊恐期，向老枭游来。老枭抓住黑猫，顶在脑袋上，凫水上岸。如果他从上百双盯着他的眼睛中看到自己的投影，会发现他跟《妖猫传》中被猫妖附身的女人成为同款。他没看过那部电影，但见过铺天盖地的海报。他几乎没看过任何电影，仅有几次步入影院还是跟妻子谈恋爱那会儿。老枭捡起衣服，包住黑猫，于众目睽睽之下大摇大摆地离开。严丽跟上去，像一截别扭的尾巴，想粘粘不上去，想断又断不开。

"你疯了？"回到酒店，很少发言的严丽主动开口。办理入住手续的时候，前台工作人员百般阻拦，宠物不准入内。不管老枭怎么解释，挑明警察身份，宣称这只猫是重要证据，前台工作人员都一味地搬出酒店条款予以驳回。老枭气急败坏，掏出手枪拍在柜台上，后者才屈服，也不是屈服，而是被吓晕。所以，当严丽跟老枭说他疯了，他也不知道严丽指的是跳湖救猫，还是掏枪吓人，抑或两者皆有。"万一你被吸进去怎么办？（好吧，另有所指。）太危险了！"

"做啥不危险？在街上走路还有被广告牌砸死的可能，刚搬家，就被隔壁的连环杀人犯盯上。"

"那吃饭还可能噎死呢，因噎废食？"严丽难得地顶撞了老枭。

"你说的那风险的确存在，但从概率上来说，还是相对安全，不吃饭则必死无疑。所以，该吃吃，该喝喝，即使死在这上面，也是一个饱死鬼。再者，那玩意儿好像只能往外吐东西，不能吸收。"

"现阶段，一切都是猜测，谁也没有定论。"

"不过总算保留了重要证据。"老枭用毛巾擦干黑猫的毛发，他自己仍是湿漉漉的，"你上网搜一下，看看雾城有没有寻猫启事。不，还是查查华盛顿。"之前常征教授说，雾城跟沃罗普飞行研究所的虫洞连线了。看来，这玩意儿就像一只气泡，不仅仅作用在卫星点火装置上，还能在空中飘浮——研究所的人员可能违反规定在公司打迷你高尔夫，一边吃着热狗一边看《华尔街日报》，但无论如何，不可能养猫。

"也可能是流浪猫。"

"如果一只流浪猫可以轻易溜入研究所，那就不用搞间谍工作了。"

"你从哪儿听的这些乱七八糟的事？"

"刑侦人员的肚是杂货铺，有的没的都要装一点儿，光靠警察学校那点儿理论，破不了案。"老枭挠着猫脑袋对严丽发号施令。黑猫对眼前陌生的环境和救命恩人充满敌意，不时抬起爪子抗议，老枭也不恼火，跟猫斗智斗勇。没一会儿，有人敲门，老枭立马警惕起来，示意严丽安静，指了指门口的洗手间让她躲进去。门禁卡刷出"嘀"声，房门被迅速撞开，几支手枪蛇一样刺入。老枭举起双手、后退。这些人把老枭按在墙上，将胳膊拧在腰后，上手铐。不等他喊出自己人，严丽从洗手间里杀出，控制住背对他的汉子，把枪抵在他的颈动脉上。

闹剧就此收场。

对方只是前台工作人员报案后赶来的当地警察。

确认身份之后，领队没好气地抱怨："政府给我们配枪，可不是用来恐吓市民的。"这个领队就是刚才，被严丽控制的警员。

雾城警方没有继续发难，显然接到了上面的命令，也显然没有想到，需要全力配合的对象是这么莽撞的一双男女，不像刑警，更像一对亡命鸳鸯或雌雄大盗，诸如此类。但他们终于收敛神色，毕恭毕敬地问老枭有什么需要协助的，老枭毫不客气地指派起来："明天封湖，一艘快艇，一部'单反'。"雾城警方得到指示，告退。老枭又开始把玩黑猫，经历过刚才的剑拔弩张，后者仿佛意识到自己正在被新晋主人挑逗，微微闭着眼睛，昂起毛茸茸的脑袋，尽力配合拨弄。很快，黑猫彻底投诚，享受从老枭的指尖滑出的压力和摩擦感。

"先上报靳将军吧。"严丽提醒老枭。

老枭摇摇头，这点儿内容还不够寒碜的，必须挖掘出更有价值的线索，以便留住这只猫。别看那些科学家一个个和颜悦色，知书达理，转脸就能把猫解剖。他们绝对干得出来这种事。

"我觉得还是谨慎一点儿，万一——"严丽还在劝阻老枭。

"万一我死了,这只黑猫就托付给你。"老枭说得轻描淡写,好像死亡对他来说只是出差,假以时日就能归来,"如果可以,再帮我多做一件事,把我跟你嫂子合葬。"老枭说着把玉观音摘下来。考虑到他可能尸骨无存,他让严丽到时候把玉碾碎,掺进她的骨灰里。老枭把最坏的情况列举了出来,即使像一个玩笑,也足够耸人听闻。

第二天一早,他真这么干了。

他再次来到湖边,已经没有人头攒动的游客,只剩两圈特警。湖边有一艘电动小艇,样式全新,某些零部件还裹着一层油腻的塑料薄膜。老枭赶到湖边,小艇上面工作人员就位。他以为是雾城警方为他安排的驾驶员,不承想后者只是为他大致讲解如何操作,讲完后则连忙回岸,仿佛小艇随时可能爆炸,或者被平静的湖水吞食。老枭发动小艇,坚定地驶向湖心,降低速度,缓慢靠近。但事实上,他根本无法断定"边缘"何在,那个造成一切秩序混乱的"洞"没有形状和颜色,就像闭眼在悬崖边探索,也许再向外跨出一步,就会跌入万丈深渊;像薛定谔的猫——他是那只猫——已经处于叠加态,任何一个观察者都能让他坍缩,无法确定结局是死是活。

这不是他第一次面对死亡,2009年那次他跟浔城警方合围毒贩,收网的时候在制毒工场遭到那群亡命徒疯狂反抗,枪林弹雨的形容一点儿都不夸张,三名同事殉职,还有几个进了ICU;2016年"8·12特大杀人案",幕后之人是区里的一把手,腐蚀警队未果之后开始报复,雇用杀手埋伏在他家门口的消防通道里,趁他开锁的当儿在他背后捅了一刀,大夫说差两厘米就扎脾上了。回忆死亡并不会让他变得勇敢,与死神擦肩次数多了就会漠视死神,根本没有这么回事,相反,面对过死亡,他才知道其狡猾和恐怖程度。谁会习惯死亡呢?

扯淡!

快艇逼近湖心,湖面突然变得不平静,涟漪变成波浪,从风平浪静到巨浪滔天只在转瞬间。老枭连忙掉转小艇,开足马力,向岸边驶去。他抽空回头看了一眼,发现湖心出现了巨大漩涡,湖水随之涌动。他勉强克服漩涡的向心力,一点点驶离湖心。湖面的扰动仍在加剧,他感到越来越重的黏滞力,湖水仿佛变成了强力胶水,引擎轰隆声被吞没,耳边只剩湖水咆哮声。

小艇被彻底制动,随之向湖心漂去。

老枭站起来,准备弃艇,但剧烈滚动的湖水让他决定静观其变。老枭想象过无数次死亡降临的画面,没有一个能与今天的场景重合。他想象过饮弹而亡,想象过尖刀穿过心肺的冰凉之意,想象过被重卡碾成肉酱,想象过一刀一刀被犯罪分子凌迟,他们做得出来,断了财路,就等于把他们推向地狱,地狱里的恶鬼不会跟人讲人间道义。他没有想到,自己的宿命是被一面活过来的湖水吞没。

他做了最后的努力,拿起相机对准湖心一通狂拍,希望这些被相机捕捉的细节能够为科学家们提供足够的证据。不能活得伟大,他也要死得光荣;不能死得光荣,也要死得其所。

老枭做好就义准备,然后看见了那架军用直升机。他起初以为是幻觉,就像所有将死之人幻想在生命最后时刻得到救援。飞机悬停于正上方,与他滑向湖心的速度保持一致,一架软梯被丢下来,他摸了摸,质感真实;这是通往天堂的阶梯啊——半个小时之内,他这个无神论者借助地狱和天堂两个概念描述复杂心情,在这样巨大的力量面前,他四十多年建立的世界观轰然崩塌。老枭把相机挎在脖子上,爬上软梯,回头看,那艘小艇已经被湖水吞没。他获得了一个极佳的角度，没有急于攀登，继续对湖心拍照。这些照片会提供以下让人目瞪口呆的事实：湖心漩涡无中生有，所有一切都被吸附，包括整片湖水。相机最后一组照片是泥泞的河床，不时有几条大鱼在淤泥中拍打身子，泛出星星点点的银光。湖底成了夜幕，这些被湖水遗弃的鱼儿化身星辰。最难以接受的当属雾城市政府，他们引以为豪的景区不翼而飞，由此带来的旅游创收随之化为乌有。这是后话。

老枭爬到直升机舱内，看见了严丽。她不苟言笑，没有责备老枭的鲁莽与冒进，也没有为他的死里逃生流下激动感人的泪水，像好莱坞电影里惯用的桥段那样，她只是掏出玉观音，冷冷地说："还你。"

她又说："别再给我了。"

严丽事后告诉老枭，头一天晚上，她就跟靳东伟汇报了进度，以防万一。靳东伟联系驻扎当地的一支武警部队，派出了直升机。严丽说得轻描淡写，删繁就简。老枭听着，不说话，只是笑。刚刚经历一场生死存亡的考验，他在用这种方式庆祝劫后余生，又捡了一条命。他想跟严丽说点儿什么，又不知从何说起。他只是笑，连句谢谢都没提。说了反而破坏气氛，两个人相互看一眼就什么都明白。老枭把玉观音戴回去，伸手摸了摸，这是妻子为他求的，男戴观音女戴佛，辟邪保平安，老枭不信这个，一直扔将其在警队抽屉里，直到妻子去世。

回到宾馆，老枭倒头就睡，是猫粗糙的舌头把他舔醒的。

严丽已经走了，留了一张字条：上头交代，我们分开行动，我被指派了新的任务。

（另起一行，明显是经过深思熟虑的补充）就算是我死，你也得给我活着。

老枭给靳东伟打了个电话，简明扼要地汇报雾城之旅。靳东伟指示:"回墨城会合。"

电话里，常征告诉他，外星人已经降临墨城，当地政府经过层层请示，派出三名特工，结果只回来一个。

"另外两个'光荣'了？"老枭琢磨着靳东伟和常征的语意。

"准确地说，是三合一。"靳东伟说，"他们融化又重组，变成三头六臂。这不是神话传说，是血淋淋的现实。"

"外星人到底想干吗？"老枭问道。

靳东伟和常征解答不了，这正是当务之急需搞清楚的事情，官方要求跟外星人进行接洽，被它们驳回，它们反而在地球找到七个无关紧要的路人。可以这么说吧，这些人都没有政府部门工作的背景，目前来看，似乎是随机挑选的。外星人不想搞得大张旗鼓，靳东伟已经与墨城警方取得联系，必须时刻监控外星人在墨城的一举一动，严丽被派去主持此事。老枭有点儿不满意：一、严丽是他的人，要调动怎么也得跟他吱个声；二、他们还是不会用严丽，自作主张地给她安排有点儿像是行政的工作岗位，好像这样是为她好，替她考虑，全弄错了，严丽是一把匕首，应该把她插入敌人的心脏，而不是放到后勤切果盘。

"喵呜"。

黑猫叫了一声。老枭压了压它的脑袋，心下稍稍感到安慰。

"走吧，我带你回家。"

D

老枭一夜没合眼。

上一次彻夜未眠，还是妻子被害那天。

做刑警时间久了，他总会遇见一些神神道道的事情。他之前参与过一起刑侦案件，凶手是业界知名学者——放弃工作和城市生活，来到偏僻的山村执教，所有人都称他看破世情，大彻大悟，他却以极其诡异的手法杀害了一名当地小学生：作案现场利用白色蜡烛布满各种阵列，另外还有其他匪夷所思的道具，比如鸡头、黄纸和线香。死者赤裸的身体上也画满了符咒。最让人不敢直视的是他死时的形状，他的四肢被捆绑着，像一只待宰的羔羊，被吊在教室的大梁上（山村教室不是水泥浇筑的，采用传统的梁橡结构），死者脖子上被刺了一个小口，鲜血一点一滴地落下，生命也一点一滴地流逝，凶手躺在下面，张着嘴，接饮死者的血液。警方查出凶手之后，凶手毫不惊慌，称这么做是为了续命。死者命格与他相仿，而他大难将至，杀掉小孩就等于死了一回，他本人则可保无虞，他饮了死者的血，可以返老还童。还有一个案子，凶手杀害了女友，分尸后冻在冰箱里，他故意把空调温度调得很低，每天晚上挑一条胳膊或者一条腿搂着睡觉。由于他们都是外来务工人员，死者也没有正经工作，被害之后并没有人察觉，凶手用被害人的手机跟其家人发微信聊天，营造被害人尚在人间的错觉。这起案子被发现是因为电费。小区物业对惊人的电费产生了怀疑，怀疑他在屋内擅自使用某种超大功率设备，因为之前就有人为了避人耳目，在家里搞印刷。物业突然敲开他的房门，结果看见他正捧着女友的头偷笑。老枭后来了解到，凶手说自己完全是按照女友的要求将她杀害并分尸。"她总说热，热，如果能住在冰箱里就好了，我就把她塞进去了。可是冷冻室就那么大，没办法，我只好把她切成小块。她现在可凉快了。"他还说，"如果我们的钱多一点儿就好了，换一个大容积、双开门的冰箱，她就不会死得这么零碎。警官，你热不热？"其他人都被这句"你热不热"吓出一身冷汗，只有老枭镇定，顺着凶手的思路说："你不知道买个冰柜？"凶手恍然大悟地说"对啊，那样她就能有个全尸"。有了以上经历打底，老枭觉得自己能够应付一切怪力乱神的事，但是眼下发生的一切让他的世界观彻底颠覆——外星人来了！

老枭坐火车回到墨城，带上了那只黑猫。

外星人希梅内斯-V选择这座城市，它们就把指挥中心设在当地一家棉纺织厂里。厂子是旧址，大部分员工搬到了新厂，只剩少数几台机器运转，是个掩人耳目的好地方。靳东伟征用这家旧厂，用作临时指挥中心。老枭来此与靳东伟等人会合。在那里，老枭终于见到了"三合一"。他见过许多残暴的、写出来都会被屏蔽的作案现场，一般人看一眼就会吐上一天，他觉得自己已修炼得百毒不侵，但是那个（或者说三个）怪物着实把老枭吓了一跳，远超他的认知。举个例子，以前的残忍和诡谲场景都是长度的延伸，而眼前的怪物打破了另外一个维度的桎梏。而且，他们活着，共享着三套运动系统、神经系统、内分泌系统、循环系统、呼吸系统、消化系统、泌尿系统和生殖系统，相互交叉、融合，也就是说，就算只有一颗心脏，他们也能活下去。如此看来，反而因祸得福地获得了一套预防死亡的机制。他们在指挥中心短暂停留，就被秘密运走，没人知道他们被送去哪里。靳东伟没说，老枭也没问。老枭只是默默祈祷，希望迎接他们的科研人员不要视之为标本。

雾城湖水被吸干的新闻被炒得沸沸扬扬，如果说之前那些奇异的穿梭事件只是一些零星的枪声，那么湖水被抽干的奇观就是一记重炮。一时之间，人们都把矛头指向外星人：第一，奇观在它们到达地球之后就频繁发生，它们无论如何都难辞其咎；第二，地球目前的技术水平似乎还达不到这样的高度。问题是：它们的动机是什么？还有一个发人深省的问题:那片湖水去哪儿了？有人搬出钱莉芳的《天命》，该书预言了类似情节，一时大火，重印不止，销量远超口碑更好的《天意》。看，从来都不是文本的问题，市场会做出选择。事实上，不仅是《天命》火了，所有描写外星人的科幻小说都受到市场青睐，一时洛阳纸贵。

"第二个问题很好回答。"常征说，"根据这些事件的特性稍加推演就能得出答案——这片湖水被折叠在某个时空中。"

厂房后面有一片工人开发的菜地，种了一架葡萄，葡萄架下面有一套石桌、石凳，复古得像二十世纪末的场景。他们三个人在那里展开讨论。知道的人，明白他们在操心人类文明生死存亡问题；不知道的人，还以为他们在下象棋。黑猫卧在老枭的脚边，温柔睡着。

"您的意思是，未来的某个不确定的时间和地点，湖水会从天而降？"老枭问道。

"这只是一种可能。也有可能,它已经降落了。"

"不曾耳闻啊。"

"在过去,十年前,一百年前,一万年前或者一亿年前。时间可以向前,自然也能错后。或者,湖水永远飘浮在天上。"

"可我们还是要做好迎接这片湖水的准备。"靳东伟说,"如果湖水降落到闹市区,尤其是室内,不知道会有多少人遭殃。"

"'第二只靴子'。"老枭说。

"什么意思?"

"没听过那个笑话吗?"老枭说,"老人将他的阁楼租给年轻人。年轻人经常晚归,这时老人已经睡了,年轻人将皮靴脱下来扔到地上一只,过一会儿又扔另一只。睡在年轻人楼下的老人听得非常真切,半夜被这么一折腾老人吓得半宿没睡好。第二天晚上仍是如此。第三天,老人按捺不住,找到年轻人说:'我的心脏不好,你晚上回来时能不能轻放皮靴?'年轻人说:'我今后一定注意,您放心睡吧。'当天到了半夜,年轻人——"

"我想起来了。"靳东伟接上老枭的话,"年轻人半夜回家,脱掉靴子,扔下第一只,然后想起老人的叮嘱,将第二只靴子轻轻放在了地上。楼下的老人被第一只靴子惊醒后一直在等第二只落下,听不到靴子落地的声音便不能入睡,一直等到天亮。"

"这片消失的湖水就是'第二只靴子'。在它落下之前,我们都将惶惶度日。"老枭说完,跟靳东伟的叹息声连成一片。

"你们振作一下。"常征说,"我要宣布另外一个打击。酒泉那边发射任务失败后,我们对点火装置进行了研究,汲取国外几次事故的前车之鉴,我们没有贸然靠近,使用仪器测定,发现电磁一旦接触就会被吸收。为了讲述方便，我们给这个不可见的物质起了一个名字：幽灵气泡。我们试图去控制气泡，但无济于事，没办法抓捕虚空。那比虚空更虚空，这根本不属于我们的世界。你们明白吗？这玩意儿的维度与我们不同。我跟美国几个专家达成了共识，幽灵气泡是四维的，里面的基础参数或与地球不同。"

"四维无法被捕捉吗？"老枭问道。对四维他不陌生，妻子怀孕时，他陪妻子做过四维彩超，那也是他唯一一次陪妻子孕检。那应该是一项人类已经熟练掌握并运用的技术。

"这么说吧，"常征拿起笔在纸上画了个圈，"这个圈能困住你吗？"

"这是画地为牢啊？"

"对吧，二维的圈困不住三维的人。同理，三维世界的人也无法控制四维气泡。"事情就是这么简单，简单又残忍。真理是一把锋利的尖刀，上面滴着鲜血。

"这就是它们对我们的攻击？用泡泡？听上去有点儿戏，就像小孩用肥皂泡攻击蚂蚁。"

"你觉得儿戏吗？"常征说，"我认为这恰恰是残忍。"

"它们把幽灵气泡附在点火装置上，阻止航天技术发展，把我们摁在地球上。虽然这么说有点儿夸大其词和危言耸听，但太空是文明的唯一出路。"靳东伟说完看天。老枭跟着他抬头，看着被葡萄架割裂的天空，他的疑惑跟那一串串日渐饱满的葡萄似的沉甸甸的。

半晌，常征又说："这还不是最恐怖的。我得到消息，有一些民用火箭发射成功了。"

"这不是很好吗？"

"你怎么不关心一下结果？"

"结果呢？"

"结果未知。"常征说，"还需要等待这些火箭脱离地球引力的束缚，让火箭飞一会儿。"

"不知道发生了什么，就是最恐怖的？"老枭有些不高兴，揶揄了一句。

"直觉。"

"你们科学家也相信这个？"

"国外科学家还相信上帝呢。还有一种观点，认为上帝是程序员，根本不存在自由意志。当你反驳这个观点时，他们会说反驳也是其中一环。"

三个人长吁短叹一番。老枭感到无能为力。他从来没有过这种感觉，不管与谁对抗，他都毫不畏惧，至少有个对抗目标激发他的愤怒或仇恨情绪，可他现在面对的就像是一团空气，越是用力挥拳，越是心里没底。

"严丽怎么样了？"

"已经就位。"

"兴许她能发现突破口。"靳东伟说，"就是担心接触外星人会不会太危险？"

"不会。"

"我们谁都说不准。"

"我是说，她不会害怕危险。干我们这一行的人，面对危险是家常便饭，不吃还饿得慌呢。"老枭已经记不清他在鬼门关前溜达了多少回，严丽也不比他少，担惊受怕成为日常功课，惊怕也就没那么面目可憎了。总要有人做这份工作，总要有人承担责任，没有人天生热爱危险，使命使然罢了。他没有那么多艰深的理论，很多判断，他依靠的都是直觉——这点他跟常征一致。这种直觉经过许多生死的磨炼，成为一种本能。老枭想到一件至关重要的事情，猛地拍了一下脑袋:"糟了！"

"你想到什么了？"靳东伟和常征连忙问道。

"忘了买猫粮。"

靳东伟和常征面面相觑。

第二章
与希梅内斯再晤

++++++++++++++++++++++++++

一切可以想象的技术都能实现，

一切可以实现的技术都能描述，

一切可以描述的技术都缺乏想象。

六

我跟希梅内斯第二次见面，相对官方。我曾告知校领导，希梅内斯与我作别时约定再来，他们希望再次会面的地点可以正式一点儿，不能给学校抹黑。校领导们从未对我如此殷勤和热情，尤其是李主任，对我的态度发生了翻天覆地的变化：以前见了点点头或是招招手，就算打过招呼了；自从我成了希梅内斯的接洽对象，李主任每次都要停下来温和地与我攀谈，聊天气，聊时事，聊家庭，聊教育，聊改革，总之都是一些我之前插不上嘴的话题。我们以前几天也见不了一次，最近一天能见好几次，在办公室里，在去食堂的路上，甚至在厕所（我们并不处在同一栋办公楼），都能见到他的身影，以至我怀疑他在跟踪我。有一次我正小解，他上来拍了拍我的肩膀，吓得我尿到了手上。他说我前途无量，让我好好干，有任何困难和问题及时反馈，他一定会尽快妥善处理。我跟他开玩笑，说我目前的问题就是评职称。李主任尬笑两声，我连忙澄清是闹着玩的。

李主任却认真了，说："你的这个问题我多次跟学校反映，上次评选我还差点儿跟校长急眼。孙老师放心，这事我一定上心，等我捷报。"

我还想再解释几句，不过事已至此，只会越描越黑，只能说一句

"让您费心了"。如今的语境就是这样,玩笑与认真的界限日渐模糊,最直观的表现是"加狗头",一开始"加狗头"证明自己是在开玩笑,后来"加狗头"反而欲盖弥彰,为了证明所言不虚,人们往往还要再强调一句"我说真的",就像猜疑链,很难分清到底哪句是真,哪句是假。

希梅内斯站在操场上等候,说:"冒昧再次打扰。"它不再有河南口音,但说的也不是普通话,像香港明星说的普通话,听上去有些大舌头,我立时明白,他可能看了不少香港电影,这从他的部分口头语窥一斑而知全豹。

我脸上波澜不惊,内心却被虚荣的窃喜心情填满,故作平静地说:"别来无恙。"

希梅内斯说:"无恙。我们去哪边谈论,上次的空间有些局促?"

我提醒他:"应该是房间。学校准备了会议室。"

这时,他注意到与我形影不离的严丽,希梅内斯说:"是这你的妻子?"

我哭笑不得,严丽却毫无反应,好像她并不是那句话的宾语,也对人人趋之若鹜的外星人视而不见。我摇摇头,纠正它的语法错误:"这是。"

希梅内斯说:"是还是不是?"

我想了想说:"这是我的一位朋友。"

严丽毫不领情,说:"我们不是朋友,我只是上面派来监视你们的人员。"

希梅内斯问道:"你是我的联络人?"

显然,它跟严丽之间有过一些沟通。果不其然,严丽说:"对。"

希梅内斯说："悉听尊便。"希梅内斯掌握不好语法，却能熟练使用成语。这并不意外，语法使用需要大量聆听与练习，成语就简单多了，使用的人只需熟记含义。按照希梅内斯的说法，它们可以将一本成语词典转化成可以被大脑直接吸收的数据包，就像我们把土豆转化成薯片。

我们来到行政大楼规格最高的会议室。过去十年，我来这里的次数屈指可数，这里仅供上层领导召开会议使用。我提着一只帆布袋，里面的东西直往下坠，我的身子都被扯歪了，只能不停地把帆布袋从左手换到右手，维持平衡，这让我看上去像一个改良版的不倒翁。

希梅内斯说："是什么在袋子里？"

我故作神秘，稍后揭晓。

我说："沾你的光，我才能使用这间会议室。"

希梅内斯说："我能理解你的语境。但是我对你们人类的社会制度感到大头。"

我纠正它："头大。"

希梅内斯说："是。我扫描过大量书籍和影视作品，对人类种种制度的繁复感到困惑。你们好乱。"

我问他："在你们的语言体系里如何表达困惑？"

希梅内斯说："我们没有语言。"

我说："但总有传播媒介。"

希梅内斯说："我想一下。"几乎是瞬间，我根本没有感受到它思考的长度，它继续说："翻译成你们的语言，最准确的形容应该是空白。"

我感到头大，问："空白？"

希梅内斯说:"是。我们不像你们,对许多事物有着复杂甚至是重复的描述,比如形容一个女人美丽,还可以说漂亮、好看、俊俏、标致、姣好,或者沉鱼落雁、闭月羞花、倾国倾城、顾盼生姿,甚至有很多带有感情色彩和特定指向的词语,比如性感、妖娆、妩媚、风骚。你们喜欢用一类词表达一件事情,我们往往用一个词表示一类现象。"

我说:"可是我记得你说过,你们星球的表达都非常精准。"

希梅内斯说:"是的。"

我等了几分钟,见它并没有继续解释,不得不提醒它:"一般来说,我这么说的时候,是希望得到你后续的解释。"

我向它展示了一个常识,人们在对话过程中,尤其是两个人对话,一般会分出一个倾听者,一个倾诉者。倾诉者在主导对话的同时,会有意无意地寻求倾听者进行互动,倾听者也会主动提一些无关紧要的小问题,以帮助倾诉者调整节奏,比如我刚才的提问。

希梅内斯说:"我们没有这么烦琐的流程,就像我们两个文明的制度。通常来说,我们会将自己的观点以信息包的方式传递。这种传递不是点对点,而是覆盖式。"

每个巴耶人都可以随时发布和接收信息包,当然,也会进行过滤,而不是全盘接受或随机选择,就像下雨一样,每个人脑海中发出的信息包就是一颗雨滴,汇集在空中,但雨滴是选择性落下,也可以全部落下,在雨中狂奔,接触他人的思想。

这并不矛盾,他们形容一件客观事物的属性,比如体积,不会说大和小,而是直接给出具体数值,选择情绪或者其他描述时,用一类词也能精准地表达,有一套自成体系的区分方法。

这种现象跟英语类似，比如 cow 这个单词，它的名词含义可以表达母牛和奶牛，也能表达母兽，动词含义却是恐吓和吓倒，完全不相关。假如不是母语使用者，即使对照上下文语境，也很难快速厘清准确的词义，还需要了解文化和传统。类似的情况中文也有，但并不多，比如说"大败"和"大胜"，一般只出现在试卷中。

听完我的理解，希梅内斯说："英语是你的第二语言吗？"

我说："不，我妻子是英语专业，我耳濡目染，有时候也会搜集英语案例来辅助教学。我也会带留学生，但用汉语授课。"

希梅内斯说："可以流畅表达吗？"

我摇摇头，说："完全不能，准确地说，不能完全。"

希梅内斯说："你做了一个双重否定。"

我说："'完全'和'不能'并不冲突。"

希梅内斯说："还有摇头的动作。两者不产生叠加吗？"

我说："完全不。我们扯得越来越远，先从英语往回找补吧。你好像很介意这件事。"我想起骆秋阳跟我开的玩笑，让希梅内斯报她的培训班，但我觉得希梅内斯的英语水平完全不需要加强。

果然，它接着说："用英语交流好很多会，我这门语言掌握得更好；相比英语，汉语太难了。扑街。"看见一个外星人感到惊讶，与之使用汉语交谈感到惊讶，但这二者相加的程度也远远不能跟那句粗口相比。幸亏希梅内斯没有针对我的表情继续发散，它接着说道："我们用'空白'表达困惑情绪，还可以表达心虚、失落、寂寞、难过、痛苦、丧，诸如此类情绪。"

我拍了一下脑袋，恍然大悟道："啊，我知道症结所在，英语更依赖语境，你们也一样吧。"

希梅内斯说:"不,相比语境,我们更依赖发音。"

我一头雾水,说:"这怎么可能?同一个词,不同语音怎么能涵盖这么丰富的表达?"我无法想象"啊"字的轻声和一声可以表达不同意思?这跟多音字还不一样,多音字是不同音,跟同音不同声调是两回事。

希梅内斯说:"这不是可能,是事实。"

我实在无法理解这种表达方式,恨不能钻到它的脑海里一探究竟。希梅内斯说过人类是活化石,对我来说,它何尝不是行走的标本?如果我能搭乘它们的宇宙飞船进行跨星系航行,接触不同文明,研究他们的语言,这将是多么丰饶的馈赠。但我很快想到一个既定事实,其他文明的语言已经消失。

我们来到走廊尽头,我压下门把手,推开门站在一旁,示意希梅内斯先进——我相信希梅内斯能理解我的绅士作风。很好,它了解这个习俗,但问题是——希梅内斯庞大的身躯无法穿过这扇窄门。这间会议室超赞,厚实的浅蓝色地毯、真皮座椅、泛着浅浅红光的实木长桌、每张座椅前还对应着一支话筒、天花板上吊着投影仪,唯一的不足之处就是入口预留过窄,设计师当初肯定不会想到这间屋子有朝一日会被用于接洽外星来宾;即使他灵光乍现,预料到了这一点,也猜不到外星人的体形。

这是我们学校最好的会议室。校方以严肃的审美提高接待希梅内斯的标准,却忽略了它的身材。人类又一次在外星文明面前丢人了。希梅内斯努力了几次才蹭进去,我跟在它身后。正对着门口挂着一条横幅,上面写着:"和平与爱是人类文明的终极诉求!"这种赤裸裸的声明带着讨好和求饶的成分。我看了看严丽,她摇摇头,表示对此一无所知,看来是校方自作主张的安排。

希梅内斯的关注点却落在那些真皮座椅上,它说:"抱歉,这个我真挤不进去。"

我说:"我们可以席地而坐,坐而论道。"我坐下后说出了之前对希梅内斯这类高等文明生物的一点微不足道的猜想,我以为它们可以随意变换大小和形态,就像孙悟空会七十二般变化。之前有人认真研究过神仙是外星人的可能性,通过长生不老、飞行、天上一天地上一年等设定得出天庭是一艘高速飞行的宇宙飞船,各位仙家都是宇航员。

希梅内斯说:"你是指体积吗?"

我点了点头。

希梅内斯说:"这不可能,不管变大还是缩小,都会对器官造成不可逆的损害。不管外形怎么变化,质量均不会改变,因此压强就会把我们的内脏撑裂或者挤爆。同理,我也不能突然出现或者消失,这需要消耗巨大的能量。我们拥有类似的技术,但是需要机器配合,我们的本体跟你们一样,严格来说,只是一堆碳水化合物。这是宇宙中文明个体的标配,我尚未见到其他生命形式,没有硅基文明,没有电子文明。"

我说:"看来你们并非全知全能。过去几周,许多地球人将你们奉若神明。"

希梅内斯说:"一切误会都是科技发展的差异。巴耶星有一句流传了几千万年的俗语:一切可以想象的技术都能实现,一切可以实现的技术都能描述,一切可以描述的技术都缺乏想象。"

我说:"还是看书吧。"我把帆布袋里的书一一摆在会议桌上,《荷马史诗》《神曲》《唐璜》《浮士德》《失乐园》《解放了的普罗米修斯》《离骚》等我能找到的所有经典长诗。遗憾的是,只有《离骚》一本本土作品，这给我一种国足既视感。我尽力了，但是没有找到一部白话汉语长诗，或许有人跟我一样写了出来，但是没有得到发表机会。图书市场本来就不景气，诗歌更是萎靡不振，余秀华是个例外，这让我痛恨自己的出身与健康问题。单从这一点看，这倒是契合希梅内斯的理论：诗歌应该越写越短，而非越长。

我说："我们谈谈诗歌。汉语虽然难学，但是汉字形成的诗歌意境异常美丽和壮阔。"

希梅内斯说："诗歌跟语言有本质的联系吗？"

我不假思索地说："当然。首先来说，没有语言就没有诗歌；其次，不同语言创作的诗歌内涵也会随之改变。"事实上，我对这个问题并没有深入研究，我只知道把古诗翻译成外语是一件几乎不可能的事情，格律的完整性和美感都会遭到毁灭性破坏，与"信达雅"无关，这是一种文化的崩塌。

希梅内斯说："但是它们传递的信息相同。即使翻译不同，夕阳和落日不会让人产生误解，漂亮和美丽也没有本质区别。这个问题，我们刚才讨论过。你们不够精确。"

我说："大错特错。诗歌一个字都不能改，这不是菜市场买菜，可以挑挑拣拣，对我来说，诗歌是用来发现的，而不是发明。如果你了解过我们的古诗，就能非常直观地认识到这一点，尤其是律诗。"

希梅内斯说："空白。"

我说："这么说吧，诗歌就像定理。定理你知道吧？勾股定理，三角形的两条直角边的平方和等于斜边的平方。"

希梅内斯说："在巴耶星，我们称之为库维尔三角关系。"

我说："名称不重要。"

希梅内斯说:"那你等于举了一个反例,对自己的观点倒打一耙。勾股定理也好,库维尔三角关系也好,所言为同一件事,本质上,向宇宙传递的信息相同,尤其是数学。"

我说:"你听我说完。我的意思是,诗歌就像定理一样,在我们发现之前就存在于这个世界,我们所做的不过是寻找和发掘它们。所以,这些诗歌一个字、一个标点符号都不能碰。一首诗呈现出的就是其与生俱来的模样,清水出芙蓉,天然去雕饰。但有些诗需要修改,这就像是清理出土文物上的杂质,是为推敲。"

希梅内斯说:"我很难理解这个观点。"

我说:"好吧,这不是什么观点,是我一厢情愿的总结和执念。"

希梅内斯说:"所以,它并没有被证明?"

我试着用稍微科学一点儿的知识演绎和解释:无法证明,但也不能证伪。就像量子理论,观察之前,是虚无,是任何状态;观察时,就会变成你看到的样子。希梅内斯一定没听懂,也没必要听懂,这只是我一家之言,况且,我也不是什么家,就像它所言,我在语言和诗歌领域都没什么过人的建树。我继续向它推荐这些经典长诗,相信看完之后,一定会收回成见。

希梅内斯却说:"我看过。我阅读了大量人类诗歌。我们找到一种把电子文档转化为信息包的方式,这是一个压缩和解压缩的过程,原理并不复杂,但是比较麻烦。关于这些诗歌,我的认知是,大部分没有实际意义,你们更喜欢表达情绪和情感。这是绝对错误的,诗歌的本质是传递信息。"

我说:"如果你是个地球人,我转身就走。"我见不得有人如此诋毁诗歌,诗歌的美感和艺术并不具备,也不需要具备这种实用性,就好像有人纠结出土文物的实用价值，比如指责商后母戊鼎不能盛放粮食。

希梅内斯说："那你首先需要站起来。"

我说："这是个冷笑话吗？"

希梅内斯说："这是你'转身就走'不可或缺的前提和步骤。"

我突然找到了理论根据，说："看。你虽然阅读了大量诗歌，但根本不了解我们的文化，从未触及诗歌（灵魂）的本质。你知道这像什么吗？"

它打断我的话："这像什么？"

我说："希梅内斯，一般来说，这是一个设问句，并不需要你配合。"

希梅内斯说："你刚才提醒我的对话技巧。"

我说："但在这里并不适用。对话不仅需要技巧，更需察言观色。我们一定要在这种细节沟通上浪费这么多口舌吗？"

它穷追不舍："这像什么？"

我深吸一口气，盯了希梅内斯大概两秒，说："我忘了。"

希梅内斯说："这是你们的专利，我们只能选择性删除信息。忘记是什么体验？"

我说："这不重要。我们来谈论诗歌的本质。以我的理解，诗歌是一种内在的外延，小说让我们的生活变得丰富，诗歌则让我们的心灵得到净化。这才是诗歌的本质！"

希梅内斯问道："那么，语言的本质呢？"

我说："语言本质上是一种载体。"

希梅内斯说："传递信息的载体。"

我想要揭竿而起，却只是叹了几口气。我熟悉这种感觉。过去几年，我跟骆秋阳常常陷入这种局面，聊不了几句就误入死胡同。我试图打破沉默，效果却并不明显，于是放任沉默。这又带来另一个问题，沉默也变成了她攻击我的武器。说话就为争吵埋下伏笔，沉默则是我刻意冷漠。我夹在其中，左右为难。我还有一个办法——转移话题，如果这招也不奏效，那么八成要掀起一场腥风血雨。

我拿出跟妻子交谈那套，说："你别空白。这本来就不是一件简单的事，慢慢来。你之前说过其他文明最后留存的语言都是诗歌，而且是短诗，你们对此有什么研究成果？"

希梅内斯说："那些诗歌排列的顺序非常特殊，是非线性的，摆成许多特殊图案。"

我无法理解，虽然诗歌往往追求奇异断句，但从没人在排列组合上下功夫，至少我没见过，这听起来像是本末倒置。按照希梅内斯的说法，非线性诗歌蕴含着一种复杂的数学原理，它们暂时还没有进一步发现，只有一些零碎的线索。所以，它们发现地球文明，非常开心，同时也很苦恼，我们进化的速度过于缓慢，不知要等多久才能看到我们的语言的尽头，而它们在太阳系停留的时间并不多。

希梅内斯看着我说："不过倒是有一个可行的办法，可以加快人类文明进程。我可以提供一种技术，对人类文明进行提速，让你们在短时间内走到语言消失的临界点，便于我观摩和研究。你要不要听听？"

我果断拒绝："不要。"

希梅内斯说："不要这样。"

我说："你学撒娇倒挺快。"

希梅内斯说："我还是要跟你谈谈这个构思，或许，这对人类文明的发展也是一种启示。"希梅内斯固执己见，就像个刚刚学会某个小魔术的孩子，迫不及待地要在家长面前表演。孙迦骆曾经也是这样：

他会把磁力片拼成手枪，让我跟他对战；我教会他下兽棋，他就要跟我通宵厮杀；小学二年级学会了斗地主，每天晚上睡前都要拉着我和骆秋阳切磋，小小的手儿把不住整副牌，就铺陈了一床，像被落叶覆盖的小径，为了保护他的排列组合，我和骆秋阳只能闪转腾挪。我曾被他搞得不胜其烦，现在好了，他从不烦我，我却可耻地怀念那段时光。

我说："好吧，悉听尊便。"

希梅内斯说道："首先，你要明白文明的分类。这你懂吧？"

我诚实地摇摇头，我不认为一个普通高校的语言学老师需要对文明分类有所了解，这远远超纲了。我向严丽求助，她置若罔闻，摆出一副根本不想参与对话的拒绝姿态。好吧，我就应该把她当成一幅挂历，除了某项认定的指代，不提供其他任何说明。

每个星球对文明等级分类的标准不同，但通常都是按照对能源的消耗以及热力学定律来进行文明的等级划分：

Ⅰ类文明掌握行星级别的能源，可以精确测量能源消耗，能够利用到达星球的全部恒星能量，相当于 10^{16} 瓦。拥有这种行星能源的文明，可以对天气进行控制或改造，雨雪风霜任意设定，一年四季随便安排，可以在海洋建立超级城市，一劳永逸地解决人口爆炸问题，拥有维系海洋生态平衡的方法，将城市垃圾化作海洋生物可以分解的物质或者可以吸收的养料，形成完美循环。

Ⅱ类文明已耗尽单独一颗行星的能源，并掌握一颗恒星的能源，大约相当于 10^{26} 瓦。该文明可以利用恒星的全部能量输出，控制太阳耀斑和风暴，在恒星演化为红巨星之后，点燃其他恒星。

Ⅲ类文明已耗尽单一一个太阳系的能量，并已在其本星系的广大范围内进行星际殖民。这种文明能够利用一百亿颗恒星的能量，相当

于 10^{36} 瓦。

IV类文明可以利用整个空间的能量，对暗物质和暗能量随心所欲地进行开发。这只是一种猜测，目前尚未遇见过这种神级文明。到此阶段，（文明）可以随意在宇宙之中来去，凭空制造能量。

我完全听不懂，遑论遥远的星系，即使对身处的太阳系，也缺乏必要的了解，距离太阳最近的是水星还是金星来着？

希梅内斯毫不留情地指出："不是针对你，我是说所有人类，天文知识匮乏。不过这可以理解，每类文明与次级文明之间的差别为100亿倍。假设文明的能量产出以每年2%到3%的速度增长，人类需要一两百年时间才能达到I类文明，如果没有发生什么意外的话。"

我惊讶地问道："难道我们不属于I类文明？"

希梅内斯说："顶多算0.7类文明，在能量生产方面与I类文明相差一千倍。别灰心，你们正在向I类文明进军。单从语言学来说，已经非常接近，I类文明的全部人口通常可以熟练掌握两种语言，母语和全球通用语。据我观察，英语有覆盖全球的趋势。"

我问它巴耶文明属于第几级？希梅内斯说属于2.4类文明，可以点燃恒星。

我说："那你准备怎么拉我们一把？"

希梅内斯说："非常简单，整脑模拟——这个方法可操作性很强，只需把人脑切成薄片，用软件准确地复刻3D模型，加载到超级计算机里。每个神经突触完全抄袭人脑，模拟出的人脑拥有原本人脑的人格和记忆。换句话说，你们将脱离皮囊，获得永生。这是许多文明面对灭顶之灾时选择的方法，问题是需要一台巨大的存储器。"

我说："你把这个叫作'非常简单'，是不是有些措辞不当？"按照它的方法，全人类的大脑都将被收割和切割，单是想想这个画面，我就不寒而栗。

希梅内斯对我的惊讶表示不解，接下来告诉我，这只是第一步。

希梅内斯掏出重力球，像是投影仪一般现出全息画面。我看见一条白色线段。迄今为止，人类科学家能够模拟一毫米长的扁虫大脑，这个大脑含有三百零二个神经元，而人类的大脑有一千亿个神经元，完全不是一个量级。希梅内斯的技术可以逾越鸿沟，突破屏障。完成这一步，接下来是重点。白色线段分裂，各自疯狂生长，像两个并联的大脑，加速繁殖，融合程序，生成全新的电子脑，迭代失败的意识将会被剔除，多次反复。这个自然选择的过程将产生越来越强大的电脑。正常的演化需要几十亿年，通过在一些节点预设技术奇点，可以将整个过程缩短为几十年。自然演化没有预知能力，是随机的、突变的，产生的没用变异比有用变异多出数倍，但是人工模拟的演化可以被控制过程，进行有益变化。

希梅内斯总结道："我可以在同步轨道对你们进行观察，语言是文明演化的一部分，这样就可以随着文明的终结而发现语言尽头的答案。怎么样？"

我一头雾水，说："什么怎么样？"我睁大双眼张大嘴巴，它应该可以轻易读出我正在演示的成语，瞠目结舌或目瞪口呆都能得分。

希梅内斯说："关于我推进人类文明进化的美妙构思。"

我说："与其说进化，我觉得更像屠杀。按照你的说法，文明消亡是解开语言疑惑的前提，这无异于因噎废食。"

希梅内斯说："我们无意伤害人类，对文明的干涉是一件被谴责的事情，不管是促进还是抑制。我只是讲笑。"

我说:"理解你的玩笑,我需要看几本科普书。"

希梅内斯说:"事实上,我真的研究过你们的大脑。不是我研究,'阿尔戈号'上有一名生物理学家——夸西莫多,它是五位一体。我接收了它的研究成果,希望从中找到人类语言的法门。在我们的星球,生物和物理是同一门学科。"

它随即补充道:"'阿尔戈号'是巴耶星人母舰的名字。"

我问:"有什么发现吗?"

希梅内斯说:"有,但不多。人类大脑的突显特性与巴耶人差别很大,我们很容易追溯电信号,人类则不。我无法从单个神经元的监测中看到人类大脑的突显特性。我想要了解大脑如何感知一首歌或回想初恋情人,只能观察成百上千个神经元组成的神经回路,追踪神经信号在回路中的传递路线。要想确定这些回路,我首先要绘制大脑内部结构的连接图谱,但这只是一个必要条件,不是结果,不足以解释不断变化的电信号产生特定认知的过程。人类现有的技术只能精确记录一小群神经元活动,如果记录一大片脑区活动,分辨率低得可怜,无法确定特定神经回路是活跃还是静息状态。"

我说:"说得好像我们一无是处。"虽然我不明白它在说什么,但听出了它言语中的不屑之意。

希梅内斯说:"不,你们有一是处。"他接着解释,目前人类使用的精细记录方法是把针样电极插入实验动物大脑,记录单个神经元的电活动。一个神经元接收到其他神经元发出的化学信号,会释放电脉冲。神经元受到刺激,细胞膜上的电压会反转;电压变化导致膜上离子通道打开,钠离子和其他阳离子涌入神经元。离子流会让神经元产生电脉冲,沿神经元的分支轴突传递,刺激轴突释放化学信号,传递给其他神经元，完成一次电信号传递。

我舒了一口气："至少还有些成果。"

希梅内斯说："聊胜于无。一个神经元就好比一个像素，仅仅关注这个像素无法了解一部电影。而且，这种记录是侵入式的，电极插入大脑会损害脑组织，给研究对象带来可怕的后遗症，比如震颤，比如谵妄。想要通过神经元活动记录大脑的突显特性，你们需要全新的探测设备，可同时记录上千个神经元的活动。如果你感兴趣，我可以给你提供一些思路。"

我果断制止了他："我不感兴趣！"

我又说："我为什么要对这些事情感兴趣？"

希梅内斯说："难以置信，你难道不想了解自己的大脑如何运作？搞清楚机理，或许就能明白语言的终极走向。答案是硅。"

我一脸茫然的表情："什么鬼？"我看了一眼严丽，想跟她有一些人类间的互动，但跟之前一样，严丽不想。

希梅内斯的重力球再次变幻，出现了一片一望无际的六边形。在一片薄薄的、恰如二维的硅基材料上安置十万个以上的电极，就可以记录视网膜数万个神经元的电活动；将这些硅片堆叠成三维结构，缩小体积，延长长度就能深入大脑皮层，同时记录数万个神经元的活动，并且可以分辨出每一个神经元的活动特性。

我没好气地说："然后呢？"

希梅内斯说："没有然后。夸西莫多的进展戛然而止。我们还是继续谈论语言和诗歌。"

我很高兴它收回心思："如果可以，我想看看你说的非线性诗歌。"

希梅内斯说："那你找对人了。我收藏了许多文明的诗歌。但是恐怕下次才能展示，存储器在母舰上，我也要暂时返航。"

我说："能否跟你商量件事，下次见面的时候你能否提前告知？"

希梅内斯说："预约？好的。我知道一些有地位的人类都有这个习惯。"

我连忙解释："不，不，不是预约，我也不算是有地位的人，只是让我好有个准备，心理准备。"我特别强调了一下，其他准备似乎也不用我操心。

希梅内斯说："冇问题。"

我说："还有件事。"我有些不好意思，声音也压低了，说孙迦骆想跟它合影，孙迦骆超级喜欢科幻——现在已经照进现实——想在同学面前炫耀一番。

希梅内斯说："我能理解，当我还是个孩子时，我常用叔叔送给我的宇宙飞船眼馋同伴。而且，我也想见见你的家人。我想念我的家人了。"

我说："谢谢你。"

希梅内斯说："洒洒水啦。还有其他问题吗？"

我说："我想到一个。你说文明最后留存的文字都是诗歌，而且皆为短诗，这些暂且不谈，你刚才提到非线性的排列方式是哪种文明的特色？我挺感兴趣，是你们自己的，还是其他文明的？"

希梅内斯神色严肃地说："我们的。所有的，万物归其所是。"

所有已知文明的语言都消失了，所有消失的语言最后的呈现形式都是非线性诗歌，这是一个可怕的雷同现象。这种惊人的统一现象让人联想到宇宙的某种特质，比如引力，比如质能方程。就像我们搜集足够的样本，总结出一种物质的特性，一百个巧合，就是现实。一般来说，这种特质多与数学和物理相关，我从未听说过文学（尤其是诗歌）会有放诸四海而皆准的定理。

登陆艇停泊在足球场上，我送希梅内斯过去，一路上遭到全校师生的围追堵截。不仅仅是他们，那些在校门口直播的人也冲了进来，场面一度失控。众人将我们层层包围，有胆大的人凑上来，想从希梅内斯身上拽走一根布条，就在他的手指快要够到希梅内斯的时候，整条胳膊不翼而飞。

目睹这一切场景的看客（包括我在内）全都张大嘴巴。人们四散而逃，生怕自己会变成下一个受害者。

与大部分逃跑的人逆行而来的是几个表情丰富的学生，其中一个看着眼熟，是课上说外星人图谋不轨的男孩，毁灭派。我猛地想到覃波波老师的提醒，小说的设定就这么渗透进现实。他们每人手里拿着一只锥形瓶，里面装满蓝色液体。

希梅内斯淡定地说道："这是一种欢送仪式吗？我知道傣族泼水节。"

很明显，这不是。希梅内斯或许不能读懂他们的表情，但我一眼便看出了端倪，这些激进学生想要加害希梅内斯。很快，他们就喊出不太整齐的口号，有人说"消灭外星暴政"，有人说"保卫地球文明"，意思都一样，但是显然没经过系统排练。

我从那些锥形瓶的液体可以判断，这是他们自制的炸弹。这种情况下，应该稳定他们的情绪，我现在只能祈祷他们的化学是体育老师教的。

跟我的空想不同，严丽动作凌厉——从不给我反应时间的严丽反应迅速——两个跨步拦在他们身前，我看不清她的拆解动作，感觉她只是碰了碰领头那位同学，后者就飞到半空，锥形瓶已然到了严丽手中。她继续进攻的同时还有空暇把锥形瓶轻轻放在地上，以相同的手法接连夺下了几只锥形瓶，但是她一个人不能同时穿透防线，后面的学生惊慌中把锥形瓶朝希梅内斯扔了过来，他的目标太明显了，学生没理由丢偏。看着锥形瓶在空中划出的弧线，我突然愣了一下，整个人都处于一种被数九严寒天气冻傻的麻木状态，心跳猛地加速，血液也快速涌流起来，我连忙躲在希梅内斯身后。我知道这么做非常没骨气，不仅暴露了个人的胆怯性子，还又一次为整个人类文明抹黑。跟严丽的"英勇杀敌"相比，我几乎可以说是溃逃。希梅内斯没有做出任何反应，好像他只是路过的旁观者，我才是那个被袭击的对象。

三只锥形瓶先后抵达，这时，套在他身上那层淡绿色的光膜骤然扩大，将所有人都笼罩其中。爆炸发生了，但我们毫发无损。我跟严丽都有些发蒙，在场的袭击者也陷入慌乱状态，但他们迅速调整过来，或者说，燃烧他们的激情还在发挥余热，怂恿他们赤手空拳地向着希梅内斯迫近、肉搏。只是，失去武装的他们，没能冲破严丽的封锁。事后我才知道，希梅内斯把能量转移了。两天后，山西侯马某游泳馆内发生爆炸，所幸无人员伤亡，据说当时仅有一位目击者，他刚刚换好泳裤，便在泳池边目睹了这神奇的一幕场景，并错误地预估了爆炸的属性。他用"灰狐"的昵称发表了一则微博："翘班去游泳，遇见球状闪电。"这又是后话了。

我说："非常抱歉，他们只是被一腔热血冲昏了头脑。"

希梅内斯说："这很正常，我们访问其他文明时经常遭到各种各样的打击，只是这种微小当量还是第一次遇见。"

希梅内斯说完步入登陆艇，倏地不见了，只余一道白色尾光，像天空的叹息。

七

与希梅内斯第二次见面之后,我的微博被攻陷了。我有种痛苦的兴奋感,或者说兴奋的痛苦感,不管怎么样,要拥抱现实。我随便一条微博的转发、评论和点赞量都轻松过万,一些古早的习作也被围观、摘录和传播。我庆幸及时把关于自杀的微博设置成了仅自己可见。大部分留言是询问和鼓励,也夹杂着不少谩骂,指责我是卖地球贼,摇着尾巴向外星人乞怜,恬不知耻。我觉得莫名其妙,却无可奈何。

忽如一夜春风来,千树万树梨花开。

对这两句诗我有了新的认识和体会。外星人二次降临的影响持续发酵,酿成"雪崩",几乎一夜之间,我被迫成为网红,为避免骚扰,我只好暂时停用社交软件。李漓在深夜两点给我打电话,叫了我一句"外星哥",我一时没反应过来。李漓解释,这是网上刚刚对我完成的正式命名。穿大衣唱歌的朱之文叫"大衣哥",因为三块钱拉面走红的程运付叫"拉面哥",所以理所当然地,我也应该有这样一个头衔,唯一的分歧来源于"外星哥"还是"教师哥","某某哥"需要契合当事者的特色或者职业,我的职业是教师,叫我"教师哥"没毛病,或者叫我"讲师哥"也行，定位更精准。经过数十亿网民争论与投票，大家最终选中"外星哥"，因为中心事件是外星人。我哭笑不得，但这由不得我。

以上是网络反馈，我的生活也因此发生了变化，这种变化不是循序渐进，而是突然涌入，打个比方，就像账户余额，从几千几万直接变成几千万，不，是十亿百亿，任何人的第一反应都是发蒙。谁要是清醒，视金钱如粪土，谁就是反应迟钝或者精神不正常。

珺也与我联系，从未在微信发过语音的她直接跟我视频通话。我有些不好意思，改为语音通话。珺开门见山，说出版公司连夜开会讨论，调整出版方向，接下来将会着重推出一批现代诗选集，我的书则作为标杆进行重点打造。珺做出信誓旦旦的保证，首印十万册，版税15%，这几乎是国内几个有限头部作家才能拿到的条件。要知道，我们之前谈的是首印三千五百册，版税5%。我当时没有多想，他们能够回心转意，我何乐而不为？这可是我的梦想啊。挂断电话，珺立马发来一份合同，手把手地教我填写甲方空白的地方，包括姓名、笔名、地址、身份证号、电话、邮箱以及银行卡号。我填完信息将合同发给珺，她让我打印出来，先签字拍照传给她，随后派专人来取。那个专人就是珺本人，她跟我语音通话的时候已经坐上了开往墨城的高铁。

这太疯狂了，因为我跟希梅内斯见了两面，已经夭折的诗集起死回生。接下来发生的事情让我意识到当时所谓的"疯狂"多么相形见绌和小巫见大巫。

当天下午，珺带着公章、合同章和法人章杀到我家，盖在我已经签好字的合同上。珺让我摁手印。我说签字拥有相同的法律效力。珺还是不放心，我只好摁下指纹。严丽也在我家。我之前跟骆秋阳做了解释，她表示可以理解，我们也向警方诉求，希望外星人事件不要影响我们的正常生活。反倒是孙迦骆对这个住在我家客厅里的女警产生了浓厚的兴趣，对我一直冷着脸的严丽却跟孙迦骆打成一片，很快以兄妹相称，有好几次被我抓到严丽放任孙迦骆使用她的手机玩游戏。

珺以商业机密为由，请严丽暂时回避。严丽以执法人员的身份，誓与我寸步不离。珺只好妥协。

珺说："九日老师，感谢您对我的信任。"

我说："该说感谢的是我，这本诗集是我的人生目标之一。"

珺心满意足地收好合同，说："还有一份合同请您过目。"

我连忙说："别'您'了，我不过比你痴长几岁，忝列同龄人。"

珺说："您客气了。您先简单看一下，这份合同是想再跟您签几部诗集。之前我听您说过，应该还有很多佳作没有被收录吧，还有那部长诗，您之前拿给我看，我就觉得不同凡响。我必须出版那部长诗。"

我不再纠正她对我的敬称。提到存货，我的确还有不少，过去二十多年，我几乎每天写诗，这已经成了一种心理或者说心灵的呼吸，哪天不撰写两行就会缺氧，几天不动笔就濒临窒息。但我没有急于兜售我的诗，以我的经验和认知，在这个阅读逐渐式微的时代，诗集没有任何话语权。我忧心忡忡地问她："你觉得有人会看我写的诗吗？"

珺拍胸脯保证："以前不敢保证，现在就算是一堆废纸，印上九日老师的名字也会脱销。当然，我们会在腰封标明您就是大名鼎鼎的'外星哥'本哥，这点是合同约定的。您也不用介怀，社会风气如此，我们没必要对着干。"

我"啊"了一声，自我怀疑。我对图书市场的把握肯定没有珺敏感和精准，外星人效应能辐射这么远吗？我说："等这本书出版了，看看情况再说，放心，我绝不会坐地起价。"这点毋庸置疑。诗写得怎么样我不敢打包票，做人还是可以的。珺死缠烂打，并非不相信我的为人，实不相瞒，她是怕其他书商捷足先登，把我挖走。我又不是炙手可热的作者，谁会对我感兴趣？就算我跟外星人见过两次，也不至于受到图书市场追捧啊。珺看得比我深刻，图书市场也是市场，图书归根结底属于商品，明码标价的东西都可以进行操作，买搜索栏或者热搜，受到资本追捧，资本可以引领潮流。我还没有被冲昏头脑，而是跟她商量，第二份合同暂时不签，但我答应她，假如要出版会第一时间联系她。珺对我一通感恩戴德，好像我是她的救命恩人，最后还要跟我合影。我找不到理由拒绝。拍了照，珺一边发朋友圈，一边跟我抱怨要不是公司催着她把合同拿回去，真想在我身边多待些时日，好好向我讨教一番。

她说："实不相瞒，我也是一名诗歌爱好者，平时也会写两句。我得回去干活了，赶紧买书号，申请CIP，争取让书早日下厂。"

我问："现在书号不是很紧俏吗？"

珺说："对您来说，应有尽有！"

我又说："就算书有号了，印刷怎么也得两三个月吧。我记得你之前说过，做书的周期至少小半年。"

珺突然严肃起来，说："九日老师，您不仅小看了资本的嗅觉，更低估了资本的力量！"

珺前脚刚走，李漓后脚便来了，与珺打了个照面，目不转睛地盯着珺，站在窗边，望着她的背影开玩笑，说我金屋藏娇，还是俩。

我说："你见过金屋藏娇藏家里的吗？"

李漓看着严丽。

我说:"这是她的任务。还有,你别瞎猜了,刚才那位女士是我的编辑。"

李漓说:"叫什么来着,小兔?"

我提醒他珺的微信名字是"小鹿"。

李漓不以为然,挥挥手说:"差不多,都是小动物。"

我说:"差多了。你周末不约会,跑我家来做什么?追星啊?"

李漓吐吐舌头,推开我,径直走进来,稳稳当当地坐在沙发里,顺手从茶几上捞起一个苹果。李漓半个多月没有正常出勤,校方每次催他,他都说外星人都来了还上什么班?我怀疑他跟孙迦骆同流合污,或者说孙迦骆受了李漓的影响,他们俩关系不错,有点儿忘年交的意思。孙迦骆跟我摆着一张臭脸,对李漓却总是笑脸相迎,让我这个做父亲的羡慕和惭愧。聊了两句,又说到他旷班的事。我说:"你不怕李主任扣你的工资啊?"

李漓说:"就是李主任让我来的,他知道我们关系好,让我来当说客,学校正在讨论利用外星人做宣传,希望你届时予以配合。"

我不懂,问:"做什么宣传?"

李漓说:"学校想把你包装成与地外文明沟通的桥梁,让我提前过来吹吹风。"

我觉得不可理喻,现在还没搞明白外星人的目的,我们有必要献媚吗?万一它们侵略地球呢?我跟李漓吐槽了几句,对这种投机取巧的行为表示强烈的愤慨与不齿。

李漓说:"校领导就是预料到你的反应,才让我来啃你这块'硬骨头'。你知道我看不惯那些人的嘴脸,但在这件事上,我站他们那边,这是千载难逢的机会,比中彩票的概率还小,你此时不搏,更待何时？"

　　李漓在我家毫不客气，吃完苹果，打开冰箱拿出一串葡萄，也不洗就坐回沙发上大快朵颐。我正想着批评他不讲卫生还是不讲礼貌，电话响了，是我母亲打来的。我突然想到，假如希梅内斯没有如期降临，我跳河成功，母亲现在肯定以泪洗面，承受白发人送黑发人的悲痛结果，摊上我这么一个不孝儿，最倒霉的是他们。我感到一阵庆幸和后怕，以一种死里逃生的口吻说："妈，儿子不孝，儿子对不起你们。"我声音颤抖，眼泪蓄在眼底，只要我妈一开口，像平时一样嘘寒问暖，问我吃饭了没，吃的什么饭，我就要泪如雨下，结果她说："那个外星人是真的吗？"

　　我猝不及防，含糊道："啊？嗯！"

　　接着我就听到她在电话里跟其他人显摆：你们看吧，我就说"外星哥"是我儿子，你们还不信。那谁，他小时候你还抱过他呢，尿你一身。电话里那谁说：我以后可以跟街坊说，我抱过"外星哥"了。我妈对那谁说:嘿，你喊他外星侄儿就行。我叫了几声妈，她才想起我，对我说："儿子，最近回来吃饭吗？你爸学了一道新菜，味道还行。"

　　我随口说过段时间，这几天太忙。事实上，我总是处于一种"太忙"的假想态，到底忙什么说不上来。我妈叮嘱我注意身体，继续跟外星人见面，为国争光，不，为地球争光。我不知道她的内在逻辑，只能理解为一种朴素的母爱。

　　不到中午，骆秋阳带孙迦骆回了家，不知是谁扒出了我的信息，又顺藤摸瓜找到骆秋阳的培训机构，从四面八方赶来的好事者以攻占我们单位的热情围堵了骆秋阳的培训学校，导致教学工作无法正常开展。我猜想是我的微博转发过骆秋阳的公司的招生广告，正文里面写了我老婆并@了骆秋阳的微博昵称。还好,我没有公布过小区名称,不然他们一定会按图索骥找到我的住处。事实上,我对"他们"并没有概念,以为他们只是盘踞在互联网褶皱里的虚拟人物,不承想到他们会冲出二进制的结界。用孙迦骆的话说,这叫破次元壁。

骆秋阳带回外卖,见李漓也在,打了声招呼,让我再下一单,只买了四人份的餐(包括严丽)。她吩咐完就去书房打电话,她在公司有说不完的话,在家有打不完的电话。骆秋阳以前很喜欢做饭,后来厨房由我承包,她太忙了。我没有胃口——自从患抑郁症之后,我就开始厌食,吃什么都没滋味,吃到嘴里,也分不出酸甜苦辣,有时候很饿,扒拉两口就饱了——我把我那份饭推到李漓面前,他毫不客气地跟孙迦骆一起边聊边吃。看得出来,孙迦骆兴致很高,非常享受早退这件事,他的周末被各种培训霸占,比日常上学还辛苦,这是他难得清静的下午。

李漓说:"你爸平时都给你喂尿素吗?长这么快,你都赶上你爸了。"

孙迦骆说:"那是因为李叔好久不见我,经常见面感觉不出来长高。"

我也说李漓:"会不会好好说话,什么叫喂尿素?你说喂激素也比这说法好听。"

李漓说:"大差不差。"

孙迦骆问:"什么是尿素?"

李漓跟他解释:"你们这代人没见过基本农田,我家小时候还种地呢。动物粪便可以当肥料,其实尿液也可以。"

我打断李漓的话,让他不要瞎说,尿液跟尿素完全是两个概念,警告李漓以后少逗孙迦骆，别教坏孩子。

李漓吃了一颗葡萄，说："你爸这是忌妒咱俩的革命友谊，典型的吃不着葡萄说葡萄酸。"

李漓吃完饭离开，骆秋阳把我叫到书房。严丽也跟了进来。我说，能不能给我一点儿私人空间？她说不能。骆秋阳比我更适应严丽，旁若无人地问我："你打算怎么办？"

我下意识地有些心虚，问："什么怎么办？"

骆秋阳说："外星人啊。现在哪儿都是关于你和外星人的新闻，已经严重影响了学校的正常教学活动，今天上午一下子来了小一百人，刚开始说给孩子报名，后来露出狐狸尾巴，举起手机对我进行直播，还说我是什么'外星嫂'。这样下去，学校没法办了。"

我感到无辜又无助，事情的确因我而起，但我也是"受害者"，也不是我招惹的外星人，而是外星人找到我。是，我刚开始的确可以拒绝希梅内斯，继续跳河，可当时那种情况，根本由不得我。我说："我也不知道该怎么办。"

骆秋阳陡然提高音量，说："我就知道你会这么说。"

我不知道她置气的点在哪里，或者跟我置气的点在哪里，试着跟她解释，她根本听不进去，反反复复诉说办学校不容易，在一众全国连锁教育机构之间好不容易脱颖而出，发展到今天的规模，眼看在墨城本土站稳脚跟了，却没想到飞来横祸。

我让她别着急。我能说的只有"别着急""别这样"这两句话，写诗我倚马可待，安慰人却抓不住只言片语。

骆秋阳说："我能不着急吗？这是我多少年的心血啊？别的不说，培训机构要是干不下去了，房贷就停摆了，你那点儿死工资能填补上吗?"

我说:"这又不是我能决定的,我也不想当'外星哥'啊。"我跟骆秋阳争吵向来处于下风,当时我并没有意识到我已经签了一本首印十万册的诗集。我从没拿过版税,对出书能挣到钱这件事还没有概念。我以为出了书也不过填补到厂家库存,无人问津,书在仓库落灰。"外星哥"对我来说只是一个远在天边的昵称,我尚且无法与之共情。

骆秋阳说:"我跟你商量问题呢,你除了'不知道怎么办''不是你能决定的',还能不能有别的话?"

我说:"那我跟外星人说,以后别见面了。"热点总会变冷,用不了多久,网络上就会涌出新的流量,"吃瓜群众"喜新厌旧,挑三拣四,对外星人这样的"大瓜"也有吃饱的一天,吃不饱,他们也吃腻了。

骆秋阳说:"我也不是怪你,只是抱怨两句,除了你,我还能跟谁诉苦呢?"

我叹了一口气,想到出书的事,这算个好消息,是我的夙愿,我跟骆秋阳分享,她反应平静,只是"哦"了一声,就像我跟她商量晚上吃面条,她"哦"了一声似的。我有点儿自讨没趣,庆幸的是,骆秋阳让我认识到并非所有人都被希梅内斯的到来打乱了正常的生活节奏,更多人还是把外星人和"外星哥"当成网络话题。这让我稍感欣慰,不过我还是低估了网络和流量,就像"拉面哥",大部分人只是跟同事讨论几句或者刷微博、抖音关注一下,只有一小部分人不远万里地驾车到山东临沂品尝三块钱一碗的拉面,但"一小部分"对个体来说就是洪水猛兽。

骆秋阳欲言又止,说不跟我吵了,她还要工作,已经够疲惫的了。我不知道,真的不知道该怎么跟骆秋阳交流,那一刻,我再次被离婚的念头击中。

电话响了,是个陌生号码,我抄起电话:"你好。"

对方说:"你是'外星哥'吗?"

我急了,把火气发到他身上:"我是你爹!"

我的手机号码遭到泄露,一时涌入数百通电话,从早到晚,响个不停。所有认识的人都向我求证:你真的是"外星哥"吗?十几年没有联系的小学同学和只在研讨会上有过一面之缘的学者,张口第一句话就是:"那个跟外星人交流的人是你吗?"我说是。他们有的支支吾吾两声就挂了,好像强迫症患者,必须确认事件真伪,但也仅此而已;有的开启打破砂锅问到底的模式,吐出一连串问题,外星人叫什么啊,从哪儿来啊,找我干什么啊,我们都聊什么了,它下次什么时候来,还来不来;有的远房亲戚干脆对我进行莫须有的长辈关怀,譬如"我从小就觉得你聪明,能成大事,这不,让我说着了,跟外星人称兄道弟,你什么时候带外星人来家里坐坐啊",言语间,好像我被分配到一家效益惊人的企事业单位或者高升,夸我光宗耀祖。事实上,我根本分不清对方是谁以及他家在哪儿。还有很多陌生号码,我根本不知道是谁,有的打通了电话不说话,有的上来骂我,莫名其妙。

我当然想过换电话号码一了百了,但担心这样就断了跟她的联系。我教过一个学生,一个女学生,名叫冯雪,很美的名字。我们非常聊得来,好吧,冯雪倾慕我的诗歌,曾向我表白。那时候骆秋阳刚刚怀孕,我从未想过出轨和乱搞,便拒绝了冯雪。我对她说:"你还小,未来路还长,你有一片森林可以选择。"她说:"我就想在你这棵树上吊死。"冯雪提出约我看电影,之后不再纠缠。我答应了。在昏暗的电影院里,她悄悄握住了我的手。我身体反应非常炽热,道德的谴责更是强烈,掌心都是汗。从电影院出来,冯雪对我说,任何时候,只要我回心转意,她都等我。她没有对我死缠烂打,我反而有些失落。毕业后,冯雪去了西藏,一去不返。我知道,她去西藏跟我有关系,她知道我四十岁之前的三个愿望。我感到特别羞愧。我给自己画了一幅蓝图,框住曾经的岁月,最后只能沦为一纸空谈。从那之后,我会时不时地想起冯雪,但她就像人间蒸发了,电话号码停用,也不使用任何社交平台,我再也没有她的消息。我之所以没有更换手机号码,就是在等待她的消息。这么大的动静,冯雪不可能不知道。外星人是全球的热点,任何一个犄角旮旯都不可能没有消息。

我仍然需要上班,假装一如从前,但我知道,再也回不去从前了。

我开车去学校,离校门口还有两公里时开始堵车。严丽坐在副驾驶位上,神情淡然。我打开高德地图,上面显示一条又粗又长的红线,提示预计通过时间为半小时。这种情况还是第一次遇见。我被裹挟进车流,只能一点点地往前蹭,差不多一个小时才挤到校门口,远远看见那里挤满了人——纷纷举着手机拍摄。车实在开不进去,只能泊在路边,我艰难地挤到校门口,却被门卫拦住,门卫要我出具证明。我以为是防疫证明,掏出手机打开健康码。门卫摇摇头,说是一张加盖学校公章的纸质证明,学校昨天刚刚下发通知,没有证明的人一律不准出入,教职工证和学生证不再作为出入凭证。我跟门卫解释在墨师教学,他们仍然不予放行。我只好给李漓打电话,等他过来把我接进去,门卫仍然恪尽职守,只认证明不认人。

李漓说:"你知道他是谁吗?他就是孙旭——'外星哥'!"门卫仔细打量我,似乎并不确定。其他人听到这话,却炸了锅,纷纷把手机对准我,或拍照或录制视频。

人群像潮水般涌来，瞬间淹没了我和李漓。有人说："老铁看镜头！"有人说："兄弟讲两句！"有人说："外星人下次什么时候来啊？"我脑子一片混乱与空白，想起一个成语：众口铄金。可能这有些用词不当，但我感觉自己就像一块金属，众人嘴里喷出的火焰快把我熔化了。

就在这时，枪响了。

我没听错，是枪声，有人向我开枪。严丽及时把我扑倒，子弹擦肩而过穿进附近一个女孩的腹部。本来就拥挤的人群顿时乱作一团，呼救声此起彼伏，有人摔倒，上百只脚踏到了她身上。我要去救人，却被李漓拉拽住，门卫及时打开门禁，严丽扶我进去。我们进了学校也不轻松，有学生发现我，呼朋唤友而来，围着合影。他们并没有注意到校外已经成为阿鼻地狱。我就这样，从一个寂寂无名的大学老师变成了受万众瞩目的超级巨星。

好不容易，我在李漓和严丽的护送下来到办公室，长长地舒了一口气，惊魂甫定，怎么会有人想杀我？我接连吞下两杯水，仍然压不住受惊的情绪，心突突地跳。

李漓说："一定是毁灭派，他们默认你是接济派的领袖，你跟希梅内斯在一起其乐融融地交谈足以说明你的立场，你承认还是拒绝其实并不重要。"

我有点儿蒙，啥派不派的，人们怎么就对立了？我怎么就成领袖了？我挠挠脑袋，不予理睬和发声。一石激起千层浪，一个外星人就把人类文明的池塘搅得天翻地覆，所有人都加入了这场狂欢，作为事件中心的我却没有太多参与感。我说："这也太疯狂了。"

李漓说："经过这些天网络的发酵，这件事已成为全民热点。这可是外星人啊，不管情况多么离奇都合理。你们七个代表现在已经成了顶流网红。我听说那个说唱歌手开了直播，一度把网站搞瘫痪，打赏的收入比一个小国家的 GDP 都多。"

我说："那我以后怎么上课？学校这边没有措施吗？"幸亏现在学生一律不准离校，否则这些牛鬼蛇神肯定会混进来。

李漓说："现在已经算是好的了，前两天有不少人跑到学校做直播。后勤部的人想出凭证明出入的办法。"不少网红制作假证混进学校直播，大部分是在操场上，还有人混进了办公楼，遭到学校保安驱逐，便躲进厕所做直播，一时间，只要谁在'墨师'做直播，观看人数就会暴涨。

我有点儿不明白，这些人堵在校门口有什么意义？希梅内斯又没现身。李漓分析，现在墨城师范大学和孙旭已经成了两个专属名词，网红在这里拍视频、开直播可以引流，说白了还是为了赚钱，还有一部分是有猎奇心理，哪儿人多就往哪儿挤，就跟去"拉面哥"和全红婵家做直播是一个道理。当然，不乏真正的地外文明爱好者。

李漓说："也有好的一面，现在人们都开始读诗、写诗了。你以一己之力挽救了现代诗的颓态，写诗成为当下最流行的社交。当然，也有唱反调的，你听说过古诗词协会吗？"

我摇了摇头。

李漓接着说："本来没什么人写古体诗，沾你的光，古诗词协会也重振雄风，有一个叫林朗的，头衔是古诗词协会话事人，最近风头很劲。他们非但不感恩戴德，反而恩将仇报，宣称古体诗才是正统，现代诗只是没文化的人的涂鸦。我觉得你不用搭理他们，说白了，他们就是蹭流量，网上经常有这种人，谁火骂谁。"

林朗，我有些印象，在微博上骂过我。我不想搭理这些人，问李漓知不知道怎么把手机来电设置成只允许通信录的好友通话。我的手机快被打爆了。

李漓说:"有人把你的号码流出去了,不行你换一个号码。对了,电视台直播的时间定下来了,到时候我开车带你一起去。你注意点儿,别让人跟踪了,一旦他们知道你家在哪儿,一定会跑到你家门口直播,至少也要攻占小区,想想'拉面哥'吧。"

我说:"'犀利哥''大衣哥''拉面哥''外星哥',披荆斩棘的哥哥啊!"吐槽归吐槽,说完我望着严丽:"警察同志,你们不管管吗?"

严丽说:"我会向上级报告,事态变化的确出乎意料。"

很快,校门口的直播现象变成常态,"墨师"成了墨城最繁华的地段,新晋的网红景点,每天都有来自全国各地的游客打卡,拍照或者上传一段小视频,网上多的是游客与我们学校大门的合影,视频打开之后第一句话就是:"我们来到了'外星哥'教书的学校……"两个校门口的停车场成了网红必争之地,每天都有人因为直播机位大打出手。我小时候在农村住,每年逛庙会也没这样热闹。这情形跟逛庙会还真的挺像,有卖小吃的,有套圈的,甚至有扭秧歌的,瞬间衍生出来的行业层出不穷。校门口的主播们不允许自己的直播间空窗,或者只有一个静止的学校标志和黑压压的人头,八仙过海,各显神通:有的穿着大红大绿的乡土着装,一边扭秧歌一边唱小调;有的带了音响开"演唱会",想象拥挤的人群都是应援的粉丝;有的大跳艳舞,挤眉弄眼,袒胸露乳。又过了几天,人群中出现了许多奇装异服的主播。我当然知道cosplay(角色扮演),但不能说他们是coser(角色扮演者),这些人扮演的不是动漫角色,而是神话人物。网上一张无人机俯拍的照片中有三个"猪八戒"、五个"唐僧"、两个"沙僧"和一堆"孙悟空"，不知道的还以为进了剧组。除了颇受欢迎的"西游"，还有不少人打扮成动物和植物，真是"成精"了。又过了几天，这些扮演者更换全新的装束，套上希梅内斯的人偶服，按照李漓之前给我科普的分类，这些人大概属于接济派，欢天喜地地迎接外星文明，又或者只是单纯为了赚取热度，哗众取宠。不过话说回来，不管接济派还是毁灭派，都是借外星人的噱头刷存在感。一时间，学校门口从网红直播打卡地变成了玩偶乐园，不知道的人还以为我们学校是动物园。

李漓说，这是审丑，一些人无论怎么使用滤镜也算不上俊男靓女，索性扮丑，人们看惯了千篇一律的网红脸，反而竞相追逐故作丑态的形象。我实在不敢恭维，只能说世界之大，无奇不有。不，现在已经不能局限于世界，已经升级到了宇宙。这是地外文明刷新的认知，人类不是孤独的，至于它们是敌是友，见仁见智。

这种情况差不多持续了两周，校门口的生态仍然没有得到有效净化，虽然市政府每天派交警驱赶人群和维稳，但是一拨又一拨来自全国各地的网络主播前赴后继，跟交警打游击战，交警来了他们走，交警走了他们来。有的主播据理力争，让警方拿出责令禁止的法律条款，否则誓不退让，流量就是他们的营养，流量就是他们的生命，断人财路，就是赶尽杀绝。此举引发大面积声讨，一味被驱逐的主播们开始团结起来反弹、反抗、反扑。有的主播指出来，交警的主要职责是维护交通秩序，处理交通事故，纠查道路交通违法行为，负责机动车登记管理，主播们只是占据校门口的空地，没有影响正常交通，由于学生们被要求不准随便离校，即使校门口堵塞也没有实质影响。他们都在室外做直播，既不算非法集会，又没有违反防疫要求，目前立法对这块的打击是真空,新鲜又瞬息万变的网络潮流冲刷着传统而转身缓慢的社会结构,势必造成许多信息不对等的事件。交警独木难支,只好打110求援,有困难,找警察嘛。民警来了,见现场一片混乱,鸣笛示意。交警有了友军支援,重新跟主播叫板,不料遭到更严重的指控:没有警情竟然拉警笛,投诉!

校门口的广场成了寸土寸金的必争之地,每天都会因为肢体摩擦发生治安事件:有的男主播摸了女主播的手,被后者的男友叫嚣要把其手剁掉;有的为了让"墨城师范大学"的标志进入镜头,竟踩着折椅做直播,慢慢地,折椅成了标配,你不踩就找不到最佳视角,你不踩就被别人踩在脚下……一天我戴着帽子和口罩去上班,竟然看见有人踩着高跷做直播,不得不说,高跷跟那些扮成《西游记》人物的主播倒是相得益彰,他们合力奉献了一场巨大而纷乱的社火表演。

那些没有赶上第一轮红利的人选择其他阵地。我们学校在二环边上,学校南大门正对二环的高架,实在找不到直播机位的主播就把车停在高架桥上,以我们学校的远景为幕布,没想到这个可以看到校内街道和师生的广角反而收获了不少关注,一时间,高架桥被主播攻占,众主播冒着违停风险,以被罚款和扣分的成本博取流量。还有一个团队,驾驶一辆双层巴士,在车顶直播蹦迪,有人不小心从车顶栽落,顿时摔成肉饼,刚好有清扫车经过,将死者烂泥一般的骨肉冲洗了个干净。

至此,区政府对校门口的直播现象开始严格管控,但那些被轰走的主播很快"重回岗位",哪怕被平台封号也在所不惜。他们知道,只要直播画面出现"墨师",很快就会养成大号。

我去学校时总是小心翼翼,一旦被他们发现,我就会被成百上千个网络主播瓜分，要求我在他们的直播间露脸。假如我不同意，他们就会亲切地对我进行人身攻击，数落我忘本，跟外星人搭上关系，就不管不顾地球同胞。这怎么成了数典忘祖?！但我说不过他们，即使我是那个人人竞相追捧的"外星哥"，只要违背他们的利益，就罪该万死。

因为佩戴口罩，我一般还是可以从容地进出学校，就当我以为这已经是狂欢的最高潮时，又发生了另外一件事——小区被攻陷了。

不知道是谁透露了我的住址，一时间，主播大部队从校门口转移到了入户大堂，从大堂拥挤到单元入口，不少主播突围到楼上。我们小区的单元门经年敞开，现在总是大门紧闭。我被迫滞留在家，骆秋阳和孙迦骆同样受到牵连，恍惚间又回到了2020年年初时的居家隔离状态。李漓自告奋勇，帮我们采买物资和倒垃圾，成为连接我家和外界的"脐带"。这段时间，严丽突然不见了。就像她悄无声息地来一样，又悄无声息地离开，如果不是孙迦骆提醒，我甚至没有察觉。

李漓说："你知道吗？你们小区的房价成倍上涨。"

我说："别瞎说了，房价进入下行期，不降都是万幸，怎么会涨？"

李漓说："真涨了，而且很夸张。"

我说："能涨多少，还能涨到一万一平（方米）吗？"

李漓瞪大眼睛说："一万？你有点儿想象力好不好，现在已经五万一平（方）米了。"

我瞪起比他更大的眼睛，我们小区的均价之前七千左右一平方米，从七千涨到五万，不能不说是天方夜谭。

我说："人们都疯了吧，五万一平（方米）买这里？都可以去北上广深碰碰运气了。"

李漓说："就这还一房难求。"

我们小区体量毕竟有限，四周小区成为他们的大本营，更有甚者，晚上支帐篷，安营扎寨，做好长期营业的准备。与此同时，这些小区拥入大量租客，有的还住着房主，他们想方设法地让人家搬出去，给他们租地段和配套更好的小区作为置换。更有人不顾二手房价一再走低的低迷房市，在小区置业，直接带动周边房价。这些年，我见过炒政策房的、炒地铁房的、炒学区房的，没见过炒流量房的。我以前只听说股市会受到波动涨跌，没想到现实中的房价也可以在短时间内完成如此有弹性的伸缩。网上针对这一现象进行了解析，以我们小区为中心辐射开来的这些楼盘被称为"外星房"。不仅我措手不及，就连一直嗅着房价走势的中介也没能反应过来。

　　我开始失眠，比之前更严重。我预约了人民医院心理科医生，但只能线上就诊。这次抑郁的诱因不再是对生活的麻木与失望，而是对当下处境的不知所措。庞大夫一反常态，不再像之前那样温文尔雅地为我剖析病情，寻找病因，而是挂断电话，拒绝接诊。我大为不解，还是她的助手、李漓的前女友偷偷打电话给我，解释说庞大夫是不折不扣的毁灭派，没有对我破口大骂已经算是克制和仁慈了。

　　我长吁短叹一番，连心理医生都疯了。我服用的药物都是处方药，药店和网上都开不出来，庞大夫这是软刀子杀人哪。不，我应该庆幸，如果她给我开不对症的药更坏事。我只好向李漓的前女友求助，她偷偷帮我开了药，托李漓给我送过来。我背着骆秋阳，千万不能让她知道，据说教育部最近针对校外培训会有大动作，骆秋阳正在积极寻求转型，最近忙得焦头烂额，我不能替她分忧，更不能让她惦记。在夜里辗转反侧，我打开窗帘一条缝，看见对面灯火通明，比噩梦更噩梦。我觉得，他们也病了，无可救药的那种。

八

半个月后,主播们围攻小区的现象才有所缓解,一部分原因是,我迟迟没有下楼,他们无利可图,只能无功而返;另一部分原因是,最近一段时间,全国各地涌出不少"假冒伪劣产品",声称他们受到外星人接见。我跟学校联络,想尽快复课。李主任倒是不慌不忙,让我尽管休息,工资照发。我说不是工资的事。李主任又发了一通感慨,大意是如果其他老师都有我这样的积极性和觉悟,墨师早就成双一流大学了。教学的事,他想办法。我以为他只是随口应付,没想到他特意向学校申请了一辆CR-V,一步到位——在我们楼栋的地下停车场租了车位,开到负一层接我。

我戴了帽子、墨镜、口罩,突围到办公室,把手机掏出来充电。李漓见了我说一来学校就蹭公家的电。我懒得解释。我一般睡前都会把手机拿到书房充电。昨晚拿手机搜索接济派和毁灭派,看见一个熟悉的身影和一个不太熟悉的名字——覃波波和林朗,两个人分别是接济派和毁灭派的代表,互相在网上谩骂。

覃波波发布一段视频,声称希梅内斯莅临我校时他就在现场,自从亲眼看见希梅内斯,他整个人都变得乐观、向上,对生活充满希望,未来一片光明,由衷地想要抒情,天边的云,脚下的路,都是那么美好。希梅内斯启迪了他的心智，让他感受到一种磅礴的爱，跨越时间和空间，充盈整个宇宙。

作为我的同事，覃波波迅速收获关注和拥趸。视频中，他一边捋着不停掉下来的仅有的几绺秀发，一边信誓旦旦地宣布永远效忠外星文明，它们是拯救人类的天使。覃波波幻想了一种财富平均的可能性，好像外星人的使命是消除贫富差距，但随后公布了一个交流粉丝群，想要进群的人必须支付 7.5 万元年费，即便是月费也需要 2.5 万元。他说得非常动情，声泪俱下，那样子就像受苦受难的被压迫者终于得到解救，从此翻身农奴把歌唱。这么明显的杜撰事实和拙劣的表演，我不知道为何会收获大量粉丝，以至他被推举为接济派主理人，跟林朗分庭抗礼。视频中，覃波波不止一次提到我们的革命友谊，不知情的人一定以为我们情同手足。事实上，我跟覃波波只是点头之交，在学校食堂遇见都不会拼桌。我同情他的遭遇，但这并不能作为他颠倒黑白的借口。

到了办公室，我跟李漓说起覃波波，言语间透着不解与不齿之意。李漓却不以为然，覃波波看起来又老又顽固，却比我们所有人都懂得抓住时机，他在学校已经混到头了，顶天就是一个副教授，但现在成了一呼百应的王，就连以前对他颐指气使的校领导都要看他的脸色。毫不客气地说，如今的覃波波只要一声令下，就会有成千上万个追随者踏平墨师。

我说："这么说有点儿夸张吧？"

李漓说："毫不夸张，他现在召集了十几万粉丝，仅仅是入群的会费便已经过亿了。覃波波代表的是中产阶级，这些人都有些本事，但不够拼搏；也不是不够拼搏，而是不够幸运；也不是不够幸运，而是不甘平凡。他们一旦觉醒，破坏力惊人。说白了，接济派渴望改变，反正现状已然如此，改变可能带来改观；毁灭派则恐惧介入，担心外星人发起打土豪分田地的运动。网上有个非常精辟的总结，接济派和毁灭派的主要区别在于资产。"

我说："要这么分，我大概属于毁灭派。"

李漓说："拉倒吧，你的房贷还没还清呢，谈什么资产。"

我说："不对啊，林朗还有那些袭击希梅内斯的学生能有多少资产？"

李漓说："但是这些人容易被鼓动，有钱人点一把火，他们就会跟着燃烧。我猜测他们已打入学校内部，上次的袭击事件就是佐证。那天在校门口放冷枪的人，恐怕是他们安排的杀手。"

我现在想起来心有余悸，自杀是一回事，被暗杀则是另一回事。我俩有一搭没一搭地聊着天，李主任来电话让我过去一趟。我跟李漓打了声招呼，没带手机。

李主任站在门口迎接我，让我受宠若惊。见我走近，他一路小跑过来，老远就弓着腰举起双手，精确地捕获我的右手，脸上堆笑，上来先做一顿自我批评，游刃有余地吐着"有失迎迓"这样文学而古典的寒暄。李主任解释他本来准备亲自去我的办公室邀请，结果校领导临时登门，他分身乏术。我走进人事处办公室，校长和院长都在，他们站起来，对我露出人畜无害的笑容。李主任拉着我就座，斟了一杯茶。我有些拘谨和局促，入职快十年了，还是第一次在如此狭窄的房间里和私密的场合得到三位领导同时接见，以往校长和院长都只出现在礼堂里，最不济也是会议室，我则作为众多参加会议的一员聆听报告，在适当的节点鼓掌。院长让我不要紧张，他和校长找我来有两件事情。李主任见缝插针，说两个都是好消息。校长露出体恤的微笑，点着李主任说"这个小李子"。就像老佛爷点着李莲英一样。虽然我并没有见过慈禧太后，也无意将李主任类比为太监，但内心活动如此，我也没有办法。

院长说："是这样，院领导经过认真又激烈的讨论，重新递交评级申请，校领导经过更加认真和激烈的讨论，认为你过去几年教学质量优异，对学校和学院布置的各项工作完成得非常及时而圆满，同事们对你的评价也很高；再者，你的学历完全满足甚至远远超过副教授的评选标准；同时，秉着发现人才爱护人才的原则，我们一致认为你有能力胜任更加高端和严苛的教学任务，所以决定破格提拔你为教授。怎么样，孙旭同志，有没有信心接受挑战？我们也知道给你压的担子有些重，但是能者多劳，多劳多得嘛。"

如果说，珺不远百里地拿着合同要给我出书是一场美梦，那么教授的职称就是美梦成真，我不敢相信眼前的一切，差点儿伸手指去戳一戳院长，看看是否能从他体内穿过。我最终克制住这个不雅的举动，使劲掐了掐自己的大腿，痛感灼热而真实，这是我人生四十年来最幸福的痛感。

我站起来，郑重其事地说："我接受组织安排，感谢学校对我的信任和肯定，我会再接再厉，再创辉煌。"我挺讨厌自己这副嘴脸的，身为诗人，我应具备淡泊名利的属性。我自我安慰，这也不算追名逐利吧，这是我应得的职称。气氛融洽，校长以茶代酒，敬我一杯。我惊慌地一饮而尽，顾不上烫嘴和茶梗。

院长接着说："第二件事，就是对孙教授（我一时没反应过来加诸我的教授头衔，直到院长再三提醒，我才意识到碰杯的时候已经走马上任；就像桀骜不驯的美猴王突然被称为孙长老，这何尝不是一个无形的紧箍，这是我们被驯化的过程）的考验，我们文学院有不少留学生，孙教授所在的国际汉语专业也有一些外国青年。说实话，国际汉语算不上我们学校的重点专业，任何院校的文科类专业都很难跟理科类专业抢风头，我们想扭转这个局面。这当然不能说是拨乱反正，我们不能拉踩，就当是改革吧，我们希望孙教授跟你的外星朋友联动，让它成为我们学院的留学生。这很契合嘛，外星人和外国人没什么本质的不同。"

我感到荒谬而为难，先不说希梅内斯会不会再来——就算他出尔反尔，我也不能跳起来指着它的鼻子破口大骂。事实上，如果它出尔反尔，我就再也见不到它，根本不能完成指鼻子的动作；就算它履行诺言，再次"下凡"，我也不好意思向它提出这么冒昧的请求。这就好比一个国际巨星突然成为你的远房亲戚，回乡省亲的时候跟你相谈甚欢，但这并不代表你可以邀请他担任社区居委会的委员。

我说："我尽力吧。"

院长说："要尽力，还要尽快啊。教师要评级，学校也要评级，试想一下，假如——它怎么称呼来着，希斯莱杰？"

我说："希梅内斯。"

院长说："假如这位希梅内斯愿意成为我们学校的一分子，那么墨城师范就是有史以来第一座招收外星人的高等学府，这对我们学校来说意义重大。墨城还没有一个双一流大学呢，我们责无旁贷啊。"

回办公室的路上，我始终处于一种梦游的状态，周围一切变成模糊的色块，仿佛进入像素堪忧的游戏界面。我隐隐约约听见有人叫我，再三确认才看见迎面跑来的是覃波波老师。他梳理了一下头发，笑着说："孙老师，好久不见啊。"

我"啊"了一声，心不在焉地应付着他的热情。

覃波波说："想必孙老师已经知道接济派和毁灭派针锋相对，孙老师有什么想法？您可是希梅内斯选中的真命天子。"

我不知道他所谓的想法指什么，对两个派别我都没有明显的倾向。

覃波波见我有些迟疑，说："孙老师不必着急表态，好好想想，想想清楚。"我从未在覃波波脸上见过如此意气风发、指点江山的神态，不知是希梅内斯所赐，还是因为过亿资产的滋养。

我回到办公室，李漓刚刚结束通话，拿的却是我的手机。李漓告诉我，刚才有个陌生号码打来的电话，他接了。我的心一下子提到了嗓子眼儿，可能是冯雪打来的。

李漓说："是个经纪公司，想要签你，进行全方位包装，把你打造成地球文明的代言人。他们口气真大，号称帮你拿下的第一个代言就是地球！"

不是她，我心里又是落寞又是庆幸，说："你怎么跟他们说的？"

李漓说："我说你已经有经纪人了。"

我说："我自己怎么不知道被代理了？"

李漓站起来，转了一圈，张开双臂展示。我明白他这是毛遂自荐，不，应该是先斩后奏。不过我无所谓，最近一连串的事情搞得我身心疲惫，我没精力再做什么"代言人"。我跟李漓说了被破格提升为教授的事情，他比我还高兴，至少比我的反应激烈，拉着我要去"泸州"庆祝。我却没什么胃口，本来就因为抑郁症搞得没有食欲，经历这些七荤八素的事，我只想安安静静地休息片刻。我告别李漓，只身回到宿舍，一头倒在床上，却睡不着，脑子里都是跳舞的绿色小人——忘了从什么时候开始被这群疯狂扭动四肢的绿色小人盯上，它们行踪不定，无孔不入。

被希梅内斯弄坏的门框已经修好，我不知道它会不会再来，但知道，内心深处渴望与它再次会面。仅就这点来看，我应该属于接济派。

一个月后的某一天，包围我们小区和学校的网红们全都消失不见，严丽回来了。她跟我说，动用了一些特别手段。我已经没有精力探知到底是什么手段了。我太累了。流量明星也不是那么好当的。

让我感到欣慰和踏实的是，诗集出版了，不用小半年，不用三个月，只要一个多月。一个多月出版一本书简直是业界奇迹，说是世界奇迹也不为过，我不知道出版公司投入了怎样的物力和财力，用珺的话说，只要钱到位，很多事情都好商量。

珺开车来找我，后面跟着一辆四米二的厢货。珺打开后备箱，里面堆满散发着油墨味的新书。我拾起一本，像第一次拥抱刚刚出生的孙迦骆似的小心翼翼地捧着诗集，忍不住亲吻塑封。我说："谢谢你，达成了我的心愿。"

珺说："要谢谢您才是。这些书都需要签名，时间紧急，我们就在这里签。"

珺说完，有备而来地掏出一支马克笔，塞到我手里。

我望着整整一后备箱的书，感觉有些不真实，我开了一个玩笑，说："终于体会到签名的困扰了。"

珺一本正经地望着我，说："九日老师不要困扰，我来帮你撕塑封，我们努把劲，争取今天晚上搞定。"

我说："签个名字就可以吧，顶多加上日期，难道还用你签？"这些书大概二百本吧，一个小时就能签完。

珺笑了笑，打开厢货后车门，书像泄洪一般涌出，几乎将她淹没。

九

李漓辞职了,多少有些出乎意料。我们认识八年,他为人其实不错,直接、坦诚,没有职场上那些蝇营狗苟和虚与委蛇,喜欢就是喜欢,讨厌就是讨厌。唯一让我觉得不妥的是他的爱情观,一言以蔽之,他就是段正淳2.0版,见一个爱一个,但他比段正淳纯粹,没有同时与两位及以上的女性交往,每次谈恋爱,也会事先声明不以结婚为目的。总体来说,他还挺靠谱,没想到会做出这么不靠谱的事情。到了我们这不上不下的年纪,勇于跳出体制,放弃铁饭碗的人不多。尤其文史类的教师,语言学和明史都不能算是一技之长,跳出学校,大概只能当一个编辑;就算想当编辑,没有相关工作经验,也可能被拒之门外。

李漓约我出来吃饭,在我们经常光顾的"泸州"。

我戴了帽子和口罩,还算顺利地来到附近,结果转了一圈没找到,后来才发现门头从"泸州酒城大饭店"变成了"宇宙尽头的餐馆"[1]。门口摆放着我和希梅内斯握手的人形立牌,打着一条横幅,写

---

[1] 借鉴《宇宙尽头的餐馆》的书名,作者道格拉斯·亚当斯。

着：孙旭老师的选择，地球人都知道！

还没到饭点，门口已排起长龙，多亏李漓预订了包间。服务员的服装换成了改良版的宇航服，我报上"拉格朗日点"，服务员带我上楼。我记得以前包间上的名字都是"吉祥厅""如意厅""幸福厅"，如今都换成了"小行星带""绝对星等""造父变星"。我躲进包间，终于可以暂时喘口气，深刻体会明星的不易，"得到越多失去越多"不再是一句故作深沉的空话。李漓正在打电话，手指竖在唇间示意我稍等。我径自坐下，翻看菜单。我每次跟骆秋阳出去吃饭，点菜都很保守，来来去去总是耳熟能详的几样，川菜一般囿于水煮肉片和鱼香肉丝，点这样的菜用不着看菜单，主要是等李漓，闲着也是闲着。作为配套的菜单也更换了，如果不是比对上面印刷的图片，我怎么也不能把"云天明"和脑花、"三体脱水人"和腐竹联系起来，更不知道"2001太空漫游"就是酱大骨，其中的隐喻和勾连非忠实幻迷或者脚注不能理解。我把菜单给了严丽，她耸了耸肩。经过一段时间的相处，我已经习惯了她的存在。许多我们以为难以接受的事情其实并没有那么排斥。

李漓再次提出，他要当我的经纪人。

我说："我一个大学老师，需要什么经纪人？"

李漓说："我已经辞职，一心一意搞你。咱兄弟俩就不玩虚的，'大衣哥'也好，'拉面哥'也罢，都有一个流量红利期，人们很快会被新热点带走。当然，你跟他们不一样，你是'外星哥'，这个体量可不是'大衣'和'拉面'可比的，这是可以改变人类命运的特大事件。人们对于你的关注一定会持续下去，只要外星人还在，你永远是顶流。一旦获得的关注达到一定的体量，就会自然生长，你懂我的意思吧?"

我说:"你到底想做什么?"

李漓说:"我说了,做你的经纪人,你的书以后由我来谈,还有其他一些活动,都由我接洽。"

我说:"顶多有一个新书发布会和去书店路演,其他还能有什么活动?"

李漓笑着说:"等着看吧,你会全方位出现在普罗大众的视线内。你知道前段时间爆红的藏族小伙吗?我会按照他的标准打造你,直播、综艺节目、影视歌三栖,这年代,只要有流量的人,就有话语权。藏族小伙一定比'大衣哥'和'拉面哥'更红,为什么啊?颜值。你虽然没颜值,但是有才华。"

我没想到李漓认真了,认识他这么久,除了明史,没见他对什么事有恒心。

很快,李漓就跟珺联系,一起来找我。

以前,我跟编辑之间的沟通都是用文字,现在直接跨越语音和视频,升级为面谈。这里,我要简单说两句,作为一名语言学学者,我对沟通的媒介比较敏感,语言本身也是一种媒介。我认为文字、语音、视频与会面代表双方关系的递进。

珺开着一辆SUV,我们就在车里沟通,鬼祟得像是偷情。没办法,我现在——用李漓的话说——是顶流网红;超级巨星有多顶流,我就有多顶流。虽然围观的网红们被轰走了,但架不住路人热情。还好车里还有李漓和严丽,否则我掉进黄河都洗不清。李漓说他跟珺谈妥了。我一脸茫然的表情。

李漓说:"直播。"

我更加不知所谓，问："什么直播？直播什么？"

李漓说："图书不是已经出版了吗？公司找人帮你带带货。"

珺说这是一个头部主播，让我做她的直播间的嘉宾。其实多此一举，诗集预售就已断货，现在加班加点地在加印，好不容易抠出一些准备送礼的存货给对方，主要是为了持续增加曝光度。仿佛是担心我拒绝，珺不动声色地补充了一句，这是合同规定内容，甲方有义务配合乙方宣发。两个人有点儿夫唱妇随的意思。这就是宣发，如今不流行去线下书店走穴、邀请嘉宾开访谈、签名售书，现在改到线上，明星主播的带货能力非传统的销售渠道可比。末了她鼓励我，除了推广我的诗集，还可以给现代诗打广告，凭借我一己之力让中国诗歌梦回盛唐，再不济也能拉回到二十世纪八九十年代——这个目标打动了我，我无比向往那个热情又纯真的年代，那是现代诗的年代，是现代诗人的天堂。如果，我是说如果，我能重新唤醒人们对诗歌的热爱，我愿意为此付出所有。我抓住了那个年代的尾巴，当我以为登上了现代诗的末班车时，我才发现终点是坟墓。

李漓跟珺一唱一和，说："机票买好了，用不用我跟小李子知会一声？"他私下把李主任叫"小李子"，我摇摇头，表示不用。我感觉自己上了一艘永远无法靠岸的贼船。

我跟学校请假，李主任非常痛快地批准了，让我好好加油，争取为校争光，播出精神，播出风采，播出我校教师的精神面貌，旁敲侧击，争取让主办方在直播页面上打上我们学校的校徽。我把这意思转达给珺，她答应跟主播方沟通。

我从来都不是一个追赶潮流的人，听说过网络直播，但从未关注，骆秋阳比我时尚，她经常在直播间购物，说实惠。

因为要上节目，我在晚上特意进入了合作主播的直播间。她正在售卖一组口红，白皙的胳膊上涂满各种色号的口红。我看了一会儿，觉得跟电视购物差不多。结婚这些年，几个重要的纪念日和节日，包括但不限于骆秋阳的生日、情人节、结婚纪念日、"5·20"、七夕，我都会给她准备礼物，千篇一律的玫瑰花束——我上学时会给她写诗，现在我的诗的主题多关于生命，以及死亡——骆秋阳拆掉包装，将花插进花瓶，供养十天半个月就拿出来，用晾袜子的夹子捏住花枝，倒挂着风干，重新插回空花瓶。我很少，几乎没有，给她买过包和化妆品，心血来潮，我决定下单主播正在推荐的口红套装，结果发现竟然要三千多块钱。这跟抢劫有什么区别？区别就是一个愿打一个愿挨。换作以往，我会抨击这种奢靡与攀比之风，但最近有了一些悄然的转变，突然豁达的消费观来自账户余额的保驾护航。不得不承认，自我跟希梅内斯见面以来还不到一个月，入账比我过去十年的工资都多，仅仅是来自那本诗集的版税就让我房贷自由。房贷是我跟骆秋阳的默契，由我俩共同承担，培训学校的主要营收会重新投入学校的建设与扩张。但我没有还清贷款，主要是我始终觉得不真实，就像贪官污吏受贿了几亿，却不敢花一分钱，我也不敢动因为希梅内斯而获得的收益。这些钱来得太多太快，让我有受贿的错觉。

出差之前，我特地带骆秋阳和孙迦骆去了一趟动物园，大大方方地租用了一辆电瓶车，以往我们顶多乘坐班车从入口到最远的景区再走回来，或者从入口走到最远的景区再坐班车，从未动过租用双人电瓶车的念头。严丽也租了一辆，紧紧跟在我们后面。骆秋阳和孙迦骆兴致很高，纷纷表示我终于开窍了。我说不止如此，我把电瓶车停到了小卖部门口，大声宣布，泡面管够！

两天后，李漓和珺开车来学校接我去机场，他们在我面前毫不掩饰亲昵感，不出所料，李漓跟珺交往了。

对方计划来墨城做直播，但无奈最近一年飞往墨城的航班都被订满了，坐火车和开车也不是不行，但是我主动提出去对方的城市，我想喘口气。珺开车接我，我让她把车停在东门民心河的桥上，说完意识到那是我之前想要自我了结的地点，那一瞬间，我感到深深的无望，原本被遗忘的抑郁情绪重新占领我的思潮的高地。过去一个多月，我经历了太多冲击，一度以为自己是天选之子，抑郁症不治而愈。我错了，大错特错，抑郁症依然藏在神经深处，并且伺机反扑。我突然伤心，怎么也打不起精神来。

李漓对我说："有个爆炸性的好消息，我举办了一个诗集版权的洽谈会，许多平台和公司竞争，很快就会有结果。"

我说："电子版权吗？"

李漓说："电子版权早就代理出去了，昨天已经有三亿用户订阅。"

我说："那就是有声。"

李漓摇摇头，颇为神秘地说："影视版权。"

我难以置信，实在想象不出来为什么会有人购买一本诗集的影视版权。李漓表现得非常平静，一切都在意料之中的超然样子，让我不用惊讶，中国许多优秀的电影都是诗歌改编的，比如《一个和八个》。我明白，购买方看中的不是诗歌，而是作者；也不是作者，而是希梅内斯。它才是真正的顶流明星。

上了飞机，我才知道他们订的是头等舱，我人生中第一次坐头等舱，空姐"空少"对我们服务得无微不至。李漓上了飞机开始打电话，我说："你注意点儿素质。"

李漓说:"我用的是卫星电话,你注意点儿常识。"差不多以十分钟为一个通话时长单位,李漓跟七八个人通了电话,每次挂断电话后都会跟我和珺报喜:院线版权售出了,电视剧版权售出了,网大版权售出了,网剧版权售出了,短视频版权售出了,竖屏版权售出了……我从未想到影视版权可以拆分为这么多类目。李漓兴奋得张牙舞爪,说:"我也没想到,接下来该主攻综艺节目和代言了,已经有两款产品找到我们,文案也给我了,其中一个是尿素,有缘啊,广告语是:外星人用了都说好。"

我说:"外星人用尿素吗?"

李漓说:"这话说的,还有男明星代言卫生巾的。再者说了,谁规定代言人必须使用自己代言的产品?那些代言国货的明星用的都是国际品牌产品。"

我说不过他,只好缄默。

珺也让我别搭理李漓,掏出纸笔给我:"有这工夫,您还不如多签几个名。我也有个爆炸性的好消息,等会儿给您惊喜。"

我们终于到了直播间,主播是一位漂亮又干练的女性,她非常热情地接待了我们,告诉我如何面对机位,让我别紧张,就当直播间就我们俩。

我问她:"事实上有多少人?"

她说:"两千多万吧。"

我人生中的第一次直播正式开始了。

主播说:"今天来到我们的直播间的嘉宾就是最近红得发紫的'外星哥'。欢迎'外星哥'。来,跟我们的直播间的粉丝打个招呼吧。"

我说:"直播间的粉丝好。"

主播说："它有点儿紧张啊，放松点儿。我们今天就来聊聊诗歌以及希梅内斯。网友们都说你用诗歌拯救了世界。"

我说："我只是非常幸运，能跟希梅内斯谈论诗歌。"我大脑一片空白，根本不知道自己在说什么，脸色苍白，想到有两千多万人在移动端看着我，我就感到呼吸困难。

主播及时把话题引开，说："今天要推荐的这本书就是'外星哥'的大作。这本书现在全网断货，最快也要下个月才能重新跟大家见面，非常荣幸，我们直播间拿到了一百本现货。大家不要激动，听我说完，这一百本都有'外星哥'亲笔签名！"

我记得给到直播间的一共有二百本，不知道为何被腰斩了一半，后来才知道，另一百本是给他们的好处。

主播说："我一直有个疑问，请'外星哥'现场为我答疑解惑，就是你的笔名，'九日'有什么寓意吗？还是说只是简单拆字？我们都知道，九日老师本名孙旭。"

我说："其实跟我的名字没有关系，我高中就给自己起了这个笔名。"

主播说："我插一句，那个时候老师就决定要当诗人吗？"

我说："那倒没有，我只是喜欢诗歌，觉得写诗肯定要有一个笔名。之所以用九日，是因为受海子影响。他的遗作《春天，十个海子》是我接触的第一首现代诗，我觉得冥冥之中有种命运安排。海子特别喜欢描写太阳，十个海子就是十个太阳，照耀着我。"

主播笑着说："那应该是十日啊。"

我说："我一开始给自己起的笔名就叫十日，考虑到海子卧轨了，我改成了九日，后来才发现跟旭字异曲同工了。"

主播跟我聊了半天，我放松下来，但诗集迟迟没有开售，而是不断上架其他单品，其中一个是巴耶星人的飞船模型，看上去有些粗制滥造，不过被主播介绍得天花乱坠，说是等比例打造的飞船玩具，还有希梅内斯玩偶和周边商品，包括重力球。

主播说："所有这一大堆东西，原价两万多，今天只要九千九百九十九，太划算了，现货，额外加赠'外星哥'的亲笔签名。"差不多过了两个小时左右，主播拿上来诗集，说，"刚才我们已经说过了，'外星哥'的诗集直播间里只有一百本现货，一直没上是因为我们不停跟出版社沟通，他们答应上预售，一百本抢到就是抢到了，抢不到的我们等预售。另外公布一个好消息，预售的书一共两本，另外一本是在我们直播间首发的《太阳·七部书》。"预售我知道，但我从没想过一本还没下厂的书也能在直播间预售，珺之前也没跟我说过《太阳·七部书》的事情，我看了她一眼，珺对我点了点头。

主播对我说："'外星哥'，我们一起倒数，来，五四三二一，上链接！"

十

　　李漓为我接了一档综艺节目。

　　李漓说，这个节目是为我量身定制。我架不住他软磨硬泡，只好参加。希梅内斯提出，诗歌的终极形式是短诗，而非拉拉杂杂的长篇大论。这个观点不胫而走，一时间，各大报纸和网络平台掀起短诗创作热潮，短诗迅速取代短视频成为风口。微博联合电视媒体举办了一档综艺节目《人类好诗词》，有别于前些年以古诗词问答为主的《中国诗词大会》和《中华好诗词》，《人类好诗词》的参赛者以诗词创作为主，集征文与表演于一体。海选在微博上展开，所有爱好者都可以在微博上发布自己创作的诗歌，添加上＃人类好诗词＃的标签进行报名，有专人负责遴选，将一些转发、评论、点赞较高的作品和一些他们认为优秀的诗歌推举到导演组，再由选角编剧联系作者，进行节目初采，最终挑出101位诗词爱好者进行节目录制，这些人包括在校学生、企业高管、环卫工人、文学工作者等。网友们戏称《人类好诗词》为"创作101"，倒也契合。

　　比赛分为几个赛段，每一赛段都会淘汰一批选手。

　　节目组邀请我担当评委，另外还有三位评委，一位是颇有文学造诣的知名主持人苏文涛，一位是著名填词人袁武海，另一位则是中国古诗词协会会长、诗人林朗先生，后期为了平衡收视群体的需求，加入了一位当红流量小花蔡松华。这年头，评委和导师的称谓都已过时，节目组煞费苦心，绞尽脑汁，终于想到一个合适的头衔，称我们为领航员，追赶外星人热点。

其他人还好，林朗总是跟我作对，处处刁难，让我出糗。他似乎调查过我，从我的微博里找出许多我写的短诗进行批评，甚至批判。我不知道哪里惹到了他。我试图提醒他，我们正在录制节目，林朗却毫不手软。我只好躲着他，不跟他抢人，如果他跟我抢人，我也拱手相让。这个节目并没有出现让我耳目一新的青年诗人。说青年有些狭隘，参赛的选手从三岁到一百岁不等。我越来越觉得，这不是一档写诗的节目，而是作秀。没错，生活本来就是秀场。

这是国内，显而易见，也是全世界首档以现代诗为主题的综艺节目。第一阶段是海选，由选手朗读自己的诗作，评委考核，予以通过或者淘汰。第二阶段的选手可以跟节目组邀请的明星合作朗诵，晋级之后将对评委进行反选。第三阶段是重中之重，考验选手的限时创作能力，在十二小时之内必须写出一首诗，全程直播。观众可以选择自己喜欢的选手，观看他十二个小时内除了上厕所外的一切活动。第四阶段，评委和选手合作写诗，由现场101位资深诗词从业者进行投票。

我没想到，她会参加节目。

冯雪终于出现了。

我与希梅内斯互动的消息早就传到冯雪耳边了吧，迟迟没有接到她的电话，我以为这件令人类瞩目的事件并没有撼动她的好奇心，我以为，再也不会见到她。张爱玲写，每个男人都会遇见一个白玫瑰，一个红玫瑰。她是我的白玫瑰。我到墨师任教第二年，开设了一门近现代诗歌鉴赏课，二百多人的大课，说白了，大家就是过来混个学分。我选取了十几位集大成的近现代诗人，每一位都大名鼎鼎，如雷贯耳，同学们对诗人都不陌生，对他们的诗作则鲜有涉猎，毕业考试除了一些关于诗歌常识的客观题和接上下句的填空题，最后一道三十分的大题是根据题目写一首原创诗歌。那场考试中，大部分考生的诗作难以卒读，只有冯雪的诗让我眼前一亮。我在卷面上批注让她拿到卷子来办公室找我。我就像发现了好苗子的体育教练，激动又幸福。我们在办公室说了很长时间，忘了饥饿，忘了天色，忘了外面的世界。

她突然打断我的话："老师喜欢我吧？！"

我猛地惊了，故作镇定地说："老师的确喜欢你写的诗。"

冯雪盯着我，不依不饶："我也喜欢老师呢。"

那些画面历历在目。

几年没见，冯雪看起来跟学生时代并没有明显的变化，还是那么年轻而美丽。

苏文涛按照惯例问她："为什么参加《人类好诗词》？"

冯雪回答："跟其他选手不同，我来这里是为见一个人。"

苏文涛说："我明白了，你的意思是说借着我们节目跟联系不上的朋友打声招呼吧，可以理解，毕竟好诗词是现在收视率最高的综艺节目。"

冯雪说："他就在录制现场。"

观众席有些骚动，几个领航员也非常兴奋，问冯雪是谁？

冯雪说："我可以开始读诗了吗？"

苏文涛说："导演组太坏了，吊足我们的胃口。"

冯雪念了那首诗，全程没有瞟我一眼。我却按捺不住，忍不住与她轻和。冯雪读完诗，现场掌声雷动。

林朗说："情真意切，这是写给男朋友的吧。我很喜欢。顺便问一下，你写古体诗吗？"

林朗对每个参赛选手都会问这么一句，只要选手懂得平仄，林朗就会开绿灯。冯雪摇了摇头。

林朗说："没关系，你到我的战队，我可以手把手地教你。"

其他几个领航员也开始抢人，只有我按兵不动。我知道，她一定不会选林朗。我们俩从节目录制开始就对着干，节目组更是剪辑了我们互相吐槽的内容作为话题炒作。我根本不认识林朗，更别说跟他过不去，但他处处与我作对，当众诋毁现代诗，说现代诗只是灵活运用回车键的产物。还是李漓跟我说，林朗之所以针对我，是因为我动了他的蛋糕。古诗词本来就没有多少受众，最大的目标群体不过是中学生，因为中、高考都有诗词分析题。我跟希梅内斯的互动彻底盘活了现代诗，让原本半死不活的古诗词协会处境更加尴尬。林朗费尽九牛二虎之力，上下打点，终于获得领航员的身份，目的就是推广和宣传古诗词。就这一点而言，我们算是志同道合。

冯雪目光扫过几位领航员，说："我拒绝。我已经看到了想见的人，再会。"现场一片哗然。我看见导演疯狂挥手，让主持人救场。

主持人还在挖掘信息："你想见的人是谁呢？"

一直冷冰冰的冯雪突然咧嘴笑了："'外星哥'，我是他的'脑残粉'呢。"

节目录制中途，我抓下耳麦，跑到后台找冯雪，她已经离开。我马上追出去，看见她上了一辆汽车。我来不及多想，打车紧紧咬住前车。司机有些拒绝，并不像电影桥段。

我说："你这辆车多少钱？"

司机愣了愣："什么？"

我问："多少钱？"

司机说："办下来八万多。"

我说："我给你十万。拿出手机，我现在转账。"

我买下了这辆车，一路风驰电掣地追击。

我不知道自己在做什么，一个四十岁的中年人怎么会突然失去理智？我只知道，我想见到冯雪，想问问她这些年怎么过的。这其实是一个挺没劲的问题，代表我对她的关心和思念无的放矢。冯雪上了高速公路，两边的景致逐渐趋于荒凉。我当时并没有注意这些，眼中只有那辆载着冯雪疾驰的汽车。冯雪坐的车拐进了一个服务区。我紧随其后。车门打开，里面没有人。我四处寻找，看见她绕到厕所后面。我连忙追过去，终于看见她，林朗也在。林朗笑着说："你好啊，'外星哥'。"

我说："你在这儿干吗？"

林朗说："等你啊。"林朗竟然掏出一把手枪，"上次在校门口没把你干掉，这次你不会交好运了。为了把你引过来，我可是费了老劲，把你的梦中情人从拉萨空运过来。你发到互联网上的任何信息都不会完全被抹除。"

冯雪估计跟我一样被利用了，终于反应过来："他们跟我说，我不来就杀了你。"

我问："为什么？"

林朗举着枪对准我："因为你把外星人引到了地球上，你这个人类叛徒。"

我张口结舌,这都哪儿跟哪儿啊,迁怒得莫名其妙。

枪响了。

林朗的眉心现出一个弹孔。我回过头,是严丽。她的脸上仍然没有表情,她只是让我上车。我看着冯雪,她就在我面前。我有很多话想对她说,又无从开口。冯雪对我挥了挥手,就像多年前那次无声的告别。我想,这就是我们两个的宿命吧。这样也好,再往前走一步,我担心无法回头。

回去的路上,严丽对我说,接济派和毁灭派的冲突愈演愈烈,那个《人类好诗词》的节目我也不要再去录制了。我回来后跟李漓商量,让他尽可能推掉那些秀。李漓说,其他节目都可以不去,墨城电视台的肯定得赏脸,毕竟这是我们本土的节目,如果我不去,容易被人说成忘本。

我毕竟是个普通人,而且是个有些胆怯的普通人,即使顶着所谓的"外星哥"的头衔,也无法消解我骨子里的怯懦与媚态。几次面对死亡,非但没能让我参破生死,反而让我更加恐惧。

我怀念过去的平庸与无聊生活。

见到冯雪之后,我彻底放下了她。

我很想见到骆秋阳,像大学时第一次喜欢上她的那个夜晚一样想。我紧紧攥住拳头,忍不住朝自己挥拳。

我问严丽:"你说,我们活着是为了什么?"

严丽看了我一眼,没有回答。高速公路上没多少车,她擦着限速在开,我想象自己是一枚出膛的子弹,不知道是会射中什么,还是飞行、飞行,消耗所有动能之后坠落。

十一

罪魁祸首是那只虫子。

我不知道它的学名或俗称,虫子指甲盖大小,圆扁扁的,背上有两片薄翅,看上去很迟钝,我用笤帚捕捉,它却迅速钻到床底,弄得我狼狈不堪,又显得我漫不经心、消极应战。

这一幕发生之前,我们正在吃早饭,周末用餐比平时丰富一些,蒸鸡蛋糕搭配三明治,中西合璧,另外还有一碗紫菜蛋花汤。骆秋阳率先吃完饭,我跟孙迦骆拖在后面。按照约定,我们会在饭后把儿子送走,开启本月的浪漫之旅。骆秋阳去收拾东西,孙迦骆吃完饭没动,坐在餐椅上和严丽玩游戏。我慢悠悠地喝汤,紫菜和蛋花纠缠在一起的样子充满芳香的美感。这是普通的一天,也是值得期待的一天。我却一阵后怕,如果那天投水成功呢?如果被林朗暗杀成功呢?我慢慢悟出这个让我汗颜的事实,我之所以选择投水,而不是跳楼或者别的什么方式,是因为我水性很好,一旦后悔完全可以自救,还可以伪装成失足跌落,不会像割腕那样留下明显的证据,也不会疼痛,如果控制好节奏,甚至不会被水呛到。唯一的不足之处就是整个墨城找不到一处适合的水源。环城水系周围的环境还算幽静,水质也比民心河好,可是距离太远,好像自杀是一件微不足道的小事,不值得我长途跋涉，如此一来，就有大动干戈的嫌疑。看到了吧，如果我死后被风干保存，放在玻璃柜里展览，宣传页上一定会写：此人度过了纠结而矛盾的一生，卒于无法消解的自我憎恨。

孙迦骆缠着我问："希梅内斯什么时候再来？你跟它说了合影的事吗？"

我随口搪塞："我问过它了，但上次时间比较紧张，下次见面继续为你争取。"

孙迦骆说："那你能邀请它来我们家做客吗？"

"这恐怕不行。"我不假思索地答复。事实上，我根本没想过这个问题，给出的答案却胸有成竹。我们习惯做出这种姿态，尤其在孩子和老人面前，显得我们格外高大，事实上只是纸老虎，被轻轻一戳便原形毕露。

孙迦骆问："为什么？"

是啊，为什么？不行就是不行——我大概只能敷衍到这里。我端起碗，啜饮一口汤，为自己争取时间。我说："这个问题很复杂。我很难跟你解释清楚，涉及国家甚至人类主体层面一些烦琐的观念和流程。"孙迦骆看了我一眼，像看一根跳舞的油条，然后把头埋下盯着手机，专注于某个游戏。

这时，骆秋阳尖叫一声，我没有立刻行动，而是游刃有余地喝完剩余的汤。但也没耽搁太久，差不多十秒之后，我来到卧室，看见她站在床边，手里拿着那件半透明的性感内衣，脸上满是惊恐之色，泪水在两颊上蜿蜒。

我问："怎么了？"

骆秋阳说："虫子。"

我以为我能轻易解决掉这只量级与我相差甚远的虫子，却眼睁睁地看着它溜进了床底。对虫子追杀未果，我回过头安慰骆秋阳："别哭了，不就一只虫子吗？"我话音有些重，听起来不像安慰，更像指责，好像犯错的不是虫子，而是骆秋阳。我们本来就没有办法指责一只不懂礼貌的虫子。骆秋阳看了我一眼，把内衣扔进床边的行李箱，掀开床单，着手搬动床垫。

我问："你搬它干啥？"

骆秋阳说："挪床，必须捉住那只虫子，不然没法睡。"

我觉得她小题大做，不就是一只虫子嘛，等它下次出现时一举将其歼灭就好，何必大费周章？我们总是在这种小事上产生分歧，以往都是我迅速放低姿态，但今天我觉得她反应过头。版税的收入、"外星哥"的头衔以及众人的簇拥给了我底气。我没有帮她，而是回去收拾碗筷抱到厨房里洗涮。我在做家务，这总没有错。但是我忽略了事情的轻重缓急。我再次回到卧室时，床垫被扔在地上，骆秋阳翻着白眼看我。这是她发起攻击的标志，接下来她会开始水泼不进地沉默，这是她攻击的方式。我哄了几句，只换来她的一声"滚开"。

我有些莫名其妙。我当然知道，这里边有我的问题，一个巴掌拍不响，但现在不是检讨的时候。我照例把儿子送走，回来之后，骆秋阳还保持着刚才的姿势，没有了眼泪，只剩下略显无助和无奈的眼光。我有些心软，想把床垫移回，她突然爆发，把我推开。往往是这样，你觉得自己没错，但为顾全某些东西选择低头，这时再遭遇新一轮排挤，你就会彻底震怒，把受到的委屈加倍释放、奉还。

事情就这样陷入胶着状态。我曾经试图分析这种情绪，这是一种自我付出得不到认同的机制，你觉得自己没错，并且做出应有的让步，对方却仍然不依不饶，你感到愤怒和委屈，选择克制，事情陷入新一轮循环，直到你原地爆炸。我跟骆秋阳分享过这个理论，她说："'你觉得'本身就不客观，你给别人预设了反应，如果这反应不符合你的要求，你就会觉得是别人没有做到位。夫妻关系要想和谐，最重要的并不是信任，而是换位思考。"

她说得对，可我不认为她以身作则，至少每次她心血来潮买一堆穿不了几次的衣服时没有做到，她买烤箱时没有做到，买煮面机时也没有。这些只用了两次就被放弃的鸡肋家用电器积少成多，成为盘踞和镇守地下室的主力军。这也许才是我们之间最主要的矛盾，我喜欢把钱存起来，我坦承自己抠门，骆秋阳却总是大手大脚，年轻时我们为这事没少吵架。她强调开源，我力争节流，形而上学一点，我们俩的矛盾本质是价值观不同。我们可以在某件事上通过其中一方的让步暂时达成共识，却无法在生活习惯上保持同步，最终我们会走到那一步吧。这个念头像鸦片一样，吸食一次就会成瘾，最近几年，我总是忍不住抽上几口，好几次我们闹矛盾，这句话都冲锋到喉咙口，被我生生扼住了。我知道这句话的杀伤力。比如这次。我忍不住再次提及离婚，分开对我们都好。可是，因为一只叫不上名字的虫子导致婚姻破裂，谁能接受？我只好沉默。

她没有攻击我的沉默，可见事情的严重性，可见她置气的决心。这也是婚姻发展到现阶段的另一条规律，你们可能因为一件小到不能再小的事吵架，你永远不知道这些事埋伏在什么地方，在什么时间发起攻击，而这些小事所引发的灾难也会越来越大，越来越沉痛。我们到了婚姻最敏感的时期。这时的婚姻就像是血友病患者，轻微一次擦伤，也能血流成河。

我们没有去酒店，在家静静度过了整天。两个加起来近八十岁的中年男女，幼稚又可恶。我很想跟她说，不是不爱了，是没爱了。我知道，她也这么认为。但我们都清楚，这句话的杀伤力不逊于离婚，只能谨小慎微、如履薄冰地维持现状。静默，你的名字叫婚姻。

我们做这一切事情的时候，严丽就在我家客厅里，我把气撒在了她身上："看够了吧？我现在要上厕所，你要不要去？"

严丽不为所动："成熟一点儿。"

我说："找个人天天盯着你，你成熟给我看看？"

严丽站起来去了卧室，我没听见她安慰骆秋阳的声音，但后者的哭声止住了。有那么一瞬间，我觉得自己才是个外人，严丽比我更适合这个家庭。

周一去电视台录节目，路上我向李漓简单说了虫子事件的始末，当然，有意无意地把自己择干净，把脏水泼在了骆秋阳身上，说她无理取闹，说她小题大做，同时抛出她的经典理论，将此视为她没有做到的证据。

李漓反而以过来人的口吻敲打我，说："夫妻关系要想和谐，最重要的不是信任，也不是换位思考。"跟骆秋阳一个口吻。

这本身就是伪命题，世界上没有人可以真正做到换位思考，我们更擅长把自己的意志强加于他人。夫妻之间，最需要的是空间。两个人靠得太近，会无法呼吸。骆秋阳也会对她的闺密抨击我，那是另一个极端，全是我不对，她没有任何过错。我们都是这样，问题发生时习惯退后一步，心理暗示自己冷静，其实就是逃避。

我说："你连婚都没结过，妄谈什么婚姻关系？"我得到他的支持，却反戈一击。这是我惯用的伎俩，以此揭过我的遭遇。

李漓说："没见过猪跑，还没吃过猪肉吗？"

我隐隐觉得这句话有些问题，一时却找不出逻辑错误。我不知道该说点儿什么，就让李漓把安全带系上。

李漓不以为然地说："没事，马上就到了。"

我说："不是为你的安全考虑，摄像头拍到会被扣分罚钱。"

李漓这才不情不愿地系上了安全带，我挺烦这种对交通规则不以为意的人。

李漓说："你现在得有几千万了吧，还在乎这五十块钱罚款？"

我说："两码事，有多少钱也得遵纪守法。"我暗示他不要说出这些敏感的秘密，严丽就在后排落座。

李漓毫不在意地说："要是那些排行榜上的富翁有你一半的觉悟，监狱里至少少一半罪犯，节省多少国家资源啊。不过你的车该换了吧，低调点儿弄一辆揽胜。"

我连忙岔开话题："你怎么不买车呢？"

李漓说："我看得开呀。开车太费神，加油、保养，再出点儿事故别提多麻烦了，我宁愿打车。你仔细算一笔账，打一辈子车能花多少钱，比买车省钱多了，也省心多了。我正在给你上课，你别打岔。接下来是重点，女人就是一颗定时炸弹，你永远不知道她们会在什么时候爆炸。婚姻是引线，有的长，有的短，结婚典礼就是打火机，你们携手走在红地毯上的时候，就是点燃引线之际。唯一的办法就是，不给她们点火的机会。"

他说完，严丽踹了一脚椅背。幸亏李漓系上了安全带，不然可能会撞破风挡玻璃飞出去。

我说："你对此有什么心得吗？"

李漓说："说一说我的经验之谈吧，频繁更换相处对象是一个保险的办法。我已经跟珺分手了，这个小姑娘人不错，就是太黏人。"

我和后排的严丽异口同声:"渣男。"

李漓扭过头对严丽说:"渣男只是你们世俗的偏见,我并没有玩弄感情,跟每个女孩都是认真的。"

我说:"是,我应该写首诗赞扬你的事迹和胸襟。"

后来我才知道,这次提出分手的是珺。她有精神洁癖,得知李漓的情史后果断提出分手。我拍手称赞,天道轮回呀。还有另外一个原因,珺和李漓因为分成比例闹得不愉快。

车到了电视台门口,我们被门卫拦住,没有通行证,不予放行。

李漓指着我说:"你不认识他吗?"

门卫说:"电视台来的明星多了,别以为我没见过世面。"

李漓说:"他是'外星哥'啊。"

门卫说:"外星人也得拿通行证。"

我们哭笑不得。我觉得挺好,看来并不是所有人都被热搜影响。

李漓致电负责接待的工作人员,那人嘴上答应立刻就到,却迟迟没有露面,差不多半小时后才现身。那是个清爽的女孩,梳马尾,穿一件包裹大腿的绿色长T恤,脚上一双绑绳凉鞋;女孩很白,整个人就像一根裹在包装袋里的奶油冰棍。她坐在后座上,李漓也跟着坐到后面。她还在喘粗气,不停流汗。我下意识地觉得,她正在融化。

李漓扭头质问道:"提前半个小时让我们来,就是等您大驾呗?"

女孩忙说:"实在对不起,我也是临时被安排其他工作。"

李漓说:"我们是被邀请录制节目,你就这个态度?信不信我找你们的领导投诉?"

我说:"李漓,差不多得了。"

李漓向来喜欢在漂亮女孩面前扮温文尔雅,不知道今天怎么一反常态，说："不行！我今天非让她吃一堑长一智。"李漓陡然拔高声音，有些人来疯，"这可是'外星哥'，你知道多少节目等着我们吗？美国总统都得排队。要不是扶持当地企业，我们才不来地方台录制节目。"

女孩昂起头说："投诉就投诉。本来这就不是我的工作，他们欺负我是实习生，都摊派给我。什么都让我做，累死我得了。我马上就去辞职。"

李漓说："别扯这些，我不吃这套，我必须为你浪费的时间讨个公道。"

女孩突然哭了，说："就知道欺负我，主任欺负我，同事欺负我，你们也欺负我。"

这是女人最天然的优势，女人只要祭出眼泪，男人不管有错没错，先理亏三分。我跟骆秋阳闹别扭，不管谁对谁错，她一哭，我就一无是处。女孩哭得很厉害，就像盛满水的气球从高空坠落，声音、力度和喷溅的水花样样齐全。她定是一直忍着，忍着，直到作为闯入者的李漓发起最后一击，她全线失守，哭得气势如虹、肝肠寸断。

李漓掏出一块灰白格子方帕，给女孩擦拭眼泪。女孩直接把他的手打开了。李漓半是恫吓，半是关怀地大喝一声："别动。"这招果然奏效，女孩听话地任由他用手帕截流，哭声戛然而止，但惯性使然，还在不停哽咽，肩膀剧烈颤抖，锁骨分明，我真担心她会散架。

李漓说："说两句也是为你好，我这么大的人了，成心跟小姑娘过不去吗？我看你是个可塑之材，才苦口婆心地敲打你，换了别人，我还嫌费唾沫呢。"

女孩抽泣着说："我就是一个实习生，你投诉，肯定会影响……我转正。"

李漓说："刚才不是还要辞职吗？傻丫头，说说而已，我怎么会做那种损人不利己的事？我谈不上'伟光正'，但也不是伪君子。"

女孩嗔怒道:"你们男人没一个好东西,就会……欺软怕硬。"

李漓把自己择了出来,说:"他们男人,我可不这样,跟我接触时间长的女孩都知道,我是刀子嘴豆腐心。我的心都成豆腐脑了,我的刀还没见过血。"

女孩说:"你刚才,那么凶我。"

李漓说:"我那只是故作生气,充其量是用力过猛。我向你道歉,但我的目的是让你认识到问题所在。你让我们等半个小时没关系,换了别人不一定这么宽宏大量。"

女孩终于止住眼泪,抓住李漓的方帕使劲擤了擤鼻子。

李漓说:"哎,我好心好意,你恩将仇报?"

女孩把方帕团成一团攥在手里,说:"我还没嫌你的手绢脏呢,回头洗干净了还你。这年头,谁还用手绢?"

李漓说:"我这人念旧。"

我实在看不下去,拆他的台,说:"厌旧还差不多。"

女孩根本没听见我的吐槽,一门心思地跟李漓说话,把我这个新晋顶流网红晾在一边,对李漓说:"我的妆都花了吧?"

李漓说:"你刚才的妆容恰到好处,现在的样子清新脱俗。我当过大学老师,看多了浓妆艳抹的女学生,卸了妆,没一个有你的水灵劲儿。'外星哥',李白那两句诗怎么说来着?"

我无意跟他打配合,说:"李白的诗多了。"

李漓说:"就那个,清水芙蓉。"

女孩接道:"清水出芙蓉,天然去雕饰。"

李漓两只手掌拍了一下,说:"你读这两句诗的时候也有同感吧,感觉就像李白为你写的诗。"

女孩捧着脸说:"真的假的?"

李漓指着后视镜说:"不信你自己看!怎么样?事实胜于雄辩。"

女孩"扑哧"一声笑了,说:"什么狮子熊啊,我都成大熊猫了。"

李漓说:"我说句实话,你还别不爱听,毫不客气地说,金陵八艳在你面前一字排开,全得哑火,黯然失色。"

女孩问:"金陵八艳都有谁?"

李漓说:"囊括明朝最著名的八个美女,顾眉生、马湘兰、李香君、柳如是、董小宛、卞玉京、寇白门和陈圆圆。"

女孩说:"陈圆圆我知道,冲冠一怒为红颜。她好像是妓女吧?"

我继续拆李漓的台:"八个都是。"

女孩捶了李漓的肩膀一下,扭头不说话。李漓连忙解释:"名妓都卖艺不卖身。"

我们到了演播厅,聚光灯打下来,现场观众拥入,主持人一本正经地说着串场词,我开始冒汗。虽然参加过几档节目,人多的时候我还是紧张。主持人说开场白:"一直以来,许多人为是否存在外星人这个问题争论不休,现在终于有了定论。世界各地都有外星人访问事件。今天我们请来三位嘉宾,一位是墨城天文馆朱馆长,另外两位是第三类接触的接触者。"

希梅内斯来到地球之后,我也做了一些功课,知道根据与外星文明接触的内容不同,一共划分为六个等级:1.零类接触:遥远地目击;2.第一类接触:近距离目击;3.第二类接触:人体的某一部分触及UFO上的某一东西,或目击触及遗留痕迹;4.第三类接触:与外星人进行直接接触,看清UFO,特别是看清飞船之中的类人高级生命体;5.第四类接触:通过心电感应与外星人沟通;6.第五类接触:人类用友好信息与外星文明联系。

朱馆长一脸不屑的表情，说这个等级划分的标准本来就不科学，随便听听还行，搞研究就有点儿戏。我和李漓都是第一次见他，之前导演告诉我们不用跟他有太多互动，看来这是个刺儿头。

主持人有些尴尬，直接请我们自我介绍。

按照预演，朱馆长先做一些简单科普，他的观点是，把太阳系看作一个模块——恒星和它的行星；银河系有千亿个恒星系，而宇宙中又有千亿个星系。这个量级非常恐怖，我们暂且不说其他生命形式，比如硅基或者纯能量生物，就碳基生命而言，整个宇宙拥有数之不尽的行星，进化出人类文明的绝对不是孤例。

女主持人讨好了天文馆长一句："事实证明您是对的。"

朱馆长说："根本不需证明，我肯定是对的。举个例子，牛顿第一定律你们都知道吧？"

主持人说："嗯，但还是请您简单阐述。"

朱馆长却说："有这个必要吗？观看咱们这档节目的群体，这点儿科学素养都没有吗？"女主持人脸色有些难堪，现场导演在不远处打手势。天文馆长叹了一口气，说："牛顿第一定律讲的是，任何一个物体在不受外力的作用时，总是保持静止或匀速直线运动。没人怀疑这则定律，但谁能设计一个匀速直线运动的状态？"

主持人小心翼翼地问道："所以您的意思是……？"

朱馆长说："什么我的意思？我说得还不够明白？"

李漓有些看不下去，介入对话，说："我是一名大学老师，每天跟学生打交道，有时候我讲了个很简单的概念，有些学生可以掌握，有些却无法理解。我觉得简单，是因为天天跟这个概念打交道，所以在讲述的时候就有些偷工减料和想当然。我们自己明白是一回事，清晰表达是另一回事。这就是为什么需要人民教师传道授业解惑。"

朱馆长反问李漓："你什么意思？"

李漓说："我说得还不够明白吗？"

现场导演原本拿着台本，现在把台本卷起来攥在了手里，不停挥舞。漂亮女主持人偷偷对李漓笑了笑——一闪而过那种。

李漓乘胜追击："外星人已经来了，没必要争论费曼猜想，但我还是想说，外星人到来之前，我并不相信它们存在。按照馆长的理论，宇宙有那么多行星，不可能只有地球发展出文明。但我们反过来想想，地球文明本来就是小概率事件。我记得奥尔贝斯曾说过：'地球是多么幸运啊，不是天穹每一点的光线都能到达地球！要不然亮度和热度将不可想象，比我们经受的要高九万倍，只有全能的上帝才能设计出能在这种极端环境条件下生存的生物体。'抛开计算中的上帝不谈，我们不得不承认，文明诞生是偶然，而非必然。虽然地球与宇宙所有行星的比例非常恐怖，但或许文明产生的概率比这个比例还要小，所以我倾向没有地外文明的观点。"

天文馆长突然站起来，青筋暴起，指着李漓："你这是谬论！"

李漓耸耸肩，说："这只是讨论。科学研究最重要的就是存疑。"

主持人要求天文馆长注意举止，转而对我说："作为外星文明在国内的唯一一位交流对象，请孙旭老师讲一讲感受，跟外星人相处到底是怎样一种体验？"

我大脑一片空白，原先串好的词一下子全都被清空，很快我便明白，不是我的问题——我好像突然就睡着了，眼前出现了一片纯蓝的底色，脚下的大地和头顶的天空都是蓝色的。我正在诧异，发现希梅内斯向我走来。

我问:"这是哪儿?"

希梅内斯说:"这是你的梦中,或者说,意识。我之前跟你说过,我可以侵入人类的梦境,但只能给你们造一个梦,并不能随意出现在你们的梦境中。"

我说:"《盗梦空间》?我想起来了,我之前就在梦中见过你。"就跟《盗梦空间》那部电影一样,我只有一个模糊的印象,具体情节忘记了。

希梅内斯说:"那是一个失败的尝试。我曾试图在梦中对你们进行研究,以确保你们可以诚实地吐露我想知道的情况,可是在梦中,你们完全放飞自我。"

我又问:"你为什么想那么做?"

希梅内斯说:"两个原因。第一,这样便于我跟你们直接用意识进行交流,可以提高效率;第二,通过许多影视资料,我了解到你们是一种非常狡猾的生物,放诸宇宙,并不多见。"

我说:"你一定看了太多宫斗戏和谍战剧。等等,你来到我的梦中不是为了跟我探讨影视剧吧?"

希梅内斯说:"为了预约。两个小时之后,我会在你们学校的操场着陆。"

我说:"谢谢。"

希梅内斯问:"谢什么?"

我说:"谢谢你记得。"

希梅内斯说:"我们只能选择性忘记。"

我说:"那也谢谢你记得这部分内容。"当你跟某个人谈论某件事时,他们看似在认真聆听,其实是左耳朵入右耳朵出。造成这种局面的原因往往是他不在乎你,你表达的观点,他确实听了,但很快就忘记了,还信誓旦旦地指责你从未说过。他们的怀疑有理有据,因为他们完全忘记了,以便捏造让自己信服的事实。事实就是,你根本没说,你从头到尾都错了。这种事情,最近频繁发生在我跟骆秋阳身上。所以,我提出的请求得到希梅内斯的重视,让我分外感动,如果不是在梦里,我很可能挤出两滴眼泪来。

希梅内斯消失的瞬间,我回到了现实中。

我立刻站起来,不顾一切地往外走去。

主持人连忙问道:"孙老师,您怎么了?"

我说:"它来了。"

直播节目就此中断。

我跟李漓一起走出演播厅,朱馆长从身后超过我们,步幅跨得很大,皮鞋在水泥地上"咚咚"作响,李漓跟他说:"您有什么话,我可以帮忙捎给外星人啊。"

朱馆长回头看了我们一眼,说:"无知!外星文明怎么找上你们两个跳梁小丑?它应该访问我。"

待我跟李漓走到停车场时,李漓把车钥匙扔给我,让我和严丽回学校。

李漓说:"我有更重要的事。"

我问:"有什么事比与希梅内斯会晤更重要?"

李漓说:"我约了人。"

我问:"谁?"

李漓向观众席看了一眼,在电视台门口接待我们的女孩正在指挥录制者有序离场:"现在还不知道名字。"

E

老枭不知道该高兴还是失落。

作为一个坚定的爱国主义者,那些国与国之间的矛盾总是吸引着他的注意力,他比决策者还要着急和上心,恨不能立刻冲到前线进行战略部署。平心而论,他渴望战争,或者说,渴望投入战争,浴血奋战那种。当然,这只是痴心妄想,即使战争不幸发生,也轮不到他冲锋陷阵,打仗靠军队,而不是警队,他只能应付个人和集团犯罪,至于跨国冲突,他只有在后方呐喊助威的份儿。但是现在,他直接参与战争,而且级别更高,已经不是地球内部矛盾,而是上升到人类文明生死存亡的高度。所以,他不知道该高兴还是失落,当他得知一颗卫星砸中梦剧场的时候。雾城的湖水迟迟没有降落,但是一颗本应该在天际遨游的卫星突然出现在曼彻斯特上空,砸向老特拉福德球场(即梦剧场),当时正在这座球场举行"双红会",现场拥入七万多球迷,人员伤亡情况目前尚不清楚。万幸的是,卫星落在球场上,而没有砸向看台。生死面前,身价一亿英镑的球星跟为他呐喊助威的球迷并无二致。

开始,人们认定这是恐怖袭击,但媒体很快予以澄清,卫星发射方正是英国,这或许是人类历史上最严重的一次搬起石头砸自己的脚。排除恐怖主义侵入卫星操作系统的可能,矛头便清晰地指向外星文明。

"它们终于露出了本来面目!"英国当地媒体以此为标题对外星文明的动机进行剖析和谴责,结果老生常谈地指向外星文明侵略地球。道听途说是一回事,眼见为实则是另一回事。一时间,社会情绪偏激,从前段时间救济派与毁灭派的分庭抗礼变为一致对外,与外星人有关的流量热潮退去,有个叫覃波波的老师自称救济派领袖,遭到大量抗议。

"你们怎么看这件事?"靳东伟问道。

"来者不善。"老枭率先发言,"最恐怖的事情终于发生了。"

"还是先搞清楚原委。"常征说。

"还用搞吗?这很清楚啊。"老枭说,"外星人先是破坏发射系统,现在又把发射成功的卫星丢回地球,明显是要把我们摁在地上摩擦啊。"

"注意一下你的措辞。"靳东伟提醒他。

"都这时候了,还注意什么?"老枭说,"现在是战争时期。"

"已经有三十四个国家签署联合作战协议,我们也在争取资源共享。"靳东伟不再纠结老枭的措辞,转而对常征说。

"你们不觉得奇怪吗?"常征对他们俩说,"我们搞物理研究,任何事情都有严格的行为准则,哪里出了问题一目了然,修正起来也有理可循。反观外星文明,降临至今,我们还看不清它们的目的。来到地球,它们不跟管理者会晤,没有立即展开侵略,也不主动帮扶,反而跟人类个体接触,说是研究语言学和诗歌。这就好像研究学者来到尚未开蒙的原始部落了解他们的文化习俗一样。所以,我并不倾向它们在对我们开战,假设如此,它们在同步轨道上就可以发动袭击。但如果说他们想要展示和平与无害性,又为何制造恐慌,限制我们上天?"

"升天?"老枭问道。

"发射。"

"我有一个想法。"靳东伟说,"你们听说过人择理论吗?你肯定知道(他看着常征说),你肯定不知道(他看着老枭说)。一句话概括,就是如果宇宙不适合智慧生命生存,也就不会有智慧生命提出这个问题。"

"不懂。"老枭大方地承认。

"我换句话概括,宇宙是这个样子,是因为我们看到它是这个样子。"

"这个理论太'佛系'了吧?"

"很多理论其实都浅显又深刻,问题在于,你是不是第一个总结之人。"靳东伟说,"回到我们讨论的话题,我们只是针对眼前的现象以及我们对外星人的固有印象做出猜测,实际上,任何人都没有与外星人交流的经验,在此之前没有,所以不管我们多么认真努力全面系统地分析,也只是单方面揣摩。打个比方吧,就像那些科幻电影和科幻小说,创作者们试图刻画出真实可信的外星人形象,可从根本上说,都出自人类的想象。换句话说,只要是人类想象的外星人形象,不管多么合理,或者多么反常,都是我们想象中它们应该有的模样。巴耶人来之前,谁会想到是'恐龙'呢?"

"也许,这些外星人只是出于好奇,没有任何目的,就像小孩发现一群蚂蚁,蹲下来观看,玩得兴起,用木棍捣毁蚂蚁窝一样。"老枭说,"在它们眼里,我们就是那窝蚂蚁。"

"这是一种可能。"常征说,"考虑到它们的技术远远领先,这种可能性非常大。"

"这就难办了。没有目的,才最可怕。可能它们明天飞离地球,就像从没来过一样；可能它们心血来潮，把干扰点火装置的'幽灵气泡'扩至地球尺度，然后'砰'一声，或许没有拟声词，整个地球就不知所终了。"老枭摘了一串葡萄，丢一颗进嘴里，又马上吐出，酸得他双眼紧闭。如果外星人刚刚飞临地球，地球上的人无法猜测它们的目的，现在已经有一段时间，外星人也做出了一些活动，比如干扰航天发射器的点火系统，把飞往太空的卫星击落，还有因此产生的一系列匪夷所思的事件——即使不能揣摩出它们的真实目的，但至少可以给它们一个犯罪侧写：它们没安好心。

"与那些语言学家和诗人的谈话呢？"

"烟幕弹。"老枭随口说道，随即便意识到这么说过于草率，它们如果想侵略地球，没必要搞这些声东击西的把戏。这件事一定有其他重要的意义。这也是上级领导委派严丽盯梢的一层考虑。他们计划把严丽像一个间谍似的偷偷安插到暗处，可是外星人的所有活动都在明面上，丝毫没有避开人类视线，他们也就没必要刻意增加侦查难度，索性像膏药一样贴到孙旭的生活中。

"暂停讨论吧。"沉思半晌的靳东伟开口说道，"常教授，你按照自己的思路去研究，需要什么，我们全力支援。老枭，汇报一下严丽那边的情况。"

"一切正常。"

"什么叫一切正常？"

"严丽传回了目前的监控视频，我组织了一个五人小组，从头到尾观看了三遍，没有任何问题，希梅内斯-V跟一个叫孙旭的大学老师一直在探讨诗歌。这玩意儿太感性，说不定外星人只是想跟我们进行一些联谊活动呢——星际茶话会。倒是那个大学老师的生活发生了翻天覆地的变化，人们疯了一样把他围起来，出乎我们的意料，不过我已经让严丽处理此事，那些官媒和个人都被清退了。"老枭本人也参与了清理活动，事情远比他想象的复杂。严丽向他汇报情况的时候，他还没意识到事情的疯狂程度，出动了许多武警，也没能完全控制住局面。那些人，怎么说呢？老枭搞不明白，怎么会有那么多闲情逸致，在网络层面关注关注就算了，他们还全都跑到线下集会，就像淘金。后来不知道发生了什么事，那些人自动离开了，好像事件的核心人物感染了病毒，他们突然之间就对"外星哥"失去了兴趣。

"继续监视。"

以往出任务，老枭总能绷紧自己的神经，让自己长时间保持兴奋状态，以防最后一击时掉链子。这种情况层出不穷，常常一队人马兴师动众地撒了一张大网，却在收网的时候，一个懈怠，功亏一篑。他们是猎手，对方是猎物；他们失误最多是气急败坏，严重的情况就是背一个处分，对方一旦犯错，就要面临牢狱之灾甚至死亡。为了在盯梢时让自己保持清醒，老枭用过各种办法，最常用的是抽烟，但烟雾和气味容易暴露，于是他就干嚼，后来发明出一项无法拿到台面上说的独门绝技——拔腿毛。现在，他再一次陷入那种无所事事的漫长等待状态，新的方案出来之前，他只能待命。对"幽灵气泡"的调查暂时也被叫停，被叫停的原因不是说他们能力不足，查不出端倪，而是那些奇怪的现象停止了，就像气泡被戳破了。

旧工厂常有老鼠出没，这种情况并没有因为黑猫的介入而好转，事实上，老枭不止一次见到黑猫发现老鼠后惊慌失措。老枭责怪道："不管黑猫白猫，抓到老鼠就是好猫。很可惜，你不是。"黑猫仿佛听懂了他的训斥，拿脑袋去拱他的脚脖子，直到老枭把它抱到腿上，用手指轻柔抚触它为止。它在讨好我,老枭想到,它在对我感恩,而它报答老枭的方式就是让老枭为它按摩。这个逻辑似乎有些问题,可是在猫的世界观里这是理所应当的。他还搞不懂这只猫,就像搞不懂外星人。他们大老远地跑到地球上来到底是为什么?难道只是观光?

经过一周的调查取证,常征那边终于有了眉目,但他对这个发现似乎并不满意。老枭善于察言观色,而常征这样的科研工作者则把喜怒哀乐大大方方地展示出来。常征很失落,眼角耷拉着,眼神无光泽,叹息不止。这种表情他曾无数次在死去的妻子脸上看到过——每当他们好不容易约好一起出门,一个电话把老枭从妻子身边拽走时,她就是这种表情。

"发生什么事了?"老枭的语气下意识地变温柔了。

"完了。"

"什么完了?"

"全都完了,没意义。活着没意义,死也没意义。大家散了吧,该回家回家,该出游出游,奋力享受余生吧。"

"常教授,"靳东伟说,"请您先如实汇报目前的进展。"

"进展?"常征将声音提高了几度,"我们已经被封死了退路,妄谈什么进展?那颗卫星不是跌落,也不是外星人刻意安排的打击,而是随机的。换句话说,我们再发射一颗卫星上去,它还是会落下来,有可能落到荒无人烟的沙漠上,有可能落到一望无边的海洋里,还有可能落到墨城,落到我们头上。"

"到底发生了什么事?"老枭又问了一遍,语气充满警惕。

"就像老枭所说,地球被幽灵气泡所包裹。"

"什么,我美梦成真了?"老枭情不自禁地喊道,"抱歉,我是想说另外一个成语。"

"一语成谶。"

"对,就这个。"

"我们推测,包裹地球的并不是被放大的'幽灵气泡',而是无数个气泡堆叠,制造出一张四维球面陷阱,除了信息和光,一切实物都无法将其穿透。"常征说,"长久以来,我的研究领域让我的眼睛一直望向天上,现在通往天空的渠道已经被封锁,我也该收收心,回到地面。请首长允许我退出'排雷'计划。恕我直言,这个'雷',我们根本没有能力排除。"

"不要悲观嘛。"老枭安慰他。

"这不是悲观,是现实;这不是情绪问题,是技术壁垒。就算他们什么都不做,只是把我们围困在地球上,就算我们的能源可以自给,我们永远也无法离开地球,探索外太空。你知道这意味着什么吗?你不知道。这意味着我们的文明的发展走到尽头。如果把人类文明比作一本书,外星文明给我们强行结尾了。"

"言重了吧。"老枭反驳道,"过去几千年,人们连飞机都没有,不照样创造出灿烂的文明吗?"

"那是过去,文明的发展在于未来。"

"未来一定在天上吗?"

"我跟你说不清楚,反正我无心也无力参与'排雷'计划,我请求退出。"

"一点儿机会也没有了吗?"靳东伟试探着问道,"突破这道防线。"

"机会渺茫。"

"首长,你就放老常走吧。"老枭太知道怎么跟这种人打交道,他们比那些惯偷好对付多了,"人各有志,强扭的瓜不甜。与其扣留老常,让他无精打采地开展没有任何效率的工作,还不如放他回家养老。本来嘛,老常岁数也不小了,是时候享享清福了,在家抱抱孙子、遛遛鸟、养养花。我们国家最不缺的就是人和人才,再说了与其揪着心不在焉的人,还不如换血,放走一个老常,千千万万个老常会站出来。"

"我从事了一辈子基础物理研究工作,没几个人比我清楚我们面对的敌人到底有多强。"

"强不强的跟你也没啥关系,你都不敢去碰。"

"我不是知难而退,是看透了这一切。我们顽抗下去,也没有任何结果,两者的文明水平完全不同。"

老枭说:"哀莫大于心死。你都死心了,赶紧收拾东西,我找人送你回家,实话跟你说——"

"老枭!"靳东伟喝道。

"让他说!"常征喝道,身体因为激怒而轻微发抖。

"实话跟你说,从一开始,我就没指望靠你们打赢这场战争。战争是残酷的,充斥着流血和牺牲。任何文字、影像作品都经过了美化和加工,所有你看到、听到、感受到的作品只能展现真实战争的万分之一。只有到了战场上,切身参与到战事之中的人,才能领悟到什么是战争。可能战争对你我来说太宏观,难以形成具象的既视感。我们谈谈眼前,来这里之前,我刚刚经手了一起案件,犯罪嫌疑人从事非法斗狗生意,我们赶到案发现场的时候,嫌疑人把狗笼子打开,冲出来数十只饿得发昏的瘦狗,我们不得不拔枪射击,不少伙计胳膊、腿甚至脸都被咬了。这种场面够惨烈吧,但你如果没有被几十只狗追着咬过,根本感受不到当时有多绝望。我知道你是顶尖的物理学家,否则你也不会成为顾问，但麻烦你看清自己的位置，你只是一名顾问，答疑解惑还行，冲锋陷阵没戏。所以，我一点儿都不意外，对你的临阵脱逃行为我一点儿都不意外。"

"你对那种力量一无所知。"

"我承认我没有您那样的自知之明，可我知道，如果我也选择退出，就不会再有其他人站出来，就会让我们身后保护的国家和人民直接暴露在敌人面前。就算我们无法突破外星文明的封锁，就算这是一场注定失败的对抗，起码在倒下之前，我们是一道防线！而您呢，只是这道防线的漏洞、蚁穴。"

"我倒要看看，咱们谁重要，谁是大脑，谁才是被支配的四肢，谁是蝼蚁。"常征转向靳东伟，大声说道："我之前选取墨城几个位置，用激光进行随机探测。我现在请求，扩大探测范围。"

"多大？"

"全球覆盖。"

"这怎么可能？"老枭说道。

"我会跟上级汇报。"靳东伟面上波澜不惊。

"只要有一个缺口，我们的文明就还有救，起码能留下火种。"常征说完就离开了。老枭知道，这个老头一定会全身心地投入工作，十匹马也无法将他拉回来。

"你还真有一套，我刚才差点儿被你骗了。"靳东伟对老枭说。

"我天天跟各种各样的人打交道，太了解知识分子，他们在某方面消耗太多脑力，另一方面完全不动脑子。"老枭说完手机响了，他扫了一眼，难掩兴奋之色，飞快地向靳东伟报告，"严丽发消息来了，外星人又来了。"

第三章
与希梅内斯三晤

++++++++++++++++++++++++

那一刻,我恍然明白一件事情,

不是我们一直在维护岌岌可危的婚姻,

而是婚姻一直在维护我们。

十二

从电视台赶往学校的路上,我给骆秋阳打了一个电话,告诉她希梅内斯要来,下午可能需要她去接孙迦骆放学。她一直听着,没有和我互动,最后抛出一个"哦"字作为结语。我们还在冷战。谁也不去主动消弭矛盾,打破沉默,过去我们靠得太近,你中有我,我中有你,现在留一条缝隙,让彼此喘口气。我放任缝隙存在,是因为知道它会随时间愈合。或者,我有一个更加恶毒的想法,就这样也挺好。我当时并不知道,她正在遭受怎样的痛苦与折磨,作为丈夫——她在这个世界上最亲近的人,一门心思地要去跟这个世界上相距最远的外星人会晤。

希梅内斯跟我在学校的见面约定通过电视直播传到了千家万户,人们这次有了充裕的时间和准备,一定会再次把学校围得水泄不通,门口那些翘首以盼的主播肯定会疯掉。试想一下,只要希梅内斯出现在他们的直播间里,哪怕一秒钟,也会吸引全网流量。原本正常上课的师生也会受到影响,或许,他们近水楼台,早就把行政楼填满。结果完全出乎我的预料,校门口平静异常,周围交通秩序井然,丝毫没有拥堵迹象,平日里那些张牙舞爪的主播消失了,一切跟从前一样。难道说,人们已经对第三次造访的希梅内斯失去了兴趣?就跟那句俗话说的，有再一再二，没有再三再四？我知道原意是针对常常犯错之人的告诫，也知道没人会对这个变种的应用吹毛求疵。但我还是解释了，我讨厌歧义，这是一种精神洁癖。

学校平坦的操场是希梅内斯的飞船的降落坪，我就在那里等待。来到这里，我终于看到被安排的证据，足球场上总是活跃着的追风少年们不见了，一边听音乐一边跑圈的同学们不见了，不远处的篮球场和网球场上也空无一人。操场入口处站着两位机警高大的男人，他们双腿微微叉开，两臂斜着交织在腹下，目不转睛地扫出一块扇形的防御区，所有进入他们的视线的事物都要经过他们无言的审查。我感受到他们的压迫气息：全城戒严固然是一种权力的体现，但润物细无声的控制手段更为困难。

我站在足球场的中圈位置，心情复杂。

我问严丽，这是不是他们的安排。严丽不置可否。

我跟希梅内斯有过两次会面，今天却是第一次近距离看到双棱锥飞船和它从飞船里走出的场景。与自然界那种嶙峋的美不同，飞船十足的设计感带来的是另外一种视觉冲击；飞船的锐角结构朝下停稳，而不是钝角，这引起了我的兴趣和担心，担心它会戳进大地。事实上，飞船底部跟地面保持着一定距离，悬停于空中。希梅内斯的打扮跟前两次没有变化，身上仍然裹着白色布条。它看见严丽，冲她轻轻颔首，绅士味十足。我丝毫不怀疑，如果它戴着一顶礼帽，一定还会行脱帽礼。我推荐它去看各国的纪录片，相比电影和电视剧，这些没有被编剧搞得面目全非的节目更贴合生活的真相和全貌。严丽对待希梅内斯的态度并没有比我好多少，一眼望去，她的脸上仍是冷若冰霜，并没有因为这个让全球都兴奋的外星人而变得柔情似水。她是固态的，没有融化，这反而让我对她滋生出一些好感，这至少证明她不是那种阳奉阴违和厚此薄彼之人。或许在她看来，我跟希梅内斯都只是一个监管对象而已。

我、希梅内斯和严丽三人来到上次那个会议室。我跟希梅内斯就上次的话题继续延展，严丽在一旁默不作声，站得像墙上的一幅静态素描。

希梅内斯率先开口，对给我的生活造成的影响感到抱歉它虽然在天上，但是洞察了地面的一切，跟"神仙"真有些异曲同工。希梅内斯访问过许多文明，像人类这么不理性的物种还是第一次见到。希梅内斯动用了某种科技，入侵那些人的意识，给他们播种了一些观点。我听不明白，但想起《发条橙》里的"厌恶疗法"，只希望那些人没有受到精神伤害。同时，我想起第一次见面时那三位警官，不知道他们（或者他）现在怎么样。

希梅内斯没有了口音，操着一口流利而标准的普通话，恭喜它，通过了语言的图灵测试。它说："我重新扫描了你上次带来的长诗。"

我说："你是否从中得到什么启发？长诗才是诗歌的终极表现形式。"

希梅内斯说："证据？"

我说："根本不需要证据，这是诗歌发展的必然规律。"

希梅内斯说："证据？"

我说："你这是无理取闹。你们一直在强调合理性，但事实上，诗歌是非线性的，这不仅仅体现在表现形式上，对情感的表达更是如此，你不能套用公式。"

希梅内斯说："我明白你的观点，但你没有提供证据。我说诗歌的终极表现形式是短诗，是非线性排列的短诗，看上去更像一个文字编织的符号，我有足够的证据。你没有。"希梅内斯两只肉瘤似的手撞击在一起，事后他告诉我这代表否定。我有些气急败坏，从椅子上站起来，喘了一口粗气，拉开架势准备跟希梅内斯死磕。

我说："我觉得，你对诗歌的理解过于局限和片面，你不能咬文嚼字，应该切入内里。情感才是诗歌的脊梁。"

希梅内斯说："你的表达过于模棱两可，情感并不能被当作标准答案。我看完那些长诗，试着检索中国古代诗歌，发现一个有趣的现象，希望能助你开悟。你说过，现代社会抛弃了诗歌，这句话应该反过来说，诗歌抛弃了现代社会。历史的车轮滚滚向前，但诗歌被禁锢在古代，或者说一种表现形式，简单来说，就是古诗词。诗词在古代主要的传播模式是朗诵和演唱，所以诗词内含格律。这种格律流淌在人们的血液中，你们所认定的诗歌仍然是古诗词，而不是刻意拉长、拆分、组装的现代诗。我认为，这是现代诗式微的原因之一。"

这并不是新颖的观点，但从一个地外文明嘴里说出来有一种莫名其妙的说服力。古诗对今人的影响近乎遗传，现代诗则是舶来品，大部分中国人对这种形式本能地抵触，他们会觉得这种不顾一切的自由表达方式反而是种亵渎和退化。那些原本被视为条条框框的平仄反倒是一种鲜明的标志。这大概就是古诗被人抛弃了，古风却备受追捧的原因。

希梅内斯说："在几万首诗词之中，我遴选出最喜欢的一首，跟你分享：'夜饮东坡醒复醉，归来仿佛三更。家童鼻息已雷鸣。敲门都不应，倚杖听江声。长恨此身非我有，何时忘却营营。夜阑风静縠纹平。小舟从此逝，江海寄余生。'词的最后两句，与我产生共鸣。我在阿尔戈号上于茫茫宇宙中行驶之时，正是这种心理状态。小舟从此逝，江海寄余生。"希梅内斯的两条前肢相触，我想它是在自我陶醉，因此没有急于打扰它。

我问它离家多久了？

希梅内斯说："换算成地球历法，一共九十年余七个月。"

我说："在宇宙一千亿光年的尺度上，这段时间可以说是短短一瞬，这么看来，你们的飞船的速度一定很快，超光速旅行？"

希梅内斯说："不，光速是宇宙稳定的标准。我们所在的世界，所有已知宇宙，跟地球一样适用于你们的牛顿三大定律和爱因斯坦狭义、广义相对论。这是这个宇宙最不可理解的地方，它的分布并不均匀，但构成它的基石拥有相同成分。"

我说："那你们如何在短时间内造访这么多星球？"

希梅内斯说："跃迁。"

我听说过这个科幻概念，但仅限于最基础的描述，至于原理是什么，黑洞、白洞、虫洞（我不了解它们的区别，甚至不知道是不是同一种洞）那些深不可测的天文知识我完全不懂。我问它："离开地球之后，你还会继续在宇宙中游历吗？"

希梅内斯说："按照计划，太阳系是我们的最后一站。"

我说："那你们决定何时离开了吗？"

希梅内斯说："太久不会。"我已经习惯了它奇怪的倒装句。它总是在这种短句上失误，长篇大论之时用语则相对精准。我强忍住不适感，没有指正，听它继续说："接下来，我要向你展示我的研究成果。"

"叮。"

某个虚拟的开关被激活，我眼前出现了一团飘浮在空中的三维文字，希梅内斯已将其转化为汉字。从我的角度看过去，这是一个葫芦形状的物体，直径较小的圆墩在直径较大的圆上面，小圆顶端还甩出两个字"无、蛰"像是葫芦把儿。我从未见过这种组合，这不仅仅是感官上的冲击，更重要的是对我们的逻辑的挑战。看到这幅图，我才明白希梅内斯所谓的非线性诗歌，并非那种疯狂而跳跃的断句，这根本不是传统的行或列的排列，而是在空间中连成一幅三维图像，从任何角度看过去都能读出不同的句子。理论上，这首只有几十个字的诗歌可以读出上百个句子，可能更多。

希梅内斯肉瘤一样的手挥过去，换了另外一首诗歌。比葫芦状规整，这是一个文字构成的立方体，分别由两至三个字组成一条边，其中一排数字坐落在一个角上。这像是一个智力游戏，玩家没有提供正确的阅读顺序，可以从左至右、自上而下，或者反其道而行之，读出不同的含义。等等，立方体中心还有一个字，这让事情变得棘手起来，这个置身事外的字似乎跟其他文字有联系。

我试着描绘如下：

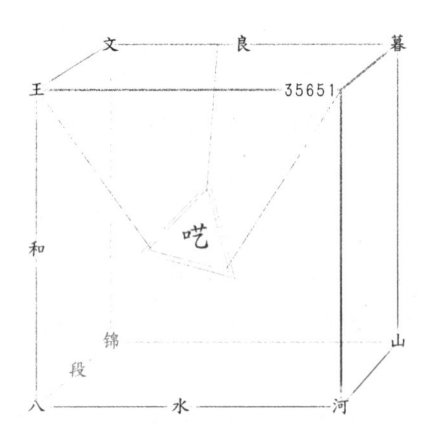

```
         文 —— 良 —— 暮
       王 —————— 35651
       |         |
       和        |
       |   吆    |
       |         |
       |  锦     山
       |  段     |
       八 —— 水 —— 河
```

我说:"这首诗是什么意思?"其实我更想问的是,这怎么能称为一首诗?在我看来,这更像是哗众取宠的把戏。

希梅内斯倒是坦诚,说:"我不知道。"

我说:"什么?"

希梅内斯说:"我的声音有点儿小吗?"

我说:"如果你不知道这首诗所表达的含义,又如何称之为诗呢?"

希梅内斯说:"但我有证据。这首诗发现于波江座ε星,它们拥有一个跟人类类似的天文系统。我们造访那里时,整个星球的居民都消失不见了,所有建筑也都被夷为平地,只有一块巨大的黑石碑顶天立地。"

我说:"我们一般用'顶天立地'形容某人的优良品格。"

希梅内斯虚心请教,问:"更好的替代语呢?"

我说:"高耸入云,它的根基势必建立在地上,无须多讲。"

希梅内斯说:"我见过许多飘在空中的建筑,而且该星球没有云朵和云状物。"我请它继续使用"顶天立地"。我无意跟它纠缠,前车之鉴让我学会适可而止。希梅内斯接着介绍,这块石碑一面向阳,一面阴暗,就像电池的正负两极,事实上,它就是利用太阳能蓄电。它们对黑石碑进行全方位扫描,在上面发现了一些阴文。经过一段时间的研究,希梅内斯破译了文字的规律,找到了开启顶端的入口。它们一路潜入,石碑四壁内侧都泛着荧光,碑壁上绘制着一些简笔画,有点儿像地球上阿尔塔米拉洞窟的壁画。壁画呈螺旋形,它们绕着圈读下来,看到波江座ε星文明的起源和发展,以及最终走向。

这座广袤的黑石碑就是一座记录了文明兴衰的"墓碑",那些壁画则是墓志铭，只是没有镌刻在外面，而是在里面。这也可以理解，写在里面，避免被氧化，更易于保存。一直读到最后，希梅内斯发现波江座ε星人将自己虚拟化，沉睡在石碑内部。石碑除了提供能源，还是巨大的存储器。我猜想，它们一定遭遇了某种全球性灾难。这种情况并不罕见，漫长的岁月中，谁也不能完全躲开天体的撞击。那些运行无序的星辰之中暗含着巨大而神秘的力量，我们对此一无所知。它们同样失去语言，最后的文字记载就是这种立方体诗歌。希梅内斯试图进入虚拟空间，但是加密方式非常特别，穷尽了各种可能的算法，仍无法打开电子世界的"大门"。

"是的，它们把我们拒之门外。"希梅内斯说，"幸运的是，我们发现了看门人，它们是一群用发条驱动的机器人，沉默地待在石碑底部的巨大宫殿之中。它们的设计非常精巧，利用上紧的发条提供动能，能源非常低级，智能却很超级。我们重新为它们注入活力，从它们那里得知了一些情况。它们完成使命之日，刚好是发条释放的能量穷尽之时，一切都在计算之内。关于这首诗歌，机器人的解读是代表某种音乐体系，传达一种价值观，具体含义它们也无法提供。因为时间太久，创作诗歌的人和处于诗歌时代的人早已消亡，机器人根本没有接触过它们，只是采集到一些零星的意义。"

我说："我突然有些懂了。这就像远古的甲骨文，或者被刻在石碑上的楔形文字。"就是在当今社会，这种现象也非常普遍。学者韩少功做过研究，一些地方话正在被时代遗弃，能够读懂的只有当地一些耄耋老者，那些方言限制在他们的小圈子里，随着他们死去，这些特殊的口音也随之彻底消亡。即使有影像记录，也难以研究。不仅是语言，许多传统手艺的命运也是如此，比如锔瓷。旧时候人们生活艰难，一只碗碎了，舍不得扔，也没余钱买新碗，只能用锔瓷修补。到了现在，别说一只碗，就是一口缸，坏了就坏了，扔掉买新的。久而久之，锔瓷艺人失去了生存基础。不过，一些名贵瓷器也需要修补，他们的手艺仍然大放异彩，只是从民间移到了博物馆，从普遍变成了特殊。其他一些古老技艺则完全不被需要，彻底被遗弃，人们说这是时代发展的必然走向，连一封吊唁信都没有。语言大概也是这样走向消亡的。

希梅内斯问："什么？"

我说："我的意思是，先进文明找到了代替传统语言的方式，比如你们的数据包交流模式。"

希梅内斯说："这是一个研究方向。"希梅内斯说完睁大眼睛，张开双臂，缠绕在它身上的白色布条像蛇一样活动起来，在它身上爬行。须臾，希梅内斯闭上眼睛，再次睁开，对我说："谢谢。"

我轻轻一笑，对自己能够帮到他感到欣慰。

严丽突然说："时间到了。"

我刚刚已经忘记了她的存在。她就站在那里，我却视而不见。

希梅内斯回应了严丽。这是他们之间的约定，我只能一头雾水地慢慢跟进。

严丽拿起会议桌上的遥控器，打开投影，幕布缓缓落下，等待的过程中，严丽把窗帘拉上了，屏幕亮起，我看见一些之前只能在电视上看见的人，他们是几个全球地位显赫之国的负责人，我和希梅内斯则是与他们远程视频的对象。严丽塞给我一副耳机，然后回到我视线之外的位置，继续作壁上观。耳机内传来同声传译的第一句话："首先，我们作为地球的最高领导组织，欢迎您以及您的族人莅临访问。"

然后是第二句,"其次,请原谅我们不能面访。"

作为人类,我觉得领导层的人有些失礼,说:"就是啊。他们应该来这里跟你见面,这才是表达敬意的做法。"

希梅内斯说:"他们发出过请求,我拒绝了。"

我问:"什么?"

希梅内斯说:"我尽量把他们对我们的影响降到最低,之前的事情已经非常抱歉。"

我们耳语了几句,对方已经进入正题。很快,我就从他们的对话中听出,这不是一个希梅内斯在战斗,其他几个共同体也参与了交流。在他们的谈话中,从个人提升到文明层面,我反而失去了兴趣,开始走神。我想起跟骆秋阳的冷战,几天的缓冲时间过去,我的怒气已经平息,我相信她也一样,怒气本来就是空中楼阁。我曾想过,一只虫子就把我们搞得草木皆兵,问题不在于虫子。我们之间某种勾连的情绪发生了质变,以前我们也有过争吵,基本不会影响第二天的正常生活,可是现在,我们好像故意放大影响,或者说是放任。显而易见,我并不想离婚,就像我并不想自杀。我只是在用这种极端的方式伤害麻木的神经。归根结底,我是个只会嘴上功夫的胆小鬼罢了。

希梅内斯与诸国首脑会谈的落脚点是地球一方请求巴耶人对地球文明予以技术支持,考虑到人类文明和外星文明之间的文明落差,这可以说是跨星际的技术扶贫活动。

希梅内斯说:"我们尽量不干扰文明的进程。"

相对其他国家的首脑,美国总统总是快人快语:"可是我们的航天发射器飞不出去了。别说这跟你们没有关系。"

希梅内斯说:"这是一种保护机制。"

总统说:"我希望你们公布真实的目的。"

希梅内斯说:"我被要求保密。"

英国人拉回正题,说:"别扯远了。我们还是说说技术支持的事情。"

有人问:"这是否违反某种星际联盟法则,禁止高级文明过多干预低级文明之类的?"我有限的地理知识导致我没有辨认出他面前的国旗。

希梅内斯说:"并没有,只是一种约定俗成。我需要跟母舰上的同胞商议。(几乎是瞬间,跟上次一样)它们同意了,这算是对你们的补偿。请说出你们希望获得的技术。"

一个非洲国王发言:"可控核聚变。现代地球的主要矛盾就是能源分布不均的问题,如果有可控核聚变,许多激烈的争端都可以迎刃而解。"

希梅内斯说:"我以为地球的主要矛盾是宗教割裂。"

我先于各国领导人提问:"你研究过地球上的宗教?"

希梅内斯说:"宗教和语言息息相关,尤其是祝祷语。"

美国总统喜形于色:"这么说,你们答应了?"

希梅内斯说:"答应。"

一直没有开口的日本首相说道:"礼尚往来,你们也可以提一个要求,只要技术和道德层面允许,我们都会满足。"

希梅内斯用圆嘟嘟的手指指我:"我的朋友,亦是我的老师,我想正式成为孙旭的学生。你们是哪个学院来着?"

我差点儿从椅子上掉下来。一方面是可控核聚变技术,一方面是外星人成为墨师的学生,两者差距有些吓人,相当于一头蓝鲸和一根羽毛的重量对比。它可以提出更加有利的要求，不管多么巨大都不会显得过分，它却从文明层面落回我这个个体身上。我忍不住泪眼婆娑，想去抱抱希梅内斯。那一刻，它在我心中变成了他。

希梅内斯说："你应该对我说声谢谢。"

我说："谢谢。你怎么知道学校一直找我，想让你加入墨师？这事我推了好几次，但我不太会拒绝人。"

希梅内斯说："我进入过你。"

我说："虽然我对你的不请自来感到不满，但真的感谢你能替我着想。"

希梅内斯说："需要举行仪式吗？我配合。"

我说："不，不用了，已经非常为难了。"

会议到此结束。

希梅内斯说："这次下来待的时间有些久，我当初就不应该答应那些人的会面请求，耽误正事。好了，我们走吧。"

我们？走吧？我回味着这句话，问它："去哪儿？"

希梅内斯说："去你儿子的学校，他不是想在同学面前炫耀吗？比起一张合影，这不是更酷吗？"

我这个父亲早就忘了对儿子的承诺。它记得。我又惭愧又兴奋。

我们来到操场，飞船耐心地等待着我们的登陆。可是我并没有看到表示友好的舷梯。我听说过希梅内斯第一次来到墨城，双棱锥飞船停泊在希尔顿酒店的天台上，它本人则是从玻璃幕墙面朝大地走下来。我以为它会走上那个向内倾斜的飞船截面，我相信它有这种能力，事实证明我的想象力在不应该存在的地方过于丰富，飞船底部一个截面缓缓打开，铺下来，形成一道缓和的斜坡，坡面光可鉴人，我又开始担心它的摩擦力。

希梅内斯率先走上斜坡,严丽紧随其后,见她毫不费力地迈步,我才亦步亦趋地跟上去。斜坡触感非常特殊,并没有想象中那么坚硬,反倒像踩在松软的泥土上,我能感受到鞋底和平面产生的应力和凹陷,但低头巡视,坡面上只是脚步踩过的地方荡起几圈光的涟漪。

我们到达飞船内部后,我的想象力彻底被折服:飞船内部的陈设简单到空旷,除了椭圆形操作界面,其他一无所有。操作界面也没有那些烦琐的按钮和跳动的数值,光滑得就像手机屏幕。希梅内斯轻触舱壁,飞出一些三维图形,终于匹配了飞船的等级,要不然我一定以为自己爬进了一根烟囱。飞船内没有座位,但我们感觉不到任何颠簸与摇晃,如履平地。希梅内斯调节了飞船内壁的亮度,光线越来越明亮,我的嘴巴越张越大,最后无法合上:飞船的内壁逐渐消失,我可以看见白色的云朵和远处的太阳。我不知道这是一种光学效应的伎俩,还是希梅内斯把舱壁透明化了。飞船航速并不快,我们从墨城师范起飞,来到孙迦骆的小学,大概耗时十分钟。我从高空俯视,被飞船吸引的小学生们密密麻麻地挤满操场,我只能看见他们黑压压的脑袋,就像一幅分辨率超低的照片。随着飞船高度逐渐降低,原本黑色的一片脑袋逐渐清晰成一张张五官分明的脸,他们穿着统一的校服,脸上的表情也大致相同,看上去就像一群克隆人。

希梅内斯把飞船停泊在教学楼楼顶,我跟它走出舱室,在它的帮助下,我也可以战胜重力,垂直于墙壁行走。学校贴着"说好普通话,写好规范字"的标语。

孙迦骆远远看见我们,似乎在对同学们炫耀:看,希梅内斯的胳肢窝里夹着的是我爸爸。酷吧?在他看来,酷与不酷是评判的标准。

虽然他没有拿起手机直播,也不像接济派那样四处宣扬与声张外星人的种种事情,但我相信他以及他所代表的一群拥有赤子之心的人对希梅内斯的态度更为炙热,这些人多是科幻爱好者。

他尖叫着从人群中挤进来,冲希梅内斯用力挥手:"你好。"

希梅内斯说:"你好。你爸爸经常跟我提起你。"

孙迦骆兴奋得几乎跳起来,事实上,他跳起来了:"真的吗爸爸?你怎么从没跟我提起过?"

我编了个谎话:"真的,就像你经常在我面前提起希梅内斯。"

孙迦骆说:"酷。"

希梅内斯弯下身子说道:"还有更酷的。我想邀请你们参观阿尔戈号,我们的母舰。"

十三

飞船从孙迦骆的小学出发，刺入云端。一路上，孙迦骆向希梅内斯问个不停。飞船的驱动装置是什么结构？如何精准导航？应对太空垃圾的方法是什么？如果他不是十岁的孩子，一定会被误认为是来窃取与飞船相关的资料的间谍。

我们来到阿尔戈号已是傍晚。飞船的重力感与地球不同，轻飘飘的，但并非足以让我们完全飘浮的零重力环境。希梅内斯告诉我，这是巴耶星的重力标准，大约是 $0.6g$。我在那里见到了另外六个希梅内斯，它们的模样雷同，只是缠身的布条颜色各异。我知道这么联想有失庄重，但它们的模式真的像葫芦娃。我注意到，进入阿尔戈号之后，希梅内斯周身那层绿色薄膜消失了。事后我向它求证，它告诉我，那是一层纳米保护膜，它们的技术虽然非常发达，但本体和我们一样脆弱。这让我觉得跟它在某些方面更靠近了一步，弱点让一个人变得真实，也让一个外星人平易近人。毕竟，高高在上的灵魂，缺乏亲和力。

经过简单问候，希梅内斯把我们三个人交给了飞船上的同伴夸西莫多。希梅内斯提起过它，那个生物理学家。夸西莫多像一个小一号的三角龙，带领我们参观飞船；它（们）要去整理今天的收获。

阿尔戈号跟双棱锥登陆艇不同，它的整体造型趋于圆锥体，舰艏尖锐，舰艉厚实，远远看去就像一颗子弹。这颗"子弹"太伟岸了，以至我无法想象被它击中的目标会有多惨。阿尔戈号至少有胡夫金字塔那么大，我们从舰艉底部进入阿尔戈号，乘坐一艘小型飞行器，在阿尔戈号内部进行游览，就像孙悟空驾筋斗云一般。

希梅内斯的同胞说："我叫夸西莫多-IV。"

孙迦骆问："我可以叫你莫多吗？"我拉了他的肩膀一下，示意他别唐突，我跟希梅内斯已见过三次，从未想过叫它内斯，但夸西莫多接受了这个昵称。

孙迦骆说："阿尔戈号不会使用化学燃料吧？这没法进行二百五十万光年的长途跋涉。"

我知道孙迦骆喜欢搜集这方面的知识。我曾经想过引导他对诗歌的兴趣，但看到他把李白和李太白弄混之后就放弃了。

莫多说："当然不是。"

孙迦骆说："让我猜猜。是不是《太空堡垒》中的光速引擎？"

莫多两只肉瘤一样的手撞击一下。我对孙迦骆解释，它这么做表示人类的摇头。

孙迦骆继续猜测："《星际迷航》中的核融合引擎？"

莫多碰手，不等孙迦骆继续猜测，公布答案："磁电浆动力推进器。"

自然界中的闪电就是电浆的一种，将气体加热，注入电流，就会形成电浆。推进器工作时会发出奇异的红光，光芒外围是深红色，内部却是刺眼的白色。它的燃料是氢氧化锂，毒性极强，火焰可以达到三万摄氏度，超过太阳表面的温度。这种燃料非常轻，而且不占据空间，符合星际航行对燃料的要求：强大、高效、可靠、便携。磁电浆动力推进器并不是关键，关键在于阿尔戈号配备了两个极盘，通过推进器在两个极盘间重复压缩来创造绝对真空，排除所有基本粒子，激发出一个固定的激光场保存不断增长的绝对真空泡，直到它包裹住整艘飞船。

莫多接着说:"而这仅仅是旅行的第一步。真正跨越如此宏伟的距离，我们需要——"

孙迦骆抢答道:"时空跃迁？"

莫多说:"当然正确。"

我小声纠正:"非常正确。"

因为关于飞船的种种知识我没什么发言权，在指出错误的时候也变得理亏似的。

孙迦骆说:"酷！真想跟你们一起遨游太空。"

我们来到一组控制器面前，这些机器铺满整个舱壁，站在它的底部向上看，这些控制器就像一面竖起来的机械平原。控制器的大小不同，有的像门一般大，有的只有手机那么小，它们嵌合在一起，毫无违和感。它们质地全黑，间或有一两道绿色的光芒在其中穿梭，如同夜空中的闪电。这些控制器共同构成阿尔戈号的"大脑"，所有的基本操作都在这里生成。

再往上走，我们来到阿尔戈号的生活舱。跟我之前在科幻电影里看到的不同，这里有一根发电厂的烟囱粗细的圆柱体，伸出许多枝丫，每根枝丫上都挂着橄榄球似的舱室，整体看上去就像一棵巨大的椰子树。每个"椰子"都有我的书房大小，以便容纳巴耶人"臃肿"的身躯。穿过生活区，来到"椰子树"顶端，我们终于到达阿尔戈号的驾驶舱里。奇怪的是，这里没有任何操作人员。我猜想，阿尔戈号目前是停泊状态，这里自然不需要有人忙活。吸引我的是驾驶舱中间那个透明盒子，里面充满黏稠的液体，三只表皮布满褶皱的东西在里面徜徉。

我问了第一个问题："这些玩意儿是什么？"

莫多说："这些玩意儿是我们的船长。阿尔戈号所有的操作都由这三颗大脑指挥和负责。"

我差点儿吐出来，幸亏希梅内斯及时出现，问我参观得怎么样，有礼物想送给我。

我非常乐意跟希梅内斯离开，孙迦骆还央求莫多带他参观其他地方。

严丽形影不离地跟上来，她毫不避讳，盯梢盯到她这种程度，也算是前无古人。

希梅内斯带我来到一间特殊的舱室，四壁流光，舱室正中央是一只泛着银光的巨球，目测直径三米左右。

希梅内斯说："一个问题，考古学家最渴望的是什么？"

我回答："发掘心仪朝代的器皿？"

希梅内斯说："我想，比这更让人心动的是来到心仪的朝代。"

我说："我以为你指的是可实现的愿望。"

希梅内斯说："没错。"

我惊讶地问道："你们拥有时间穿越的能力？"

希梅内斯说："并不。我们的生物理学家并不信奉平行宇宙理论，他们坚信有且只有一个宇宙。一个宇宙足够让他们头疼。"

我说："那你跟我说这些是……？"

希梅内斯说："我们可以通过某种技术，暂时再现某个历史人物的热像，就像清晨的露水，太阳升起就会蒸发。"

如果孙迦骆在这里，他一定会提出几种时间旅行的可能，他曾经跟我探讨过这个问题，我还记得他当时非常严肃地跟我说："爸爸，我一共找到十一种时间旅行的方法，跟宇宙的维度一样多。"他当时夸夸其谈，我只能记得什么旋转物体、虫洞和负能量。希梅内斯给出的解是宇宙弦。我不确定这是不是属于那十一分之一。宇宙我知道，对弦也略有耳闻，但宇宙弦这种组合我还是第一次听到。在此之前，我只知道《宇宙锋》。希梅内斯告诉我，宇宙弦的宽度比原子核还要小，取两个宇宙弦，让它们彼此靠拢，无限趋近，但不接触，就能利用它们做时间机器。围绕这两根刚好要碰上的宇宙弦旅行一周，空间将会收缩，维度也会发生改变，从三维提升到四维，给出最优解。

希梅内斯说："这只是我们的改良版。一个宇宙弦的收缩回路至少要一光年，质量—能量超过整个星系的一半。但是利用阿尔戈号上特有的力场，我们可以截取弦的一小段，弯曲成一个矩形环，样子就像（希梅内斯带我步入球体，看到那根宇宙弦，补足了他的比喻）一把躺椅。现在，请你躺上去。"

事发突然，我有些紧张："我会看到谁？"

希梅内斯说："这取决于你想看到谁。这个球体可以帮助你搜集意识碎片，并进行表达，我之所以能够侵入你的梦境，也是借助这个仪器。还是那句话，我们并非上天入地无所不能，只是跟你们相比，我们的技术先进几个数量级。"

我用仅有的一点儿科幻常识发起疑问："不需要佩戴脑盔什么的吗？VR装置那一套？"

希梅内斯解释："比特私语"。为防止被黑客袭击，许多以安全为己任的计算机都不会联网，彻底隔断病毒的传播。但是有一种物理攻击,让人防不胜防。计算机可以不联网,却都有内置热传感器,用以探测处理器产生的热量,在适当的时间启动风扇散热,以防过高的温度损伤元器件。CPU运行过程中,每一系列活动都会产生一股暖空气,传感器就会记录下一个比特的信息,一段时间值周,读取的信息就会成为一段二进制数据,这就是"比特私语"。人脑也是一样,只需要搜集脑波。为了远离这些刁钻的理论,我选择立刻坐上躺椅。按照希梅内斯的指示,我尽量不去想某个时代的某个人,而是放松大脑,让一切自然发生。

很快,我就处于意识清醒和模糊的中间地带,半梦半醒,或者说,能够意识到自己在做梦——我有过几次这样奇怪的经历,意识到自己在梦中,于是大胆地去做一些逾矩的事情,比如起飞,比如跳楼。而在这样的意识状态下,我能做的事情并不多,事实上我被限制住,维持某个姿势一动不能动。脚下的土地变成海洋,我就成为冲浪者,但我仍然不能动,只能随浪头浮浮沉沉,不过我也不必担心会溺亡,海水根本不能打湿我。我仔细看,水中漂浮着一些数字:202001011412,202001011314,202001011055……这是时间。我想起孔子说过:"逝者如斯夫,不舍昼夜。"又想起连小学生都用烂了的比喻,岁月就像一条河流。现在,比喻成真了。

我漂流于时间之河上。但我刚刚意识到这一点,河流又消失了,我穿梭在某部古典著作的字里行间,看到"花谢花飞花满天,红消香断有谁怜?游丝软系飘春榭,落絮轻沾扑绣帘。闺中女儿惜春暮,愁绪满怀无释处。手把花锄出绣闺,忍踏落花来复去。柳丝榆荚自芳菲,不管桃飘与李飞;桃李明年能再发,明岁闺中知有谁?三月香巢已垒成,梁间燕子太无情!明年花发虽可啄,却不道人去梁空巢也倾。一年三百六十日，风刀霜剑严相逼。明媚鲜妍能几时，一朝漂泊难寻觅。花开易见落难寻，阶前愁杀葬花人。独倚花锄泪暗洒，洒上空枝见血痕。杜鹃无语正黄昏，荷锄归去掩重门；青灯照壁人初睡，冷雨敲窗被未温。为奴底事倍伤神？半为怜春半恼春。怜春忽至恼忽去，至又无言去不闻。昨宵庭外悲歌发，知是花魂与鸟魂？花魂鸟魂总难留，鸟自无言花自羞；愿奴胁下生双翼，随花飞到天尽头。天尽头，何处有香丘？未若锦囊收艳骨，一抔净土掩风流。质本洁来还洁去，强于污淖陷渠沟。尔今死去侬收葬，未卜侬身何日丧？侬今葬花人笑痴，他年葬侬知是谁？试看春残花渐落，便是红颜老死时。一朝春尽红颜老，花落人亡两不知！"[1]数字跃入空中，仿佛戈登投射到夜空中的蝙蝠图案，199907062234，199907062025，199907061423……

　　文字很快消失，我踩着一块黑色的石块，石块也悬于空中，像我年轻时玩过的《魂斗罗》游戏中的某一关卡。石块在向前滑行，不久出现了另外一块，我奋力一跃，落在石块上时响起一声乐音。石块成群结队地飘来，为我提供了诸多落脚的选择。我不断起跳、落下，乐音逐渐织成音乐。我听出来了，这是我大学时代最爱的罗大佑的歌，这首歌的曲调非常熟悉，原词却对不上，这不是粤语，而是闽南语，罗大佑有许多闽南语的歌曲，这并不奇怪，啊，是《皇后大道东》，这首歌则是闽南语版本，名字是《大家免着惊》，出自他1991年发行的专辑《原乡》，我买过这盘磁带。这张专辑里还有一首非常另类的《青春舞曲2000》，似乎比朴树在1999年元旦发行的那张《我去

---

[1] 《葬花吟》，曹雪芹。

2000年》更具前瞻性。我那时喜欢抄写歌词，但歌词本封面上的文案更吸引我：歌，是语言的花朵。在这母语音乐的摸索制作过程中，我惊讶地发现语言竟是如此活生生地生存着——一如我们脆弱生命的喜怒哀乐与生老病死。根本没有人的闽南语是真正标准的，从我们的父母直到我们的祖宗所用的生活用语，没有人有资格说自己标准。除非他无知到根本漠视了时间与空间才是唯一的主宰与支使者。于是，我多少是带点儿罪恶感的，因为我们妥协，我们被支使。无力之余，只有用歌声来弥补，只有用音乐来歌颂。至少，前人血泪斑斑让其肥沃的土地上，我们须祭拜。花朵有朝将落土，继续滋养这片土地。千年之后，百花或将怒放。大地之下，我们也许微笑："这片土地，毕竟我曾经耕耘过。"

我曾把文案中的"歌声"和"音乐"置换成"诗歌"，把这段话写在我创作诗歌的笔记本扉页。那是诗歌日趋凋零，而流行音乐逐渐盛开的年代。音乐变成火车呼啸而过的声音，我终于落地，站在铁轨旁，时间显示为：198903261709。

公元1989年3月26日，黄昏

暮春的山海关，火车轰隆。一个蓬头垢面的男人正在焦急地寻觅什么，他低着头，左看看，右看看，像个做布朗运动的粒子。他满脸胡子，眼神清澈。他背着一只颇具时代感的军绿挎包，从里面掏出一本书，翻到最后一页，想要撕下封底前作为缓冲的空白页，终于作罢。他不忍心伤害书页，哪怕上面一个字也没有。他继续寻找，在一堵砖墙上看见一排白纸。白纸上两列内容，一列写着人名，另一列写着钱数。这是人死之后，亲戚朋友随的份子，主家统计并"发表"出来，一方面体现死者生前被人所敬重，另一方面也给那些上份子的人一个从上面寻找自己的名字的交代和乐趣，若是遗漏，可能还会发生口角。他趁人不注意，撕下白纸的一角，心里默念死者不要怪罪。与其损坏一本书的微不足道的完整性，他宁愿去打扰一个未曾谋面的亡灵。如果真的有天堂或者地狱，他们也许很快就会有见面的机会。他在纸上写下什么，一笔一画，像小学生写作业，非常认真、缓慢。我想凑近观看，他便发现了我，有些不好意思，他笑了，好像在解释自己并非有意侵犯。

他的嘴笑了，眼睛却充满忧伤。我应该早一点儿认出他。

我说："海子？"

海子说："你才是孩子，你们全家都是孩子。"说完他在纸上画了许多小圈，边画边絮叨，"画些圈圈诅咒你。"

我说："查海生？"

他抬起头谨慎地望着我："你是谁？你怎么知道我的名字？"

我说："春天，十个海子全都复活/在光明的景色中/嘲笑这一野蛮而悲伤的海子/你这么长久地沉睡到底是为了什么？海子啊，你可知道我有多爱你，你是我的精神偶像！"

海子看了我一眼，说："这首诗我刚写了几天，没有任何人看过！我知道了，你是我分裂出的人格。不奇怪，不奇怪，我之前已经分裂出四个了，我叫他们小一、小二、小三和小四。你是第五人格，就叫你小五吧。"

我说："我不是你的人格，是你的粉丝。"

海子说："什么粉丝？你是粉丝，我还是粉条呢。别闹了小五,你知道我接下来要做什么吧?看,多么漂亮而悠长的铁轨,多么适合长眠,来,小五,我们俩一人一条。"

我急了,开始背诵海子的其他诗歌:"从明天起,做一个幸福的人——"

海子说:"劈柴喂马,周游世界。"

我说:"姐姐,今夜我在德令哈——"

海子说:"我不关心人类。我只想你。"

我看到他眼中闪烁的泪花,决定用他的成名作唤醒他,我说:"亚洲铜,亚洲铜——"

海子说:"祖父死在这里/父亲死在这里/我也会死在这里——小五,你是在帮我解脱啊,让我们一起死在这里吧。"

我恨不得抽自己一巴掌,我这么做了。我看着不受控制的右手,心里想到握拳,五指随之紧扣。在这里,所思所想都会具化成实际动作。我立刻抱住他的大腿,像条拖把,我说:"我不会让你自杀。"

海子说:"这位小五先生,你搞错了,我才不想自杀,我只是累了,想躺在铁轨上睡觉。"

我说:"你刚才不是说长眠吗?"

海子说:"长长地睡一觉不行吗?我已经三天三夜没有合眼了。"

我说:"你今天会死在这里,你的好友西川会整理出你的全集,比《新华字典》还要厚,常年盘踞在我的床头,每天睡前我都要翻两眼。"

海子找到我的破绽,说:"不可能,如果有人整理,也是一禾兄,他是我的编辑。你想干什么?你是不是康永新派来的间谍,魔鬼的化身，撒旦的使者？"

我读过一本海子自传体小说，书名为《从明天起，做一个幸福的人：海子故事》，作者李斯，在这本书里，第一人称和第三人称齐飞，营造出一种恍惚迷离的氛围。书中后半部分出现康永新这个人，那时海子已经患有严重的精神分裂症，并且练气功到了走火入魔的境界。海子去山海关之前写过一份遗书：

校领导：

从上个星期四以来，我的所有行为都是因为暴徒残暴地揭开我的心眼或耳神通引起的，然后，他们又对我进行了一个多星期的听幻觉折磨，直到现在仍然愈演愈烈地进行，他们的预期目的，就是造成我产生精神分裂，突然死亡或自杀，这一切后果，都必须由康永新或他身边那个人负责。

因此，许多学者倾向海子自杀时精神失常，有点儿不疯魔不成活的悲壮感。不过经海子好友骆一禾考证，海子死前是清醒的，他对自己的死亡负责，他在完成某种崇高的使命，而不是潦草地结束今生。骆一禾是《十月》的编辑，分管诗歌，他在学生时代就对海子倍加推崇。他自己也是诗人。但他隐藏在海子的盛名之下，甘愿做一个布道者和追随者。我没告诉海子，就在他卧轨两个月后，骆一禾死于脑出血。

《海子故事》一书中还写到一个桥段，海子曾在死前跟一位散文作家苇岸探讨过自杀的具体方法，他列出"上吊、卧轨、服毒、撞墙"几种选择，但更青睐的是从飞机上跳下来。但是飞机不像火车那么常见,能不能在飞行中的飞机上突破机组人员的封锁也是一个问题。苇岸没太当回事,不想自杀的诗人不是好诗人,他只是用二锅头和锅巴招待海子,把海子灌醉。人醉了,睡一觉,醒来又对生活充满希望。事实上,海子在第二天中午醒来时的确忘记了想死的念头,并且写下《春天,十个海子》。

春天,十个海子全都复活
在光明的景色中
嘲笑这一野蛮而悲伤的海子
你这么长久地沉睡到底是为了什么?

我只好放出大招,郑重其事地说道:"我是一个来自未来的诗人。"

海子说:"诗歌有未来吗?"这句话近乎自嘲。

我说:"你指多么遥远的未来?据我所知,不仅人类文明,所有宇宙已知文明最后的语言留存形式都是诗歌。"

海子说:"这不可能。"

我说:"这是事实,外星人造访了未来的地球,他们遇见过许多文明,每个文明的绝唱都是诗歌。诗歌,是文明的尽头。"

海子终于承认自己的目的,说:"诗歌已死,我不独活。"

他毅然决然地走向铁轨,我冲过去,想拦住他,却穿过他的身体,扑倒在地。他看都没看我一眼,一定是把我当成了幻象。我站起来,走到他身旁,静默地注视着他。他取下书包(从里面滚出一只橘子),整理衣服,平平整整地躺在铁轨上,像进行某种神秘又肃穆的宗教仪式。这是诗人对诗歌的献祭，这是时代对岁月的注脚。永远地失去他，才能永远地成就他。我不知道还能说些什么，有那么一瞬间，我想过把自己写的诗拿给他看，希望从他嘴里说出褒贬之语，更希望从他嘴里得到一种命令式的指派：写诗吧，这是你的宿命。可是我退却了，不敢掏出只言片语，担心那是对诗歌的亵渎。我只是静默地看着他躺下，双目微闭。此刻，天空是灰色的，云雨正在集结，上天做好了恸哭的准备，我的眼泪已经就位。我曾多次读他的诗流下泪水，这是第一次为诗人哽咽。

海子看了我一眼："你怎么还在？"

我说："我与你同在。"

海子说："你到底叫什么名字？"

我说："九日。春天，十个海子都复活了。"

火车驶来，这是我们谁也无法抵抗的命运。

我收拾他的书包，有四本书和两个橘子，其中一本书是《圣经》，其中一个橘子已经吃了一半。那张纸被放在铁轨旁边，用石块压着。

我捡起来，看到：

遗言：

我叫查海生，我是中国政法大学哲学教研室的教师，我自杀和任何人没有关系，我以前的遗书全不算数，我的诗稿请交给《十月》的骆一禾。

海子
1989.3.26

手里的东西消失，场景迅速转换，我看见朝代的流转与更迭，清末到明初，北宋到后唐，武周到唐朝。我面前是一片汹涌的汪洋，惊呼之际，发现一旁站着一位身穿白袍的老者。海风吹来，他宽大的衣袖和灰白间杂的须发肆意飘扬，不知是人是鬼。

他发现了我："何人在此？"

我脑子转了一下，反问道："你是谁？"

他说："我乃李白。"

我惊呼道："李白？李太白？唐朝？"

公元762年11月中旬，深夜

公元759年，李白被流放夜郎，途中遇赦，心情大好，写下日后因被收录入中学课本而广为流传的《早发白帝城》。这不是他最好的诗，却是最为轻快愉悦的一首。之后不久，李白应友人之邀，与被谪贬的贾至于洞庭之上泛舟赏月，发思古之幽情，赋诗抒怀，写下组诗《游洞庭湖五首》，因没有入选课本而不为人知。三年后，已逾耳顺之年的李白因病返回金陵。他当时生活窘迫，不得已投奔在当涂做县令的族叔李阳冰。史载，李白死于当涂。

关于李白的死法，历史上有三种观点。醉死：《旧唐书》称李白"饮酒过度，醉死于宣城"；病死：李光弼东镇临淮，李白请缨杀敌，希望在垂暮之年为国家尽力，因病中途返回，次年病死于当涂，这种死法的支持者最多，也有一些正史记载；淹死：最浪漫的一种，李白在当涂县江边饮酒，因醉酒跳入水中捉月而死。

三种死法我个人倾向于捉月，虽然看上去最不可能，但那可是李白啊，大唐第一诗人，或者说史上第一诗人也不为过。这才是一个诗仙应有的死法。肯定会有人对这个观点进行抨击和反驳，无所谓，都无所谓，这本来就是主观题，就像我支持曼联，说曼联是史上第一足球俱乐部，利物浦球迷一定会嗤之以鼻（降临在梦剧场的灾难比慕尼黑空难[1]更让人痛心疾首，一方面空难是半个世纪前的历史，难以感同身受，另一方面，我还梦想着去现场朝圣）。其实我知道，即使是捉月而死，真相大概也是李白喝多，不慎溺亡。但这样一解释，浪漫气息全无。他可是谪仙，理应搭配更为神话的结局。

历史上虽然对李白的死法有多种猜度，却没有详细的死亡时间，只知道是在宝应元年十一月上中旬，这两天的月亮最好。如果李白要捉月，也是捉满月。

这时我已经明白，海子也好，李白也罢，我见到的都是他们人生的最后时刻。

我对李白的喜欢近乎一种本能，看到那些天然去雕饰的诗句，就忍不住一遍又一遍地抄写和诵读，他点燃了我对诗歌最初的热情。我生平最向往的两个时代，第一是二十世纪八九十年代，那是现代诗跟当代小说一起成为主流文学的美好时光，第二就是盛唐。这是我当初去影院看《妖猫传》的原因之一，比起杨贵妃，比起空海和白居易，我更想看到为她写下"云想衣裳花想容"的李太白。

---

[1] 1958年2月6日，第609次航班在慕尼黑机场两次试图起飞失败，第三次尝试起飞时，飞机冲出跑道，左翼撞上一间民房，机身断为两截，右边机身撞向一辆装满轮胎和燃料的卡车，并随即发生爆炸。机上7名曼联球员、曼联球会秘书、教练以及一名训练员当场罹难。

我说:"你……你真的是李白?"

李白吟唱道:"众鸟高飞尽,孤云独去闲。相看两不厌,只有敬亭山。"

我说:"这首诗挺出名的,我们那边小学生都会背啊,你至少诵一些有难度的啊,比如《蜀道难》什么的。"

李白径自说道,他此生一共来过七次敬亭山,写这首诗时是最后一次。安史之乱,李白无意参加反王宴请,被诬蔑成反贼,蒙受不白之冤,虽保全性命,却遭流放。李白出狱后,原先那些朋友都不在了,或杳无音信,或故意躲避,只有敬亭山不离不弃,始终坐落在那里,静候与他重逢。

我说:"历史也没有抛弃你啊。你的诗会成为中国流传最广的诗,你也会成为中国最具浪漫色彩的诗人。"

李白说:"诗歌的意义并不在于流传,而在于表达。表达完了,就完了,别人看不看、评不评,与我何干?"

我说:"可是——"

李白说:"我年轻时立誓,平生写出一千首诗,写完即死,是莫大的圆满,现在已经写完了九百九十九首。"李白说完唱道,"大鹏飞兮振八裔,中天摧兮力不济。馀风激兮万世,游扶桑兮挂右袂。后人得之传此,仲尼亡兮谁为出涕。"

这是他的《临路歌》,也是绝唱。

他边唱边跳,动作幅度很大,没想到他还是唱跳的好手。李白越唱越悲伤。我忍不住手脚并用,尽量配合李白的步伐,跟着和道:"大鹏飞兮振八裔,中天摧兮力不济。"李白进入一种忘我状态,伸出中指和食指比作剑,舞得呼呼生风,一不小心脚下打滑，掉进江中，不断大声呼救。我有心跳进去，但是只能蹲在江石上感慨。我虽然会游泳，但奈何水势太湍急了。我就这样眼睁睁地看着中国历史上最伟大的浪漫主义诗人化作一团浪花。

历史记载的三种推测都被他这一跳证伪。他不是病死、醉死、淹死，而是意外坠江。我径自感慨，江水滔滔。身边突然又出现了一人，跟李白的放浪形骸不同，他的打扮非常庄重。与此同时，日月轮转，天透亮了。

我问："你也是来投江的吗？"

他说："你怎么知道？"

我叹了一口气："李白投的这条江叫什么名字，史书上并没有记载。"

他说："李白是谁？"

我说："李白你都不知道？他可是最伟大的诗人。"

他说："可笑，可悲。我不认识这个最伟大的诗人，但可以告诉你这条江叫汨罗。奇装异服的小伙子你听着，最伟大的诗人可不是阿猫阿狗可以随便用的头衔，做人要有自知之明，做诗人更要珍惜羽毛。你有羽毛吗？"

我这才发现，时空已经跳转。

公元前 278 年某月日，正午

这下尴尬了，准备在汨罗江投水的诗人，公元前，只能是屈原。他不知道李白情有可原。屈原开了浪漫主义的创作先河，据说李白还有意识地学习屈原积极的浪漫主义创作手法。这简直是一趟认祖归宗之旅。

我对屈原的了解仅限于《离骚》，高中课文节选了部分段落，要求背诵。我当时是拒绝的，对那些拗口的句子并没有什么好感，根本没有理解多少内涵，就这么死记硬背。我以为高考之后，我就会彻底遗忘这些文字，跟遗忘电阻定律和函数一样，却没想到一直牢记在心。时至今日，只要谁开一个头，我还能一字不差地脱口而出：帝高阳之苗裔兮，朕皇考曰伯庸。摄提贞于孟陬兮，惟庚寅吾以降。皇览揆余初度兮，肇锡余以嘉名：名余曰正则兮，字余曰灵均。纷吾既有此内美兮，又重之以修能。扈江离与辟芷兮，纫秋兰以为佩。汩余若将不及兮，恐年岁之不吾与。朝搴阰之木兰兮，夕揽洲之宿莽。日月忽其不淹兮，春与秋其代序。惟草木之零落兮，恐美人之迟暮。不抚壮而弃秽兮，何不改乎此度？乘骐骥以驰骋兮，来吾道夫先路……后来，我看过傅彪主演的一部电视剧，具体名字已不可考，剧中他饰演一位语文老师，要求学生们背诵古诗词，他说，你们现在不用理解，只需记住，深深地记住，你们可以用漫长的一生来消化这些诗词，也许某一天你会恍然大悟。他举了个例子，就像我们从小就学会叫妈妈，可是妈妈这个词的含义，许多女孩要真的当了妈妈后才懂，而男孩子们可能永远无法了解。对《离骚》的背诵也是如此。

屈原说："秦将白起进攻楚国，占领郢都，楚国的宗庙和陵墓都被毁了。楚国要亡了！吾有何颜面存活于世间？"

我说："您的美名和《离骚》会永世流传。"

我无比厌恨拿屈原开涮的段子，因为他的死获得三天假期之类，说出这种话的人，我一辈子不会原谅他。

屈原说："吾最后悔就是写了那些诗歌，若吾一心助王勤政，楚国或许还有救。忘却那些辞藻吧，忘却吾吧。"我无法影响他自戕的决心，更无权干涉历史进程，所能做的只是眼睁睁地看着他投入汨罗江。

我高声喊道："路漫漫其修远兮，吾将上下而求索！"

虚拟浪潮退去，我回归现实。与海子、李白和屈原三人的会面让我久久不能平静，心中翻腾着一种莫可名状的情绪，不愿开口讲话。希梅内斯仿佛洞察我的心理活动，绕过我，直接跟严丽交流："你想不想试一试？"

"这个，真的可以看到死去之人吗？"严丽有些胆怯地说道，与她平时凌厉的作风不符。

希梅内斯说："你想看见谁？任何一个历史人物都可以。"

严丽说："不是名人，普通的逝者可以吗？"

希梅内斯说："任何人。"

严丽说："我想见见我死去的爸爸。我想问问他，他是畏罪自杀，还是被人陷害？"见面以来，她一直给我一个刻板而平面的印象，却因为这句话，她变得立体起来。我想安慰她几句，但又不知从何说起。

她接着说："我爸爸是个刑警，从小就教育我与黑暗势力斗争，我也按他的期待成长，一步一步接近他的成就。可是，就在他退休前被曝出跟黑帮分子勾结，收受巨额贿赂的线索。同事对此展开调查，在黑帮老巢发现了他的尸体。"

我说："或许他是卧底呢？"这是我唯一能想到的理由。

一切准备就绪，严丽却反悔了，说："不看了，我相信他。"

十四

孙迦骆非常兴奋。他有了可以在全校乃至全世界的人面前炫耀的资本,而我见到了活生生的偶像。我们的快乐也让我们盲目,认为其他人也应该和我们一样高兴,多么美好的一天,多么美好的生活,多么美好的世界。然而,骆秋阳并不这么认为。她认为我把儿子置于险境。这是无稽之谈。我心里这么想,嘴上却不能这么说。这时我们俩尚能冷静地看待问题,暂时站在统一战线上,维系共有的婚姻生活,只要我多说一句倒戈的话,立刻就会把她激怒。过去几年,我吃过不少这方面的亏,本来没什么事,前一天还风和日丽,第二天就乌云密布,你根本无法预测她的气象活动。一些在我看来完全无害的事情,到了她那里就变成了有病。她常说我有病——对着皎洁的明月抒发感慨是有病,在书房里憋一个周末是有病,喂蚂蚁是有病——等等这些,我都忍了,可我无法忍受她心血来潮的冷脸样子,给我一种为了置气而置气的感觉,就像无法拒绝的生理期。我不认为我做错了什么。

骆秋阳说:"你们男人都是自私的。"

我以往不会跟她硬碰硬,至少一开始不会对着来,但那天我理直气壮,决定不再退让,说:"女人不是吗?"

骆秋阳说:"至少我们对孩子无私。你带他去那里多危险,万一回不来怎么办?你想过没有,我一个人怎么办?"

我说:"怎么会回不来?这不是回来了吗?这明明是一件非常炫酷的事情,到你这儿怎么就成危险了?"

骆秋阳说:"你现在回来了,当然可以这么说。"

我说:"我不想跟你吵,无聊。"

骆秋阳说:"我愿意跟你吵?有病。"

我背过身去,回到书房里。

她追进来:"这是解决问题的态度吗?一有事你就这样,有本事你别出来。"

我说:"不是,我到底做错了什么?"

骆秋阳说:"你没错,我无理取闹行了吧?"

她开始哭了。被冤枉和委屈的那个人明明是我,可她一旦祭出眼泪,我就会被千夫所指。我最受不了她的眼泪,既受不了她哭泣时的样子,也受不了她攻击我的方式。一般来说,事情发展到这里,我就会服软,缴械投降。可能是我刚刚跟外星文明进行了交流,可能是我不久前见到了海子、李白和屈原,再次落入婚姻的窠臼,因为莫须有的琐事爆发争吵显得那么不真实,那么无意义,我比平时更有底气一些。我抛出一颗"炸弹",我们俩到底怎么了?我怎么觉得这么累?!一天一天的,我都是看你的脸色活着,如履薄冰你知道吗?

骆秋阳抬起头,盯着我的脸质问:"你说什么?"

我说:"我说我们到底怎么了?我已经四十岁了。我又没有犯原则性的错误,没有吃喝嫖赌,没有移情别恋,家务我都抢着干,什么事都照顾你的情绪。我就是这种性格,我天生不爱到处跑,但每年你张罗旅游，我也没有拖你的后腿，顶多，啊，顶多抱怨两句。我对这个家庭尽心尽力，为什么我们总是吵架？"

骆秋阳说："你想说什么？"

我说："我没想说什么，就发一发感慨。"

骆秋阳说："狗屁感慨，这就是牢骚。每一次，每一次，我一有情绪，你就比我还有情绪，是，我经常跟你发脾气，对别人都和颜悦色，那是因为我只能在你面前展示真实的自己。我不可能跟别人说心里话，也没有权利跟别人展示脆弱的一面。我只有在你面前才可以卸下所有防备，只有你可以依靠。你呢？一次都靠不住。"

我俩吵架，她可以骂脏话，让我滚，而我不行，否则矛盾只能升级。

我说："发一发牢骚，你满意了吧？"

骆秋阳说："你是不是觉得特没劲，既不自由，也没尊严？"

我梗着脖子说："我没有。"一副宁死不屈的样子。

骆秋阳说："你是不是想分开？"

我虽然心虚，但必须嘴硬，说："没有。"

骆秋阳说："孙旭，你像个男人，别吞吞吐吐的。"

我被她逼急了，说："是。你说得对，我觉得我们应该分开一段时间，也给彼此一些空间，好好想想我们之间到底出了什么问题，怎么修补。"

她痛苦地叫出来："啊！"她要的就是我的这句话，我给她了。她突然疯了一样叫喊，想要冲出去（我不知道她要干什么，但意识到危险），我伸手拦住她，她用力捶打我的胳膊，力气毫无保留，歇斯底里。她试图掀翻我的书架，未果，把目标转移到喂养蚂蚁的玻璃缸上。我没能及时制止玻璃缸被摔落。那声音尖锐，盖过骆秋阳的哭喊声。碎玻璃碴和失去约束的蚂蚁散落一地。它们获得空前的解放，欢快地在开放而复杂的地形之上爬行。我愣了片刻，脑子里一片空白。情感与人的皮肤一样，一次次被擦伤，一次次被磨砺，就会生出角质，保护我们不受类似的伤害，也让我们变得麻木。麻木之后，就是颠覆。

我彻底爆炸，吼道："你摔它干什么？就你会摔是不是？"我扫视一周，瞄准书桌上的茶海，上面乖巧地扣着一套茶杯，我冲到跟前，却滑过去，抓起一个木制笔筒，重重地摔在地上。我说："不过了。"

骆秋阳说："不过了！"

我说："离婚。"

骆秋阳说："离婚！"

我很想告诉她我有病，非常严重的病，我差点儿自杀，如果不是希梅内斯，我现在已经是一抔骨灰。我想说这些事就是为了让她难受，就像自残一样，让她心疼。可我最终没有这么做，"离婚"两个字太重，把我压垮了。这两个字就这么出口，决堤了，我的世界洪水肆虐。接下来我该怎么做？继续摔打东西，还是言辞伤害他人？打人是不可能的，这辈子都不可能，我从小到大没有正经干过架。我倒是希望她能上手，给我脸上来两巴掌，给我胸口捶两拳，这种伴随我终生的懦弱性子我既痛恨又熟悉。骆秋阳显然也有些不知所措，这不是她想导向的结局。那一刻，我恍然明白一件事情，不是我们一直在维护岌岌可危的婚姻，而是婚姻一直在维护我们。

孙迦骆尖叫了一声。我不知他何时出现在书房门口的，目睹了多少争吵对话。他以往酷酷的，对我们俩都爱搭不理，此刻却在不停地颤抖,被我们疯狂的举动吓傻。严丽站在他身后,试图去捂住他的眼睛,亡羊补牢,第一次介入我的家庭生活:"你们俩也是的,吵架就吵架,砸东西干什么?"

十岁,孙迦骆毕竟还是个孩子。

骆秋阳立刻扑过去,把孙迦骆搂在怀里。我刚张嘴,她就让我别说了,把孙迦骆哄到书房,自己跑到卧室哭。我们认识二十多年了,除了她的父母,我是见过她哭得最多的人,但没有一次能像今天这么磅礴,她一直号啕。我站在门外,几次想敲门,又抑制住,我不能低头。我想着从其他地方找补,去了厨房,"叮叮当当"地做了一顿丰盛的晚餐。我让孙迦骆去叫骆秋阳,没想到更激起她的怒火,她竟然摔门出去。我赶紧带上孙迦骆追出去。骆秋阳说,说了多少次了,她不想让儿子看见她哭,我根本不知道她想要什么、在乎什么。调皮捣蛋的孙迦骆、口齿伶俐的孙迦骆,此刻却像被抽了魂儿。

当天晚上我失眠了,枯坐到天亮。睡不着,连眼睛都合不上,浑身上下像是被冻僵了,我什么都不想做,连死都懒得死。

光一点点地照亮屋子,我仍不知动弹。我不知道自己怎么行动,是严丽让我吃的早饭,送我上班。中午在教职工食堂,她带我去跟李漓吃饭。严丽不吃饭,也不玩手机,就这么坐着,入定一般。人们对我的关注度不能说直线下降,但学生已经习以为常,不会搂着我合影留念。李漓拿眼睛瞟了严丽一眼,跟我说:"这姑娘长得不错啊,乍一看很凶,但看久了,别有一番滋味。"

我说:"你别想打她的主意,否则小心被她打。她可是刑警。"

李漓说:"她首先是个女人。"李漓一边夹走我的餐盘里面的肉丝,一边吐槽食堂的饭菜,厨子的日子最近肯定非常寡淡,把盐全都撒进菜里，齁死了。

我说："果腹而已，哪有那么多讲究？"

李漓说："孔子都曰了，食色，性也，人活着可不就这两件事吗？其他都能将就，就这两件事必须讲究。真搞不懂咱们现在这么有钱了，就算不吃山珍海味，起码也得下个像样的馆子吧，吃学校食堂的饭菜太寒碜了。哦，我想起来了，你吃东西没滋味，病情还不见好转吗？你得吃药啊，如果忘了，让骆秋阳提醒你。"

我说："你刚离职几天就嫌弃学校了。那些钱我觉得都不真实，全存在卡里，一分没敢花。"除了买一辆用之即弃的汽车，它的命运比我更值得同情。

李漓说："不至于，这些钱都是干净的，不偷不抢。"

我打断李漓的话："冯雪是怎么回事？林朗怎么会找到她？"

李漓说："我不知道啊。"

我说："再说？"

李漓说："好吧，林朗的确找过我，但我不知道他居心叵测。我本来想给你一个惊喜。算了，实话说吧，节目组想用她制造话题，什么女朋友、私生子之类的。"

我说："我跟你说，我现在已经厌倦和疲惫了，不想再被舆论消费，也不愿意挣那些钱，让我安安静静地当一个大学讲师吧。"

李漓纠正我："是教授，正教授。你这种行为跟提起裤子不认账又有什么区别？我这次找你有要事，我想以你和希梅内斯的名义注册一家公司。我想过了，想要持续收割流量，孤军奋战不行，一定要规模化、企业化，只有这样才能细水长流。利用你现在的流量培养几个新人，日后你什么都不用做，他们就可以给你上供。万一你哪天踩雷了也不用担心。"

我说："你这是赤裸裸地剥削他人哪。"

李漓说："这是经济学。公司的名字我都想好了，就叫'希梅内斯和他的地球朋友'。"

我使劲摇头，坚决反对。我不擅长拒绝，但这件事没有商量的余地。

李漓说："其实无可厚非，这是命运对我们的馈赠，不要白不要。而且我都去工商系统查重了，你的名字'孙旭'，你的笔名'九日'，包括'希梅内斯'全都被注册了，再不行动就晚了。网上已经出现了一群顶着你的头像的小号招摇撞骗，我们这么做是正本清源。要不然那些假冒伪劣产品会把你的名声败光。你好好考虑一下吧。试想一下吧，孙旭牌电热水器、孙旭牌花洒、孙旭牌马桶……对了，希梅内斯最近没有联络你？"

我说："没有。"

李漓说："他是不是物色新的诗人了？毕竟你是个业余选手。"

我说："全中国就没有几个专业诗人。"

李漓说："那只是你的臆测，全中国这么大的基数，出几个优秀又纯粹的诗人太正常了，只是你没遇见而已。就像那天在电视台，那个天文馆长说银河系那么多恒星、行星系，有外星文明很正常，没有才不正常。虽然我那天怼了他，但当时是英雄救美和拔刀相助，其实我觉得他的理论挺靠谱的。"

我说："全中国这么大的基数，出几个会踢球的人不也是很难吗？事情不能这么看，这些往往与国家的大环境、经济、历史等很多宏观的因素息息相关。你研究历史，对这个问题应该比我看得透。"

我跟李漓扯了几个来回，心情放松了一些。朋友的作用大概就是这样，不是说非要指望他们两肋插刀，只是需要他们听自己一吐为快罢了。但是刚刚得到一些缓解，我内心不由自主地又想起骆秋阳，这次冲突跟上次冷战几乎可以说是无缝衔接，也是我们第一次正式提及离婚。这两个字就像试金石，能够检测出婚姻是否牢固。想到这里，我叹了一口气，想到这件事可能在不久的将来被落实，用离异为我们的冲动买单，我又追加了一声叹息。

李漓问我："你怎么了？脸色不太好啊。"

我说："你知道我长期失眠。"

李漓说："更年期？"

我说："咱能不能食不言寝不语？"

李漓说："这句话根本就是一个伪命题。首先说寝吧，睡着了当然不能说话，梦话不算；再说食，我国最优秀的传统之一就是在餐桌上谈事情，吃饭不说话，中国的一半生意就得黄了，一半情侣都得分手。"

我说："曲解。"

李漓说："说到情侣，最近兄弟遇到了麻烦事，这两天我住你的公寓啊，躲一躲。"

我说："你也用我挣了不少中介费，买一套房子不好吗？"

李漓说："回头再说，先解我的燃眉之急。"

我果断地拒绝。上次心软答应他，给了他备用钥匙，他再也没还，不时跟现任女友过去鬼混。这个造词真的非常传神，鬼混，其他任何语言都不能精准地翻译出这两个字。

李漓说："没跟你商量，这两天我已经住进去了。"

我说:"又惹什么麻烦了吧。"他"嘿嘿"一笑。

我说:"真羡慕你啊。一个人,想做什么就做什么,不像我,凡事都要先考虑家庭,再谈及自己。"

李漓说:"大家都在围城里。"

我说:"作为过来人,我劝你还是晚点儿结婚,虽然现在已经拖得够久了。"

李漓说:"我就没计划结婚。这个你不用跟我说,更无须劝我,我是什么样的人你可能比我更清楚。婚姻与爱情势同水火,你死我活。人这一生啊,说长也长,说短也短,一晃快四十岁的人了,再晃土都埋脖子了。每每想到这些,就觉得空。所谓好好活着,大概就是正确地浪费时间。你也别羡慕我,我有时候看见你们一家三口其乐融融,内心也有一些骚动。陷入婚姻的人生是不完美,没有婚姻的人生不完整。"

我说:"你这些言论,可别传播给学生,你自己腐败也就算了,不能荼毒下一代。斯文败类,说的就是你这种人。"

李漓说:"与其给他们蒙上一层虚无缥缈的梦想,还不如早点儿展示赤裸裸、血淋淋的现实。这才是真正负责,这才是真正的教育。他们在学校里吃了亏,以后走到社会上就能百毒不侵。他们在学校吃亏顶多就是挨个训,罚个站,在社会上吃亏伤害就不是自尊心这么简单。再说,我都离职了,想传播也没机会了。"李漓拣完我餐盘里的肉丝,继续说道,"让我说,你这个老师就是当得太迂腐。你现在的过度保护只能换来他们将来的无所适从。孰轻孰重,自己掂量吧。"

我最近总是上火,一吃肉就牙疼,李漓说出出汗,泄泄火,还提供了其他更有效的方法。他问我跟骆秋阳多久没做了,我竟然想不起来。我不敢跟李漓坦言，我有时候竟然嫌这是一件麻烦事，宁可自己潦草粗暴地解决，也不想全须全尾地走一套流程。后者带给我的享受，已经无法平衡我为此付出的焦虑情绪。我不知道其他家庭是否如此。但可以肯定的一点是，我身边许多同事和同学有偷吃的习惯，每每聚会，大家的话题除了金融和军事，就是女性，或者可以说女人和性。最让我感到惊讶的是，他们聊起这件事竟然毫不避讳，甚至交流心得，互通有无，自然而然，驾轻就熟。开始我频频惊讶，某某某看起来可不像那种人，某某某不可能做出这种事，可是某某某的心思从来不会像橱窗里的礼服一样摆在明面上，即使有那么一个透明的柜子，我们看到的真相仍然经过折射和伪装。李漓讽刺过我冷淡和迟钝，或许吧，相比那件事，我有更需要专注精力的领域——我的诗歌。这不能不说在某种意义上因祸得福。

关于身体健康，我最近也颇有体会。我倒不至于迷恋到养生的地步，没有泡枸杞的保温杯，更没有依赖保健品，我开始刻意锻炼，能骑车绝不开车，能走路绝不骑车，偶尔还会在学校的操场上跟那些年轻人一起跑两圈，或者健步走。我们对身体的爱护就跟对父母的感情一样，都习惯了他们的存在和付出，以至当他们索取时，我们往往手足无措。我们应该不断地去反馈和修正这份爱。

李漓说："我雇了一个私教，那身材，简直了。快，大诗人，给我来个关于无与伦比的美丽的形容，要'北方有佳人，绝世而独立。一顾倾人城，再顾倾人国'那种。"

我说："拉倒吧，少拿我跟李延年对比。"

李漓说："人家延年怎么了？那可是西汉著名的音乐家。"

我说："别以为我不知道他受过腐刑，在宫中负责养狗。"

李漓说:"养狗怎么了?狗是人类的好朋友。孙悟空当年还是弼马温呢。但凡大人物,谁没点儿黑历史?"

李漓正说着,突然滑到桌子底下,又伸出一双潜望镜似的手,把他的餐盘撤下。我正在纳闷,一个女孩从我身后走到对面。她看上去非常眼熟,我却一时想不起在哪儿见过。她穿着白衬衫、黑包裙、肉色丝袜、红色高跟鞋,但面相稚嫩,似在强行驾驭这身职业装,有一种催熟的既视感。她手里提着一个塑料袋,不知是何物。

她说:"'外星哥',您好。我叫欧阳妤,您叫我欧阳就行。"

我说:"有事吗?"我以为是学生找我要签名。好像已很久没人叫我"外星哥"了。

欧阳说:"我是电视台的编导,上次录节目,我去接您,结果迟到,跟李漓吵起来的那个姑娘。"

我想起来了,这一身职业装,与她当初的清爽样子相去甚远,我完全没把她跟那个女孩联系在一起。我说:"找我有事吗?"

欧阳说:"我想问一下您见到李漓没有?我给他打电话他不接,发微信他也不回。"不用说,我已经脑补了一集疯狂追求、甜蜜相处和残忍放弃的剧情,这对李漓来说是家常便饭。他唯一还算有良心的地方就在于,他会事先跟女孩坦白立场,那些抱有天长地久的幻想的女孩可以直接退出,别蹚这浑水。李漓说他住到我的公寓里面躲情债,那么毫无疑问,她就是债权人。平心而论,这个女孩面容相当姣好,不知道为什么会瞎了眼看上李漓。我总是怀疑他使用了某种勾魂摄魄的巫术,才会让这些如花似玉的女孩被蒙蔽心智。

我的裤腿被李漓拽了一下,我说:"我最近也没有看见他,他现在已经不在学校任职了。"

欧阳问:"那你知道他什么时候回来吗?"

我说:"这个没准儿。"

欧阳又问:"那你知道他去哪儿了吗?"

我说:"怎么,你还打算去找他?"

欧阳妤没说话,但是我觉得她做得出来这种事,只要给她一个地址,她定会不顾一切地翻山越岭。过了一会儿,她把塑料袋摆在餐桌上,说:"李漓之前跟我抱怨你们学校的伙食,我就给他烧了排骨。我之前也不会做饭,都是对照视频现学现做,正好您帮我尝尝味道,哪里不足尽管跟我说,下次我再给李漓做,就能拿捏好分寸。"

欧阳妤离开之后,李漓从桌子下面爬出来,恬不知耻地去抓排骨吃,被我用筷子打退。

我说:"你怎么骗人家女孩子?"

李漓答非所问:"你现在知道我的痛苦了吧,还羡慕我吗?"

我说:"我真想为民除害,骗了你。"

李漓说:"删我的微信啊?"

我右手握拳,重重地往餐桌上一捶,说:"换个文明点儿的用语,我代表生活锤[1]了你。"我的手机响了,是骆秋阳打来的电话。我比了一个噤声的手势,让李漓安静。他无声地张牙舞爪了一番。我接通电话——我以为一夜时间抚平了我们之间的罅隙与褶皱,问她有什么事?

她那天晚上其实想跟我聊一件事,培训机构遇到问题了,以后可能办不下去了,那是她多年的心血。"我特别难受,甚至——可我

---

[1] "生活就是个缓慢受锤的过程"出自王小波的《黄金时代》。

不知道怎么跟你开口,因为我知道一旦我说出来,你的第一反应不是安慰,而是指责。关于离婚,我这两天一直在想这件事,也许你说得对,我们应该分开一段时间,或者彻底分开。我想好了,孙旭,我们离婚吧。"

不容我说什么,她挂断了电话。

李漓笑着问我:"是不是又闹矛盾了?这次没有换位思考?我都说了,最要紧的是空间。"

我指着他的鼻子骂道:"去你大爷的!"

李漓说:"你疯了?"

我说:"骆秋阳要跟我离婚。"

李漓还是嬉皮笑脸地说:"恭喜你啊,早离早超生。"

我站起来指着他的鼻子说:"你从来没有认真地爱过一个人,不会懂这种撕心裂肺的感觉。都是你,一直在我耳边鼓吹。我早就应该跟你划清界限,我们根本不是一类人。"

李漓也站起来,说:"关我什么事?是你自己的问题。你除了推卸责任,还会什么呀?"李漓撂下这句话,踏着响亮的脚步声离开食堂。欧阳妤没走,正好在门口堵了个正着,追上去拦住李漓。

李漓说:"我错了行不行?您高抬贵手饶了我吧。"

欧阳说:"排骨好吃吗?"

李漓说:"两个神经病。"

我坐在餐椅上,心里五味杂陈。我咬咬牙,想把餐桌掀翻,却发现桌腿被固定在地板上。我太没用了,骆秋阳可以抛弃我,李漓可以打击我,连一张桌子都能明目张胆地嘲笑我。我颓然地坐着,再次想到自杀。这时的自杀不是求道,而是单纯寻死。这时,严丽坐到我对面,跟我说:"你现在是不是觉得人生最痛苦的事情莫过于此?"不等我回应,她自顾自地给出了"标准"答案,"并不是。人生最痛苦的事情永远潜藏在未来,已经经历过和正在经历的痛苦都无法与之相提并论。"

我说:"你这是安慰我吗?"

严丽说:"我只是实话实说。"

骆秋阳带儿子回了娘家。这不是她第一次出走,我的印象中,结婚十几年,这种情况一共发生过三次。老人们谈到这件事,最常说的一句话就是"哪有两口子不吵架的,不吵架就不是两口子了"。没有明文规定,为什么要这么做,但这是人们普遍达成的共识。天各一方的恋爱,往往难以维系,朝夕相处的婚姻,充满各种毛刺。婚姻就像做菜,火候很重要,火候不够容易夹生,如果是炒豆角,夹生还会导致食物中毒;火候大了,容易煳锅。虽然我们都知道火候重要,但很少有人会真正注意,或者说,就算注意了,也掌握不了。

我一个人在家里待了两天(严丽可以无视),感觉就像住宾馆。

房间阒然无声,世界沉睡。

去死吧,自由!

F

老枭对常征的激将法奏效了,如今常征每天都带着人四处探测,几周内,行踪就遍布大半个中国:繁华都市、荒凉戈壁、一望无际的草原与沙漠、深海浅滩、河流湖泊。老枭反而闲暇下来,每天逗猫度日,他唯一能做的就是跟进严丽的盯梢任务。老枭冥冥之中觉得,外星人一定在憋大招。老枭实在闲得生锈,就跟靳东伟请示,去跟常征会合,助其一臂之力。老枭来到常征给的地址才发现他们于前一天已经撤离。老枭心想,这或许是常征给自己的下马威,但第二天会面之后,老枭扭转了这个偏见。常征才没有多余的心思浪费在人际交往上,他跟老枭一样,都是一只工蚁,蚁后指哪儿打哪儿。

老枭最终在一艘舰船上见到常征。常征比分开时黑了许多,瘦了不少,眼窝深陷,一看就是少觉,饮食不规律,以前头发是银灰色的,现在全白了。

"为什么跑这么远?"

"我们在追赶'穹顶'闭合的边缘。"常征见老枭一脸疑惑的样子,随即解释道,"这是专家给包裹地球那层幽灵气泡起的名字。"

"我看了你发给靳东伟的报告,知道'穹顶',我是问为什么跑到这里观测?"

"'穹顶'正在闭合。"常征说,"各国研究小组共享信息之后,我们发现'穹顶'从两极发轫,逐渐向低纬度区域扩散。"常征伸出两只手,微微内扣,举到与胸平齐的位置,保持一肩之宽,"假设我左手是南极,右手是北极,"他的双手慢慢靠近,在快要触到的时刻停止,"南北两半球闭合速率不同,北半球到北纬20度左右,南半球到南纬11度。"

老枭上船后就发现船头放着探照灯,跟普通的探照灯不同,筒身垂直,有三个人正围着探照灯操作和统计。常征告诉老枭,这就是他们追踪"穹顶"边界的设备,从中可以射出一道高强度的激光光束,可以有效避免大气衰减光束的困扰。

老枭思考了一番:"不对啊?"

"怎么不对?"

"你们把激光打到天上,如果没有'穹顶',激光会穿过去,如果有'穹顶',激光也能透入,是你说的,'穹顶'不能隔绝信息和光。所以,不管有还是没有'穹顶',你们得到的结果应该都是相同的。难道气泡表面可以反射光?"

"气泡只是我们通俗的叫法,而且不可能反射光。"常征耐心地解释道,"'穹顶'之外,我们还有许多之前发射出去的探测器,探测器镜面可以反射光。"

"我们头顶正上方就有一个探测器?"

"对。"常征说,"调动这样的资源在以往根本不敢想象。"

老枭总算明白了常征为什么要跑这么远:"我们现在能做什么?"

"我已经算出'穹顶'闭合的速度,连夜写好了方案,我建议各国集中力量和资源,打造一艘诺亚方舟,尽可能地让更多的人在'穹顶'完全闭合之前逃逸出去。这样,至少还能保留文明的火种。"常征苦笑一下说,"打不过,我们还跑不过吗?死磕,只会磕死。"

"已经发送给一号了吗?"

"昨天转移的时候在车上写成,我还没来得及查错。"

"我能先看看吗?"

常征看了老枭一眼,似乎有些犹豫,大概是没想到老枭会对他的汇报感兴趣。

"靳东伟行伍出身,知识水平不比我高多少,如果我能看懂,他也一定能看懂,如果我看不懂,那么你需要调整语言再行提交。"

常征拿出笔记本,交给老枭。后者看也没看,直接将其扔进海中,就这还不放心,甚至掏出手枪把漂浮在水面上的电脑打得稀烂。

"你疯了?"常征喊道。

"我就说你们这些知识分子指望不上,不仅指望不上,还总是扯后腿。你动脑子想想,如果上层通过了这个方案,地球一定会乱成一团。我不确定能不能如期造好飞船送出'火种',但一定会引起火并。"

"你根本不懂。与文明的延续相比,死一些人无关紧要。"

"谁说会死人?"

"不是你跟靳东伟将军一直对外星文明持敌对态度吗?"

"没错,但我们的目标是外星人,而不是自己人。"

"以我们目前的科技水平跟外星人对抗,无异于以卵击石,不,还要差很多数量级。我们可能还没登陆战场,就已被敌人兵不血刃地消灭殆尽。相比全军覆没,留下一小拨人,哪怕一小拨生力军不好吗?"

"打仗用的是脑子,不是武器。"老枭说,"你的确很有脑子,在科研方面,但是对战场,你一无所知。往轻了说,你这是好心办坏事；往重了说，就是涣散军心。"

出乎老枭预料，常征没有跟他据理力争，而是蹲在甲板上，拍了拍旁边的位置，招呼老枭。老枭不知道他葫芦里卖的什么药，虽然自己刚才那一系列动作和观点非常果断，但内心难免有一丝愧疚。老枭坐下来。常征问他："我们认识多久了？"

"两个月。"

"我怎么感觉超过二十年了？你把我看得很透。"

"而你恨透了我。"

"不，不。"常征连忙否认，"我一点儿都不恨你，因为明白，你对我做的一切，出发点都不是个人恩怨。我一直以为我就是一台精密的仪器，度量漫长又短暂的人生。遇见你之后，我甘拜下风，不管我怎么客观冷静，都无法抑制骨子里对真理的追求。正如你所说，这种过分的追求往往让人扭曲。你不一样，你虽然看上去神经大条，但知道自己在做什么。雾城那次，你疯疯癫癫地跑到湖心探测，拿到第一手资料。我不觉得你不怕牺牲，你只是每次执行任务都带着牺牲的觉悟。你才是那台精确运转的机器。我知道靳东伟将军为什么让你参与'排雷'计划了，在这个位置上，没有比你更适合的人选。"

"我脑子笨，你就明说吧。夸我，还是损我？"

"我从来不做这种感情色彩的评价，只是描述客观的感受。"

"雾城那次，我在湖中救回一只黑猫，这你知道吧？"老枭说，"我也不完全是机器，也有脆弱和敏感的一面。"

"不，不。"常征说，"这恰恰说明你知道自己想要什么。你可以不顾危险和世俗偏见长驱直入，勇往直前。我相信你这么做一定有非常明确的动因。这是我对你的剖析。"

"想知道吗？"

"愿闻其详。"

"我没跟任何人提起过。"老枭告诉常征，他是第一个听众。在许多人看来，老枭是那种大义灭亲、六亲不认的人，眼里只有犯罪和罪犯，根本容不得一丝怜悯之心。其实不对，老枭对正义没有那么大诉求，看重的是正确。老枭有一套自己的标准和守则，符合这套标准和守则的人和事即正确，相悖为错误。只要在他这里正确了，即使十恶不赦的人他也会放其一马。可惜的是，那些正确的人都契合普适的正义，所以看起来他好像在匡扶正义。很多人无法容忍老枭的正确标准，包括他的同事，上司也拿他没辙，比起那些在逃的犯罪分子，他们更加痛恨老枭。唯一跟他合拍的人就是妻子。

"你真幸运。"

"我曾经也这么认为，世界上唯一一个懂我的人让我逮着了。"老枭望着起伏的海面，轻轻叹了一口气，用平静得就像诉说一起舶来的交通事故的口吻继续说道，"她被人残忍地杀害了。相信我，情况比你现在想象的更加残忍。"

"凶手被抓住了吗？"

"没有。"老枭说，"这件案子做得非常漂亮和干净，只留下旁枝末节的线索。专案组成立的时候，没有让我加入，他们担心我会意气用事。"

"他们不懂你，即使是你的妻子被害，你也会当成一个普通的遇害者吧？"

老枭看了常征一眼，拍拍他的肩膀，那一瞬间，突然感同身受到常征所谓的二十年，一个眼神对上，什么都有了。过了一会儿，老枭才缓缓开口:"我也有糊涂的时候,哈哈。那天在雾城,我看见那只黑猫,脑子里全是死去的妻子。我觉得这只猫是她的化身,她回来找我了,所以才会奋不顾身地跳入湖中。如果我是台机器,这么做就是短路了。"

"也许你妻子只是个幌子,这只是你预设的心理安慰,是为可能的死亡推卸责任。归根结底,你的生命里只有案子。你就是为此而生。"两个人默默注视片刻,同时爆发出笑声,"你看透了我,我也洞穿了你。我们分析他人的时候往往理性,面对自己时却陷入旋涡之中。"

"旁观者清,当局者迷嘛。"

"接下来,你准备怎么做?"

"还不知道,先回去跟靳东伟复命。"老枭说,"也许是我们把事情想得复杂,或者什么迷惑了我们,一个二百五十万光年的地外文明,大老远地跑到地球旅游?这不是二百五吗?我反正不信。我们一定忽略了什么明显而重要的证据。一旦找到蛛丝马迹,外星人的动机就会呼之欲出。你跟我一起走吗?"

"在这里我更能发挥余热。"

"我能问你最后一个问题吗?"老枭站起来走了两步又折回。

"请便。"

"如果外星文明能带领你见证你所追求的真理,你会不会倒戈?"

"你心里其实有答案,对吧?"常征笑着说,"我会毫不犹豫。"

老枭也笑了。在这处陌生的海域,两个加起来超过一百岁的男人笑得像两个男孩。他们爽朗的笑声就像海面上不断翻起的白色浪花。

船上有几个当地渔民,他们打捞上一些老枭从未见过的鱼,制成味道鲜美的鱼火锅。老枭问当地人,这是什么鱼?那人说,就是鱼嘛。老枭再问具体是什么鱼，那人说，海鱼嘛。老枭便和常征笑起来。笑声很快就被电话声截断，电话来自靳东伟，事态有了新的变化，他命令他和常征立刻与之会合。

"看来你得跟我结伴而行了。"他们一路没有休息和耽搁，先是乘船，再上陆路，换了两次飞机，终于在次日凌晨与靳东伟见面。地点不再是墨城这座伪三线城市，而是祖国的心脏。踏上这片土地，老枭情不自禁地庄重起来，内心一个声音开始立正。

与会场面比酒泉那次更加宏大，出现了一些他常在《新闻联播》里才能见到的面孔，也出现了一些其他肤色的人种，显然，这是一场国际会晤。如果把这场没有硝烟的战争比作龙卷风，他现在无疑进入了暴风眼。各国依次汇报最新进展，进一步精确"穹顶"的开口纬度，以及与七个希梅内斯的交流成果，这些都是过场，真正的重头戏是美国军方宣布的一则消息。汇报人首先熄了灯，让在场人员观看幻灯片，那是一组飞船的高清天体照片，上面用英文写着"Jupiter"。老枭小声咨询常征，后者告诉他这是木星。图片一张一张播放，木星的主色调是白色，上面缠绕着灰色的彩带，也有一些色彩艳丽的大红斑。老枭小声说道："真美啊。"这其实并非发自内心的话，多少有些装和讨好的成分，他知道这些科学家喜欢如此赞叹自己的研究内容，比如数学家会说欧拉公式美丽，物理学家会说质能方程美丽，天文学家则对各种天文现象称赞不已。

常征听了这话，却不以为然："木星表面有很多大红斑，虽然看上去很美，事实上这些红斑是上升中的气流，在这些大红斑中的核心部位有许多小颗粒，它们组成几百公里的核，周围逆时针运转的旋涡维持它，能维持长达几百年，比一个人的正常寿命还要长，一旦进入其中，生命体瞬间就会被摧毁成渣渣，不，渣也不剩。"

这组照片的最后，木星中心出现了一个黑点。不知为何，老枭觉得这张图非常瘆人，那个黑点就像一只眼睛，他们望向木星的时候，木星也看着他们。那句话怎么说来着？当你凝视深渊，深渊也在回望你。

"我们都知道，木星是太阳系八大行星中体积最大、自转速度最快的行星，质量是太阳系中其他七大行星的质量总和的二点五倍。"汇报人侃侃而谈，"一直以来，我们都在密切关注这颗气态行星，去年我们发射了一台小型发射器，对木星拍照。大家刚才看到的是最近传回的一组照片。不用我多说，大家都看见了，木星上出现了一个黑斑。"

"这不足为奇吧。"有人反驳道，"哈勃望远镜就曾拍摄到一张木星照片，在照片上，同样可以清楚地看到一个漆黑的斑点，那是木卫三投射在木星表面的阴影。"

"愚昧。"常征毫不客气地指出，"木卫三在木星表面的投影不会出现在中心位置，而且，这黑斑看上去也不是阴影。"

"没错。"汇报人看了常征一眼，既是肯定，也是感谢，"这不是阴影。我们尝试着靠近这个黑点，但是发射器被吸入其中。大家看，这是我们接收到的最后一张照片。"老枭朝众人望去，说是照片，那图片其实漆黑一片。"你们没有看错，就是黑幕，这说明，当发射器被吸入黑点后，信息无法传递。据此，我们推测黑点可能是黑洞。"

"不可能。"常征又唱了反调，"木星中心要是有天然黑洞，整个星系都会被吞噬。"

"有可能。"汇报人说，"我们进行了数字模拟，因为木星是气态行星，只要设计好黑洞参数，就能维系稳定，黑洞的潮汐力与因木星自身旋转而产生的向心力相等。不过，显而易见的是，我们目前可没有人工种植黑洞的技术,但这个黑洞也不可能是'野生'的,只剩下一种可能。不用我再明示了吧?"

"外星人?"老枭脱口而出。

汇报人注意到他,打了一个响指,"正确。一直以来,我们都在猜测外星文明的目的,现在基本上可以做出以下推测:阿尔戈号只是前哨,它们发现地球文明,用'穹顶'标注也好,封闭也好,之后通知母星,召集后续大部队。巴耶星距离地球超过二百五十万光年,木星的黑洞就是星际之门。关于这一点,各个联盟国的突击小组已经达成一致。"

没错。老枭也认同这个猜测,如此一来,除却希梅内斯与地球上的语言学家、诗人、大学老师和嘻哈歌手的接触,其他现象都变得合理,只能是这样。老枭想起靳东伟跟他说过的人择理论,他们首先确定外星文明不安好心的事实,再反过来推演出外星文明的行为背后的动机,两者一旦契合,就是板上钉钉的事。他想他知道接下来要做什么。我们必须先下手为强,巴耶人援军一到,地球文明就只有遭殃的份儿。

"下面开始会议的第二个主题讨论。"汇报人说,"我们正式打响对地外文明的战争,请大家集思广益,献计献策,不用考虑任何法律或者道德制约,只要能对它们形成有效打击,我们来者不拒。"

会后,靳东伟等人又召开了一个小会消化内容,理解精神。他有些兴奋,老枭特别能理解他的心情,自己的付出终于得到上层乃至全球的肯定,难免会膨胀。

靳东伟大手一挥:"我宣布,'排雷'计划正式进入下一阶段,发起进攻。"

第四章
与希梅内斯吉别

++++++++++++++++++++++++

地球毁灭在即……

十五

我每天晚上回到家直奔书房，蚂蚁世界已经灭绝，我无心创世，书桌上的读物也已许久没有被翻开。我常常把书从书架上抽下来在书桌上摆上满满当当的一排，但一年过去，两年过去，这排书并没有动过几本。于是，我把这些书都放回书架上，只留正在读的那本，看完一本之后，再换另外一本。眼下，这本《马桥词典》已经在我的书桌上做客两个月了，这已经不是做客，成了定居。我翻开书，并没有心思读，索性直接翻到最后。这不是一本彻头彻尾的小说，没有勾引着读者的结尾。我两眼便看完了，没什么特别感触，又翻到后记，里面第一句话就是"人是有语言能力的生物，但人说话其实很难"。

这句话说得有些模棱两可，我继续向下看。

"一九八八年我移居中国的南方之南，最南端的海南岛。我不会说海南话，而且觉得这种话很难学。有一天，我与朋友到菜市场买菜，见到不知名的鱼，便向本地的卖主打听。他说这是鱼。我说我知道是鱼，请问是什么鱼？他瞪大眼睛说，'海鱼嘛。'我笑了，我说我知道是海鱼，请问是'什、么、海、鱼'。对方将眼睛瞪得更大了，显得有些不耐烦。'大鱼嘛。'我和朋友事后想起这一段对话,忍不住大笑。

"海南人有全国最大的海域,有数不尽的渔村、历史悠久的渔业。我后来才知道,他们关于鱼的词汇量应该说是最大的。真正的渔民,对几百种鱼和鱼的每个部位以及鱼的各种状态,都有特定的语词,都有细致、准确的表达和描述方式,足可以编出一本厚厚的词典。但这些绝大部分无法进入普通话。即使是《康熙词典》,也离这座海岛太遥远,把这里大量深切而丰富的感受排除在视野之外,排除在学士们所制的笔砚之外。当我同这里的人说起普通话时,当我迫使他们使用他们不太熟悉的语言时,他们就只可能用'海鱼'或'大鱼'来含糊回答。"

我被这两段描写吸引。证据确凿的现实比浮想联翩的理论更具说服力。按照生物界门纲目科属种进行划分,不同文明的语言为界,同一文明不同生物种类的语言为门,同一物种不同国家的语言为纲,同一国家不同民族的语言为目,同一民族不同地区的语言为属,同一地区不同口音的语言为种,这些远居海南岛的渔民所操持的语言就是特殊而小众的一种,如果用他们的语言写出一篇诗歌,就连当地人恐怕也无法解读,更不用说"属"以上的范围。这让我陷入一种困境,关于诗歌跟语言的联系。我希望下次见面,能跟希梅内斯交流这个问题。以往都是希梅内斯单线联络我,我不知道怎么向他提出邀约。希梅内斯回到飞船上之后,严丽就开始对我进行监视,形影不离。我问她有没有办法跟希梅内斯取得联系,严丽答应帮忙问问,事后也说不行。

我等了一周左右,希梅内斯终于"下凡",神采奕奕地说:"我这次下来有两件事要跟你讲。第一，我有一个新发现。我在观看诺姆·乔姆斯基名为《语言有什么特别之处？》的演讲时，发现一件有趣的事情。你想知道吗？"

我有气无力地点了点头。

希梅内斯说："我扫描过《别对我说谎》，顺便研究了这套技巧。你看起来不高兴。"

我说："没事，我也正想找你。"

希梅内斯说："据我所知，这么说往往是'有事'。跟我谈谈吗想？"

我说："还是先谈谈乔姆斯基吧。"从事语言学的人对他都不会陌生，《纽约时报》把他评为人类历史上最重要的学者之一，这个名单之中还包括达尔文与伽利略，他是这个名单中唯一一位健在的学者。他关于语言学有许多著名的评述，比如"学习母语并不是一个儿童有意为之的事情，而是自然而然的过程"。比如"'学习母语'和'太阳升起'这两句话的科学价值是一样的，皆为零"。比如"语言学是生物学的一部分，只是适当地进行了抽象化"。我第一次见到希梅内斯就应该推荐它去找乔姆斯基。

希梅内斯说："与他无关。我全程观看了演讲视频，但我关注的并不是他的理论，而是站在他旁边的那位先生。

我说："你把我说晕了。他旁边的人是谁？"

希梅内斯说："很快你就会明白。他旁边站着一位先生，全程用手比画。"

我说："手语？"

希梅内斯说："是的。"

我说:"这有什么新鲜的吗?"

希梅内斯说:"对你们这事或许习以为常,但在我看来,这简直就是新大洲。"

我纠正它:"我们一般说新大陆。"

希梅内斯说:"我没有记错,那的确是美洲。"

我说:"但我们流行的说法是哥伦布发现新大陆。"我们总是在这些细枝末节的地方越走越远,在这次对话失控和恶化之前,我及时悬崖勒马,说:"乔姆斯基。"

希梅内斯补充道:"——身边的先生。这简直是不可思议的事情,就像群星离你远去,光谱上呈现的却是蓝移。"

我能理解你这个类比的惊讶程度。我有限的天文常识终于为地球文明扳回一局。这全都是拜我的《太阳·七部书》所赐,如果不是这首诗开篇涉及宇宙大爆炸的场景,我也不会查阅相关知识。

希梅内斯继续说:"这种语言表现方式简洁高效:第一,变化不多,与海量的语句和词汇相比,几个手势以及伴生的动作可以忽略不计,是为简洁;第二,说的语言传播速度是声速,手语的传播速度是光速,是为高效。我在想,手语还可以进一步简化,变成手势,只要将足够多的信息编码,使用者接受一定的训练,就可以通过某个手势进行交流。"

希梅内斯越说越兴奋。它说的手势其实已经存在,但是只适用于特定环境下的特定人群之间进行交流,比如部队就有各种代表"前进""安全""进攻""撤退"的手势。

他说:"看看你们的生理结构,你们拥有灵巧的双手和十指——刚刚到达地球轨道,开始研究你们的时候,我还觉得十指多余——可以完成复杂的手势。你难道还没看出来吗?"

我摇摇头,完全不能理解它对手语的兴趣。

希梅内斯提醒我:"文明发展到一定阶段语言就消失了。"

我突然会意它的想法,这简直是天方夜谭,任何一个稍有常识的人都会觉得这根本就是无稽之谈。

希梅内斯说:"我想我们想到一块儿了。"

我说:"不可能。"

希梅内斯说:"有可能。人类文明发展到一定阶段,语言也会消失,取而代之的将是手语。这是我目前看到的最为科学的发展趋势,而且,不产生噪声,五六个人同时'发言'也不会互相干扰。还有最重要的一点,视觉传播是光速,比声速要快得多。"

换作任何一个人,跟我宣传这样的言论,我一定会把他当成精神病,恐怕没有人会相信,手语会代替口语成为未来世界的主流。我说:"你的想法太天真、太片面,暂且不说许多手语无法代替的事情,比如唱歌,比如演讲,比如说相声。手语交流在日常生活中也颇为不便,比如开车的时候,比如在黑暗的环境下,比如远距离通信。你要相信历史的选择。如果手语更好,人类就不会进化出声带。"

希梅内斯说:"你说的这些情况都是眼前的弊端,我相信在发展过程中,这些问题会一一被攻克,也许手语也能唱出美妙的旋律。在我们巴耶星,这叫作终点守则,在地球上,叫作人择原理。地球发展成现在的样子完全是人类选择它成为的样子,等到那一天确切到来,你也会认为地球文明本应该就是那个样子。举个再简单不过的例子,在不同的历史时期,人们对地球的认识也不同,天圆地方盛行的时间远比地球是球体更长。巴耶星还有另外一条谚语:没有发生的事情注定会发生。"

我说:"我辩驳不过你,但你也别想说服我。"我无论如何不能为这个理论摇旗呐喊。想象一下吧,语言消失,未来人都用手语交流,夫妻吵架会是一种什么场景?疯狂打手势?我不禁哑然失笑,可是笑容还没收敛就转为惆怅。我想起骆秋阳。吵架时憋着的那口气散尽了,心里空落落的。我想跟她认错,想要回到我们从前的生活,趁事情还没恶劣到最严重那一步。可我又想,就算和好,也不可能和好如初,我们隔段时间还会再次面对这样的局面,不断地被恶意打劫,被逼着交出所有存储的感情,长痛不如短痛啊。来来回回是我,反反复复是我。而且,这已经是最严重的一步,走完这一步,解散家庭单元,就像拆开水分子的共价键,她变成一个决绝的氢分子,我变成单个惆怅的氧原子。希梅内斯没有读出我的心理活动,继续徜徉在那个让它激动的观点之中。

希梅内斯说:"你考虑有一点没有到。"

我毫不友好地指出:"应该是有一点没有考虑到。"

希梅内斯说:"你有一点没有考虑到。手势比语言所含的信息量更大,这符合语言是信息的载体的发展规律,拥有更好的载体选择,何乐而不为呢?"

我说:"因小失大,因噎废食懂吗?如果为了手语的流行和传播,需要调整社会规则甚至是社会结构,这就是因小失大和因噎废食。语言是附属品,是社会发展的选择和产物,不可能反过来作用于社会。这里的不可能不仅仅是理论上行不通,更是全方位否定。就像'冬雷震震,夏雨雪'一样,根本不可能。"

希梅内斯说:"调节气候并不是一件难事。Ⅰ类文明就可以做到,最简单的方法就是让彗星改道,使之在大气中蒸发,增加水蒸气,或者在大气中注入甲烷，制造温室效应——"

我打断它的话："除非你现在就让文明加速，让我亲眼看到这个现实发生，否则我死也不会认可你的观点。"

希梅内斯说："这只是其中一种可能，也许你们可以在未来发明出更好的方法，比如在大脑里植入一块芯片。这不是重点，重点是手语对信息传递的表现形式，实在太让人着迷。"

我说："到此为止。"

希梅内斯说："好。"

我说："不仅仅是这次会面，如果我们对诗歌已经没什么值得互动的话题，我们之间关于地外文明和人类文明的友好交流可以叫停。"这完全是一个心血来潮的决定。我说出口后就有些后悔，就像吵架时跟骆秋阳说的狠话。

希梅内斯波澜不惊地说："好。"

我以为它至少会挽留一下，虽然我们认识的时间不久，见面也只有寥寥可数的四次，我却觉得我们之间应该建立起了一种还算深厚的革命情感。看看我的用词吧，"觉得、应该、还算"，其实我自己心里清楚，我跟希梅内斯之间不可能存在所谓的友谊。它选择我只是为了进行调研，我则根本没有选择。

我说："你刚才说，还有一件事呢？"

希梅内斯说："你已经说了。这次见面的主要目的不是手语，这只是我一个不成熟的设想，但我愿意跟你分享，造成你的不快我非常抱歉。主要目的是跟你道别。我们要离开地球，返回巴耶星。我们已经离家太久，我想念故乡了。"

我说："可是你还没有搞清楚语言发展的规律啊？"

希梅内斯说:"我第一次见面就说过,这只是我个人研究的课题。对阿尔戈号,我也只是一个乘客。此次航行有更重要的目的。在巴耶星,诗人一样不受待见。"

我说:"不,不对。我记得你还说过,你们是无意间发现太阳系还拥有文明。如果你们到达太阳系之前,根本不知道地球文明的存在,那么你们的目的何在呢?难道说,你们的目的与地球无关?"

希梅内斯说:"到来之前无关,到来之后有关。我们发现人类文明,这是个惊喜,也是个麻烦。"

严丽突然插话:"你们的目的到底是什么?"

我吃了一惊,完全忘记了严丽的存在,然而她一直关注着我们的对话。

希梅内斯说:"抱歉非常,我被要求保密。"

严丽追问道:"与破坏航天发射是否有关?与近地轨道那层屏障是否有关?"

希梅内斯承认:"有关。"

严丽说:"谢谢你的坦诚。在你们看来,我们或许蒙昧,但我们不会束手就擒。"

希梅内斯说:"我们并没有要伤害你们的意思。"

严丽说:"你们直接那么做了。"

我不知道他们在说什么,感觉从两个个体之间的争论上升到了文明对抗的层面。不管发生什么,我已经把希梅内斯当成了朋友。我还没跟希梅内斯拍过照片,我掏出手机交给严丽,请求她帮我们合张影。

严丽帮我们拍完照,转而对希梅内斯说:"我能再去一次阿尔戈号吗？我想跟我父亲见一面。"

希梅内斯说："可以，不是问题。"

我说："没有问题。"很小声，并不指望希梅内斯听见，只是一时有点儿不舍。突如其来地见面，毫无预感地分别，人生不就是这样吗？一次又一次，逐渐羽翼丰满，逐渐凋零。我讨厌这样的情绪，我试着用四十岁的人的眼光去丈量，希望能够得到一些达观和豁然看法，可是并不能，也许是诗人的身份作祟，也许是自我暗示，我比一般人更加投入、认真、全面。我闭上眼睛，不愿目送希梅内斯离开，不愿看着双棱锥飞船变成一个光点，那么闪一下，就消失不见，彻底不见了。

就像我抓不住的婚姻。

G

靳东伟带领老枭等人如火如荼地投入战争的时候,严丽传来一则消息,给他们泼了一盆冷水,不只是一盆冷水,简直就是一座水库:巴耶人准备离开地球。

他们刚刚理清外星人的目的,阿尔戈号只是前哨,它们在木星上种植黑洞,为援军打开通道——如果这一切推论成立,它们为什么要在这个节骨眼上选择离开?这没有道理。如果它们来到地球,什么都没做,来了,走了,也说得过去,就当与人类文明建交,虽然它们选择的对象与传统认知有些出入,可是它们来了,又用幽灵气泡限制航天技术,又制造"穹顶"把地球包裹起来,又不怀好意地在木星种植黑洞,现在拍拍屁股走人,谁能接受?

"有没有这种可能?"常征恢复最初的冷静,"我们仍然假设外星文明来地球是对我们进行殖民,不,殖民似乎不准确,应该是毁灭,它们想毁灭我们。阿尔戈号也不是前哨,而是所有人马,我们不能从数量上做判断,人类一脚也能毁灭一个蚂蚁帝国。它们或许已经完成了对我们的打击,只是我们还没有发现端倪。我还是那句话,技术是第一生产力。"

"你的意思是我们死都不知道是怎么死的吗?"老枭苦笑道。

"我们应该坚定已经确立的方针，不能随便动摇。"靳东伟说，"我们安排严丽接近孙旭和希梅内斯-V，为了掌握他们的行踪和谈话内容，外星人没有拒绝我们的请求，当然也可以利用严丽向我们传递错误的信息，干扰视听。兵不厌诈。"

"我突然有一个想法。"老枭击掌道，"不管什么阴谋，我们都可以将计就计。它们不是准备离开吗，这么大老远地来到地球，我们怎么好意思让人家空手而归？"

"你的意思是，送它们一些礼物？"靳东伟望着老枭说。

"你们还记得墨城师范的学生们曾经对希梅内斯发起攻击吗？我们可以送给希梅内斯一些大当量的武器，让它们也感受一下地球文明的热情。"

"这恐怕不现实。"常征说，"我们的炮弹还输送不到这么远的射程去，虽然阿尔戈号位于赤道上空，没有受到'穹顶'庇护。而且，我认为它们既然能用一层纳米膜把个体保护起来，扩大到飞船表面也不是什么技术难题。这样野蛮的打击方式不但无法消灭巴耶人，还会把它们彻底激怒。"

"常征教授，您没有仔细听我的描述，我刚才说的可是送礼物。"老枭微笑着说。常征的神态却颇为疑惑，甚至带点儿苦恼。正如老枭所言，常征在某些方面脑子非常好使，在另一些方面却是死脑筋。不过这没什么值得大惊小怪的，人本来就是优点和缺点的合集。常征的缺点还在于他从不向人求解，老枭见他一个人蹲在那里，眉头紧皱，心里有些不是滋味。"我提醒一句吧。"老枭悲恸地跟他挑明，"坚固的堡垒往往从内部被攻破。"

十六

暑假来了。

我终于跟骆秋阳见面。其间我联系过她几次，打过电话，也登过门，双方父母知道我们闹离婚，也都纷纷劝和。骆秋阳却铁了心。暑假是补习班最忙的时候，她又是教学又是管理，还要准备开新店，忙得不可开交。我也去补习班找过骆秋阳。她正在教幼小衔接班的拼音：jiě，jiě jie……原本人声鼎沸的补习班如今门可罗雀，只剩骆秋阳一个老师。公司的门关着，灯也关着，好像在做见不得人的事。事实上，她做的事情真的见不得人。她早就开始管理公司，不负责具体授课。因为政策变动，培训机构遭到重创，电梯里的培训机构铺天盖地的广告也不见了。

Jiě 姐
Jiě jie 姐姐
Jiě jie qù 姐姐去
Jiě jie qù lā 姐姐去拉
Jiě jie qù lā sà 姐姐去拉萨

我在脑中构造出以上图形，想起非线性的诗歌，突然感觉好远，时间和距离都遥不可及。

我一直觉得自己没有问题，还很委屈，理应获得更好的对待与回报，其实，这就是我的问题。我记得有一次吵架，那是个周末，我想露一手，从早上九点一直弄到中午一点，终于把饭菜摆上餐桌，然而味道不敢恭维。从我的角度出发，我忙活了一上午，虽然失败，但是值得鼓励。骆秋阳却说，那是我自找的。当时我还暗暗告诫自己，以后再也不下厨，多做多错，少做少错，不做不错。现在回想起来，我只是在单方面地付出和自我感动，没有给到她想要的东西，比如旅游，我从没心甘情愿地出去玩过一次，上大学那会儿她就说过想去拉萨，我也从未答应过陪她。难道，她不委屈，没有牺牲吗？我本来想跟她谈谈，却灰溜溜地逃走了。

我觉得这是最浑蛋的一件事，结婚和离婚都在民政局，我和骆秋阳阴沉着脸，在一群年轻、欢乐的即将成为新婚夫妇的男女之间，就像两个超龄插班生。十几年前，我们也跟他们一样，朝气蓬勃，以为这是我们的婚姻的开始，以为婚姻只能以其中一方的去世而被迫歇业，否则我们一定可以把"白头偕老"这四个字演绎得淋漓尽致。我当时那么坚决，以为我们可以走到世界尽头，世界还是那个世界，尽头却像路障一样横亘在我们的婚姻之路上。我真想冲到那些男女面前，告诉他们，别得意得太早，早晚也会有这一天。

该准备的东西，结婚证、身份证、户口本、离婚协议书、彩色免冠二寸单人照片两张。当初结婚，照片是两个人的合影。骆秋阳觉得太普通，还专门找我们拍婚纱照的影楼拍了一组个性的结婚照。当时我们为这件事有多投入，现在回想起来就有多痛心。我们怎么会走到今天这一步的？我们俩谁也没有出轨，没有犯下所谓原则性的错误，对待家庭不能说百分之百地付出，但大头都扑在这上面，时间、精力、金钱，尽可能地消耗在这上面。我爱我的儿子，爱他调皮捣蛋被我发现时求饶的目光，爱他晚上睡觉踢开被子等待我们的关怀，爱他搂着我的脖子把自己挂在我身上；我爱我的妻子，爱她早上起床时惺忪的睡眼，爱她在电影院看到动人情节时握住我的手，爱她吃饭时喜欢咬筷子的臭毛病和因此泛起的两只小酒窝。任何事情都有惯性，这或许就是爱的惯性。但现实的阻力太大，慢慢就会叫停这项运动。世界上根本就不会出现绝对光滑的地面，没有永恒的匀速运动，一切运动都会停下。

在法律上，离婚需要走完以下步骤：

1. 双方提出离婚书面申请，出示证件——这没问题，我们早就查询清楚，一步到位。2. 双方对家庭财产处理，子女抚养，父母赡养，债权、债务等问题达成书面协议——我们都商量好了，儿子归她，房子归她，我净身出户，回到学校公寓。我大言不惭地跟骆秋阳保证，我计划在那里了却下半生，同时也不再渴望下半身的活动。我信誓旦旦地承诺，离婚之后，我不会再婚，连女朋友也不会交。我以为这么做对她是安慰，她却冷冷地回复，我做什么、不做什么都与她无关。3. 填写《申请离婚登记声明书》《离婚协议书》。4. 填写离婚登记申请书和结婚登记证处理表，登记机关审查——估计是担心我们为了购房资格与贷款假离婚，我真不理解，那些人到底怎么想的，婚姻在他们看来就是一个工具？5. 领取离婚证，功德圆满。我们走到步骤3的时候，我实在写不下去了。

工作人员一直打量着我："'外星哥'？真的是你啊，'外星哥'离婚了。"

我被这个称谓引爆,直接把笔扔掉,接着夺过骆秋阳手里的笔摔在地上,这还不算,再踩上两脚让它永世不得翻身。我无数次幻想过离婚,幻想那是一种天大的解脱,真的走到那一步,才发现一切都没那么简单。

骆秋阳说:"别闹了。你已经有这个心,就不可能回头。今天不离我们以后也要来。"

我说:"我替我们俩感到不值。"

骆秋阳说:"没什么值不值的,这不见得是坏事。过去几年,我们吵得太多,我累了;就算不累,也烦了;就算不烦,也腻了;就算不腻,也够了。"

骆秋阳出奇平静,一边跟办公人员道歉,一边缓缓地对我维稳。

我吼道:"从来都是你压我一头,就算你将姿态摆得再低,我也不会欺负你。你不是喜欢高消费吗?我现在有很多存款,你根本花不完的存款,我有一个亿,你想买什么东西咱就买什么,想吃什么东西吃什么,想开多少培训学校都行。"

骆秋阳愣愣地看着我,好像看一个陌生人,我自己也为刚才那番话感到羞耻与自责。我怎么是这样的人?我就是这样的人。

我说:"你舍得吗?我们大学认识,相处这么多年,你舍得吗?"

骆秋阳说:"我们今天来办事,不谈感情好吗?过去的事都过去了,多说无益。"

我还在咎由自取,说:"我们俩这么多年怎么算,算什么?"

骆秋阳说:"我们找个地方,好好算算吧。孙旭,我们在一起快二十年了,你始终没明白我要什么。你以为我要你的低声下气吗?大事小情都是我在操心,我太累了。"

我们从民政局出来,开着车在附近找饭店。节令上已经入秋,清爽、干燥。骆秋阳一到夏天,脚脖子就起疙瘩,学名有一长串字,叫什么什么疮,不管涂什么药膏都不管事,等到夏天过去,就会自动痊愈。疙瘩痒起来钻心,她恨不能把这块肉给抠下来。我没有体会过这种折磨,一直以来也没太放在心上,有时候还会拿她打镲,别人的皮肤都没事,怎么就你这么不幸?好像这跟她的人品有什么关系似的。今天,我突然觉得自己身上也痒了起来,使劲挠,挠破了,挠出血,方能善罢甘休。

我问:"想吃什么?"

骆秋阳说:"随便。"

我问:"炒菜还是火锅?"

骆秋阳说:"随便。"

我问:"烧烤行吗?"

骆秋阳说:"随便。"

我这次表现得非常强势,毫不顾忌地把车泊在路边。我一点儿也不担心,大大方方地跟骆秋阳去了一家烧烤店。我没要扎啤,点了一瓶板城和顺,希望能让我们冰凉的心回暖。骆秋阳也倒了一杯,她比我还能喝酒,我很早就在她面前甘拜下风。但今天我有点儿逞强,一瓶白酒倒了两杯,一口干掉半杯,她不拦我,也不跟风,轻轻抿了一口。

我问她:"你还记得咱俩第一次见面的情形吗?"

她说:"记得,在舞会上。"

我说:"第二食堂。我比你大两届,你上大一那年,我已经大三了。那次舞会我是陪舍友去的，他说你们那届新生质量普遍不错。我们去撞撞运气，然后我撞见了你。我还记得你跟她们不一样，你不在舞池里律动，就站在边上轻轻摇晃身子，好像里面是一群失心疯的野蛮人。"鹤立鸡群"这个成语大概就是在这种场合使用的，我一眼就被你吸引了。"我还记得那首名为 Miracle 的舞曲：

Boy meets girl（男孩与女孩相见）.

You were my dream, my world（你曾是我的梦，我的全部）.

But I was blind（但我却太盲目）.

You cheated on me from behind（你却欺骗我）.

骆秋阳说："我也记得一些事情，你对我表白的时候是个冬天的夜晚。你给我织了一双手套，捧着我的手对我说，'天凉了，让你的手戴着这双手套，让你穿上我的拥抱'。你那时候特别能转词。"

我说："我是个诗人哪。"

骆秋阳说："是啊，你给我写了很多情诗。"

提到诗歌，我突然晕头转向。我没觉得喝多少，怎么就唱高了？思绪开始飞扬，舌头变得打结，我把自杀的事情原原本本地告诉骆秋阳，如果不是希梅内斯，我现在只能出现在照片和她的回忆里。

我说："没想到吧，我还有这么勇敢和激情的一面。"

骆秋阳说："没想到。"

我说："我也没想到。没想到你当时能接受我。直到今天，这也是我认为我这前半生最成功的一件事。我记得我们第一次约会，我带你去了一座寺庙。"

骆秋阳说："是啊，我当时还想，怎么会选这种地方？"

我笑着说："免费啊。门口有导游，你想雇一个，被我按下，我说，我懂得比他们多多了。我就一路跟你讲解，卖弄文采，其实那些话都是瞎编的。"

骆秋阳说："可听上去真动听。"

我说："情人耳朵里出西施。我们同居了，我急不可耐地要了你的初夜，也给出我的第一次。那次感觉并不好，我太着急了，我们都对这件事生疏，弄了半天进不去，一进去就缴械投降。我还怕你笑话我，说我平时不这样。这谎话编得可真没水平。"

骆秋阳说："我那时根本不懂，还以为男人都这样。"

我说："那时我们多可爱呀。"

骆秋阳说："傻。"

我说："我们第一次吵架你还记得吗？就是在出租房里。"

骆秋阳说："永生难忘。知道吗？我还以为我们这辈子都会好好的，不会动手动嘴，动手也是牵手，动嘴也是亲嘴。"

我说："都怪我小气，你当时不过花三百块钱买了一件棉服。"

骆秋阳说："三百块钱是我们当时两个月的房租。"

我说："我就为这点儿事跟你大吵一架，你哭得那么凶，浑身都是眼泪。"

骆秋阳说："我当时以为我们完了，可事后心软，如果我们那时分手，现在会怎么样呢？"

我叹了一口气，与骆秋阳碰杯，各自吞下一口心事，但咽不下去。流畅的对话出现了一个短暂的空白。我说："泰戈尔说过，相信爱情，即使它给你带来悲哀也要相信爱情。你还相信爱情吗？"

骆秋阳说："我相信爱情，但不相信你了。"

我说："你为什么不相信我？我没有欺骗过你，好吧，我承认我欺骗过你，但都无关紧要，无伤大雅。感情上，我没有背叛过你，这么多年，我没有碰过第二个女人，同学聚会、同事聚餐，最后一个项目都是开诚布公地洗浴。我顶多就是找个女技师按摩，没有下一步动作。"

骆秋阳说："你是不想还是不敢呢？"

我有些心虚，但都这种时候了还藏着掖着也就没意思了，说："不敢行了吧。"

骆秋阳不以为然地说："离婚之后你就别有心理障碍了，潇洒一点儿，想玩就玩。"

我说："你错了，大错特错，我不敢不是因为怕你，怕你发现，怕你发现之后跟我闹，是不敢对不起你。"我有些失控，站起来说，"我还可以告诉你，曾经有一个女学生，叫冯雪，对我非常崇拜，我对她也有些动心，红颜知己那种。这可能就是文人墨客的臭毛病，喜欢动情，当成创作的借口，但我不敢爱她。我不敢也不是因为怕你，怕你知道，怕你知道之后生气，而是不敢伤你的心。我从来没有做过对不起你的事，那么那么爱你，你为什么非要跟我离婚？"

骆秋阳说："别激动。"

我说："我错了，我错了，我错了。"

骆秋阳说："成年人的世界没有对错，只有好恶。我不是不能容忍你有这个念头，只是厌倦了这种相处方式。我们看上去天天在一起，但又好像天各一方。我知道你也如此。我们都还年轻，至少不算老，夫妻一场，给彼此一个重新选择的机会吧。"

我说："重新选择，我还是会选择你。"

骆秋阳一口干完了杯中的白酒，说："等你清醒了，再来找我吧。"

她说"清醒",没说"酒醒"。如果婚姻是场战役,我已经被杀得片甲不留。我轰然坐下,忘了移动,忘了思考。眼前是烟雾缭绕的世界,我心里的世界也陷入朦胧状态,什么都看不见。骆秋阳从兜里掏出一个精致的药盒,里面装的竟然是黛力新。

我说:"你早就知道了?"

骆秋阳说:"知道什么?我想告诉你,我患抑郁症了,两年。"

我真想抽自己一个嘴巴。骆秋阳走了,我的婚姻生活戛然而止,我却没有自由的感觉,只想哭。我们两个都得了抑郁症,但谁也没有告诉彼此,这样的婚姻是应该叫停。我在烧烤店里坐了很久,服务员过来催了我三次。我出门来到车边,发现风挡玻璃上贴着一张罚单,一阵风吹来,黄色罚单像旗帜一样猎猎作响。大晚上还出警,交警真敬业啊!

我一直忍着,这张罚单成了最后一根稻草。

我坐在马路牙子上痛哭不止,像个与父母走散的孩子。

我不知道自己怎么回到学校公寓的,醒来时看见李漓,他一手正捏着鼻子、一手提着一只沉甸甸的黑色垃圾袋。李漓扔垃圾回来,先跑洗手间收拾一番,才回到卧室。我们俩还没有和好,但又仿佛从未争吵。真正的朋友可能会爆发矛盾,但是不需要道歉,我们早在心里原谅彼此,连原谅的过程都可直接跳过。

我说:"你把我弄回来的?"

李漓说:"骆秋阳不要你了,我要你。她给我打电话了。她可什么都跟我交代,你们这对模范夫妻怎么也叛变爱情了?我以为你当时跟我只是抱怨,没想到你们动真格的了。我早就跟你说过,这个世界上不存在两个人的自由。"

我说:"为什么一定要自由?我反而更喜欢家庭的约束和专政。我不会离婚。我们还有一个月冷静期。"

李漓说:"唉,不过都没用了。可能是你喝多了,希梅内斯尝试与你联络失败,转而找到我,让我通知你,很快就会来找你。"

我说:"我以为他早就走了。"

李漓说:"希梅内斯还说,地球毁灭在即……"

H

全面封锁的消息还是遭到泄露：我们将被约束在地球上，再也无法真正离开地表。人类文明也将因此止步不前。

一时之间，舆论哗然。

世人关于"穹顶"有两个截然相反的观点：一说保护，外星文明煞费苦心是为了保护地球这个摇篮文明，我们必须感恩戴德，庆幸遇见友好的外星文明；一说侵略，"穹顶"完全闭合之后就会收缩，届时整个地球将会被转移到仙女座的巴耶星，整个地球，所有人类，都是他们的战利品。基于第二种猜测，掀起一轮制造方舟热潮，他们想要驾驶这些飞船在"穹顶"闭合之前逃离束缚，来到外太空。

"简直就是胡闹！"常征对老枭说，"他们做那些玩意儿太急于求成，就算点火成功，也无法获得地球逃逸速度，就算冲入太空，也没有足够的燃料补给。这……这完全是胡来。"

"不是你说的吗？留个火种。"老枭笑道，"现在这火种成了蒲公英，满天都是，你不应该欣慰吗？"

"欣慰个球。"认识常征以来，老枭还是第一次听见他爆粗口，"我说的是求生，他们这是在找死。靳将军，我希望这个局面能够得到控制，请相关部门出面阻止。"

"恐怕不行,这种时候民情激愤,如果相关部门干预可能会适得其反,造成更大的恐慌和混乱局面。"

"那就眼看着他们送死吗?"

"人固有一死啊。"靳东伟说,"现在我们的重心应该放在对外星人的打击上,如果我们成功消灭了敌人,制造方舟的人们自然偃旗息鼓。"

"战略上的事情我不懂,也不参与。"常征摆了摆手。

"想参与,级别也不够啊。"老枭吐槽了一句,同时也是自嘲。

"你俩放心,我们这次的打击行动一定会取得成功。"靳东伟露出难得的笑容,"要对我们的国家有信心,要对我们的文明有期待。"

"严丽上次报告之后,一直没有与我联络,电话也打不通。"老枭说,"我正要跟您汇报,我想去找找她。"

"严丽同志已经被安排了其他任务。"

"什么任务?"

"你的级别不够啊。"靳东伟说。

别的不说,老枭察言观色的功夫绝对可以独步天下,靳东伟的表情隐藏了一些想说而不敢说的话。老枭下意识地觉得这不会是什么好消息,不去打探,装作无知,没消息就是好消息,可是没忍住:"我相信严丽一定能够圆满完成任务。她跟我这么多年,毫不客气地说,我比她更了解她。你们别看她不爱说话,其实内心活动十分丰富,有一次我们出任务,抓捕一个强奸犯。我开车,她坐副驾驶座上,一路上,她一会儿愁眉不展,一会儿喜笑颜开,我就问她,我说:'严丽啊,你想什么呢?'她说:'作为一个女人,我很想撕了他,但作为一个警察,我找不到比投监更泄愤的方法。'还有一次——"

"老鸮，别说了。"靳东伟叫停他。

"这件事我必须得说，关于严丽跟她父亲。她父亲也是刑警，曾经带过我，我沦落到今天这地步全都是被他所害。我就没见过他那样置生死于不顾的傻瓜，直到后来，我也变成傻瓜。我得报复他，就把他的女儿也变成了傻瓜。"

"老鸮！"靳东伟喝了一声，"工兵0203号，'光荣'了。"

"啊！"这是祈使句，不是反问句，就好像他一直在等待这个答案落地，"另一只靴子"，他知道，一直都知道，其实是他把严丽推到这一步，计划也是他提出的，说是他亲手杀了严丽也成立。他毫不怀疑，如果可以扭转战局，严丽也会放弃他。

"其实我们对外星文明的打击早就开始了。"

"从点火失败就开始了？"

"更早，从它们出现开始。人类是悲观的动物，也是懂得自我保护的动物。我们没办法看着它们出现在那里而无动于衷。"靳东伟踱了几步，"这不是你我能够左右的事情，生死存亡，任何人面对这样的压力都不会轻松。你们没在那个位置上，其实是一件幸运的事。"

"可是那时候我们并不能确定它们的目的？"常征问道。

"根本不需要目的。"靳东伟说，"如果我们对了，万事大吉；如果我们错了，错了就错了。这种事情，不能试错。"

"那我们做这些事有什么用？"常征有些激动，老鸮却陷入沉默之中。从这点上也可以佐证老鸮的确比常征人精，虽然后者比他年纪大，但经历的事情太少，一直活在物理的世界之中，殊不知，这是一个无理的世界，许多事情并不需要公式，不需要推导，不需要在特定的环境里才能发生。人生不是做实验。

靳东伟没有回答常征的问题。

常征挣了挣身子，蹲在地上，双手抱着脑袋，就这么矮下去，像一株被揠苗助长的麦子。

"我能问问严丽'光荣'的方式吗？如果可以，我想给她收尸。不瞒二位，她爸爸其实是我杀的。"老枭平静地说，就像在叙述晚饭吃炸酱面，炒半斤豆芽、切一根芹菜做菜码，剥两瓣蒜，喝半碗汤，"他是一个合格的刑警，但不是一个完人，没有人是完人，他吃了黑帮的回扣，原因我不知道，但我知道他有难言之隐。我发现了。我没想杀死他。不，在那一瞬间，在他开枪拒捕的瞬间，我必须将他击毙。我收了他的尸，没理由不管严丽。"

"没有尸体。"

"一些信物也行啊，弄个衣冠冢。"

"没有信物，什么都没有。"靳东伟说，"我们在她的身体里植入了可控核聚变的炸弹。"

这算什么，师夷长技以制夷吗？老枭想笑却笑不出，想哭又哭不动，洞察世事、人情练达的他以为自己早就锻炼出一颗无所畏惧的心脏，以为自从他拼凑出妻子的尸块，就没什么事能够伤害他分毫。老枭和严丽这些年什么危险没经历过？他们深入龙潭虎穴，舔过刀尖上的血，与呼啸而过的子弹擦肩而过，之前有一句话，把每一天当成最后一天来过，是鼓舞人们奋斗的警句，对他们来说却是真实的写照，把每一天当成最后一天来过，每次出任务都抱着牺牲的觉悟。可是他从未想过这一天会以这样的方式降临。虽然都是死，可方式不同，带来的观感各异。这已经无法用惨烈来形容，比惨烈更惨烈。那么大的当量，在一具纤弱的身体里爆发，什么都没有，什么都没有了。坚固的堡垒往往从内部被攻破。老枭走到门口,又折回来,伸出手指着靳东伟,最终什么也没说。他不能说。如果自己劈头盖脸地骂靳东伟一顿,只会让对方得逞,靳东伟就是想要这样的指责来平静内心,越是言辞激烈他越受用,不能成全他。老枭走到门外,看着七月的天空,云白得很好看,边缘裁剪得也有型,阳光明亮,是个难得的好天气。老枭在那里站了很久,感觉不到时间流逝,也不知靳东伟何时出现在他身边的,他余光瞥见,靳东伟抬头望天,敬了一个军礼。

在那里,就在肉眼望不见的高空中,一个灵魂安息了。

猫儿不知何时走到他身边,卧在他脚上小憩。老枭保持静止,不想打扰它的美梦,就让它一直沉睡吧。

十七

希梅内斯告诉李漓，地球毁灭在即。

不是"穹顶"，人们都搞错了，是另外的巨大的灾难。

李漓说："我觉得它说的是真的，但是听到这个消息我一点儿也不紧张，就是有些失落。你也别担心，虽然说在即，但距离真正完蛋还有一段时间，希梅内斯说了一个具体数字，我没记住。我没心思去抠细节。我估计消息一旦放出来，全球都会陷入恐慌之中。人们一定会滑向两个极端，要么麻木，要么疯狂。我肯定投入麻木阵营。我都想好了，明天就去图书馆，把所有跟明史有关的书都找来，到一个荒无人烟的地方，开垦一亩田地，搭上一间茅屋，日出而作，日落而息。你说得对，我们之前太疯狂了，但我要说，疯狂的是这个世界。"

我揶揄道："不带上几个女人吗？"

李漓说："明史比女人更解闷。你我兄弟一场，咱们俩交情深，但交往其实并不多，每个人都有自己的喜好营生。我看你是一缸清水，清澈见底，你看我是一锅米汤，搅和搅和才知道里面煮了什么。本来想跟你喝一场，看你刚醒酒，我就不凑热闹了。我们现在正式告个别。这或许是我们今生最后一次见面，这段时间把你折腾得够呛，对不住了兄弟。"

我说:"兄弟不就是互相折腾吗?"

李漓说:"得知这个消息,你脑海中第一个浮现的念头是什么,抓紧落实,别让余生被世界末日抹平。世界末日,听上去多么幼稚,甚至有些可爱的说法,过去几次以不同的形式试图闯入我们的生活,这次'狼'真的来了。我有点儿语无伦次了,没关系,想到什么说什么,这种时候,不能跟逻辑走,应该随情感逐流。你看我又矫情了,兄弟,其实对我们来说,活着就是一种幸运,没必要感慨。可这毕竟是世界末日啊。妈的,我在说什么?"

李漓带我去了一间酒吧,里面人声鼎沸,人们都疯狂地发泄着、纾解着,酒水免费。李漓说,这些人准备把地球上所有的酒都喝光。有人认出了我,围着我要敬酒,一起喊"外星哥",也有人上来揪住我的衣领,往我脸上招呼拳头。李漓带我跑出去,来到一条偏僻的小巷里,走了两步从天上掉落一样东西,视线有些昏昧,走近才发现是一摊血肉。有人自杀了。我捂着嘴,连连后退。李漓让我不要大惊小怪,从昨天晚上开始,自杀的人已经成千上万,这是他们的选择。覃波波也在家里自杀了,几亿的存款变成了一串毫无意义的数字。他那样的人很多,就像是由奢入俭难,一旦风光过,就无法接受落魄。

我说:"没有反抗吗?就这样束手就擒?"

李漓仔细打量着我,说:"反抗?哈哈,你见过蚂蚁反抗大象吗?"

我们回到学校,学生们已经走光,门卫也不知所终。到了员工楼,李漓还在叽里呱啦,我于半夜醒来,一直迷迷糊糊地听他讲到天明。

李漓告诉我,不管是接济派还是毁灭派全都销声匿迹了,外星人的目的你别猜,你猜来猜去也猜不明白。回过头来看,人们都觉得这是一场闹剧,一场全球人类参与的闹剧与狂欢,如今落幕了。想想这些，我突然释怀。

天亮之后，他躺在沙发上睡着，我下楼开车回家。风挡玻璃上的罚单还在招摇，昨天的一切事情并非梦境。我将罚单撕下来，握成一团，随手抛撒。一天之内，我接连遭受两个世界末日，被命运牢牢扼住咽喉，几近窒息。我已经没有什么可以失去。路上发生了不少车祸，我在电影里见到过类似的画面，《惊变28天》或者《世界大战》。

我来到家门口，掏出钥匙，想了想又放下，敲了敲门。

骆秋阳很快开门，也许她一夜未眠？她说："你回来啦。"

我说："嗯。"

恍惚间我们跟从前一样。

骆秋阳说："进来吧，家里来客人了。"

我愣了一下，没有人会这么早串门。我走到客厅里，便看见希梅内斯席地而坐，孙迦骆坐在它旁边，两个不同种族的生物在热切地交谈着什么。

孙迦骆缠着希梅内斯问："宇宙、生命及一切的终极答案是什么？"

希梅内斯说："我不知道。"

孙迦骆说："是 42[1] 吗？"

希梅内斯说："也许，大概，可能。我有些事情要谈跟你爸爸，你可以逃避一下吗？"

我介入对话："回避。"

骆秋阳带儿子回到了卧室。

希梅内斯说："你好朋友。"

---

1 《银河系漫游指南》中的哏。

我对希梅内斯说:"你跑我家里来堵我了。"

希梅内斯说:"读你?我没有读取到你的梦境,无法向你传递信号。"

我说:"李漓已经转达——世界末日(我把这四个字压低声音)。你们是玩真的吗?"

希梅内斯说:"不是我们,是你们。也是我们,但主要是你们。我来找你就是希望你能作为一个传声筒,跟人类解释清楚,这一切都是人类咎由自取,我们只负一些连带责任。请原谅我们的自私,这对我们文明的发展评估至关重要,毁灭一个智慧文明在宇宙可不是一件值得称赞的美事,我们不会受到制裁,但是会遭到谴责。所以,我有必要跟你澄清,并将你带走,作为一个——证据。证人?好吧,都无所谓了。"

我摊开双手,说:"我空白。"过去几次见面,它已经见过我使用这种姿势,但其中所包含的情绪有所不同。

希梅内斯说:"没关系,我会从头讲起,任何一个细节都不会错过。"

我说:"都不会落下。你的语言能力好像退化了。"

希梅内斯说:"第一,我有些不安。第二,你没有发现规律,我每次使用你们的语言都是一次重新学习的过程,开头犯错,后面顺畅。如果你能听懂,请不要指出个别用词的谬误。我接下来要说的话会非常庞大、庞杂,之类,以上。巴耶人从不说谎。这点请你切记和相信。但为了某些目的,我们会隐藏有效信息,这么做并非出于恶意,而是好心。这点也请你切记和相信。"

我点点头,一是提醒它可以继续,二是表示我相信它。

希梅内斯掏出重力球，一边演示，一边告诉我实情，它们无意间发现的地球文明。

希梅内斯说："我们经过多次星际跃迁，见识到了各种各样的文明。但我一直没有跟你谈起，在你们之前，我们见过最后一个文明来自半人马座，你们最近的邻居，距离太阳系最近的恒星。这个文明诞生于南门二，环境非常糟糕，因为南门二是三合星系统，即三颗恒星组成的聚星系统，这三颗恒星以引力互相维系，很多时候光度相差很大。"

重力球释放出三颗星球运行的全息影像。我突然意识到，这正是"三体"。过去几年，这个数学名词已经妇孺皆知。

希梅内斯接下来也提到了这本科幻小说，它查阅地球相关科学资料，发现人类还没有掌握三合星体系引力关系的计算。但是南门二人有一套自己的法则，可以精确预言三星位置关系的变化。它们在高温和酷寒的天气时蛰伏，在温暖的气候下复苏，文明的发展并非连续，这并没有影响他们成为一个Ⅱ类文明，但影响到文明的性格。它们非常保守，故步自封，问一句答一句，不问不答，没有任何废话。

全息影像出现了阿尔戈号飞船。

希梅内斯说："告别南门二，我们来到太阳系，阿尔戈号加速到0.9倍光速，我们进入休眠舱休养生息。我们的平均寿命是人类的六倍，但星际旅行是个漫长的行程，必须有足够的措施才能保证在有生之年尽可能地与更多文明交流。与文明交流，并不是所有文明的意愿，就像地球上，并不是所有国家都开放，一些文明也是如此，裹足不前，不出去，也不欢迎其他人进来。你们所谓的'穹顶'，就是我们在猎犬座发现的一个文明所使用的超级技术。"

画面中，阿戈尔号演变成了地球，外面还套着一层发光的薄膜。

希梅内斯说："光可以透过'穹顶'，所以刚开始我们并没有发现这层保护罩，我们进入其中，发现自己又回到外面，随机出现。这引起了我们的兴趣。过程有些烦琐，我直接跳过，结果就是我们最终进入'穹顶'，与它们取得联系。它们建立了璀璨的空中文明，它们生活的世界称为网格，在空中织就的一张大网，包裹住整个星球。一路走来，我们遇见了许多文明。除了语言的共性，文明还有一个普遍的特点，不恶。它或许冷漠，或许排斥，但都保有一颗不恶的心。说到这里，有件事我需要跟你坦白。阿尔戈号此次航行的目的并非为研究不同文明的语言发展规律，飞船有非常重要的科学任务，我只是有幸搭载阿尔戈号，顺便展开研究。"

我说："没关系，你不用对我道歉。"

希梅内斯说："谢谢。现在可以说我们的真实目的，我们来到太阳系，只是为了进行恒星跃迁，我们就是通过这种方法才能在有生之年遍寻宇宙文明。这是经过宇宙认可的交通方式。许多高级文明在使用，前提是确认该恒星系统没有生命。注意这一点，非常关键，这里的名词不像副词可以等价替换，生命的概念在诸星皆统一，哪怕是一只草履虫，也不能无视。这恰恰是我们过分盲目的地方，我们错误地把这个共性强加于地球文明。其实经过前期调研，那些影视作品应该可以给我启发，我却忽略了这一点。我们将为这个错误付出代价，你们将为这个错误付出代价。"

我明白了，它的长篇大论可以用两句话来总结，它告知李漓的世界末日，不是天灾，而是人祸。外星人降临地球，只是为了利用太阳进行恒星跃迁，换句话说，要毁掉我们的太阳。

希梅内斯说:"我知道你难以接受,但就是如此。可事情发展远非你能想象。我现在的处境也很危险,为保无虞,我们能否移步阿尔戈号?"

我说:"我是不是有去无返?"

希梅内斯说:"我们不会说谎话,是的。"

我说:"如果我拒绝呢?"

希梅内斯说:"你同意我希望。"

我说:"明白了。我是证据。我能跟家人告个别吗?"

我敲开卧室的门,妻子和儿子坐在床边,相互拥抱,见我进来,孙迦骆跑过来,像小时候一样搂住我(事实上,他现在也不大,但自从上了小学,我就觉得父子俩渐行渐远):"爸爸,希梅内斯要在我家吃早饭吗?"我想笑一笑,但没能成功做出这个表情,我说:"你可以找希梅内斯聊天,我跟妈妈说几句话。"

孙迦骆笑了笑,说:"明白,我回避。"孙迦骆兴高采烈地跑出去,还不知道发生了什么,也无须知道。我想起鲁迅先生的一篇文章,《娜拉走后怎样》,里面写道:"人生最苦痛的是梦醒了无路可以走。做梦的人是幸福的,倘没有看出可走的路,最要紧的是不要去惊醒他。"

那么,妻子呢?我也不去惊醒她吗?幸运的是,我们已经离开过一次。

我说:"我要离开一段时间,跟希梅内斯去阿尔戈号。"

骆秋阳说:"哦。"

我说:"我不知道还能不能回来。如果我回不来了,你就当从没遇见过我吧。"

骆秋阳捧着我的脸说:"我不能。我跟儿子等你。别想太多,我还得跟你离婚呢,一个月的冷静期还没过。"

我说:"对不起。"

骆秋阳说:"反正我现在无事可做,正好陪陪儿子。"

我说:"我有一些钱,不,我有很多钱——"

我还没说完,骆秋阳过来抱住我。我也抱住她。印象中,我们已经好久没有用力地拥抱过了。

我总感觉少了点儿什么,哦,是严丽。想到这儿,我"扑哧"一下笑了,又想哭。骆秋阳的眼泪召之即来挥之即去,我做不到她那么收放自如,酝酿半天也挤不出来一颗感伤,或许昨天哭多了,或许这并不是一件悲伤的事情。

街上一片狼藉。

世界末日的消息不胫而走,人们在科幻小说和电影里预习过许多次世界末日到来时的场景,真正面对的时候仍然感到陌生和恐惧。想想吧,这可是世界末日。希梅内斯对此表示抱歉,它们愿意帮助人类和平地度过最后的时光。我能说什么?我只能说谢过它的好意。这种感觉就像小时候跟伙伴们用纸箱认真地搭建了一座房子,结果被大人三两下毁灭,他们会告诉你,不要胡闹,不要乱来,不要任性,要听话。就像我之前一直对孙迦骆的训诫。

这也像一场梦,从我那天投河时第一次遇见希梅内斯就开始做的美梦,彻底摆脱了贫瘠的物质生活,迎来诗歌盛世的美梦,但我没能在梦里制造一个欢喜、美满的婚姻。

我现在知道,两个人在一起,不是要分对错,也不是计较谁付出多少,爱不需要计算。

天快黑了。

人类文明的夕阳落下。

1

"穹顶"闭合还在持续，完全锁死之前，一些发射器从赤道上空溜了出去，但大量点火装置遭到破坏。侥幸逃出"穹顶"的发射器很快暴露出粗制滥造的短板，根本不用外星人打击，纷纷自行报废。老枭和常征什么事都做不了，每天待在棉纺织厂里，下棋、种菜、逗猫、望天，他们把这里当成城市中心的世外桃源。老枭以为"排雷"计划就此结束，外星人这颗"地雷"已经被扫除。可是靳东伟告诉他，阿尔戈号飞船还停在同步轨道上。

"严丽没有引爆？"常征问道。

"不可能，以我对她的了解，她一定会完成任务。"

"核弹已经被引爆，我们收到信号，但是阿尔戈号安然无恙。"靳东伟眉头紧皱，"外星文明的技术水平真是深不可测。不过我们的反击已经打响。严丽只是一个幌子。"

"什么？"这次轮到老枭被引爆。上一次，从靳东伟嘴里听到严丽"光荣"的消息，他强压下怒火，但现在算怎么回事，幌子？他恨不能掐住靳东伟的脖子，逼出靳东伟的眼珠和舌头。

"'穹顶'的消息是我们放出的。"靳东伟缓缓道来，"飞船技术也是我们提供的。"

"我越发看不懂了。"常征摇头道。他这次没有蹲下去,跟老枭一起质疑靳东伟。

"这是'排雷'计划的最后一步棋,现在已经走完,我可以跟两位分享。外星飞船停泊在那里,这是一个非常明显的目标,所以我们必须有所行动。打击飞船只是掩人耳目、声东击西,总要对外星人做点儿什么,才能让它们安心,同时分散它们的注意力。真正的目标不是阿尔戈号,而是木星,外星飞船不成气候,但是如果巴耶人的族类源源不断地赶来支援,我们恐怕就毫无还手之力。在赤道上发射众多飞行器也是干扰视听,最重要的是把'子弹'投射出去,靶心是木星中心的黑洞。"

"你们想要关闭黑洞?"老枭想当然地问道。

"关闭黑洞需要巨大的能量,一枚'子弹'可办不到。"常征鄙夷地看了老枭一眼,"但是影响黑洞的参数还是有可能的。外星文明设定的黑洞参数一定极其精准,为了维系一条稳定的通道。只要改变小数点之后十分位的数值,蝴蝶效应引发的混沌就能扰乱黑洞。"

"也就是说……?"这是老枭惯用的伎俩,"也就是说",既显得听懂(至少部分听懂),也能引诱对方说出更简单直接的答案。

"也就是说,关闭外星文明的通道。"

"这只是我们最坏的打算,更好的可能是,外星人的舰队在不知情的情况下通过通道,让它们全军覆没。"靳东伟神色颇为得意,不过他有这个资本。

"这也不是一件容易的事,或者说是个概率问题。"常征说。

"常征教授的意思是,也许不会引起黑洞参数的变化?"

"肯定能够引起变化,问题在于何时。"常征闭上眼睛说,"木星距离地球的平均值为 7.8 亿千米，人类目前创造的最快速度是'新视野'号的 16 千米/秒，就按照这个数值估算，大概是 4800 万秒，也就是 812500 分钟，约合 13500 小时，差不多 560 天，上下浮动不会超过十天。我们必须保证 560 天内，仙女座的大军没有压境。"

"那从巴耶星到木星大概多长时间？"老枭问道。

"如果走这个通道，转瞬即达。这个通道就像一扇门，门这边是仙女座，门外面是太阳系，打开门，走出去，理论上就这么简单。"

"那肯定没戏啊。它们不可能等一年多再发起进攻。"

"常征教授，别忘了还有'突破摄星'，霍金教授当时预想的速度可是百分之二十的光速。"

"我认为目前的技术不足以达成'突破摄星'的美好愿景。"

"至少可以部分达成。"

"亦困难重重。"

"你们谁能给我解释一下'突破摄影'是什么东西？"

"'摄星'不是'摄影'，不过你歪打正着，'突破摄星'的本质就是一台摄像机，只不过这台摄像机要被安装在直径只有 3.5 厘米，质量仅为 3 克的卫星飞船上。"

"你刚才说了卫星飞船，我没听错吧？我印象中，这些家伙比航母还要大得多。"

"飞船由纳米技术制造，并配备激光推进器、光帆和信息传输系统，第一个目的地是半人马座。光帆原理与太阳帆类似，通过光压的方式加速。从理论上说，这种想法似乎不错，但是这么小的一个东西，飞这么远，尤其是越飞越远的情况下，让它表面产生巨大的光压使其加速非常困难。我们之前使用激光探测'穹顶'的闭合边缘和速度就已经达到了极限，而这仅仅是同步轨道。目前在工程上，我们还无法利用光学性手段为物体加速。"

"不用光。"靳东伟说，"用燃料。"

"那更是无稽之谈。即使具备百分之百的效率，将一克的物体加速到光速的百分之二十，也需要相当于四百多吨TNT炸药的能量，这简直超乎想象。"

"别忘了，我们现在有可控核聚变技术。"

他们还真是无所不用其极，老枭心想。

"即使拍到照片，也难以将这个微弱的信号传回地球。飞出几十亿千米范围的行星探测器，信号太微弱，地球接收都困难，更别提这个载玻片大小的纳米飞船。"

"您忽略了一件非常重要的事情，'子弹'不需要回头。"靳东伟说，"我们把这段行程压缩到五天，可控核聚变的能量会持续不断地为'子弹'提供加速度。就在我们讨论的刚才，'子弹'已经命中'靶心'。当然，现在还不是庆祝的时候，我们现在要集结全部力量，消灭阿尔戈号，所有'工兵'都要参与进来。哪怕阿尔戈号是一头大象，我们是一群蚂蚁，一人咬一口，也要把它生吞活剥。"

老枭跟随靳东伟离开了墨城。

常征再次选择留下来，这次老枭没有怂恿他，靳东伟也没有动员，接下来就是短兵相接，不需常征参与。老枭问他以后的打算，常征却不乐观，说以后是什么样谁也不清楚。老枭把黑猫留给常征，美其名曰让他有个伴，其实是为黑猫找个归宿。这只猫参与了人类与外星文明的几回合的对抗，是珍贵的见证者。老枭从不喝酒，要时刻让自己保持清醒和愤怒状态，常征也不喝酒，目的是保护自己的大脑不被酒精侵害。那天晚上，两个人都破了例，下酒菜是几根秋黄瓜、蒜泥茄子和麻酱豆角，都是他们自己种的纯天然无公害农产品。酒至酣处，老枭想起妻子，眼睛直勾勾地望着月亮，她的脸和月盘叠映在一起，环形山成了她的眉黛，静海是她娇羞的脸颊。常征也说起自己的感情史，一句话就概括了：他大学时代追求过一个女孩，后来他发现了值得一生追求的东西，这个东西就是物理学。从此之后，他全身心地投入进去，没有一点儿闲暇时间和情感分给其他人物和事物。常征还给老枭讲述了一篇名为《朝闻道》的科幻小说。小说里写人类围绕赤道建成一条加速器通道，准备一探宇宙的奥秘，加速器启动前夕，一个高级文明来到地球上，阻止了人类的举动，声称这样会毁灭宇宙。人类希望通过高级文明咨询一些困扰他们多年的问题，比如哥德巴赫猜想证明，比如恐龙灭绝的真正原因（即使最权威的小行星撞击地球假说，仍有许多存疑的地方），比如宇宙大统一模型。他觉得那篇文章非常成功，作者捕捉到了那些走在人类科学最前沿的人的究极心理。老枭也曾捕捉到常征的心理。这种理想所带来的力量无与伦比。文章里有一句话，常征印象颇深，"宇宙终极之美就在我面前，我能不看它一眼吗？"

"我一直追寻的就是这样的美。"常征喃喃道，"地球毁灭与否，与我何干？"

"说句不好听的话，我虽然了解你们的这种心理，可并不明白，无法感同身受。那些虚头巴脑的东西，真有那么重要吗？"

"孩子。"这是常征第一次用这种语气和昵称称呼老枭，"对一个人来说，所期望的不是别的，而仅仅是他能全力以赴和献身于一种美好事业。"

"这话不对，人活一世，有几个人期望事业？"

"这是爱因斯坦说的。"

"那就是爱因斯坦说得不对。"

"你——"常征伸手指着老枭，又缓缓放下，"别不承认，其实我们是同一类人。"

第二天，老枭随靳东伟再次来到首都，那个庄严的作战指挥中心，能够容纳上千人的会场座无虚席，但没有一个人落座，全部精神抖擞地站立着。靳东伟站在舞台上，进行最后动员：

"在场所有人都是'排雷'计划的参与者，都是'工兵'，如果无法排除炸弹，就用牺牲的方式将其引爆，用生命为后来人扫清障碍。我们志愿保家卫国，现在就是考验我们的时候，敌人就在那里，明目张胆地入侵我们的家园，地球文明岌岌可危。它们的攻击将是全球性的、毁灭性的，覆巢之下，焉有完卵？

"我知道，你们跟我一样，需要把它们装饰一番进行想象，因为他们不像我们之前遇见的任何敌人，因为它们根本就不是人类。想象，想象我们的家园可能被毁灭的样子吧，想象海洋沸腾，想象山峦崩塌，无数手无寸铁之人活在人间炼狱里。

"我不是什么演讲家，只是一名军人，军人的职责是战斗，各位都是优中选优的，不需要我动员什么，只不过陪我走完这个过场。你们之中一定有人已经按捺不住，想立刻投入战斗，就算是赴死，也会视死如归。我的心情与你们一样。

"接下来，请各位'工兵'报到。"

最前排一个响亮的声音传出来，即使没有话筒，声音也足以送到在场所有人的耳内。

"工兵0002号就位。"

从这个声音开始,依次传递,人们像是比赛一样,声音越来越大。

"工兵0015号就位。"

老枭本来心情挺平静的,逐渐也被感染,浑身一股紧绷的劲。

"工兵0093号就位。"

他甚至觉得他们不应该站在这里,而应该站在演兵场上,每人再配一把钢枪,不过很快,他就意识到钢枪对付外星人太小儿科了,他希望自己能跟严丽一样变成一枚炸弹,一个又一个人,一颗又一颗炸弹,前仆后继,蚂蚁也能吞下大象。

"工兵0167号就位。"

这是属于全人类的战争,这也是属于老枭的战争,他知道社会上还有不同的声音替外星文明的公德心辩解,但严丽"光荣"那一刻,他就被点燃了复仇的火焰,退一万步讲,就算它们并非心存恶意,也只好让它们灰飞烟灭,文明之间的对话从来都不考虑仁慈。再者说了,他们去哪里退一万步呢?身后已是深渊。

"工兵0202号就位。"老枭喊道。

他之后还有一些人喊出自己的编号,等到会场再次安静,靳东伟向前跨出一步,行了一个标准的军礼:"工兵0001号就位!"

那一刻,老枭第一次感觉到,他跟靳东伟是一个战壕的弟兄,他们就要浴血奋战,把沙场当成终场,每个人的人生都有落幕那一天,落幕的方式大同小异,他们选择最壮丽的一种。从会场出来,老枭随军开拔,他们分散成几拨,来到了不同的驻京部队,那里有安排好的机群。姿态已经做出,他们没必要畏首畏尾。这些飞机并不能把他们送到地球同步轨道上，他们需要转移到另外一个作战基地。

军用飞机成群结队，好似一片绿色蜂群，战斗人员就是有去无回的蜂针！

他们飞行了一天一夜，空中补给八次，终于在破晓时分降落。他们还没来得及下飞机，一滴雨水降落在风挡玻璃上。老枭觉得很奇怪，窗外明明晴空万里，怎么会突然下雨？而且，只有一滴。他仔细看，并不是一滴，而是一线，迎光望去，近乎透明。一旦接触机身，这条雨水便开始扩散，液体产生卷绳效应：在向四周散开时形成的一层薄薄的液面上，出现了许多气泡螺旋波纹。液体盘绕频率非常快，最高可达每秒两千圈。液绳刚刚落在玻璃上，摊开的形状就像拥有五条旋臂的星系。在连续产生的盘卷结构中，相邻的两环会稍微错开一些，将小气泡锁在其间。气泡开始只有花椒粒大小，很快，随着液面不断拓展，气泡膨胀成棒球大小，接下来是保龄球、篮球，最后竟然把整架直升机包裹在内。老枭和其他驾乘人员尝试打开舱门，却无济于事，不管他们怎么用力，舱门始终纹丝不动，应该是被黏稠的液体粘住了。如果仍是把一架直升机比作蜜蜂，那么它们现在就是被巨大的松脂击中，成为一只琥珀。卷绳的中心并不固定，而是沿一条圆形轨道转动，螺旋部分相邻的两环互相挤压，在交叉区域形成许多气泡，交叉点的位置缓慢沿圆形轨道移动，与此同时，气泡随着四周扩散的流体分散，每个气泡扣住一架飞机，很快，便把整个直升机群笼罩住。老枭算得上是身经百战，却从未遭遇过如此奇怪的偷袭情况。

他做了两次深呼吸，掏出手枪冲着玻璃射击。子弹嵌进玻璃里面，玻璃并没有碎，看来附着在玻璃上的液体吸收了子弹的冲击力。驾驶员尝试点火，发动旋翼，企图绞碎这些黏稠的液体。随着发动机轰隆作响，旋翼开始艰难转动，但他们还没来得及击掌庆祝，就听见"轰"的一声，发动机过载。他们的一腔热血和发动机一样被冷却，逐渐变得怀疑和恐慌，对外星文明的打击尚未形成，他们就遭到诡异的偷袭。出师未捷身先死呀。老枭想起常征总是挂在嘴边的那句话：你对它们的力量一无所知。通信设备还在，老枭立刻招呼驾驶员与其他机组的人取得联系。万幸这种黏稠物质只能干扰实体，无法阻断无线电。老枭接通了靳东伟乘坐的飞机，向其汇报了难以理解的处境，后者劝他不要紧张。靳东伟联系地勤，地勤很快就会全副武装地赶赴现场。他们会获得营救，进行反击。从靳东伟的语气中，老枭听出他不仅不担心，甚至有些兴奋，外星人终于展开了正面进攻，消灭它们变得更加理所当然。让暴风雨来得更猛烈些吧。两个文明之间的战争终于在彼此试探之后，形成第一个互有攻防的回合。

诚如靳东伟所言，救援部队很快赶到，开通共享频道告知他们具体情况："覆盖飞机的东西初步检测是具有高黏度的硅油，但是它表面形成的张力非常强大，非一般硅油可比，里面一定掺加了其他物质。我们目前只能想到一个破解办法。"

"用高压水枪清洗？"老枭问道。

"恰恰相反，用火枪点燃，只有期望硅油燃烧殆尽，同时不会引起飞机爆炸。"

"简直是瞎胡闹。"老枭听出，这是靳东伟的声音。

"很抱歉将军，这是唯一可行的办法。"

"你凭什么这么肯定？"

"美国和欧洲舰队遭遇过相同打击，他们就是通过这种方式脱身的，当然，有一部分人'光荣'了。"

"我们再次被它们摁在地面。"老枭喟叹一声。

"照你们的方法来,快!"靳东伟命令道。

地勤配备了最新型的液氮灭火器,点火和灭火基本同时进行。这是非常危险的活计,搞不好,飞机不保,救火人员还要献身。但诚如地勤负责人所言,他们只剩这一条路可走。

老枭看见,一条火舌舔舐着机身上的硅油,一层液氮随即糊上来。他不知道成功没有,意识在此刻突然变成一片空白。这是完全空白,没有任何实物和色彩,但他听见"哗啦啦"的流水声,随之看见那条永远无法忘记、再也不能直视的河流,那是墨城环城水系,上面还漂着几个鼓鼓囊囊的黑色垃圾袋。他想背过身不看,袋子却自行上岸,不管他转向何方,甚至闭上眼睛,也不能无视。袋子开始蠕动,一只胳膊爬了出来,一条腿站立起来,一块一块肉拼接在一起,内脏被塞进临时组装的胸腔,脑袋落在脖子上,嘴开始说话:"肖冰,是我啊。"

老枭使劲摇晃脑袋,这一定是场梦,眼前的怪物不是他的妻子。醒来,醒来就会消失,他将拥抱现实。果真如此,妻子不见了,黑色垃圾袋不见了,环城水系也不见了,他手持配枪,正在跟严丽的父亲对峙。他怎么都不敢相信,严丽的父亲、他的师父会跟那群黑帮分子同流合污,从他踏入刑警队那天,严丽的父亲就跟他说,所有人都不是非黑即白的,好人也有坏的一面,坏人保不齐也会冒出好的念头,但是做刑警,必须黑白分明,这个行业没有灰色地带。他却明知故犯。师父,你到底有怎样难言的苦衷呢?"砰"。严丽的父亲先开枪,他只能还击。他意识到这不是简单的梦境,而是回溯人生最痛苦的经历。醒来,醒来就会消失,他将拥抱现实。现实,糟了,他现在应该置身火海中，必须马上离开，他怎么会在这种时候睡着？

"希望没有引起你的不适。"一个声音直接在他的脑海中响起。

"你是谁？"

"我叫夸西莫多－IV。"那声音说，"如你所见，我是一个巴耶人。"随着它的叙述，它的形象从画面中淡淡出现，形象跟希梅内斯大同小异。

"你们又在耍什么鬼把戏？"

"我们从不说谎，也不耍诡计——你刚才是想说这个词语吗？"

"那你刚才给我看那些画面做什么？见面礼吗？"

"我只是希望你明白，这里是梦境，但不只是梦境这么简单。我知道你们的意志力非常强大，只有这样，你们才能相信我接下来所说的真相。"夸西莫多－IV说，"我们并没有侵略地球的意愿和想法——这两个词语意思不同吧——请相信，我们所做的一切事情都是为保护地球文明，然而现在，地球文明已经不保，虽然可以归类于你们咎由自取，可我们毕竟是事件的发起者。显而易见的是，即使没有我们介入，人类文明迟早也会走向灭亡，只是时间早晚的问题。我们无形之中成了加速人类文明灭亡的催化剂。想到这一点，我们的思想便会好受一点儿，但我们还是要带走一个证人。"

"你们要带我去哪儿？"

"不，并不是你，我们有其他人选。"

"那你找我到底做什么？"

"让你们放弃无谓的攻击。"

"劝降吗？"

"劝降？不。我们会离开地球，不做你们的主人。而且，我不只找了你一个人，所有在场的人员此刻都在各自的梦中，我会对你们所有人展开游说，以及威逼利诱。"

"哈哈，你能诱惑我？试试看吧，你想用多少钱买通我的爱国主义？"

"一个人。"夸西莫多-IV说，"我可以帮你找到杀害你的妻子的凶手。"

老枭愣住了。

他无时无刻不在等待这一天的到来。

可他现在开始犹豫，这一天到来之后呢？毫无疑问的是，他不会将那个人绳之以法，那样太便宜那个人。老枭会把他施加给妻子的伤害原封不动地归还，妻子被分成几块，他要被分成几块，还要搭配同款塑料袋和水系套餐。可是做完这一切事情之后呢？他曾经想的是，之后就自杀，人世间已经没什么东西值得他留恋和流连。他活着就是因为那个人活着，那个人一旦死去他也将死去，这样一来，他的人生岂不是被那个人左右？

他会找到那个人，处决对方，但不是用这种方式。

"要我如何相信你？"

"我能进入你的梦境，就能进入所有人的梦境。"

"不是这个。"老枭说，"如何相信你所说，你们对地球文明是无害的，真正的始作俑者反而是我们自己？"

"巴耶人从不说谎。"

"你也是这么跟靳东伟将军说的吗？"

"不，我向他展示了真相。"

"我退出。"老枭说完，梦醒了，现实世界的时间还停留在他入梦时,他一脚踹开舱门,跟其他几个乘务员逃离了出去。他在人群中发现了靳东伟,后者双目无神,一副茫然的模样。地勤人员危言耸听,基本上所有人都成功逃离,仅有两架飞机还在燃烧。靳东伟此刻正走向其中一架。老枭连忙追上去。

"将军,我——"

"什么都别说了。"靳东伟干笑两声,"哈哈,哈哈,'排雷''排雷',我们自己才是最危险的'炸弹'。"

"您的决策——"

"我的决策就是自取灭亡。我愧对这些死去的弟兄。"靳东伟说完跳入火海。

真相到底是什么,老枭并不知道。看来,靳东伟接受了这个真相。

老枭告别部队,回到警局,继续从事他的本职工作。警队的人只知道他和严丽出了一个任务,但具体内容谁也不敢打听,不仅仅是因为任务的机密级别,更因为老枭难以相处的为人风格。其实他并不凶啊,还是个话痨,这样的人就算没有好人缘,至少也不会成为众矢之的。可能是因为他对队员要求太严,要求他们有危险要拼命,没有危险创造危险也要拼命。他没有考虑,那些人跟他可不一样,他们不仅是刑警,还是某人的丈夫、某人的儿子、某人的父亲,他们是一片天。警队给他放了三个月的带薪长假,老枭歇了三天就复工了。他可以休息,那些罪恶丛生的心灵可不打烊。老枭从不自诩墨城的守护神,更不是什么超级英雄,只是在做分内的工作。老枭觉得自己跟从前一样,但身边的同事纷纷开始关心他,平时一个星期也说不了两句话的人中午吃饭的工夫能跟他唠半个小时家常。变化来自内心,但往往由外人率先察觉。不变的是，老枭仍然在追寻杀害妻子的凶手，坚信自己会找到线索，并亲手将其绳之以法。

老枭找过常征，但哪里都寻不到，最后一个见过常征的人告诉老枭："他说'告诉他，我带黑猫走了'。"时间一长，老枭就觉得有些别扭，总之是少了什么。他竟然一直忘了严丽，他最得力的搭档。现在回想起来，严丽好像自己的影子，没人会在意影子的存在，即使消失也无关紧要，可是真的有一天，你发现自己的影子不见了，会作何感想？上头的人对严丽的消息严密封锁，对整个"排雷"计划亦是避而不谈，好像一切都没发生，可是阿尔戈号分明还停泊在同步轨道上，他们并没有离开。

如果能再次进入梦境，老枭想问问那个巴耶人，严丽到底怎样了？

第五章
最后一个地球人[1]

++++++++++++++++++++++++

就像是一次盛大的轮回，绕了一圈，

来到原点。

---

1 《城市与群星》《最后一个地球人》《童年的终结》均为阿瑟·克拉克的小说，"与希梅内斯相会"亦是借鉴其作品《与拉玛相会》。

十八

夸西莫多说:"人类在自取灭亡的道路上不遗余力。"

我第二次登上阿尔戈号,与夸西莫多见面,它对人类行为做出以上结论。希梅内斯说,夸西莫多不久前潜入一些人的梦中,为他们带去真相,这也正是希梅内斯想要告诉我的事实。来龙去脉,巨细无遗。希梅内斯之前说,它们光临太阳系的目的是进行恒星跃迁,显而易见,太阳系只有太阳一颗恒星。关于恒星跃迁,我有限的科学知识封印了想象力,必须开口提问,等待希梅内斯给出易于消化的解。

希梅内斯说:"你想知道什么?"

我说:"所有一切。"

希梅内斯说:"过程十分冗长。"

我说:"这样我才能在你们被谴责的时候替你们辩白,而不是为人类文明伸冤。"

希梅内斯说:"好吧。我们一开始选中的恒星系统并非太阳系,而是半人马座,在那里发现文明,在它们的指引下来到太阳系。我们计划借助太阳的能量打开时空虫洞,跃迁至另一颗恒星,再如法炮制,直至归乡。"

我说:"所以事情已经非常清晰,你们真正的目的是消费我们的恒星。仅从这一点来看，你们似乎是罪魁祸首。太阳熄灭就是我们的世界末日。"

希梅内斯说："请你记得，我们的文明不恶。继续听完，你就会明白我们的苦衷。"

我反问道："你们难道有不得不消灭人类的理由？"

希梅内斯说："我们从未想过消灭人类，我们提供保护和出路。来到太阳系，我们的能源消耗达到临界值，无法进行低速航行，只能选择太阳跃迁，否则我们将永远无法归乡。与此同时，我们发现了地球文明。为了保护你们娇弱的生态平衡，我们利用'穹顶'将地球包裹起来。这是一种四维陷阱，可以有效避免太阳毁灭时所爆发的磁暴与射线。'穹顶'建设过程中，我们干扰了航天发射，穿过'穹顶'的探测器会折回地球，我为梦剧场的灾难感到遗憾，但不声明负责。"

我说："即便如此，你们走后，太阳熄灭，人类末日到来在所难免。"

希梅内斯说："我深入了解过你们的科技，这并不容易，相比那些铺天盖地的电视剧，你们对现有科技的发展报道少之又少，近乎为零，好像你们并不关心这些与文明发展息息相关的技术。"

我说："衣食住行、家长里短就足够普通人头疼的了。"

希梅内斯说："好吧，这是两种文明之间的差异。根据我得到的信息，人类已经拥有人造太阳的核心技术，稍加改进，就能利用电能和化学能制造一些微型太阳。这些太阳就像一盏盏巨大的白炽灯，你们也可以根据需求控制白天和黑夜的具体长度。当然，我知道这并非长久之计，所以我们为你们寻觅了第二家园。"

我发挥了难得的想象力，问："你是说类地行星？为我们找到了适宜人类居住的地外星系？"我想起之前匆匆浏览过的关于什么地球双胞胎、地球 2.0 的科技新闻，隔段时间，就会有某个组织站出来声称他们发现了类似行星，这不足为奇。

希梅内斯说："考虑到人类的迁徙能力和时间问题，我们选择了你们的近邻——木星。"

我说："移民木星？"这不是五十步笑百步吗？暂且不提木星是否适合人类定居，太阳没了，从地球跑到木星上就好比你们家着火，从卧室逃到客厅，解决不了根本问题。太阳毁灭之后，太阳系就不可能再有生命存在，不管在地球，还是木星上。

希梅内斯说："如果你简单了解一下地球生物史的话，便会发现海洋底部生存着许多厌氧和厌光的微生物群，它们也是生命的一种，太阳消失之后，并不会影响它们的生存。"

它这么说，好像地球是它的故乡，我则是异乡异客。我说："可它们并没有站在生物链顶端。我们现在讨论这个问题是不是有点儿心太大了？"

希梅内斯说："我没明白。"

我叹了了口气，双手凌空比画了几下，又叹了了口气，说："我们接着说木星移民吧。"

希梅内斯说："我们的计划并非让人类移居木星。"

我感觉有一万个人在我的肺里抽烟，希梅内斯却无动于衷。

我突然想起一件小事，小得不能再小的事，在孙迦骆四岁那年，忽然学会了一个新的技能——蹲在地上哭鼻子。我跟骆秋阳带他逛超市，他不再像以前一样乖乖地坐在购物车里，而是在货架之间跟我们捉迷藏，跑到少儿区，抱着喜欢的玩具就往车里装。过去四年，我们给他买了太多的玩具，基本上与他看的那些动画片同步，所有的动画人物都从二维的电视里的画面落实到三维玩具上，汪汪队、超级飞侠、海底小纵队、小猪佩奇、帮帮龙……那时候，他还跟我们睡，卧室里到处都是他的玩具，我经常起夜时光脚在地上走被硌得生疼。所以，我严厉禁止他再买玩具，只有过生日和过年时破例。从某天起，他突然自作主张，不向我们请求，直接从货架上抱玩具，我勒令他放回，他就蹲在地上哭。这其实没什么，许多小孩有这样的毛病，关键是，他一边哭，一边控诉："你不给我买玩具，我就不陪你逛超市。"有时候还说："你不给我买玩具，我长大就不给你买书。"或者是："你买那么多书，给我买点儿玩具怎么了？"类似的话，他能颠来倒去说上十几分钟。

我对希梅内斯做出保证并表达愿景，说："我沉默，你表达。"

希梅内斯说："惹你生气了我。"

我说："这不重要，太阳系都快毁灭了，谁在乎我发不发脾气？"

希梅内斯发出一阵怪声，随即说道："不是木星，而是木星的伽利略卫星。"

我说："那个卫星宜居吗？"我尽量说服自己心平气和，这种时候生气毫无意义，只会让我显得暴躁和无知。

希梅内斯说："不是那个，而是那些。"

伽利略卫星是木卫一、木卫二、木卫三、木卫四的统称。在太阳系形成至今的 46 亿年里，生命并非只出现在地球上，木卫二上也存在过生命，早期的金星和火星也曾拥有丰富的液态水——巴耶人刚刚到达太阳系时，随手做了检测，木卫二的海洋含水量大约是地球海洋的两倍。木卫二围绕木星不断转动，潮汐畸变释放出的热量可以从内部为其加热，令广袤的海洋保持液态，催生火山爆发。地球的海床上存在着丰富的生态系统——这点他前面提到过——这一切都是因为火山裂口造就了深海热泉。同样的情形正在木卫二上发生。木卫二的海洋深达一百千米，洋面上常年覆盖着一层薄薄的冰壳，潮汐力会定期击碎冰层，引领深处的海水涌上木卫二表面，使这些微生物重见天日。深海生物往往厌氧厌光，它们都难以存活。但经过漫长的演化和调整，它们逐渐适应了恶劣的环境，便在卫星表面定居、繁衍。

希梅内斯看了我一眼，好像在确认我是否在线，接着说："按照你们对话的节奏，你不应该说些什么，表示你在聆听，同时带动我的叙述吗？"

它还记得我教他的技巧，这多少让我有一丝欣慰，我说："我在听。"

希梅内斯说："很好。我知道你一定想说我答非所问，太阳没了，伽利略卫星再宜居也没用。事实上，这两颗木星的卫星目前并不宜居，但我们会对卫星进行改造，也不是改造卫星，而是改造木星。我们在木星上种植了一颗人工黑洞，假以时日，在黑洞的作用下，木星会变成一颗恒星。我们利用你们的太阳进行跃迁，然后，再送你们一颗崭新的太阳。"我对在木星上种植黑洞没什么概念，但也知道这是一个相当巨大体量的工程。

希梅内斯说得好像在撒哈拉沙漠种植一棵白杨，假以时日，会变成一片森林。

我说："把行星改造成恒星，我还是第一次听说。"我这么说很狡猾，好像希梅内斯的其他观点我都有所耳闻似的。事实上，从我们登上阿尔戈号开始，它所说的每一句话都在刷新和重塑我的世界观。我提醒他，我需要重力球的辅助。

希梅内斯说："哦，忘了你。"

我说："你可以'忘'了吗？"

希梅内斯说："我选择忘记你的人类身份，将你标记为朋友。"

我非常感动，但还是希望它拿出重力球。

希梅内斯拿出重力球，我终于可以借助影像理解：将木星恒星化是移民伽利略卫星的第一步。为实现这个计划，它们在木星上种下了微型的原始黑洞。制造一个人工黑洞并不难，难的是设计这个黑洞的各项参数，使它契合该行星的环境，以防黑洞达到爱丁顿极限。黑洞不断吸引周围的介质，同时向外发出辐射，当其质量增加到一定程度，星体向外的辐射压与向内的引力压会达到一个平衡点，这时天体的光度被称为爱丁顿极限。

这是整个计划的重中之重，巴耶人把恒星跃迁的模型和影响结果也计算在内了。也就是说，太阳毁灭产生的能量也是木星上的黑洞参数的一部分。这最终将为伽利略卫星提供足够的能量使它们的温度一次性接近于地球和火星。届时，包裹地球的"穹顶"会自然分解，我们将拥有一颗年轻的太阳，附赠四颗宜居行星，这对人类文明的发展大有裨益，人类甚至是因祸得福。

听到这里，我不得不做个自我检讨。诚如希梅内斯一直强调的，巴耶人从不说谎，也没有耍过诡计，我完全错怪了它的好意，它们一直为了人类文明呕心沥血。正如希梅内斯一直强调的，它们不恶。等等，也不对啊，它们这么做还不是因为想利用我们的太阳？我绕不出去这个情节。举一个不太恰当的比喻，就好像一个人要杀掉与你长相厮守的原配，再塞给你四个如花似玉的美眷作为补偿。谁能接受呢？

我说:"世界末日是怎么回事?"

希梅内斯说:"我说过,黑洞参数设置非常重要,如果出了差错,后果不堪设想。对黑洞的破坏,会打破控制黑洞的力的平衡,黑洞暴涨,最终将吞噬掉整个木星,发出横扫整个太阳系的辐射。"

我说:"你们不是设计了非常精准的参数吗?"我有种不祥的预感。

希梅内斯说:"我们的确这么做了,但是你们,人类向木星中心的黑洞发射了一枚核武器,造成参数紊乱。我有两个不错的表达:第一,束缚着黑洞的锁链被剪断;第二,情绪好不容易得到安抚的黑洞被激怒。这两个表达都能形象地说明自作孽,不可活。以上。"

我说:"你们一开始为什么不一五一十地告诉我们?那样就不会出现今天的悲剧。"

希梅内斯说:"不可能的。就算当初告诉你们,你们会老老实实地让我们毁掉太阳吗?这势必会引起不必要的冲突。我们想要生米煮成熟饭——我刚刚下载了一个俗语数据包——再行宣布。现在看来,我们当时的担心是正确的,也是没用的,人类的恶意让人防不胜防。"希梅内斯摊开两条上肢,也学到了这个动作的精髓,用在这里,讽刺效果十足。

听他一席话,我终于知道巴耶星人的目的,不是访问,不是殖民,只是借用我们的太阳,可以说是路过。我们大可继续谴责他们,说一千道一万,没有他们,就不会有后面的一切事情,肇事者的帽子他们无论如何摘不掉。可是换个角度,他们也大可不顾地球文明的存亡,直接开采太阳。我们连怎么死的都不会知道。文明的不恶掣肘着他们并让他们做出了补偿,我则作为见证者,在其他文明对他们的所作所为进行谴责时，站出来说："不怪他们，要怪就怪人类自己，以小人之心度君子之腹。"

我说："没有别的办法了吗？"

希梅内斯说："没有了，黑洞的吞噬不可逆，我们的技术也无法被阻止。"

我说："我是说，没有别的办法了吗？拯救人类文明？"

希梅内斯说："非常抱歉，阿尔戈号容纳不下七十亿人类个体。你还可以再带几个人，比如你妻子和儿子。"

我不断重复："没有别的办法了吗，拯救人类文明？"

希梅内斯说："请让我跟其他六个我商量一下。"希梅内斯闭上眼睛。我看着他，内心充满惶恐与期待，就像我跟骆秋阳表白之后，等待她回应时的心情。我写了一封情书，里面还夹杂着一首情诗，我希望用自己最擅长的方式发起进攻，把当时的紧张放大七十亿倍就是我现在的心情。我从来没想过当什么救世主，但在那一刻，我觉得任何一个心理健全的成年人都会提出这样的请求。诚然，地球文明有许多不堪入目的地方，人类对自然的破坏罄竹难书，人性践踏人性的例子不胜枚举，可平凡如我，一个普通人，过着普通的日子，在晴朗的周末带家人去动物园散心，承担分内的责任，踏实做好工作，生长与死亡；平凡如我，一个个体对生命的渴望，就是一个文明对未来的祈祷。我们并非病入膏肓，丧尽天良，一切都在缓慢但坚决地好转。换句话说，我们还有救。

我说："你说过，巴耶人的文明不恶，请救救我们。"我不知道闭上眼睛的希梅内斯能否听到我的请求，但还是忍不住直抒胸臆。他没有回复，闭着眼睛，像睡着了似的。

我说:"关于地球的知识我了解得并不多,基本都是你告诉我的,你说,地球文明的诞生是奇迹中的奇迹,文明发展到今天的规模更是极小的概率事件。人类对地球的改造或许有失偏颇,可大多数人热爱地球,热爱生活,热爱和平,他们都是无辜的。"

仍然没有反馈,希梅内斯入定一般。

我说:"我不擅长说服人,为这事常跟骆秋阳闹矛盾,我觉得费心费力,最后还被她批得体无完肤。我怎么说起这些?我们在探讨人类文明的生死存亡问题。可是我现在真的很想她。我现在终于明白,婚姻不以个人意志为中心转移,也不是比拼谁付出多少的游戏,爱并不是一味地奉献,而是互动。正是个体和他周围的人构成单元,正是这些单元作用在一起形成联盟,正是这些联盟堆叠在一起形成社会。这个社会需要容器。地球也好,其他什么乱七八糟的行星也好,请为我们找一个容器吧。"我几乎是颤抖着说完了这段话,像是在冰天雪地里,嘴唇被冻得直打哆嗦。

周围一片寂静。

半响,希梅内斯睁开眼睛说道:"可以达到,从技术上来说。"

十九

根据挪威传说,最后审判日,意思是天神隐没时分,将会伴随着大洪水。尘世与天堂都将像被铁钳夹住般陷入彻骨的冰寒之中。刺骨的寒风、扑面的暴风雪、毁灭性的地震和饥荒在大地上肆虐,男女老少大批死亡。有三个这样的冬天就会使地球瘫痪,没有喘息的机会,贪婪的狼群会吞掉太阳和月亮,使世界完全陷入黑暗之中。天上的群星坠落,大地颤抖,山崩地裂。乱世之神洛基逃逸,群魔挣脱束缚,在荒凉的大地上散布战争、混乱和不和。

众神之父奥丁将在瓦尔哈拉最后一次召集他的勇士进行最后一搏。最终,随着众神逐个死去,邪神苏图尔喷出火和硫黄,点燃巨大的地狱之火,吞灭整个天地。当整个宇宙陷入火海之中的时候,大地陷入海洋,时间停止。

希梅内斯找来夸西莫多,后者说:"其实文明是非常脆弱的,就像野草叶上的露珠,太阳一出,就被晒干了。"虽然他们的信息可以共享,知识能够传递,但后天研究各有所长和建树。很好理解,假如知识就是一本书,我们可以看完这本书,一字不差地背过,但不一定理解其中的含义。

我说:"希梅内斯告诉我,你有办法。"

夸西莫多说:"准确地说,是想法。事实上,这并不是什么稀罕事,正如我所说,文明非常脆弱,即使是坚强的文明,走到最后,也要寻找出路。这不仅针对某个星系的文明,整个宇宙终究热寂,任何发展到一定阶段的先进文明都会拿出相当的心血研究如何逃离垂死的宇宙。这并非空洞的理论猜想,许多文明达成一致,并附有详细步骤。第一步,创立一种万物理论,并对其进行测试;第二步,找到自然出现的虫洞和白洞;第三步,发射探测器穿越黑洞;第四步,建立一个慢动作的黑洞;第五步,建立一个婴宇宙;第六步,建造巨型原子击破器;第七步,内爆机制;第八步,卷曲引擎;第九步,利用来自压缩态的负能量;第十步,量子跃迁。"[1]

我说:"这跟拯救人类文明有什么关联吗?"我看不出两者间的因果。

夸西莫多说:"我只是想告诉你,不要悲伤,无须慌张,并非人类文明面临这样的灾难。"

我说:"谢谢你的好意,但我更想听你的想法。"

夸西莫多说:"希梅内斯跟你提起过加速文明进化的方式,关于整脑模拟,这个办法粗暴,而且我们也没有足够的时间和仪器把每个人的大脑都切成薄片。我研究过人类的大脑,每到一个文明,我都会采集新鲜大脑。请放心,我没有杀生,只是取出濒死之人的大脑。这个质量仅为1.4千克的器官,承载着人类太多未知和秘密。"

---

[1] 参考加来道雄的《平行宇宙》一书。

我说:"希梅内斯跟我说过人类大脑的相关信息。"

夸西莫多说:"那太好了,省得我费口舌解释。"

我说:"但我基本全忘了。"

夸西莫多说:"人类,你的名字叫遗忘。希梅内斯应该只说到硅基材料的成像,但为了追踪神经元快速发射的电脉冲,检测削弱神经活动的抑制信号单单成像远远不够,还需要利用光学成像技术,直接记录细胞点位的变化。通过电压成像,可以记录一条神经回路上每个神经元的电活动。为此,我们需要构建一个电压感受器的基因序列,拥有这些序列的神经元可以合成荧光蛋白,并把荧光蛋白输送到细胞膜外层,当神经元的电压发生变化时,荧光蛋白随之改变荧光强度。做到这一点并不难,人类已经达到这个水平。问题的关键在于如何将光线传向大脑深处的神经回路,再将产生的信号收集回来。这就需要利用光的散射。光线碰到固体对象会发生散射,捕捉这些散射的光子就能反映出固体表面的细节特征。人类科学家利用该技术,已经可以观测到大脑皮层一毫米以下的神经活动。"

我说:"哈,这说明我们在这方面的研究还是取得了非常显著的成果的。"

夸西莫多说:"前提是移除头骨,安装一个神经开关。利用光化学技术,让受试者吃下一粒含有光激活分子的药片,分子上结合有神经递质。当药片成分到达脑部后,通过内窥镜,或从颅骨外发射光脉冲,可以让光激活分子解体,释放神经递质分子,后者会结合到神经元细胞膜的离子通道上,让通道打开,离子随即涌入细胞,迫使神经元放电,发出电信号。打开开关,电信号溢出;闭合开关,电信号静息,标注一个神经回路。一个活跃的神经回路中,很多神经元会以特定的顺序放电，这种活动模式就代表了大脑的某种凸显特性，可能是一个想法、一段记忆或者一个决定。追踪每一个神经回路，就能搜集所有想法、所有记忆、所有决定，还原出一个人的完整意识。"

我已经完全跟不上了："这么复杂？"

夸西莫多说："这只是第一步。第二步需要超级计算机处理数据。仅仅是一只小白鼠的神经元活动成像，一个小时就能产生300TB的压缩数据，不必说七十亿人类，而且每个人的精神采样至少需要三个小时。可想而知，这将会产生多么庞大的数据。运算这些数据，需要把地球上所有的电脑都并联起来同时进行。"

我说："我相信人们会在这个问题上达成一致，捐出电脑，贡献自己的绵薄之力。还有第三步吗？"

夸西莫多说："第三步也是最关键的一步，存储。说到这里，你应该懂了吧。"

我说："懂了。采出意识，运算意识，存储意识。"

夸西莫多说："看来你没懂。我的意思是，这个想法的可操作性只能维系第一步和第二步，到了第三步，就完全没办法。存储这样庞大的数据，差不多需要半个中国那么大的主机。就算你们能在短时间内造出主机，阿尔戈号也无法承运。"

我有一种被戏耍的感觉，但没有生气和质问的心情，就好像地平线，看着不远，走了很久再看，地平线还在那里，永远无法抵达。我相信希梅内斯和夸西莫多并没有拿我开涮，在这样级别的灾难面前，他们能做的事并不多，只能祈祷奇迹发生。

而我，也累了。

希梅内斯非常贴心地复刻了我在地球上的家，卧室、书房甚至洗手间都一模一样，包括我已经损毁的蚂蚁帝国。不仅如此，他还给我准备了一条食物补给线。他们从不吃其他星球的东西。希梅内斯说，未来很长一段时间我都要生活在阿尔戈号和广袤的宇宙中，给我一个温馨熟悉的环境有助于精神稳定。希梅内斯去我家的时候，用重力球扫描了所有房间和陈列，回到阿尔戈号上用 3D 打印还原了。我躺在睡了"十几年"的床上，辗转反侧，以前我觉得这张床太小，每次背对着骆秋阳睡觉总是缩在床沿，现在却感到空空荡荡的。不知道他们母子现在好吗？

飞船上的重力设置为 0.6g，希梅内斯特地为我制作了一个重力球。我感谢他面面俱到的关心行为，希梅内斯却说，重力环境不同会导致骨骼拉伸或压缩，时间久了，伤害是不可逆的。他们还真是不会说谎，这种赤裸裸的关怀只是为了我的身心健康，为了我将来做证的时候不至于精神溃散和身体抱恙。

想家的时候，我就看看地球。

我还从未在这个高度观察过生存了四十年的母星：她的主体是纯净的蓝色，飘着许多白色缎带，绿色地点是青藏高原，阿拉伯大沙漠呈现微微的褐色，喜马拉雅山深色巍峨的群峰衬托着皑皑白雪，伊朗的卡维尔盐渍大沙漠呈现的色彩最丰富，有红色、褐色和白色的大旋涡，就像摊开的星系旋臂，这是盐湖蒸发留下的痕迹。另外一个十分动人的景观来自闪电。从太空中观看，一道道闪电就像是一阵阵烟火，绚烂盛开，随即熄灭。当闪电连续又频繁时看到的就像一片红色海洋。夜间观看闪电，一次就可以看到多个地方不同云层的闪电，把云层装扮得色彩缤纷，我以前不知道闪电这么频繁。希梅内斯告诉我，每秒钟都有成千上万道闪电通过云层碰撞被制造出来，其中又有大约一百道会击中地球表面，每年都会有几十万人被闪电击中，其中一些人还会被雷击数次。最摄人心魄的还是日出。在太空看日出，不受气候影响，没有云、雨、风、霜的遮挡和干扰。日出前先出现鱼肚色，接着是几条月牙形的彩带，中间宽两头窄。起初，两头隐没在地平线上，突然之间，耀眼的太阳从彩带最宽处一跃而出，一切色彩顷刻间被太阳的光芒所掩盖，虽然每次日出维持的时间不过几秒，我却可以看到八条不同的彩带，从鲜红变成深蓝。

我情不自禁地说："真美啊！"我或许应该写一首诗。我恍然发现，自从遇见希梅内斯，我一首完整的作品也没有写成。我心里一旦有什么事，就不能安宁，脱离了常规，就不能创作。

希梅内斯冷冰冰地解剖了现实，说："彩带实际上是地球上空的气体污染，色彩越艳丽，污染越严重。不得不说，地球真脏。"

我泄了气，问他："我们什么时候离开？"

希梅内斯说："阿尔戈号在做最后的调校，预计一周之后出发。"

日出刚刚结束，夸西莫多就跑过来，对我们说："我找到存储元件了。"

希梅内斯说："关于存储的问题吗？你上次发出数据包之后，我也想过了，石墨烯是个不错的选择。石墨烯只有单原子层厚度，柔韧、透明，比钢铁强度高，比铜导电性好。"

夸西莫多说："石墨烯是导体，我的想法是半导体。"

我说："半导体？收音机吗？"在我年轻的时候，电视机尚未普及，人们都喜欢听广播。我们老家管收音机叫半导体，用部分指代整体。

夸西莫多指出："怎么会有这样不可思议的误解？许多半导体是过渡金属二硫族化合物，简称TMDC，这种物质有十分简单的二维结构。单层的过渡金属原子，例如钼、钨等，被夹在同样很薄的硫族元素层之间，这里的硫族元素一般是硫或硒，在元素周期表中位于氧元素的下方。TMDC 和石墨烯一样薄，也有与石墨烯相当的透明度和柔性。许多 TMDC 都是半导体，这意味着它们有潜力被制成高效的数字处理器，比任何基于硅的数字处理器能效都高出几个数量级。只要对基本成分进行不同组合，就可以赋予 TMDC 多种多样的电学和光学特质，将它们堆叠成依然很薄的三维结构，利用各种各样的二维超平材料迥异的性质，可以制造一整个完全由原子级厚度组件构成的数字电路。不同的二维材料构成的组件堆叠起来，可制造小型、密集的三维电器。在标准器件中，这种操作难以处理：每一层必须和另一层通过化学键依次相连，而只有少数材料组合能够相互匹配，否则每层晶体不同晶格间的应变会使得键连无法实现。我们目前也难以攻克这个技术壁垒，但采用二维材料，一切问题就可以迎刃而解。二维材料每层原子仅和相邻层原子产生很弱的键连，因而应变很小，可以达到我们所需的效果。"

希梅内斯补充道："多层半导体、绝缘体和导体可以通过层间的弱键堆叠在一起，从而形成复杂的器件，在地球上被称为范德华异质结。在巴耶星，我们称之为巴洛特利魔方。"

夸西莫多说："说到这里，你应该懂了吧？"

我说："懂，每个字我都听懂了，但你说的什么，我一句也听不懂。"

夸西莫多只好继续为我科普，半导体只有在其电子被一定能量的热、光或外加电压激发时才能够导电，其中所需的能量被称为带隙，带隙的大小随材料的不同而变化。调节半导体材料导电性的开和关，就产生了数字世界的0和1，有了0和1，就能对整个编码世界，所有人的意识都能存储在这里面，最重要的是，质量非常轻，体积非常小，可以折叠。延展面大概有整个华北平原那么大，通过折叠，最终可以成为一个边长三十米的正方体，完全可以置于阿尔戈号上。石墨烯不存在带隙，一直导电，所以并不适合数字电子应用，理想的材料是半导体。而且，单层TMDC能够俘获超过百分之十的入射光子，对三个原子层厚度的材料来说，这是一个惊人的数字。这一特性可以将光转化为电。当入射光子打到只有三层原子的晶体上时，光子激发电子穿越带隙，使电子得以在外电路中移动。每一个被释放的电子都会在晶体中留下一个空位——一个带整点的空穴，即电子原本的位置。在外加电压下，这些空穴和电子沿着相反的方向流动，从而产生净电流。这样一来，由TMDC制成的存储器便可以自行运转。

夸西莫多说："说到这里，你应该懂了吧？"

我说："我还是不太懂，但就说到这里吧。"我确定再听下去也不会有什么进展。这让我想起我跟李漓健身的事情。我们俩在而立之年就决定健身，以期对抗日渐隆起的小腹和甩掉不怀好意的脂肪。每次我们都满腔热血地坚持一个星期，之后就是两个月至半年不等的间歇期。对大部分人来说，需要战胜的不是社会制度，不是行业规则，而是自己的惰性。人们要明白道理非常简单，坚持践行难于登天。

夸西莫多说："这些都不重要，重要的是如何扫描和上传信息。正如我之前所说，没有时间采集所有样本的意识。"

我说："样本？"

夸西莫多说："请别介意，我是指人。按照目前的科技，扫描一个人需要三个小时，就算能够在短时间内制造出七十亿台仪器。不，这不可能。我重新申请表达。必须有一个设备，能够大面积采集意识，同时又能识别这些意识，不致纠缠。我高兴，在生物理领域研究多年，终于有了用武之地；我高兴，感谢你们的灾难让我可以发光发热。"

我说："我对你的兴奋非常遗憾。"

夸西莫多说："请见谅，但我不能骗你。"

我之前见过一种理论，声称文明的发达程度与其编织谎言的能力成正比。见到巴耶文明之后，这个观点完全崩溃。我也崩溃了。夸西莫多没有理会我的情绪。我看到五个夸西莫多凑在一起，它们围成一个圆圈，举起胳膊，末端的肉瘤触碰在一起，头顶的触角频率一致地摆动，开始非常轻柔，速度逐渐加快，越来越快，最后变成一团白光。这或许是它们思考问题时惯用的姿势，就像有些人喜欢冥想，有些人必须倒立，有些人则热衷于蹲着。我以为它们很快就能得出结论，一般来说，到了这一步，接下来就是"叙事高潮"，可我等了很久，它们都没有分离的迹象。中途我吃了两顿饭，睡了一觉，它们仍然保持着这个宗教仪式一般的姿势。希梅内斯告诉我，它们的思想在燃烧。

夸西莫多说："啊，我真笨，电子云就在那里。"

希梅内斯说："可以利用电子云与地面的电势差，只要站在磁场内部，就能扫描大脑。如何上传意识呢？这需要非常多和粗的数据线。"

夸西莫多说："答案仍然是云，不过不是电子云，而是真正的云朵。闪电，我们可以利用闪电将扫描的意识上传，这是天然的数据线，取之不尽。"

地球上发生了什么事我不知道，但可以想见，一定天翻地覆。希梅内斯告诉我，骆秋阳和孙迦骆都同意上传意识，百分之九十七的人类选择离开，剩余百分之三原地不动。在此之后，人类所有工程都被无限期延宕，集中一切资源制造那层用于存储意识的薄膜。我看不到地球表面上传的具体过程和进度，内心颇为焦急，不停地走来走去。希梅内斯仿佛预知了我的无奈心情，邀我去一间控制室，我在那里的显示器上看到了意识上传的场景。希梅内斯告诉我，这是它们散布在地球上的纳米机器传来的实时画面，由于距离问题，有略微的时滞，可忽略不计。它还说，比起可控核聚变，人类当时应该索要纳米技术。

我看到薄膜在半空中缓慢飘升，面积越铺越大，起初只能覆盖足球场，逐渐有一座村庄大小，逐渐有一座城市大小，逐渐有一个国度大小。在太阳的照耀下，薄膜呈半透明状，表面有一些不规则的纹路，就像一片无边无际的蝉翼。希梅内斯告诉我，类似的薄膜，全球一共有三千张，每张下面都站满了人。他们的表情充满恐惧和期待，恐惧死亡，期待新生。画面的角度可以任意切换，希梅内斯帮我找到了骆秋阳和孙迦骆，虽然知道他们不可能听见我从 35900 千米之外喊出的声音，可我还是忍不住叫他们的名字。

"秋阳。"

"迦骆。"

"秋阳。"

"迦骆。"

"老婆。"

"儿子。"

"老婆。"

"儿子。"

他们似乎听见了我的喊话，纷纷抬起头，接着我才发现，他们的反应并非因我而做出，而是看到了薄膜上的闪光。

我也看到了薄膜上的闪光，TMDC 开始充电，上面瞬间布满不停流窜的银色弧光，就像无数只荧光白狐在肆意奔跑，汇聚成一片光的海洋，不断涌起的白光又像是翻滚的浪花，一朵追逐着一朵，升起又落下，盛开又凋零。薄膜上升到一定高度之后在空中静止，面积也不再扩展，做出一切准备就绪的姿态。每个成年人都庄重地抬起头，少年和孩子对眼前的一切景象好奇远远多过恐惧，他们对告别还没有什么经验。我看到骆秋阳拉着孙迦骆的手，他们周围的人也都拉着手，所有人都拉着手。我不知道这是夸西莫多要求的连接方式，还是人们在这种情况下自发的生理反应，但这画面让我感动。人类在这一刻，史无前例地团结在一起。一个人变成了一片人，他们将从这里起飞，跨越漫长的时间和空间，来到一个新的家园。茫茫宇宙，既不拥挤，也不冷清，一定会有这样一个容器盛放我们的文明。到时，文明会以全新的姿态复苏、萌芽，飞快地成长，重现灿烂景象。我爬过长城，也曾来到泰山脚下，无论是人类建筑，还是自然景观，都没有我此刻见到的场面壮丽和宏伟。我有生以来第一次体会到技术的美丽。我忍不住搜刮了所有与震撼相关的形容词，毫不吝啬地表达出来。我为今生能够见到这样的奇观由衷地感到骄傲。那一刻，我多想跟他们站在一起。

> 我必须是你近旁的一株木棉
> 作为树的形象和你站在一起
> 根，紧握在地下
> 叶，相触在云里
> 每一阵风过
> 我们都互相致意

> 但没有人
>
> 听懂我们的言语
>
> 你有你的铜枝铁干
>
> 像刀、像剑
>
> 也像戟
>
> 我有我的红硕花朵
>
> 像沉重的叹息
>
> 又像英勇的火炬
>
> 我们分担寒潮、风雷、霹雳
>
> 我们共享雾霭、流岚、虹霓
>
> 仿佛永远分离
>
> 却又终身相依[1]

一个人倒下了,仿佛多米诺骨牌,周围的人相继扑倒,场面有一种说不出的诡异感,仿佛某个大型宗教献祭的现场。由于传播回来的只有画面,所以我感受到一种极其压抑的肃静气氛,让我有些喘不过气来。这不是一个愉快的通感。我尽量让自己不去看满地匍匐的人体,还好,扫描的项目完成,闪电被引入电子云与地面之间。

意识上传开始了。

起初只有一道闪电,就像有一只巨大的照相机按下快门的同时闪光灯亮了一下,很快,无数道闪电如瀑布般倾泻而下,闪光灯就变成了白炽灯,把天地之间照耀得无比耀眼。我什么都看不见,但知道每

---

[1] 《致橡树》,舒婷。

一道闪电打下去，就会有数以万计的意识通过闪电来到云间。虽然地球上最先出现的是厌氧生物，但是厌氧生物也不能在一点儿氧也没有的环境中生存，最初是闪电的高压电解了空气中的水蒸气，生成了氢和氧，文明才得以萌芽。闪电曾经孕育了生命，如今还要成为运输生命的载体。

我想起海子最为知名的《面朝大海，春暖花开》：

那幸福的闪电告诉我的
我将告诉每一个人

一天一夜过去了。

两天两夜过去了……

最后一道闪电消失，存储器完成搜集的使命，于空中折叠。折叠的方式非常特殊，并非掀起一边，寻觅另一边，而是中间部分开始下坠，两条边向上划出一道弧线在空中相遇。如此反复，形成一个小正方体，三千个正方体堆叠在一起，那是人类暂时的归宿。

我突然伤心起来，号啕不止，就像一个保守的土财主把钱存进银行，花花绿绿的钞票变成一串冷冰冰的数字，明知道只不过是换了一种形式存在，而且更保险，但还是忍不住伤心。把这种伤心放大七十亿倍，就是我当下的心情。

当天夜里，希梅内斯敲响了我的门。

他说："睡了吗你？"

我说："如果你来安慰我大可不必，我已经调整了足够长的时间，可以坚强面对。"这多少有些逞强，作为为数不多的人类之一，我感到自己有必要撑起人类的脸面。

希梅内斯说:"不,我想让你跟我一起去做另外一件事。"

希梅内斯把我带到一个陌生的地方,与阿尔戈号上其他舱室相比,这个舱室的设计有些奇怪,它不停旋转。我猜想里面一定会有让我惊讶的事物或者人,但我永远、永远都无法想到,里面的人竟是严丽。她位于一个透明的球体内,双目无神地盯着外面,看上去有些模糊,不知道是不是球体表面作祟,就像是省流版本的电影画面。

我说:"你们对她做了什么?"

希梅内斯说:"严丽的身体里安装了可控核聚变的炸弹。请不要误会,这不是我们的杰作,而是来自人类的恶意,他们想让严丽在阿尔戈号内部引爆。我们及时控制住了爆炸,准确地说,控制住了爆炸所释放的能量,也就是说,爆炸已经发生,当量在她体内膨胀,却没有排泄渠道。"

人类把承受的疼痛划分等级,最难以忍受的是分娩时的撕扯。严丽体内的撕扯是这个疼痛级别的几亿亿倍。我们形影不离地待了一个多月,我对她的理解少之又少,说的话也没几句,此刻,我们作为人类站在一起。

希梅内斯说:"现在,我们一起为她解脱吧。"

我和希梅内斯一起把这个透明的球体抛出了飞船,按照希梅内斯的设定,严丽会成为地球的一颗卫星,绕到地球另一面的时候爆炸,就像一道闪电那样,盛开又熄灭。一个自欺欺人的安慰想法是,我们不会看到她的悲惨结局。

阿尔戈号开始跃迁,在我们身后,太阳被熄灭。

八分钟之后,天黑了。

二十

李漓之前告诉我一个有趣的网站，叫作"胶囊日记"，网址为http∶//www.timepill.net。网站页面非常简单，只有一个胶囊的概念图，外加两个按钮，一个是PUT（添加），一个是OPEN（提取）。页面下方有一个超链接，关于"什么是时间胶囊"，我点进去，上面写道∶时间胶囊是一个给未来的留言板，你可以为自己、朋友、爱人、家人，或者任何人留下你现在想对他们说的话，并且设置一个未来能够打开时间胶囊的时间，这样他们就能在未来的某天通过网站给你的密码来这里打开时间胶囊，读到你的留言。这里充斥着许多文艺女青年的留言，李漓常常在上面装嫩，引起别人的注意，偶尔也把我的诗发上去，附一张经过严重调色的自然景观。我把遗书存在这里，设定的时间是十年后，届时网站会把密码发送给骆秋阳。

你收到这封信的时候，我已经不在人世。

十年是个特别的时间间隔，忘记一个人应该不难吧。

有时候我会想，我们之所以频频爆发争吵，是因为靠得特近，物极必反。所以，十年之后，你说不定只记得我的好，这是不幸中的万幸。

你最好还是忘记。

我不知道该说些什么,让一个人在写遗书时保持逻辑缜密是残酷的事,我只能随想随写,像诗歌一样频繁断句。

我是一个诗人,虽然这么说有些大言不惭,但是我希望自己以这样的身份离世。我也是个胆小鬼,只有死后才敢披露这个细节。这可不是细节,是我人生中很重要的部分,同你和孙迦骆一样重要。我的死,也跟这件事扯上了关系。但你不必追究了。十年,什么事都风轻云淡了。

或者,让我痛快地掏出心里话吧。

我的死,你也要负一些连带责任。请别误会,我不是在十年之后向你追责,你仔细看完就会明白,如果你能看到这封遗书的话。我们最近这几年是怎么了?我知道你爱我,我也爱你,可是爱情并不能提供任何功能性的支持,反而成为绑架我们的借口,让我们在伤害彼此之后又进行自我谴责。是所有入驻婚姻的人都必须经历这个阶段吗?我们看到的其他人的和睦样子只是在外人面前的矜持吗?就像我们在别人面前做出的幸福姿态那样。我觉得,不应该是这样的。知道吗?我甚至勾勒过跟你离婚的画面,借此获得报复的快感,我坚信,你不会再找到一个比我更爱你的男人。我也坚信,我不会再碰你之外的任何女人。我会孤独此生。与离婚相比,我这样的死亡方式你更容易接受吧?如果是,这也算是夫妻一场,我对你最后的仁慈。

我之前问过你一个特别文青的问题:假如时光倒流,你还会不会选择我?你当时说,我是不是后悔了。我想告诉你,假如时光倒流,我仍然会选择你,选择我们的生活,与你和儿子在一起的岁月,是我人生中最大的所得。

好了,你现在想起我了。

好了,你现在忘掉我吧。

你就当我是一阵风,就当我是一朵云,就当我是一首十四行诗,吹过就吹过了,飘过就飘过了,看过就看过了,不与你产生其他交集。

我痛恨这样的我。痛恨……但这是真的我。我痛恨我。

又及,别告诉儿子,他父亲是个无能的小人。

又又及,如实告诉他吧。

我最近常常想起这封遗书。我知道骆秋阳再也没有机会看到这封遗书,可还是想撤回。我们这一生想撤回的东西太多。

人类的意识搜集完成之后,没多久,希梅内斯就兴奋地向我宣布了另外一个消息:它发现了语言的终极秘密。希梅内斯说任何语言,不管是汉语、英语还是只有某个部落数百人使用的土著语,也不管北京话、陕西话还是四川话,只要是语言,都可以通过某种数学公式进行分解,而不是单单从表义上进行分析。但通常人们不会想到这一点,没人会将理科的公式套用在文科的研究上。

希梅内斯说:"还记得我们关于乔姆斯基的讨论吗?"

我说:"那个手语翻译吗?"

希梅内斯说:"不,这次我想跟你探讨他本人的理论。你上次建议之后,我通读了他的所有著作,发现了一个有意思的理论:转换生成语法。"

对这个语法我并不陌生,但我从没想过这跟语言的终极表现形式有什么内在联系。事实上,希梅内斯到来之前,我根本没想过这件事:语言怎么会终结呢?20世纪50年代出版的《句法结构》一书中第一次提出转换生成语理论,Transformational-Generative Grammar(以下简称TG理论)。

乔姆斯基对TG理论不断修改完善,提出了很多精辟论断,揭示了许多语言的内在规律,并提出深层结构和表层结构的概念。乔姆斯基曾说:"很难令人相信,一个生来对语言基本性质毫无所知的机体可以学会语言的结构。"

他随之提出LAD假说,LAD即语言习得机制。他认为人脑的初始结构状态具备普遍语法,普遍语法在接触被语言环境内化了的语言规则之后变为了个别语法,即语言能力,而转换生成语法旨在运用这些抽象和形式化的语言规则生成无限的句子。

乔姆斯基认为每个句子都有深层结构和表层结构。前者指句子的抽象表达,也就是结构组织的底层平面,它是短语结构规则的产物;后者指句法表达的最后阶段,相当于实际上说出来的深层的句子结构,由深层结构通过转换规则转化而成的,它最接近我们平常所说的话。也就是说,表层结构是表面的东西,深层结构是句子底部隐藏的含义,必须靠精密分析才能将之变现。例如What is your name(什么是你的名字）是表层结构，深层结构是 your name is what（你的名字是什么）。深层结构和表层结构由转换规则联系起来，把深层结构转换为表层结构的规则包括省略、插入、移位等规则，而这些规则全都可以用数学公式表达。

在乔姆斯基看来，人脑初始状态应该包括人类一切语言共同具有的特点，可称为普遍语法或语言普遍现象，普遍语法是一切人类语言必须具有的原则、条件和规则系统，每一种语言都要符合普遍语法，只能在其他次要方面有所不同，所以不同的语言中存在共同的深层结构，是由于在人类的心灵深处，先天存在着能够创造或生成语言的深层结构的机制和能力。普遍语法主要由两部分组成，一个是原则系统，一个是参数系统。原则系统是正常人脑都具备的，参数系统则不同。个别语言的存在因参数系统设置不同而各有不同，不同语言之间的差异也由此而生。人类在无意识中利用先验的原则系统按照语言的深层结构，在不同参数系统的设置下生成各种表层形式的语句。换句话说，如果我们还原这些不同的表层形式，就能得到一个共同的解。地球文明的语言差异如此，宇宙中所有文明的语言差异和规律亦如此。

希梅内斯说："说到这里，你懂了吧？"

我说："你是说，就像大爆炸一样，语言也有奇点，所有文明语言的深层结构都一致？"

希梅内斯说："所以语言的最终表现形式才能统一。确定了这一点，我豁然开朗。下面说说我关于语言终极表现形式的看法。人类意识的扫描上传激发了我的灵感。我一直忽略了这个方向，现在想想，其实答案呼之欲出。在此之前，我需要跟你解释一个技术问题。你知道 42.zip 吗？一个看似普通的文件。它的初始大小只有 42KB，解压密码也是 42，解压后的大小超过 4.5PB。"

我说："KB 我知道，PB 没听过，两者之间差很多数量级吗？"

希梅内斯说："42.zip 解压后又会出现十六个压缩包，每个压缩包里又包含十六个，如此循环五次，最后得到 165 个文件，每个文件大小为 4.3GB。只需几个压缩包，就可以占满整个硬盘的内存。这就是它们的数量级。"

我说："这与诗歌有什么关系？"

希梅内斯说："那首非线性诗歌也是经过不断压缩得出的结果。"

我说："这不可能。"

希梅内斯说："这是事实。一切昭然若揭，我早该想到。所有文明进化到最后，都获得一种高效的交流方式，无须语言作为载体，在巴耶星的思想数据包，或者可以将声音信号转换为电磁信号。在此之前，语言的发展经历了一种复杂的简化，就是压缩，一定有某种宇宙通用的算法，可以把一本书压缩成一行字，而书中描写的人物情感与经历都可以在解压后原汁原味地反馈给读者。我们曾经讨论过，不同文明关于某个数学定理的命名不同，比如勾股定理和库维尔三角关系，但它们内含的规律是同一回事。我相信语言学上也一定有这样一个定理，而且跟空间排列有关，就像分子结构。人们的对话随之消失，只需祭出这样的图形就能准确表达自己的想法，对话的效率也得到最大限度地提升，没有任何冗余和无效的文字。再之后，人们放弃了语言，也就忘却了如何解压。"

我说："按照这个观点，语言的最终表现形式与诗歌无关？"

希梅内斯说："完全无关。好消息是，你可以继续创作长诗，我收回初次见面时的鲁莽和武断言语。我期待有朝一日，能够找到这个适用于所有文明语言学的定理，到时候，我会将之命名为希梅内斯定理。原谅我无法将你的名字纳入其中。"

我不在乎自己的名字能不能出现在定理中，只是不能接受这个现实。当初是它信誓旦旦地告诉我诗歌是最后的语言表现形式，如今亲自推翻这个结论。我感觉自己的理想被践踏了。不过，我稍微冷静下来想一想，这件事与理想无关，只是一个循序渐进的认知序列而已。

我轻轻呼出一口气，当我为诗歌鸣不平的时候，其实更多的是想通过诗歌获取什么东西，所以我后来一直写不出满意的诗。

现在，我想写诗了。

二十一

　　阿尔戈号的一切都是全自动,所有人(我决定称它们为人)无所事事又热火朝天,每个人,我是说,这些人都有他们各自的研究,就像我们学校,一些老师不愿代课,而是钻研课题。里面有金钱和职称的因素,但不全是,因为只有真正涉及领域深处的东西才能触动他们。我跟希梅内斯关于语言的问题弄清了,虽然还有待完善和验证,起码提出了一种解释。爱因斯坦不是说过吗?提出一个问题往往比解决一个问题更重要。希梅内斯很高兴,我多少有些伤心。

　　登上阿尔戈号之时,我带了两本书,一本是《海子诗全集》,一本是《红楼梦》,这两本书足够我反复咀嚼一辈子。上次谈话之后,希梅内斯没有频繁与我交流,只是偶尔问候一声。我有充裕的时间研读这两本书,就好像开春了,要把土地翻一翻。过去几年,我每年都要重读。这两本书是我的精神家园中最茂盛的植被。

　　希梅内斯说他在漫长的旅程中依靠研究液体的卷绳效应和水的结晶来打发时间,我通过看书消磨时间,实在无聊,我会看看电影。阿尔戈号有一个舱室专门存储各个文明的微缩影视资料,好奇心使然,我看过几部外星电影,文化差异太大,无法消化,只好选择人类拍摄的影片。

　　我想到,在阿尔戈号这些天,都是希梅内斯找我,我从没主动敲响他的门。想到这里,我走出去,找到希梅内斯时,看见七个他围成一圈,脑袋上的触角温柔地摆动,仔细观察就会发现频率一致。他们身上缠绕的带子都被取下来了,看上去浑然一体。我没有打扰他(们),默默地等着。大概半个小时之后,他(们)散开。我径直走向希梅内斯,问他是否有时间。

希梅内斯-V对我的举动表示惊讶,说:"你能分辨出我?"

我说:"这很难吗?我们相处了几个月时间,我能感受到你独特的气息。"

希梅内斯说:"我很高兴,这对我们巴耶人来说,是一种极大的尊重,我也因此而感到荣幸。我刚刚做完,让我想想怎么说这个词,祷告。"

我说:"你们信仰什么?"

希梅内斯说:"原神,从无制造出有的神明。"

我说:"有时间我们真该聊聊宗教,《圣经》记载,上帝在创造人类之前,语言就已经存在。"

希梅内斯说:"原神的著作里也有类似的语句——语言在空中飞舞,人们跳起来捕捉。这与乔姆斯基的观点一致。我找到了下一个研究课题:宗教对语言的影响。对了,你找我有什么事?"

我说:"如果有时间,我想请你看一部电影。"

希梅内斯说:"我看了太多人类的电影。"

我说:"没关系。"

希梅内斯说:"我又表达错误了吗?我刚才的意思是我看过太多人类的电影,可以跟你一起欣赏。"

我说:"一般来说,你刚才那句话表示拒绝。"

希梅内斯说:"我接受。"

我们一起观看了《空气人偶》,电影讲述充气娃娃变成真人的故事,不知道为什么有人会把这部电影归为科幻片,我看不到一丁点儿科幻的成分,可能是因为科幻电影比较卖座。科幻也许是在不同载体里面待遇最悬殊的类型,科幻电影往往能创造数十亿的票房奇迹,科幻小说常常无人问津。我很喜欢这部电影,因为是枝裕和和裴斗娜,也因为电影里面那些人物的状态不经意挠到了我的心。

我希望跟希梅内斯展开讨论,他却一直介意原理。原理是什么?充气娃娃体内的空气分子觉醒吗?还是男子的精液里含有某种特殊的化学成分,在经年累月的做爱过程中会冲破阈值?

原理无人知晓。

一天夜里,我正读到林黛玉重建桃花社,希梅内斯再次敲响了我的房门。

希梅内斯说:"来看看你们的新家园吧。"

希梅内斯把我带到领航员的舱室,指着一个约有56寸彩电大小的屏幕向我展示。一个单色圆圈突然出现在屏幕上,圆圈似乎填充着打了马赛克的流体,或是没调好台,充满雪花的电视屏幕。

希梅内斯说:"这是受到风的影响。当星光穿过大气湍流后,会照射在探测器上,而探测器将驱动自适应光学系统——"

我叫停他的讲解:"等等。虽然我的天文学知识近乎为零,但太空中没有大气吧?那只是包裹着地球的空气。"

希梅内斯说:"没错。但这个屏幕上接收的图像就来自地球。我们临走之前,在地球上设置了一个搜寻系统。"

我说:"为什么不在阿尔戈号上操作?"

希梅内斯说:"飞船在跃迁过程中处于非常脆弱和低效的状态,所以我们利用地球上原本就存在的器械加以调整和利用,量子传输可以克服超远距离,让我们可以与地球接收到的信号保持同步。"

自适应光学系统是一组由电脑控制的变形镜。为克服大气导致的畸变,这些变形镜可在一秒钟内变形几百次甚至上千次,让天文学家拍摄到可与空间望远镜相媲美的照片。在望远镜的低端安装着两个变形镜,一个是普通的镜子,一个是定制的高分辨率、高速、变形幅度小的镜子,有四千多个促动器。两个变形镜正在同步起伏扭动,用镜面的凸起和凹陷去匹配望远镜上空每处都会导致光线模糊的瞬时空间扰动,使得星光恢复到近乎完美的状态。电脑屏幕上变幻动荡的圆圈变得平滑稳定。

我看着屏幕上的光点问道:"这团明亮的光就是我们要定居的星球?"

希梅内斯说:"这是恒星。"

恒星的光芒太过刺眼,在屏幕上呈现非常明亮的像,根本无法探测出任何行星迹象。为了让这颗恒星的已知行星显示出来,必须采用另一种装置,能遮住大部分星光的星冕仪。在星冕仪中,星光通过一系列掩膜,百分之九十九的光子被过滤掉。那些通过星冕仪的星光则汇聚在一起,照射到一块中心有孔的平面镜上,这个孔的打磨精度达到原子量级。恒星的光辉射入孔中,行星的光则会被平面镜反射,进入仪器中,抵达一个能把光线按波长分解成不同组分的超低温光谱仪中。

随着希梅内斯的叙述,屏幕上的图像是围绕着中心的光斑组成的白色光晕。这些斑块称为散斑,是由星冕仪滤过的多余星光形成的。散斑会掩盖行星或伪装成一颗行星。为了区分散斑和行星,还需要在红外波段拍摄一系列不同波长的照片。恒星和散斑之间的距离与成像波长成正比。波长较短,靠近光谱蓝端时,散斑会出现在距恒星较近的地方;

而在波长较长，靠近红端时，散斑会出现在距离恒星较远的地方。因此，观察不同波长的一系列图像，会发现散斑在移动，表明那不是行星。

希梅内斯像放电影一样，一帧一帧前后滚动着不同波长的图像，光晕像是呼吸一样，随着所有光斑的统一移动而膨胀或收缩。所有光斑中，只有一个比较特殊：从恒星散斑的汪洋大海中，找到孤零零的一个固定不动的行星光点。

不到半个小时，我们就可以看到其他恒星旁边一颗遥远的黄色行星。

那将是人类的新家园。

> 根据挪威传说，最后审判日，意思是天神隐没时分，将会伴随着大洪水。尘世与天堂都将像被铁钳夹住般陷入彻骨的冰寒之中。刺骨的寒风、扑面的暴风雪、毁灭性的地震和饥荒在大地上肆虐，男女老少大批死亡。有三个这样的冬天就会使地球瘫痪，没有喘息的机会，贪婪的狼群会吞掉太阳和月亮，使世界完全陷入黑暗之中。天上的群星坠落，大地颤抖，山崩地裂。乱世之神洛基逃逸，群魔挣脱束缚，在荒凉的大地上散布战争、混乱和不和。
>
> 众神之父奥丁将在瓦尔哈拉最后一次召集他的勇士进行最后一搏。最终，随着众神逐个死去，邪神苏图尔喷出火和硫黄，点燃巨大的地狱之火，吞灭整个天地。当整个宇宙陷入火海之中的时候，大地陷入海洋，时间停止。
>
> 但从这场浩劫后的灰烬之中，新的起点在孕育。与过去不一样的一个新的大地从海中升起，新的果实和奇异的植物从肥沃的土壤中涌出，催生出一个新种族的人类。

二十二

到了告别时刻。

天下没有不散的筵席。

我已经帮希梅内斯做过两次证明、四次辩解，并且记录在案，这些足以应对任何怀疑和指责。我的历史任务完成了。地球毁灭了，地球重生了。我希望可以上传意识，与骆秋阳和孙迦骆相聚。希梅内斯答应了我的请求。它急于回到巴耶星也是为了与家人团圆。人与人之间有一种看不见的连线，我们走得越远，这根线就绷得越紧，日日夜夜牵扯你的心。

语言和诗歌的问题水落石出，就像一场美梦，执着有了答案，也有了归宿，在漫长的岁月里，留下深深浅浅的脚印。

我常常站在那个立方体面前，上面不时泛起一丝银光，就像是光的涟漪。我在想，那也许是某个人的梦呓，也许是他想到一件好玩的事在骑车回家的路上情不自禁地笑了出来，也许是某个人的思念，也许是他在字里行间跋涉的时候突然想到小心翼翼地隐在角落里的往事，也许是某个人的惊奇，也许是他坐在格子间的办公位上看着电脑上的表格就被某个天马行空的灵感击中。我知道这只是我的臆想，希梅内斯告诉我，立方体只是一个简单的存储器，里面的每个人更像被束缚在一间通体光滑没有任何门窗的牢房里面，他们在此沉睡，无须交流，无须补充食物和水，就像冬眠，等来到新的家园，铺天盖地的纳米机器人就会按照地球的模样改造行星，再经过漫长的岁月，生物工程开始，含有遗传物质的供体细胞核被移植到被去除了细胞核的卵细胞中，利用微电流刺激使两者融为一体，促使这一新细胞分裂繁殖发育成胚胎，发育到一定程度后，植入人工孕带，每个人的意识追踪而来，迎接他们的将是一个崭新的身体。所有幸福的不幸的事都成为过去，每个人都拥有重新开始的权利，这是全新的没有任何疾病的身体，这是全新的没有任何污染的星球。

希梅内斯说："很高兴认识你。"

我说："我也是。"

过去几个月发生的事情历历在目，我仿佛又回到了那座桥上，注视着那条漂满塑料袋、一次性筷子、枯枝败叶、避孕套的城市水系。希梅内斯从身上缠绕的带子里拿出一本书。我接过来一看，竟然是我的长诗《太阳·七部书》。

希梅内斯说："我了解你们人类临别前总要送一份礼物，喏，这是我的心意。我自己制作了一本，希望你能喜欢。"

我说："我非常喜欢。"我翻看着书，没有传统意义上的墨香，我把《海子诗全集》《红楼梦》和这本书一起送给了希梅内斯，"很抱歉我没有为你准备礼物，这本你送给我的书我现在回送给你。你知道，我带不走。"

希梅内斯说："我会珍藏。回到巴耶星，我会给我的孩子们朗诵这本书的内容，而不是简单地丢个数据包。我很久没见到他们，很想家。我突然有一个不情之请，想邀请你去我们的星球做客。就像我曾经在地球上引起轰动,你也会成为巴耶星的明星,你的诗作会受到追捧。"

这就像一个盛大的轮回,绕了一圈,来到原点。我说:"我很想去,但是非常想念我的家人,虽然分开没多久,感觉却像一个世纪那么漫长。"

希梅内斯说:"并不受影响,我随时欢迎你来,只要想来你。"我从他的语气中读到了期待,还有一点儿小小的要挟。

我说:"好的,我会让你成为巴耶星的顶流明星。"

此刻,舷窗外面是盛大的日出。我突然很想写诗。我打开扉页,提笔写下:

日出
——见于一个无比幸福的早晨的日出

在黑暗的尽头
太阳,扶着我站起来
我的身体像一个亲爱的祖国,血液流遍
我是一个完全幸福的人
我再也不会否认
我是一个完全的人我是一个无比幸福的人
我全身的黑暗因太阳升起而解除
我再也不会否认 天堂和国家的壮丽景色
和她的存在……在黑暗的尽头![1]

---

[1] 《日出》,海子作于 1987 年 8 月 30 日醉后早晨。

希梅内斯朗读两遍,说:"我也想送你一首诗。"
希梅内斯没有写出来,而是直接朗诵:

献诗
——给S

谁在美丽的早晨
谁在这一首诗中

谁在美丽的火中 飞行
并对我有无限的赠予

谁在炊烟散尽的村庄
谁在晴朗的高空

天上的白云
是谁的伴侣

谁身体黑如夜晚 两翼雪白
在思念 在鸣叫

谁在美丽的早晨

谁在这一首诗中[1]

　　谁在美丽的早晨,是我们哪;谁在这一首诗中,是我们哪。等我的意识被上传之后,我会清晰地记住这首诗的每一个字眼,在我沉睡的日子里,它将伴我入眠。

　　到了这个时刻,我向希梅内斯表示了上传意识的请求。

　　希梅内斯请我稍等,他又一次陷入那种入定状态,片刻之后苏醒过来,希梅内斯说:"我有一个非常美丽的构思,你想不想尝试?我研究过液体卷绳效应,还研究过水的结晶。"

　　人类受精卵百分之九十九是水,出生时,水占人体的百分之九十,长到成人才缩减到百分之七十,临死之际大约会降到百分之五十。从物质的角度来看,人就是水。没有任何两片相同的雪花,水的结晶也是独一无二的。水结晶条件苛刻,形成于温度开始上升、冰块开始融化的数十秒间。在这短短一瞬,宇宙以肉眼可见的形态呈现在我们面前,旋即消失,犹如一个短暂而美妙的梦境。世间万物都是通过波动存在,所有一切都在波动,并且拥有属于自己的特定波长,形成独有的波动。有一种观点认为,波动是宇宙存在的基本原理。水在波动,结晶之后仍在波动。水能够反映出世上所有事物发出的波动频率,通过不同的结晶形态呈现出来。

　　希梅内斯说:"所以我在想,意识也是一种波动,水的结晶也会反映出来,这样就能将意识复刻到结晶里。我想拿你做一下实验。说到

---

[1] 《献诗》,海子作于1987年2月11日。"给S"为原作中所有,也可将"S"视作孙旭的首字母缩写。

这里,你应该懂了吧?"

我说:"我特别想说我懂了。"

希梅内斯说:"我懂了。我不应该跟你解释这些。我直接说结果,我会蒸馏出最洁净的水,制出最纯粹、最美丽的结晶,用以保存你的意识。"

我说:"我能问为什么吗?"我其实有些介怀,毕竟他刚刚说拿我做试验。

希梅内斯说:"如果采集你的意识放入 TMDC 制成的存储器里,你将处于休眠状态,可能需要等待数十年、上百年才能苏醒。不过对你来说,这就是一瞬,好像闭上眼睛又睁开,不会受任何煎熬。如果把你的意识雕刻在水的结晶上,可以让你的意识处于活跃的状态。就像进入赛博空间一样,除了你自己,其他人都是 NPC,在那里,你是这个世界绝对的神,可以操纵一切原子。等到人类文明在新的栖息地苏醒,你可以与家人团聚。当然,我只是提供一种选择。如果你不——"

我轻轻吁了一口气,笑容浅浅地说:"我愿意。"我迫不及待地想见到他们。

我躺在一个密封的容器内,黏稠的液体逐渐溢满,我吞下一口气,闭上眼睛。

视角从我身上剥离,漂浮在我的四周,犹如灵魂出窍,我从头到脚都在被 0 和 1 改写,意识的拓写开始了。我听见从心里面发出的指令,我的每个细胞、每次神经冲动都被捕捉和临摹。我时而停滞,这是绝对静止,如琥珀中的蝇虫;时而飞散,充满了整个空间。随着改写的模块越来越彻底,覆盖得越来越全面,我对自我的控制变得自如起来。我感受到一种无所不能的力量，我可以在一瞬间迅速膨胀，也可以缩小成一个虫洞，到达史瓦西半径的临界，演化成黑洞，吸收世界的一切事物。我看不到天地，我就是天地。最后一行代码被敲下，我眼前一黑，进入一个充满金光的地方。这是哪里？我的想法刚刚生成，答案就在耳畔响起。这是我的操作界面。我可以在这里对自己进行设定，包括身高、肤色、瞳孔、牙齿，如果喜欢，也可以调整性别；也可以随意改变天气、环境、山川、日月。我是造物者，是开天的盘古，所有的布局都等待我去架构，去落实。我走过的地方，出现了路，我看见的远方，吹起了风。这个庞大又细致的工程并没有花去我多少时间，我只需给定一些参数，许多事物都是自动从背景板中浮出水面的。一切都完成之后，我看见空中有一个白色旋涡。我飞入其中，跃出整个世界，看着星球的变化就像看着自己的孩子，我在一次审视中看到他的出生，也看到他的成长和消亡。但这不能让我感伤，空前暴胀的尺度冲淡了个体的生死。我还在急遽上升，进入一片纯净的黑色空间。不知过了多久，出现了一个微弱的光点，像是入夜后的沙漠上点燃的一根烛火。这是宇宙的奇点，里面蕴含的能量正在突破极限，宇宙开始膨胀。在一万亿分之一的一万亿分之一秒，一个神秘的抗引力引起宇宙比预想的速度更快速地膨胀，比光速还要快——这并不违反爱因斯坦对任何物体都不能超过光速的断言，因为膨胀的空间是真空。当然，现在谈论爱因斯坦为时尚早，尚早，尚早……

"砰"的一声，宇宙不可思议地扩大了 10^{50} 倍。10^{-43} 秒之前，普朗克时期，在这个时期宇宙空空如也，能量达 10^{20} 亿电子伏特，宇宙的四种力统一成一个单一的超力，将宇宙束缚成超对称性。比偶然还偶然亿亿倍的一个偶然，对称性被划破了，形成一个小气泡，也就是宇宙的胚胎；10^{-43}秒，普朗克时期，气泡快速膨胀，超力被打散，四种基本力分离飘散，首先被甩出去的是引力，其他三个力仍被统一在一起。这个阶段宇宙以10^{50}的系数继续膨胀，空间的膨胀速度比光速还要快，温度达到10^{32}K；10^{-34}秒，膨胀结束，温度降到10^{27}K。此时强力从弱力和电磁力中分离出来，宇宙进入弗里德曼扩充期，此时的宇宙大概只有目前的太阳系大小。三分钟，核子形成，氢融合成氦，锂形成，宇宙模糊不清，一片黑暗；三十八万年，原子诞生，温度降到3000K；十亿年，星星浓缩，温度降到18K，矮星开始量产轻元素，爆炸的星系则将铁以后的重元素疯狂地喷向天空；六十五亿年，德西特尔膨胀，弗里德曼扩充期结束，在反引力驱动下，宇宙进入德西特尔扩张的加速阶段；一百三十七亿年，今天，此刻，我重生了我。我想起之前看过的一段话——我能想起所有的回忆片段，我看过的文字、听过的话像底片一样显影了，我能感受到植物拔节的愉悦，也能理解深海火山口的微生物须臾的叹息——来自一位叫作乔治·勒迈特尔的比利时牧师。他在学习了爱因斯坦的理论后被深深折服："世界的演化可以与刚刚放完的烟火相比，留下少许红丝、灰尘和烟雾。我们站在已经冷却的灰烬上看着太阳在慢慢衰退，我们设法回想已经消失的原始世界的光辉。"

而我，正是光辉的缔造者。

在这个全新的宇宙之中，我无所不在，如同一片笼罩着海面的雾气，这是我的量子云，所有的概率叠加成了具象的我。我可以俯视内心，也可以仰望宇宙。波函数无所畏惧，使我无所不能。但很快，波函数发生了奇异的反应，另外一个视角切入进来，我坍缩成实体，一个有血有肉的我。我能感受到脉搏的跳动，皮肤的触觉和温度更加逼真。我看到二十岁的骆秋阳向我走来。那是我们的黄金时代,渴望激情,也渴望犯错,渴望在一瞬间变成天上半明半暗的云。我拥有所有伟大的幻想,并坚信自己能将之实现;我会成为这个世界上最后一个骑士,用我的长诗当矛,击碎沿途巨大的风车。二十岁的骆秋阳向我走来,从波涛汹涌的海面上向我走来,从群山之巅向我走来,从泼墨的山水画中向我走来,从《红楼梦》的字里行间向我走来。我从未见过这么漂亮的姑娘,她留着一头长发,大部分铺在身后,两绺散在身前,跟洁白的连衣裙形成鲜明的对比。她穿着牛筋底的凉鞋,没穿袜子,脚指头毫不认生地跳动。她的每个分子都值得我用唐诗宋词去赞美。她的眼睛先于嘴角向我发出笑意,我快要融化在她的注视之下。一个戴眼镜的男同学在她身后出现,又一个,越来越多的人充斥进来。最后,我们被扔进人群,出现在大学食堂里,我还能闻到青椒炒肉片的味道,餐桌早就被男同学们齐心协力地挪到四周,空出的食堂大厅此刻化身舞池,各种气息跟汗水一起,从一个人身上甩到另一个人身上。我刚刚写完一首歌咏爱情的短诗,正在寻觅袭击对象:

两个陌生人
朝你的城市走来

今天夜晚
语言秘密前进
直到完全沉默

完全沉默的是土地

传出民歌沥沥

淋湿了

此心长得郁郁葱葱

两个猎人

向这座城市走来

向往后走来

身后达姆达姆

迎亲的鼓

代表无数的栖息与抚摩

两个陌生人

从不说话

向你的城市走来

是我的两只眼睛[1]

骆秋阳对我发出邀请:"你要跳舞吗?"

我的心"咯噔"跳了一下,宇宙中的一切恰到好处,各得其所。

Miracle 的舞曲响起:

Boy meets girl(男孩与女孩相见)。

You were my dream, my world(你曾是我的梦,我的全部)。

But I was blind(但我却太盲目)。

---

[1]《爱情故事》,海子作于1984年12月。

You cheated on me from behind（你竟欺骗我）..
……

I am still in love with you（我仍然深受你）！

我们欢快地抖肩，扭胯，双手高举在空中，跟着节奏挥舞。我们不知疲倦，仿佛能跳到天亮。那时的快乐俯拾即是，那时的痛苦转瞬即逝。我们唱啊跳啊，以为青春永不落幕。我们涉世未深，最大的困扰就来自考试和爱情；每天都有无数新鲜的念头拥挤着我们的脑袋，让我们没有机会和空间去过分哀叹；每个人都是一本刚刚展开的书，扉页上写着未来的签名，勇敢地打开吧，这会是值得期待的一生。越来越多的人加入，食堂的水磨石地板上跳跃着各种款式的布鞋、皮鞋和凉鞋，顺着这一条条无畏的腿往上寻觅，是一张张单纯的脸。今夜我们都是幸运儿，信奉的，不信奉的，都会得到呵护和奖赏。我起初偷偷打量骆秋阳，她的眼睛在对我微笑，尖尖的鼻子上一层薄汗，光滑白皙的脖颈上青色的血管若隐若现。我满脑子想的都是怎么开口才不显得唐突。

古往今来，一首又一首温软的情诗涌入我的思潮，仿佛是那些诗人洞察了今天的场景在遥远的过去特地为我创作。但我必须将它们的意义摒弃，只能献给她我自己呕心沥血的诗行，每个字都蘸着我对她的倾慕。我挥汗如雨，突然发现这不是一个单纯的比喻，我晃动的脑袋甩出雨水。我观察周围的人群，他们都变得透明，就像一颗巨大的水滴，轻轻一戳，炸裂了。我看着骆秋阳，她也难逃厄运。越来越多的人都在跳跃中变成一潭水，天花板变成水，地板变成水，从四面八方将我包围。我水性很好，但没有用，我根本浮不到水面，抬眼望去，看不到一丝光线。我将在精疲力竭之后缓慢地落入河床，也许根本没有烘托一切的底部,我将无限、无限地下沉。我的意识逐渐变得模糊,过去的种种画面却强行反演,我看到自己的现在,看到家庭,看到工作,看到我的长诗,一些零散的句子漂浮其中,我认出它们是《太阳·弥赛亚》里的字词,那是长诗结尾:

  献诗
  谨用此太阳献给新的纪元!献给真理!
  谨用这首长诗献给他的即将诞生的新的诗神

  献给新时代的曙光
  献给青春

  献诗
  天空在海水上
  奉献出自己的真理的面容
  这是曙光和黎明
  这是新的一日
  阳光从天而降穿透了海水。太阳!
  …………

  化身为人
  ——献给赫拉克利特
   和释迦牟尼
   献给我自己

献给火

1. 这是献给我自己的某种觉悟的诗歌。
2. 我觉悟我是火。(被划掉)
3. 在火中心恰恰是盲目的 也就是黑暗。
4. 火只照亮别人。火是一切的形式。是自己的形式。
5. 火是找不到形式的一份痛苦的赠礼和惩罚。
6. 火没有形式,只有生命,或者说只有某种内在的秘密。
7. 火是一切的形式。(被划掉)
8. 火是自己的形式。(被划掉)
9. 火使石头围着天空。
10. 我们的宇宙是球形,表面是石头,中间是天空。
11. 我们身边和身上的火来自别的地方。
12. 来自球的中心。
13. 那空荡荡的地方。[1]

我落入水中,仿佛(被划掉)也变成水,与众人融为一体,与文明融为一体,海洋的文明,文明的海洋。

---

[1] 《太阳·弥赛亚》,海子,作于1988年。

外一章
题外话

++++++++++++++++++++++++

他就这么坐着,轻轻地烦恼着,
连呼吸都变得漫不经心。

希梅内斯1956[1]

195602250945

他们称他为"诗人中的诗人",因为他总是对作品极为挑剔,每个字、每个标点都精雕细琢。可是他现在困惑和焦虑,就在他得了诺贝尔文学奖之后。《悲哀的咏叹调》得到刁钻的评论家们的一致推崇,他却想把那本书烧掉重写。重写也不是办法,诗歌吸食灵感为生,不同时间、地点,再也找不到那一缕创作冲动。如果心里没有一个声音呼喊他,提起的笔只能悬空。

昏黄时散步的习惯被他顽强地保留下来,不管在战时的西班牙,还是寄居美国。人这一生,只能真正融入一个地方,你的心事和气息都在这里缠绕汇集,成为你的根。

最近这段时间,他一个字也写不出来,终日坐在书桌前,对着空白的稿纸叹息不已。

没有人催促他,让他必须输出旷世名作,他也没有这份心思,只是想借助笔尖流淌出一些出没于内心的琐碎情绪。捕捉这种情绪,是

---

[1] 希梅内斯,西班牙诗人,曾获得1956年诺贝尔文学奖。

他一生的工作。

最近他总是想起普儿，那头可爱的小毛驴，想起他们朝夕相处的日子、无忧无虑的生活。过去多美，美得让人不敢回忆。过去的蓝色是好的，过去的白云也是好的，过去的路边野草是好的，过去的普儿甩着尾巴跟在他身后是最好的。他写过与普儿相处的散文，《小毛驴与我》，这本书就在他的案头，无聊时翻看几页，在字里行间寻找普儿的身影。

普儿长得娇小，毛茸茸、滑溜溜，摸起来软绵绵的，简直像一团棉花，没有半根骨头似的，只有那对黑玉宝镜般的眼睛，坚硬如两只晶亮的黑色甲虫。

我放开缰绳，它走入草地，用鼻子抚弄粉红、天蓝。

金黄色的小花。轻柔得几乎不曾碰触花瓣。我轻唤：

"普儿？"它便以愉快的碎步向我跑来，仿佛满面笑容，陶醉在美妙的'嗒嗒'声里。

给什么它都吃。它喜欢小蜜柑，喜欢颗颗都是琥珀色的麝香葡萄，还喜欢带着晶亮蜜珠儿的紫色无花果。

它像小男孩、小女孩温柔可亲，却像磐石般强壮牢靠。

星期天我骑着它穿过城郊野巷，那些来自乡间，衣着干净，举止悠闲的男士停下来打量它。

"真是铁打的呀！"

没错，是铁打的。不单是铁，也是水银。

再也没有那样的柔情。人生就像无法回头的旅程，多么忧伤呵。

他就这么坐着,轻轻地烦恼着,连呼吸都变得漫不经心。他迷迷糊糊地睡着,闯入一个色彩斑斓的梦,蓝天、白云、青草都在,普儿欢快地打着响鼻,催促落在后面的他。他急急忙忙地跑了两步,脑子一片空白,想不出刚才被什么景色或者想法耽搁。他们走了很久,仍然看不到路的尽头,但也只能走下去,因为他不能归去。太阳落山了。很快,草尖上奔跑着银色的月光,普儿也奔跑起来,越跑越快,几乎飞起来,真的飞起来,踏碎了草尖上的月光,朝着月亮跑去。它不再归去。他醒来已是半夜,微风推醒了他,皎洁的月光可以视物。他随便抓起笔,诗句在指尖流淌:"我久已不在此地,不知是否有人还会把我记起。"[1]

---

[1] 摘自希梅内斯《我不再归去》。

飘在天上的湖水终将落下

李漓选择墨城动物园定居。

动物园依山而建，老虎、狮子都在真山上活动，不像北京动物园，憋屈地待在铁笼之中。人们纷纷选择上传意识，没有人关心动物园和里面的动物，起初，动物保护主义者发起抗议，呼吁誓与动物共存亡，可是时间紧迫，资源有限，扫描动物的意识不现实，他们在逃命之前来到动物园，打破所有枷锁与束缚，让它们追逐自己的命运。

动物园入口处是火烈鸟展区，鸟全都飞了，再往里走有一片人工湖，牌子上写着天鹅湖，里面还真的有几只天鹅在若无其事地戏水。李漓之前跟三个不同的女孩来过动物园，没办法，墨城本土可供游玩的景区太少，选择动物园是无奈之举。他一路开车，来到动物园的餐饮中心，把所有书、帐篷、食物等东西都搬到餐饮中心的二楼，在这里定居。他要做一个当代梭罗。大部分动物从动物园向城市腹地迁徙，只有一些恋家或者发懒的家伙赖着不走。李漓不时看见一只长颈鹿或者一只斑马在餐饮中心正对着的广场上悠闲地踱步。有一天他来到水族馆，发现那里逗留着两只海豚。海豚"咿咿呀呀"地叫着，仿佛哀求，但是他没有任何办法，顶多找来存储的冻鱼投喂，无法帮它们转移到宽广的海域里。

几乎所有人都"离开了",城市跟动物园一样空空荡荡。他有时候觉得,整座城市就剩他一个人。他非常享受这种状态,可以做些什么事,也可以无所事事地散步、看书、睡觉。他霸占了大象后院,在那里开垦了一片农田,每天花两个小时伺候这片土地。

> 日出而作。日入而息。凿井而饮。耕田而食。帝力于我何有哉。[1]

现有食物供不应求,但这些食物终究有保质期。

一天傍晚,他读完一卷《明史》,漫无目的地在山上晃荡,来到游乐场。那里有一个巨大的摩天轮,还有一些他叫不上名字的大型娱乐设施。他过去跟三个不同的女孩来这里时,她们都要求坐摩天轮。鬼使神差一般,他走过去,爬进最低端那只座椅,回想自己交往过的女孩,竟然想不起她们的模样,她们叠加在一起,变成一个没有相貌和名字的女孩。就在这时,他听见一阵吼声,定睛一看,竟然是一只白底黑花的老虎。李漓下意识地跳出座椅,顺着支架往上爬。老虎扑了个空,在摩天轮下面蹲守。李漓爬到顶端那只座椅,往下看,老虎就像一只小猫。它时而走开,时而绕回,仿佛李漓已是它的腹中餐。他在座椅上待了一夜,高处不胜寒,搞得他有些感冒,第二天一早醒来打了一串喷嚏。他坐起来向下张望,老虎不见了,他缓了一口气,却发现老虎很快回来,还带着一只黄底黑花的老虎。那一瞬间,他做了一下心理斗争,在上面干耗着也是死,下去也是死,下去之后还能充作老虎的口粮,也算物尽其用。做出这个决定并不难,在那种情况

---

[1] 语出《击壤歌》。

下，他特别慈悲。与此同时，他听见一阵地动山摇的磅礴之声，从半空中落下一只小艇，不偏不倚正砸中白虎，另一只老虎在逃跑过程中被一条凭空出现的瀑布拦住了去路。

他因此得救，那两只老虎的尸体第二天漂在湖面之上。

李漓吃了两个星期的老虎肉，然后，太阳熄灭了。

世界一片漆黑。

不知多久，他看见一星亮光飘来，微小却坚定。亮光朝他趋近。渐渐地，他看见一个打着手电的人影，渐渐地，他看见她的轮廓和眉眼。李漓还看见她戴着一只口罩，再近一点儿，发现那并不是口罩，而是一块沿对角线折叠的手帕。

图书在版编目（CIP）数据

外星人与赞美诗 / 王元著 . —北京：北京联合出版公司，2023.4
　　ISBN 978-7-5596-6670-3

Ⅰ.①外… Ⅱ.①王… Ⅲ.①长篇小说—中国—当代 Ⅳ.① I247.5

中国国家版本馆 CIP 数据核字（2023）第 030798 号

外星人与赞美诗

作　　者：王　元
出 品 人：赵红仕
责任编辑：夏应鹏
策划出品：一未文化
版权统筹：吴凤未
监　　制：魏　童
封面设计：吴思龙 @4466 啊
内文排版：麦莫瑞

北京联合出版公司出版
（北京市西城区德外大街 83 号楼 9 层　100088）
北京联合天畅文化传播公司发行
北京美图印务有限公司印制　新华书店经销
字数 200 千字　880 毫米 ×1230 毫米　1/32　12 印张
2023 年 4 月第 1 版　2023 年 4 月第 1 次印刷
ISBN 978-7-5596-6670-3
定价：59.80 元

版权所有，侵权必究
未经许可，不得以任何方式复制或抄袭本书部分或全部内容
本书若有质量问题，请与本公司图书销售中心联系调换。
电话：010-65868687　010-64258472-800